FRANZISKA HAUSER

KEINE VON IHNEN

ROMAN

eichborn

Dieser Titel ist auch als E-Book erschienen

Die Bastei Lübbe AG verfolgt eine nachhaltige Buchproduktion. Wir verwenden Papiere aus nachhaltiger Forstwirtschaft und verzichten darauf, Bücher einzeln in Folie zu verpacken. Wir stellen unsere Bücher in Deutschland und Europa (EU) her und arbeiten mit den Druckereien kontinuierlich an einer positiven Ökobilanz.

MIX
Papier aus verantwortungsvollen Quellen
FSC www.fsc.org FSC® C014496

Eichborn Verlag

Originalausgabe

Umschlaggestaltung: Massimo Peter-Bille
Einband-/Umschlagmotiv: Franziska Hauser, Berlin
Satz: two-up, Düsseldorf
Gesetzt aus der Warnock
Druck und Einband: GGP Media GmbH, Pößneck

Printed in Germany
ISBN 978-3-8479-0112-9

1 3 5 4 2

Sie finden uns im Internet unter eichborn.de

Vorweg

Wir sagen Naturschauspiel, aber alles an der Natur ist echt, nie gespielt. Unecht sind nur die Menschen. Da ist einfach zu viel Luft zwischen denen. Sie möchte reden, ohne Vorsicht walten zu lassen, ohne befangen zu sein, die Hand ausstrecken. Die selbstsicher reden, versteht man nicht. Die von sich plappern, sehen einen nicht. Kunst hilft, die eigenen Störungen unter Kontrolle zu halten. Alle Künstler sind Trickser. Nur stören die sich am wenigsten dran. Man wünscht ihnen das Schlimmste an den Hals. Zum Beispiel ein erfülltes Sexualleben.

Sie hat mit dem Alltag genug zu ertragen. Sie möchte ihnen entfliehen. Den Umgangstönen. Allein wie ein Schreiben abzufassen ist, nervt. Schreib einfach: Wir möchten eine Responsibilität für die suffiziente Reputation vor Ort aufspüren, um unser Renommee zu sublimieren. Behaupte einfach, Schriftstellerin zu sein. Bewirb dich für Literatur. Klappt es, lebst du in der Klapsmühle der Stipendiaten. Die Tage sind leer. Die Gespräche öden dich an. Du kannst mit allem nichts anfangen. Was an den anderen lebendig ist, geistert urtot als Gespenst herum.

Die betreiben Kunst, um nicht arbeiten zu müssen. Wo die Miete gezahlt wird. Wo du Kunst aus dir pressen musst zum Dank. Wärst du obdachlos, gehörte die Welt dir. Du redest mit den Vögeln. Du atmest die gleiche Luft wie sie. Ohne dass deine App die Atemzüge mitzählt. Dich davon abzuhalten, ist aller Stipendien oberster Sinn. Der Rest ist Waschmaschinenprogramm, Toastbrot, Nudelsalat. Nach drei Monaten gehen alle auseinander, getrennter als vorher schon. Die Obdachlosen; vielleicht sind sie es ja auch nur, weil sie zu oft abgelehnt worden sind und keinen Bock drauf hatten, weiter zu tricksen.

Peter Wawerzinek

»Jennifer!«, brüllte ihr Vater. Sie hätte die Tür nicht öffnen dürfen, bevor das Auto ganz stillstand, das musste sie wirklich lernen.

Wegen der Katzen und um die Großmutter wiederzusehen, war sie gleich zum Haus gerannt. »Nächstes Jahr kommst du als Schulkind zu mir«, hatte die Großmutter im vorigen Sommer gesagt.

Im Flur erschrak Jennifer für einen Moment. Der Spiegel hing schon immer an der Garderobe, aber gesehen hatte sie sich darin noch nie. Jetzt stand sie ihrem gebräunten Gesicht gegenüber, verstand, dass sie gewachsen war, und dann verstand sie, dass sie in dieser Geschwindigkeit weiterwachsen würde, ob sie wollte oder nicht.

Ihre Sommerfreundin hatte sich auch verändert, trug jetzt Brille, und der Pferdeschwanz war ab.

Nachdem alle Schubladen in Haus und Scheune durchsucht waren, fand sich eine Rolle Draht und Jennifer machte sich selbst eine Brille. Eine Schere fand sich auch.

»Das darf man nicht alleine machen!«, rief die Sommerfreundin entsetzt und rannte aus der Scheune. »Jenny hat sich den Zopf abgeschnitten!«

Die Eltern waren darüber weniger empört als über das voreilige Öffnen der Autotür.

Jetzt war die Verbundenheit zwischen den Mädchen wiederhergestellt, und sie richteten ihre Höhle aus dem letzten Jahr ein, unter der umgestürzten Erle, deren Wurzel wie eine Theaterkulisse gegen den See stand.

Jennifer liebte auch die einsamen Scheunennachmittage, wenn ihre Freundin bei Kaffee und Kuchen zu Hause bleiben musste. Niemand hörte ihre rumplige Musik auf dem verstimmten Klavier. Hühner saßen auf dem Deckel des Instruments, Tasten fehlten und die Drahtsaiten hatten sich gelöst.

»Was hat das Kind an der Hand?«, sagte die Großmutter. »Komm, gib brav dein Händchen her, Jennylein.« Die Großmutter zog ihr die Hand hinterm Rücken vor. »Nein, das gibt's doch nicht! Weißt du denn gar nicht, dass du damit Geld verdienen kannst?«, setzte ihre Brille auf und schrieb einen Kaufvertrag. »Zwei Mark pro Stück. Wie viel bekommst du dann?«

»Sechs?«

»Richtig! Und jetzt schreib deinen ganzen Namen. Ohne Unterschrift ist es ja nicht gültig.« *Jenifer Marie Brakel,* schrieb sie langsam und sauber.

»Na, da hast du mir ja ein N übrig gelassen?«, sagte die Großmutter, »ich werd es für dich aufbewahren«, und schrieb *Annelies Marie Brakel.*

Die drei Pflaster mit Zauber-Honig durfte Jennifer erst nach siebzehn Tagen abreißen, und da ließ die aufgeweichte Haut sich wegwischen wie Kaugummi. Die Warzen hatte Oma in einer kleinen Metalldose, die klapperte und die Jennifer nicht haben durfte, weil die Geschwüre sonst wieder an ihre Hand gesprungen wären.

Auf dem Heimweg weinte sie. Aber es war ein Fehler, zu weinen. Eine Charakterschwäche, wie ihr der Vater erklärte. Sie müsse lernen, nicht so empfindlich zu sein. Jennifer weinte leise.

*

Baby, do you understand me now ... singt ihr Klingelton, und so beginnt jeder Anruf mit der Bitte um Verständnis.

Jef geht aus dem Büro, setzt sich mit einer Zigarette auf die Feuertreppe, den Rücken gegen die warme Ziegelwand gelehnt, und ruft ein energisches »Ja!« ins Telefon, wie um ihr Verständnis vorzuschießen. »Gerburg Strand!«, sagt eine Frauenstimme streng, und Jef presst vor Schreck ihre Zigarette in den Aschenbecher. »Spreche ich mit Jennifer Brakel?«

Schlagartig wird ihr bewusst, dass die erfundene Geschichte über die Zusammenarbeit mit Professor Strand zwar schon bruchstückhaft in ihrem Hirn herumliegt, sich aber noch nicht glaubhaft vortragen lässt. »Ja, das bin ich.«

Sie sei aufgrund ihrer Zusammenarbeit mit dem Künstler ausgewählt worden, teilte die Stimme mit, als müsste Jef jetzt für ihre Lüge bezahlen. Wann sie vor Ort zu sein habe und dass eine Anwesenheitspflicht für die Dauer von drei Monaten bis zur Jubiläumsveranstaltung gelte, da sonst das Stipendium zurückzuzahlen sei, wird wie eine amtliche Verordnung ins Telefon gebellt. Jef kann nur Ja und Nein sagen, und nach dem Gespräch hat sie das Gefühl, sich versehentlich in blöde Schwierigkeiten gebracht zu haben. Sie versucht, die angerauchte Zigarette aus dem Aschenbecher zu reparieren, und weiß, sie ist eine Betrügerin. Eine Hochstaplerin.

Ihr Bewerbungstext war doch damals nur eine alberne Spielerei gewesen. Diese Unbeschwertheit ist ihr jetzt ein Rätsel.

Es war die beste Zeit ihres Lebens, als sie mit Rita zusammenwohnte und es Weinabende gab, an denen sie in der Küche gesessen und überlegt hatten, wo sie das Geld für die Miete herbekamen. Jef suchte nach Kunststipendien, und es war lustig, für das Anschreiben angesagte Fremdworte so unsinnig wie möglich aneinanderzureihen. »Wir müssen unsere Arbeit unbedingt als transformative Versuchsanordnung bezeichnen, und auf jeden Fall muss das Wort Schnittstelle vorkommen«, hatte Rita gesagt, mit den Füßen getrampelt und die Hand auf den Tisch gehauen vor Lachen. »Schreib mal: Wir möchten eine Responsibilität für die suffiziente Reputation vor Ort aufspüren, um unser Renommee zu sublimieren.«

Jef schrieb es auf. Abgeschickt hatten sie die absurde Bewerbung damals nicht.

Vor zwei Wochen fand Jef sie wieder. Ihre ernst gemeinten Bewerbungen für Ideenausschreibungen wurden nie beantwortet. Warum diese?

Das Telefon klingelt wieder. Auf dem Display steht: *Sparkasse.* Wie können die erwarten, dass ich freiwillig einen Termin mache, damit die Bank mein überzogenes Konto sperren kann, denkt Jef. *Please don't let me be misunderstood,* lässt sie das Handy weitersingen.

»Das will doch keine Sau so genau wissen, was der Typ mit dir gemacht hat«, sagt eine Kollegin, die zum Rauchen rausgekommen ist und hinter den langweiligen Aktfotos, die Professor Strand vor Jahren von Jef gemacht hat, Erotikbilder vermutet. »Fahr dahin, Mann. Mach das, echt. Ist doch ein Traum. Bisschen Kunst machen und dafür bezahlt werden! Hallo?«

»Was soll ich denn bitte für eine Kunst machen?«, sagt Jef. »Ich hab noch nie Kunst gemacht. Ich hab überhaupt nichts zu sagen!«

Als Jef abends an der Bushaltestelle sitzt, beobachtet sie zwei lachende Mädchen in High Heels, die um eine Ecke biegen, als erschienen sie direkt auf einer Kinoleinwand. Lange Haarsträhnen fliegen ihnen um die Schultern. Jef kennt diese übermütige Stimmung, in der sie das Getriebe der Großstadt einmal geliebt hat und sich von der Großstadt geliebt fühlte. Sie kennt diesen Zustand, in dem es reicht, den richtigen Song zu hören, um mit allen Männern der Stadt schlafen zu wollen. Warum macht es sie nicht mehr glücklich, im kurzen Rock mit einer Freundin auf einem Barhocker zu sitzen und Cappuccino zu trinken?

*

Wenn Jennifer als Kind krank war, hatte ihre Genesung dem strengen Plan zu folgen, den ihre Mutter festlegte. Jedes Mal, wenn die Mutter das Zimmer betrat und unangenehme Utensilien auf einem Tablett hereintrug, hatte sie diesen genervten Blick, und Jennifer wusste: Es war ihr eigener Fehler, krank zu sein. Es hätte vermieden werden können und durfte nicht wieder vorkommen. Temperatur und Tabletteneinnahme wurde in eine Tabelle eingetragen, und das Kranksein bestand aus dem kontrollierten Ablauf aller Bedürfnisse. Jede Bewegung, die Jennifer machte, unterlag entweder einer Pflicht oder einem Verbot. Mit schlechtem Gewissen lag sie im Bett und wusste, in der Schule musste ihretwegen der Unterrichtsplan geändert werden, Vertretungslehrer mussten einspringen, Stunden fielen aus, und das nur, weil die Tochter der Lehrerin Fieber hatte.

Mit zehn Jahren begann sie jedes Unwohlsein vor der Mutter zu verbergen und nahm heimlich Medikamente. Wenn sie erkältet war, beeilte sie sich in der einen Stunde, die sie vor ihren Eltern nach Hause kam, Dampfbäder zu machen, Zitronentee zu trinken, Vitamine zu nehmen, heiß und kalt zu duschen. Vor den Eltern gab sie sich alle Mühe, gesund zu wirken.

In den Sommerferien wurde sie endlich zur Großmutter gebracht.

Wie wenig Jenny und ihre Sommerfreundin aus dem Nachbarhaus brauchten, um sich frei zu fühlen. Eine Feuerstelle, Wasser und eine Decke. Die Höhle am Waldrand war alle Sommer leicht wiederherzustellen. Hier ein dicker Ast drüber, da ein paar Zweige angelehnt, dann Moos und Blätter, und sie konnten vor ihrem Ausweichlager sitzen, wo sie ungestört waren. Jeden Tag nahmen sie Essen mit, bauten weiter und gingen am Abend Hand in Hand singend zurück. Dass sie für immer zusammenbleiben würden, war klar.

Die Eltern lachten sie aus, als sie ihre Tochter am Ende der Ferien von der Großmutter abholen kamen und Jennifer dem

Umzugsauto ihrer Sommerfreundin hinterherrannte, die zum sechsten Schuljahr in die Stadt zog. Jennifer stolperte in den Straßengraben und blieb weinend liegen. Sie hasste ihre Eltern dafür, dass sie sich so einig waren.

Die Oma und die Sommerfreundin mehr zu lieben als die Eltern, musste bedeuten, mit ihr stimmte etwas nicht.

Am Freundeverlieren zu leiden, betrachteten die Eltern als harmlose Kinderkrankheit, die sich verwachsen würde. Das konnten nicht ihre Eltern sein, dachte sie. Die mussten sie adoptiert haben. Ihre wahren Eltern mussten Leute mit Gefühlen gewesen sein. Wo sonst sollte sie die herhaben?

*

Jef packt ihren Koffer mit dem Gefühl, einen Fehler zu machen.

Als sie ihn über den U-Bahnhof zieht, kann sie sich kaum noch vorstellen, die erstickende Wärme in den letzten Wochen als kühl empfunden zu haben. Jetzt ist die Luft kalt und der Tunnel warm.

Sie fährt durch die Keller der Großstadt, hat sich an dieses Getriebe längst gewöhnt.

Am Hauptbahnhof zieht sie ihren Koffer durch die Menschenmenge und versucht zielstrebig zu wirken, obwohl sie nicht weiß, auf welcher der vier Ebenen des verkreuzten Bahnhofs ihr Gleis liegt. Wer nicht zielstrebig wirkt, wird angerempelt, wie der Mann mit der einzelnen Rose, der verirrt an der Rolltreppe steht. Sieht nicht aus, als ob das helfen wird, will Jef ihm laut zurufen.

Sie weiß nicht mehr, was sie damals mehr geärgert hat, als ihr letzter Freund auf diese hilflose Idee mit der Rose gekommen war: Dass Rosen offenbar nur im Notfall vorkommen, oder der leidende Blick, in dem die Bitte lag, wenigstens aus Mitleid bei ihm zu bleiben.

Während Jef zwischen grauen Schallschutzwänden wie durch einen Graben fährt, wird sie unruhig und fürchtet sich vorm Rasen in ihre unsichere Zukunft. Lieber würde sie schlafen, vertraut aber dieser Betonzwischenwelt nicht. Als endlich Wälder zu sehen sind, macht es sie kaum zufriedener. Die Bäume sehen vertrocknet aus, und die Vorfreude, die sich sonst beim Zugfahren eingestellt hat, flackert nur als Erinnerung auf.

Sie würde gerne mit jemandem reden, um zu testen, wie glaubwürdig es klingt. Beiläufig, als wäre es nicht das erste Mal, dass sie im Haus eines Künstlers mit Künstlern wohnt, um Kunst zu machen, würde sie den Hinweis fallen lassen: Sie wird jetzt für drei Monate eine Stipendiatin sein.

Der alte Mann, der neben ihr sitzt, ist aber mit Brille, Zeitschrift und Fahrkarte so beschäftigt wie mit einem komplizierten Puzzle, und die Frau gegenüber sieht aus wie eine Echse: Riesenaugen und ein dünnlippiger Mund, der offen steht. Ihre kleine Zungenspitze huscht unruhig herum und schnellt andauernd zwischen den Zähnen hervor. Jef hält es kaum aus, sie nicht andauernd im Blick zu behalten, um sicherzugehen, dass ihre Zunge nicht blitzartig ausrollt, um ihr eigenes Auge abzulecken.

Immerhin war der Koreaner beeindruckt, der jetzt in Jefs Bett schläft, auf ihrem blauen Küchensofa sitzt und ihre Miete bezahlt.

Im Gegensatz zu Jefs Frage nach einem Nebenjob, mit dem sie ihre Selbstständigkeit als Gebrauchsgrafikerin finanzieren konnte, waren auf ihre Rundmail, in der sie ihre Wohnung zur Untermiete angeboten hatte, sofort Reaktionen gekommen.

Sie steigt um, kauft in dem fremden Bahnhof einer fremden Stadt einen Espresso, setzt sich auf ihre Tasche und beobachtet den Vorplatz. Woanders neu anzufangen, wäre womöglich eine Lösung. Es muss Städte geben, in denen das Leben weniger schwer ist. Städte, in denen Rechnungen einfach bezahlt werden, ohne dass man darum kämpfen muss. Mittelmäßige Städte für ein mittelmäßiges Leben, in denen mittelmäßige Kompetenzen ausreichen. Jef würde einen mittelmäßigen Freund finden und in eine mittelmäßige Zufriedenheit verfallen.

Der Gedanke ist nicht neu. Er hat sich oft angeboten, wie ein trockenes Stück Kuchen, das sie endlich nehmen würde, wenn sie entweder keine Torte mehr sehen könnte oder halb verhungert wäre.

Vielleicht würde sie einen Mann finden, der ihr immerzu die Welt erklärt. Einen, über den sie sich mit Rita lustig gemacht hätte, als sie noch befreundet waren. Rita äffte diese Männer im Vorbeigehen nach »Pass mal auf Baby, das ist so ...«, sagte Rita mit tiefer Stimme und einem Gang wie ein Affe. »Das Gras ist grün und der Himmel ist blau, verstehst du?«

Vielleicht würde es reichen, wenn er dabei eine angenehme Stimme hätte. So einer würde Jef endlich vom Selberdenken abhalten.

Sie steigt in einen anderen Zug, der genauso aussieht wie der vorherige, setzt sich auf den gleichen Platz, rechts am Ende eines Waggons, und fährt weiter.

Als der Vater eines unzufriedenen Babys aggressiv mit einer Rassel klappert, denkt Jef schon wieder an Rita. Rita hätte sicher so etwas gesagt wie: »Guck, das macht er, weil er dem Kind am liebsten eine runterhauen will. Dazu werden solche Klappern nämlich hergestellt.«

Vielleicht hätte Rita daraus eine Performance entwickelt, sich nackt an eine Säule fesseln lassen, mit Kinderrasseln geklappert und die Gäste aufgefordert, sie zu ohrfeigen.

Ein bärtiger Mann in bunten Turnschuhen setzt sich Jef gegenüber, starrt auf eine kalte Zigarette, die er zwischen den Fingern hält, und wippt mit dem Knie, als müsse er die Zylinderkolben des Zuges antreiben. Dann hält er ein winziges Handy ans Ohr und flüstert so, dass es freundlich klingen soll: »Ich würd dich nachher gerne ein bisschen zuballern.«

Er wirkt seltsam fürsorglich. Jef wünscht sich, jemand würde so etwas zu ihr sagen.

Schließlich bleibt der Zug auf der Strecke stehen. Große Vögel fliegen langsam über offene Rinderställe unter Wellblechdächern, wo Hunderte schwerer Tiere dicht zwischen Eisenstangen stehen und beim Atmen dampfen. Jef sieht, wie ein Mann mit armlangem rosa Gummihandschuh etwas aus einer Kiste nimmt und durch die unruhig muhenden Reihen geht.

Der Zug fährt weiter, und Jef überlegt, ob sie mit einem zusammen sein könnte, der Kühe besamt. Einer muss es ja machen, würde so einer bestimmt sagen, und was Rita dazu sagen würde, wäre: Die Tiere könnten das sicher selber. Aber vielleicht denkt so einer gar nicht darüber nach.

Mit dem letzten Umsteigen sitzt sie in einem gläsernen Panoramawagen. Die Bahnlinie gehöre zum Weltkulturerbe, erklärt eine Ansage, und Jef schläft endlich ein. Die Wange im Pullover, zwischen Kopf und Scheibe, schreckt sie hoch bei Durchsagen, in denen Worte vorkommen wie: *spektakulärster Streckenabschnitt, imposanteste Schlucht.* Jef kommt sich vor wie damals als Kind, wenn die Eltern aus dem Auto auf jedes Pferd zeigten, das in der Landschaft herumstand. »*Harmonisch eingebettet in die atemberaubende Landschaft der sagenumwobenen Bergwelt, sehen Sie links das charmante Kreisviadukt.*« Jef hebt das Handy zu spät vor die Scheibe, die Kamera reagiert zu langsam, und schon ist die imposante Schlucht mit dem Eisbach unter dem Zug durchgetaucht. Zu müde zum Staunen schläft sie ein.

Im Schlaf ist Jef glücklich. Alles ist richtig. Sie muss nicht arbeiten, nicht denken, sich nicht selbst optimieren, weil Schlafen ein optimaler Zustand ist. Sie muss nicht selbst leben, nicht essen, kein Essen kaufen und vor allem kein Geld verdienen, das dann doch wieder nicht für die ganze Miete reicht. Als sie diesen herrlichen Zustand verlassen muss, bedankt sich die Stimme gerade fürs Bereisen der hundertjährigen Bahnstrecke.

Der alte Professor ist hier also mit der Bahnstrecke geboren worden. Jef stellt sich vor, dass er als Kind eines Ingenieurs oder Gleisarbeiters hergekommen sein könnte. Vielleicht hat sein Vater diese Schwellen verlegt, die Viadukte gemauert und seine Mutter die Kleider der Bahnarbeiter gewaschen oder ihnen Essen gekocht.

Jef zieht ihren Koffer hinunter zum See, um den die Häuser der Stadt sich versammelt haben. Die Luft ist seidig, als sie zur Uferpromenade hinabgeht. Erst nachdem sie ihren Blick eine Weile in das blaugrüne Wasser getaucht hat, fragt sie nach dem Weg.

Das Geburtshaus von Professor Strand liegt am Hang gegenüber, nah am Wasser, umgeben von niedrigen Nadelbäumen, und sieht unscheinbar aus für seine Größe. Hellgrau und verletzbar. Nicht so robust wie die umliegenden Gebäude.

Es ist kalt. Die Menschen, die um den See spazieren, vergraben die Gesichter in den Schals und sind den Wind nicht gewohnt, der ihnen in die Jacken bläst und durch die Haare jagt. Gestern muss es hier wärmer gewesen sein. Das verrät die feuchte Luft, die noch mit dem Geruch von warmem Stadtstaub vermischt ist.

Dieses Haus, Gott bewahr, vor falschen Freunden und Gefahr, liest Jef, als sie im Näherkommen die sorgfältige Schmuckschrift über den Fenstern der zweiten Etage erkennt. An dem löchrigen Putz und der gewaltigen alten Holztür und an den zarten Fensterstreben, von denen der Lack blättert, sieht Jef: Hier ist seit Jahren nichts ausgebessert worden.

Residenzprogramm Haus Strand, steht auf einem flatternden Zettel, der mit einer Reißzwecke an der Tür befestigt ist und noch keinen Regen abbekommen hat.

Die Eisenklinke lässt sich nicht bewegen. Jef findet eine kleine primitive Plastikklingel, die an einem Kabel baumelt und nicht aussieht, als könnte sie etwas bewirken. Aber irgendwo im Inneren löst sie einen leisen Ton aus.

Niemand öffnet, und als Jef mit beiden Händen an der Klinke rüttelt, lässt die Tür sich doch öffnen, als habe sie entschieden, Jef erst jetzt, nachdem sie geklingelt hat, einzulassen. In dem großen Vorraum steht eine Kommode mit Kunstzeitschriften und einem historischen Telefonapparat. Licht fällt durch die bunten Scheiben über der Tür auf die gemusterten Bodenfliesen. In jeder Ecke ein samtgepolsterter Stuhl. Jef ist nicht sicher, ob sie das Haus als historisches Museum betrachten soll, oder ob es einfach von der Gegenwart vergessen wurde. Als sie die Tür mit der Sütterlin-Aufschrift: *Büro* öffnet, hört sie jemanden lachen. Das Büro ist holzgetäfelt, alte Schränke mit endlosen kleinen Schubfächern stehen herum und wirken, als wären sie seit einem halben Jahrhundert nicht mehr geöffnet worden.

Jef erschrickt vor einer alten Frau, die hinter ihr steht, einen Wischeimer trägt und mit einem Handfeger die Tür abfegt. »Weißt du, wo sie den Besen stehen gelassen hat?«, fragt die Frau, sieht Jef gütig an und hält den Kopf schief. »Nein?«, sagt Jef unwirsch, und die Frau lächelt mit penetranter Betulichkeit. Ihr fusseliges gelbgraues Haar ist hochgeknotet, Strähnen hängen vor dem Gesicht wie Spinnweben. Sie ist auf keinen Fall die Frau, mit der Jef telefoniert hat. Ihre Augen sehen aus, als wollte sie jedem Kind ihre knochige Hand hinhalten und sagen: Wolln wir mal in den Garten gehen und nachsehen, ob wir da was finden, woraus wir einen Kuchen backen können? Nur würde es wahrscheinlich jedem Kind vor ihrer Erscheinung grausen. Der zu große Kittel ist schief geknöpft. Sie fegt weiter an der Tür herum und lässt den Staub liegen, der sich in den Ecken gesammelt hat.

Als Jef an ihr vorbeigeht, riecht sie muffig, nach nasser Wolle bei Regen und nach ungewaschenem Haar. Noch etwas anderes, beißendes, von Terpentin, oder Katzenpisse, ist in diesem Geruch. »Sie wird vergesslich. So wird's dir auch gehen.« Die Frau nickt verschmitzt, und Jef hat plötzlich Angst, von ihr verflucht zu werden.

Das Haus sieht von innen noch älter aus als von außen. Es riecht nach Keller. Jef geht die knarrende Treppe rauf, kehrt um, geht zurück, weil ihr einfällt, dass sie ihren Koffer nicht mit der verrückten Alten hier unten alleine lassen sollte. Jef zerrt den Koffer Stufe für Stufe hinter sich her.

Mit Schwung führt die Treppe über einen Absatz mit verwinkelter Diele hinauf in einen holzgetäfelten Salon. Eine lange Fensterfront lässt so viel Licht hinein, wie Jef es dem trüben Wetter nicht zugetraut hätte. Der Salon ist nur der Vorraum zu einem Saal, den sie jetzt betritt. Vier Menschen auf einer rosasamtenen Sitzgruppe am Ofen betrachten Jef.

»Hi«, sagt eine sehr kleine junge Frau mit neon-orangeroten Fingernägeln, die auf dem Sofa liegt, etwas kaut und »Sonja« sagt.

Sie geben einander befangen die Hand, als würde ihnen diese Förmlichkeit vom Haus aufgetragen, und Jef denkt, dass sie es wohl kaum fertigbringen wird, das Mädchen nicht Sunny zu nennen. Oleksii, ein dünner Mann mit schwarzem Bart und Glatze, sitzt neben ihr. Ein Zellstofftaschentuch steckt am Handgelenk im Pulloverärmel. Daneben Kevin, ein unscheinbarer Rothaariger. Er gibt Jef die Hand. »Nenn mich Vin.«

Ein breiter Mann mit Locken ist offenbar der älteste. »Wolf«, sagt er, und seine Hand ist warm und trocken.

»Jef«, sagt sie. »Hi, Jef«, singen die Neonfingernägel und tanzen kurz in der Luft. »Heißt du wirklich so?«, fragt Wolf. Jef hasst diese Frage und sie hasst ihren richtigen Namen. »Jennifer«, sagt sie. Wolf nickt. »Vin und Jef. Hört sich an wie Ikea-Stühle.«

Jef nimmt einen Keks aus der alten Blechdose, die auf dem Tisch steht, geht durch den Saal, sieht aus den Fenstern, um sich zu orientieren. Der Keks schmeckt verbrannt. Es hat zu nieseln begonnen. Zur Bergseite gibt es eine Terrasse mit Stühlen und Tischen, von denen Regen auf nasses Holz tropft. Zur Seeseite ein großes Rundbogenfenster. Es rahmt das dunstige Bild vom

See ein und von den zufriedenen Häusern dahinter. Wie eine Betonwand steht der Nebel in endloser Gleichmäßigkeit über allem.

Jef fühlt sich wie am ersten Schultag im Gymnasium, als würden sie auf einen Lehrer warten, der die Klasse kommandiert. »Ich erwarte dringend ihr pünktliches Erscheinen«, sagt Vin in gespielt herrischem Tonfall und sieht zur großen Wanduhr. »Habt ihr auch mit dieser Frau telefoniert?« Hätte er nicht so schlechte Zähne, würde er gut aussehen, findet Jef. Die Zähne geben ihm etwas Verruchtes. Sie stellen einander die üblichen Fragen, über Herkunft und Kunstsparte. »Ich mache Collagen«, sagt Jef so neutral wie möglich. Dass Vin Schmuckgestalter sein soll, irritiert sie.

Sunny ist Tänzerin, und das scheint, wenn Jef ihren zappligen Körper betrachtet, überhaupt die einzige Möglichkeit. »Können wir mal Holz nachlegen, oder so?« Sunny stellt sich hin, um einen Überblick zu haben. Sie trägt bis auf die Nägel nichts Auffälliges. Ihre Augen sind unglaubwürdig groß, sie könnten aus einen Animationskinderfilm geliehen sein. Die Wimpern, so lang und dicht, dass es schwer sein muss, die Lider zu heben. Es sieht aus, als wäre ihr Gesicht noch neu, als müsste Sunny erst lernen, es zu tragen.

»Hier muss es doch Holz geben.« Sie sieht hinters Sofa und dann Wolf an, als wäre es seine Aufgabe. Wolf trägt ein albern gemustertes buntes Hemd und hat viel zu kräftige Arme für einen Lyriker. Die verschränkt er, nachdem er eins der Programmhefte auf den Tisch geworfen hat.

»Wir können ja die ganzen Druckerzeugnisse verbrennen«, sagt er und sieht nach oben. »Oder die klapprige Empore verfeuern, bevor sie uns auf den Kopf fällt.«

Oleksii blickt erschrocken von seinem Handy auf und betrachtet die Galerien an beiden Saalenden. »Meinst du, die können runterkommen? Oh Gott, die sehen ja gar nicht gut aus. Gruselig hier alles. Aber echt.« Er stützt die Arme auf die Knie und reibt nervös seine Hände.

»Ich find's cool. Ist doch total vintage!«, sagt Sunny.

Vin behauptet, viel unheimlichere Häuser zu kennen. »Zum Beispiel das Hotel in Caracas, in dem ich ausgeraubt wurde. Das war wirklich gruselig.« Das schrecklichste Haus allerdings sei das Nachbarhaus gewesen, neben dem er aufgewachsen sei. Vin hat ein seltsam grobes Gesicht. Etwas Verletztes, das womöglich niemals heil war, ist in seinem Blick, oder in seiner Haltung, oder um ihn herum. Seine Augen kippen zur Nase hin nach unten, sind leuchtend grün und betteln Jef an, überhaupt beachtet zu werden unter seinem roten Haar. Er trägt einen mintgrünen weichen Pullover, und Jef setzt sich vielleicht wegen des Pullovers neben ihn. Vin spricht laut und tief, sodass alles gewaltiger klingt, als es womöglich klingen soll. Seine Stimme fühlt sich neben ihm an, als benutze sie auch Jef als Klangkörper.

»Von außen sah es ganz unauffällig aus. Aber drinnen war es die blanke Hölle. Das hatte sogar lange nachdem alle ausgezogen waren noch eine ganz böse Energie, die hat man kilometerweit gespürt. Dagegen ist das hier ein Paradies von einem Haus.« Wolf will wissen, wo er aufgewachsen sei. Vin sagt nur: »Ach, so ne asoziale Vorstadt«, und greift nach den Keksen. »Das wird gleich einen guten Eindruck machen, wenn wir das ekelhafte Gebäck aufgegessen haben.« Mit einer so kräftigen Stimme, die besser zu Wolf passen würde, dürfte man eigentlich keine belanglosen Sachen sagen.

»Ich weiß nicht, ob ich hier komponieren kann«, sagt Oleksii mit zusammengezogenen Schultern, steht auf, geht an den schwarzen Flügel und schlägt im Stehen ein paar Tasten an. »Und es ist echt zu kalt. Zum Spielen brauch ich warme Finger.« Er schließt den Klavierdeckel, wippt beim Gehen, dass die Bänder seiner Kapuzenjacke schlenkern, und setzt sich wieder. Er trägt Jeans in beige. Rentnerfarbe, denkt Jef. Seine zerbissenen Lippen mit Hautfetzen fallen ihr auf und dass er zu viele Zähne hat, als hätte jemand alle Klaviertasten in seinem Mund unterbringen wollen.

Jef nimmt eine der Broschüren vom Tisch und blättert darin. Künstler, die hier im Haus gewohnt haben, Namen, Fotos, Texte. Jefs Brustkorb zieht sich zusammen, drückt ihr die Luft ab, bei der Vorstellung, dass man so etwas auch von ihr erwartet. Eine Künstlerin hat aus Ästen Buchstaben gebaut und in die Landschaft gekrakelt. Sie steht daneben, mit verbissenem Gesicht. Jef hofft, an so einer steifen Veranstaltung nicht teilnehmen zu müssen, bei der die verklemmten Streber sich zusammengeschlossen haben, um für immer mit der Schule weiterzumachen. Ein Haufen Papierschnipsel, der »Weißes Geräusch« heißt, ein unsinniges Gedicht dazu, Trauben aus Wachsperlen, ein Regal voller eingeschweißter Bettdecken. Ein paar Künstler stehen mit Stolz vor ihren Werken, andere wie ängstliche Heimkinder, die auf ihre eigene Versteigerung warten. Statt der Erklärungstexte in gestelzter Sprache könnte Jef ein Buch mit mathematischen Formeln lesen. Es gäbe ihr dasselbe Gefühl, zu dumm zu sein.

*

Jennifer war fünfzehn, als sie Rita zum ersten Mal begegnete. Rita hockte im Gebüsch hinter den Ställen und zischte sie an. »Hey, gehst du rüber? Holst du mir 'n' Kaffee? Cappuccino mit Zucker! Ohne umrühren.«

Jennifer brachte ihr den heißen Pappbecher aus der lauten Bauernmarkthalle ins Gebüsch, obwohl sie gar nicht vorgehabt hatte, in die Halle zu gehen und an der langen Schlange zu stehen. Jennifer war nur auf der Suche nach einem Ort, an dem sie sich verstecken konnte. Genau wie Rita im Gebüsch. Es war Vorschrift, sich von den Ställen zu entfernen, sobald sie die Nester mit Eiern gefüllt hatten. Sie durften von den Besuchern nicht gesehen werden. Zwei bis drei Eier in jedes Nest. Wie frisch gelegt sollte es aussehen. Die Paletten holten Jennifer und Rita aus einem Holzverschlag und liefen damit zwischen den verwirrten Hühnern hin und her, um alle Viertelstunde die Nester zu füllen, während die Besucher mit der »Eierbahn« über den Bauernmarkt kutschiert wurden. Es war ein bunt bemalter Traktor mit offenen Anhängewagen, in denen dicke Großeltern eingezwängt saßen, mit Kindern auf den Schößen. Körben und Einkaufstaschen. Die Bahn hielt vor dem Kuhstall, wo die Besucher saubere Kälbchen in goldgelbem Stroh streicheln durften. Die nächste Station war der Hühnerstall, wo man leere Eierpackungen an die Besucher verteilte und sie im Stall die Nester leer räumen ließ. Die Hühner gewöhnten sich keine fünf Minuten an dieses idiotische Theater. Sie hatten es sofort vergessen, sobald die Besucher aus der nächsten Eierbahn den Stall plünderten. Jedes Mal liefen sie empört gackernd durcheinander. Rita machte sich lustig über die Besucher mit ihren Hamstertaschen, die sich offenbar nicht fragten, wie fünfzig Hühner jeden Tag sechshundert kalte Eier legen konnten. Trotzdem hatte Rita mit den gestressten Hühnern mehr Mitleid als Jennifer. Einmal weinte Rita, als sie ein Ei fallen gelassen hatte. Sie entschuldigte sich bei den Hühnern, wollte sie streicheln, konnte keines fangen.

An jedem der sechs Sommerferienwochenenden saßen Jennifer und Rita den halben Tag lang im Gebüsch. Nach Feierabend bekamen sie an den Marktständen die Reste geschenkt. Jennifer hätte es nicht gewagt, nach übrig gebliebenem Essen zu fragen. Sie hätte es auch nicht geschafft sich, wie Rita, so überschwänglich zu bedanken, als die Verkäufer schon Restetüten vorbereitet hatten für die beiden Hühnermädchen. Mit vollen Taschen stellten sie sich in die Schlange vorm Büro, um ihren Lohn abzuholen, der in Butterbrottüten ausgegeben wurde, fuhren mit der historischen Eisenbahn über die Dörfer bis zum Bus, aßen Brötchen, Kräuterquark, Bouletten und Erdbeeren. Rita hatte zu viele Ideen, was sie mit dem Geld machen wollte. Für jede Idee wäre es zu wenig gewesen. Jennifer wollte sparen für ihren Führerschein.

Rita wohnte ein paar Stationen weiter, in der Innenstadt. Kurz bevor Jennifer aussteigen musste, sagte Rita: »Weißt du was? Ein Name mit Ypsilon am Ende ist wirklich eine Demütigung!« Sie kniff ein Auge zu, zielte mit dem Zeigefinger auf Jefs Brustbein und sagte: »Ich benenne dich hiermit um in Jef!«

Jennifer sah dem abfahrenden Bus hinterher. Auf dem Heimweg begann ihr der neue Name zu gefallen. Es wurde Zeit, Jef zu werden.

Als ihre Großmutter im Herbst starb, wurden die Eltern die einzigen Menschen, die noch Jenny zu ihr sagen durften.

*

Die Hausherrin kommt durch eine Tür in der hölzernen Wandtäfelung, die vorher niemand bemerkt hat. Sie breitet die dünnen alten Arme aus, an denen Reifen klappern, und verursacht einen Wind, der ihr weites Gewand Wellen schlagen lässt. »Willkommen, ihr begabten Gestalter und musischen Erfinder«, ruft sie exaltiert, während ein wesentlich kleinerer Mann mit den Händen in den Hosentaschen hinter ihr hergeht wie angeleint. Theatralisch stellt sie sich an das Tischende und wirft Jef, die sofort die Beine vom Sofa nimmt, einen strafenden Blick zu. »Willkommen in unserem herrlichen, kulturell leider vollkommen verwahrlosten Refugium«, sagt sie etwas leiser. Sunny rutscht, als die Frau Anstalten macht, sich neben sie zu setzen. Sie setzt sich aber nicht, sondern beugt sich hinunter und packt Sunnys Kinn. »Na, das ist ja süß«, sagt sie und klappert sinnlos mit den Augen. »Hattet ihr eine gute Anreise? Oh, und ihr habt euch Feuer gemacht, wie ich sehe. Es ist ja bestimmt kalt gewesen!« Sie reibt ihre Hände. »Wann hatten wir die Heizung angeschaltet, Tigerlein? Gestern? Vorgestern?« Sie sieht zu ihrem Mann, der mit den Schultern zuckt. »Ich hab hier nichts angeschaltet.«

»Und ihr habt euch Gebäck besorgt«, sagt sie. »So soll es sein. Fühlt euch wie zu Hause. Dies ist ein Ort, an dem ihr ganz ungestört in eurer Kunst, äh« – sie schwenkt die Arme, als wolle sie Ballonbrüste andeuten, »schwelgen könnt.« Ohne auf eine Reaktion zu warten, dreht sie auf dem Absatz um, geht zum Fenster, öffnet die Flügeltüren, sodass die nasse Luft hereinzieht. »Bisschen muffig«, murmelt sie. »Bah!«

Vin sieht in die Runde. »Hat von uns einer Feuer gemacht?«, fragt er leise. Alle schütteln den Kopf. Vin zeigt fragend auf die Kekse. Alle sehen einander schulterzuckend an.

Der Mann, der Tigerlein genannt wurde, nimmt Holzscheite aus einem Korb direkt neben Jef und wirft sie in den eisernen Ofen.

In diesem Saal existieren die Dinge offenbar erst, wenn sie bewegt werden. Er ist mit einem Blick unmöglich zu erfassen.

Aus jedem Jahrzehnt des letzten Jahrhunderts muss hier etwas übrig geblieben sein, und als eine grau getigerte Katze von einem der Stühle in der hinteren Saalecke springt, sich streckt und gähnt, weiß Jef, sie kann sich nicht auf ihre Augen verlassen. Wie hat sie das Tier bei ihrer Orientierungsrunde übersehen können? Um herauszufinden, wo sie hier ist, wird sie alle Sinne gleichermaßen befragen müssen.

Die Frau sagt, sie wolle nicht lange reden, und redet doch lange. Am längsten redet sie von ihrer Jubiläumsfeier, die ihr wichtig sei und für die sie hohe Ansprüche an die Stipendiaten habe, auf deren Idee sie zähle. Sie gestikuliert und braucht offenbar das Geklingel ihrer Armreifen zum Denken.

Tigerlein hat sich breitbeinig im Sofa zurückgelehnt, die Unterlippe vorgeschoben, was selbstzufrieden aussieht, nickt und wirft seiner Frau fehlende Worte und Namen zu. Sie würden auf der anderen Seite des Sees wohnen, sagt sie. »Von meiner Terrasse aus habe ich das Haus immer im Blick«, sie reibt ihrem Mann das Knie, »haben wir das Haus im Blick.«

Sauber gemacht würde hier nicht, erklärt sie beiläufig, als sei es unwichtig. »Ihr putzt bitte selber. Zeit habt ihr ja genug. Das Wetter wird so schlecht bleiben, versprochen.« Es gebe eine Putzmittelkammer, eine Waschmaschine im Keller und frisches Bettzeug müsste sich auch irgendwo finden. Sie seien ja nun bedauerlicherweise die ersten Teilnehmer des Residenzprogrammes nach dem Tod des Künstlers. »Meines Vaters«, hängt sie demütig an. Er sei zwar in den letzten zwanzig Jahren nicht mehr hier gewesen, aber sein Tod habe ja nun auch etwas Gutes, sagt sie streng. Zum ersten Mal würde das Programm teilweise von der Stadt Brönnen finanziert.

Alt genug sei er ja geworden, sagt sie, als hätte er aus Bosheit so lange gelebt, und Jef überlegt, ob die Strand auf den Tod des Vaters gewartet hat.

Zum Abschluss der vergangenen Residenzprogramme habe es nur eine kleine Ausstellung gegeben. Da sei kaum jemand gekommen, sagt sie beschwingt und hängt ein Lachen an. Diesmal würde alles anders und die Stipendiaten hätten die einmalige Chance, ihre Arbeiten während der großen Jubiläumsveranstaltung zu präsentieren, bei der sie die Gründung ihrer Stiftung zur Erforschung des Lebenswerkes des Künstlers – »meines Vaters« – bekannt geben würde.

Jef fragt sich, warum man Kunst andauernd ergründen musste. Vielleicht wäre sie Künstlerin geworden, hätte man sie in der Schule nicht gezwungen, Kunstwerke zu analysieren. »Ich hoffe, Sie werden dem hohen Anspruch des Hauses gerecht«, sagt die Strand-Tochter und zählt Künstler auf, die schon da gewesen sind. Jef kennt keinen von ihnen.

»Nun hängt es von Ihnen ab, wie es mit dem Haus weitergeht.« Die Strand-Tochter tippt den Zeigefinger auf die Tischplatte. In zwei Wochen würde sie sich eine Stunde Zeit nehmen.

»Alle zwei Wochen möchte ich montags, neunzehn Uhr, hier an diesem Tisch die Pläne für den Festakt besprechen.« Außerdem gebe es im Saal ein paar Konzerte, Lesungen und Filmvorführungen. »Ich rechne zu allen geplanten Veranstaltungen fest mit eurer Anwesenheit.«

Jef ist gestresst von dem klingelnden Redeschwall, stellt lieber keine Frage. Die Strand-Tochter streckt den Arm aus, um sich von ihrem Mann einen metallenen Reifen mit Schlüsseln reichen zu lassen, die sie wie Medaillen verteilt. Auf den zersplitterten Sperrholzplättchen sind die Zimmernummern beinahe abgerieben.

»Putzt ihr bitte selbst«, schnauft Wolf, als die beiden verschwunden sind und nur die Armreifen aus der Tiefe des Hauses noch läuten.

»Und wer ist diese alte Frau da unten, wenn sie keine Putzfrau ist?«, fragt Jef.

»Welche Frau?« Oleksii war durch den Garten hereingekommen. »Stand hinten alles offen«, sagt er. »War niemand da. Ofen brannte schon.« Sunny ist von ihrem Freund hergebracht worden und hat, wie Jef, eine Weile an der Tür gerüttelt, bis die Klinke nachgab. Wolf und Vin hatten einander im Panoramazug kennengelernt und waren alleine ins Haus gekommen. Niemand außer Jef ist der Frau begegnet.

»Es gibt keine Schlüssel für die Außentüren«, sagt Wolf. »Wir sitzen in einem öffentlich zugänglichen Gehege für exotische Künstler. Wie in so einer überdachten Fußgängerzone.«

»Na, das Haus wird ja von Gott bewahrt«, sagt Vin, »steht ja dran. Da braucht man doch keinen Schlüssel. Und Sonja ist sächlich, habt ihr das mitgekriegt? DAS ist ja süß«, sagt Vin. »Du hättest ihr in die Hand beißen und das Gesicht zerkratzen sollen.« Sunny winkt ab. »Ach, nicht schlimm«, sagt sie leicht gequält.

»Wie heißt diese Frau?«, fragt Jef. »Ihr Vorname war irgendwie hässlich, oder? Ich hab ihn sofort vergessen.« Die anderen haben ihn auch vergessen.

Jefs Zimmer ist keins der Ferienlagerzimmer, wie sie die anderen haben. Es sieht nach Großvater aus, mit schweren dunklen Möbeln, Rüschengardinen und dickem Teppich.

In ihrem winzigen Bad funktioniert das Licht nicht. Wenn sie die Tür weit offen lässt, kann sie im Spiegel ihr Augenweiß erkennen und beim Schminken ahnen, wo ungefähr ihre Wimpern sein müssen. Abends ist sie froh, von unten noch Stimmen zu hören.

Auf dem Treppenabsatz vor ihrem Zimmer begegnet sie Oleksii. »Da geht's auch runter«, sagt er und zeigt in den Saal. Hinter der unscheinbaren Tür in der Holzverkleidung führt eine dunkle Treppe nach unten. »Dienstbotenaufgang wahrscheinlich«, sagt Jef, als sie von hinten die Küche betreten. »Sieht ja aus wie in einem Kinderheim.« Riesige Töpfe und Kellen hängen an der Wand neben dem großen Herd. Endlose Teller und Tassentürme sind in den Küchenschränken gestapelt. An dem langen Tisch sitzt Wolf vor einem Glas Wein, als wäre er längst zu Hause und liest Zeitung. »Hi«, sagt Jef und klingt verlegen, was ihr peinlich ist.

Wolf blickt nicht auf. »Wusstet ihr, dass der Ort damals von Künstlern erschlossen wurde? Die haben hier die Berge gemalt, Singvereine gegründet, und lauter Schriftsteller haben sich hier zurückgezogen und Naturbeschreibungen studiert«, erklärt er.

Oleksii isst Bratkartoffeln aus der Pfanne. »Darf ich das aufessen?«, fragt er kauend. »Aber nimm dir einen Teller, bitte!«, brummt Wolf.

Jef kocht sich Kaffee.

»Und dann wurden Hotels gebaut und sie haben einen Luftkurort draus gemacht.« Wolf liest murmelnd weiter und faltet die Zeitung zusammen. »Ja, und dann kam die Habgier und hat alle Künstler aus der Stadt verjagt. Jetzt müssen sie welche kaufen.« Er wirft die Zeitung auf den Tisch.

Oleksii tänzelt zum Küchenschrank. »Die Nacht wird schrecklich. Ich werde überhaupt nicht schlafen können bei so vielen unbekannten Geräuschen. Normalerweise stopfe ich mir in Hotels immer die Ohren zu. Aber wenn ich weiß, dass hier einfach jeder ins Haus kommen kann, traue ich mich das echt nicht.« Er streicht sich über die Glatze. »Ich weiß nicht, wie ich das hier drei Monate lang aushalten soll. Ich kann unmöglich komponieren, wenn ich zu wenig schlafe.«

Sunny schleppt eine Einkaufstasche, packt Essen aus, stellt Weintrauben auf den Tisch, erklärt, welche Läden es in der Nähe gibt und wie lange sie geöffnet haben, plappert ununterbrochen, während sie Chips aus ihrem Rucksack holt, den Aufdruck liest. »Dreißig Prozent weniger Fett? Weniger als wie viel? Als sie gerne reingemacht hätten? Man maximal reinmachen kann?« Sie reißt die Tüte auf, stopft sich Chips in den Mund. »Die Leute sind komisch hier. Da ist einfach zu viel Luft zwischen den Menschen.«

Sie nehme das untere Kühlschrankfach, weil sie die Kleinste sei, und Wolf sollte das oberste benutzen, bestimmt Sunny. Oleksii stellt sich vor den offenen Kühlschrank, wie ein kleiner Junge, der beim Kinderarzt ausgemessen wird, und vergleicht seine Augenhöhe mit dem vorletzten Fach, was Jef albern findet.

Jef geht auf den kleinen Innenhof, der von der Küche aus zu betreten ist, und erschrickt vor Vin, der an die Mauer gelehnt in einer dunklen Ecke raucht und den Himmel betrachtet. Sie hat das Gefühl, ihn zu stören, bekommt keinen Blick, kein Lächeln und keine Zigarette. Ein paar Fragen lässt er sich stellen und antwortet in den dunklen Himmel. Offenbar hat er einen Plan, den Jef nicht versteht. Er redet von schmelzenden oder sich verfärbenden Materialien, aus denen er Schmuck machen wolle, der sich bei jedem Träger verändere. Darunter kann Jef sich nichts vorstellen, denkt aber, so muss ein echter Künstler sein. Bestimmt braucht man diese einsame Begeisterung für Ideen, die niemand nachvollziehen kann. So wie Wissenschaftler und Geistesgestörte. Was sie hier vorhabe, fragt er und sieht Jef jetzt doch an. Sie behauptet, sie bräuchte einen Text, um ein paar Collagen zu machen. »Frag Wolf«, sagt Vin, »vielleicht schreibt er dir was.«

Sunny tänzelt aus der Küche, sieht in einen Eimer neben der Tür, »ist das für Biomüll?«, lässt einen Mangokern hineinfallen und leckt ihre Finger ab.

Vin verdreht die Augen. »Ist mir zu verpeilt, Sonnenscheinchen. Nervt mich total, so was«, sagt er leise, als Sunny wieder in der Küche ist.

Jef will wissen, was Vin von Strands Bildern hält, und er antwortet, ohne zu überlegen. »Diese konvulsivischen Bildverrenkungen finde ich ganz gut, aber seine Editionen aus den manipulierten Kopien und fantastischen Verzerrungen sind mir zu kommerziell und gefällig. So etwas interessiert mich nicht.«

»Aha«, sagt Jef betreten und hofft, er fragt nicht, wie sie Strands Bilder findet.

Vin beugt sich über die niedrige Mauer, versucht an der Giebelwand vorbei den See zu sehen. »Die alte Hexe kann von da drüben nicht mal mit nem Fernglas hier in die Fenster sehen.« Er lässt die Zigarette fallen und tritt sie mit einer Drehung aus. »Die spinnt doch.«

Oleksii lässt seinen Teller auf dem Tisch stehen. »Ich geh mal schlafen. Wir sehen uns ja morgen, wenn's Frühstück gibt«, sagt er und geht.

»Wenn's Frühstück gibt?«, fragt Vin, aber Oleksii hört ihn nicht mehr.

Als Jef die dunkle Küchentreppe wie aus einem U-Bahnhof raufsteigt, in den Saal, der nach Staub und Vergangenheit riecht, fragt sie sich, warum sie in diese erdrückende Lage geraten ist.

*

In ihrem Ort am Stadtrand gab es eine Schule, ein Krankenhaus und ein Altenheim. Fast alle Bewohner ließen sich in drei Gruppen einteilen: Die Unterrichtenden, Pflegenden, Betreuenden, und die, die unterrichtet, gepflegt und betreut wurden. Das war ihre kleine Welt.

Jefs kindliche Freude über eine Pumuckl-Torte und rosa Limo mit bunten Papierschirmchen hatte sich immer in Grenzen gehalten, und so war es auch mit ihrer jugendlichen Begeisterungsfähigkeit, die nur selten ausbrach. Als sie auf dem kleinen Weihnachtsmarkt im Ort mit Freunden ein paar Flaschen kalten Glühwein geklaut und sich auf der Burgmauer betrunken hatte, fühlte sie sich fast frei.

Zu Weihnachten war es, als wäre, immer dann, wenn Jennifer im Wohnzimmer war, die Großmutter in der Küche und würde vor den dampfenden Töpfen stehen. Wenn Jennifer gerade in der Küche war, dann musste die Großmutter am Tisch sitzen und Kuchenkrümel aus ihrer Kaffeetasse löffeln. Die Großmutter blieb in Jefs Leben fest installiert, ob sie tot war oder nicht. Jef war noch nicht bereit, um die Großmutter zu trauern.

Der Sommer darauf war der erste in Jefs Leben, den sie nicht bei ihrer Großmutter verbrachte. Sie fuhr mit den Eltern in die Berge. Der Vater wollte wandern.

Schnaufend stützte er sich links und rechts am Felsen ab, stieg durch die enge Spalte, Tritt um Tritt stapfend, und Jennifer fürchtete, er würde stecken bleiben. Es sah aus, als würde die Schlucht sich vor ihm weiter verengen, und Jennifer wusste, der Vater konnte doch nicht stehen bleiben. Umkehren erst recht nicht.

Das sei richtiges Wandern, sagte er, als sie auf dem Kamm waren. Was Jennifer machte, ständig anhalten, auf Bänke setzen, Mandarinen essen, das sei falsches Wandern. Er wusste, was richtig und falsch war. Jennifer wünschte, sie wäre nicht mitgefahren, sondern hätte mit Rita im Hühnerstall arbeiten können, wie letztes Jahr.

Stattdessen musste sie im Hotel am Frühstücksbüfett stehen, während die Eltern mit den Gästen dasselbe redeten wie zu Hause mit den Nachbarn vor der Garage und mit den Freunden beim Geburtstag. Die Leute waren den Eltern alle gleich. Ob die Nachbarn wegzogen und man mit neuen Nachbarn grillte, spielte keine Rolle.

Lieber hätte sie einen berühmten schwarzen Rapper als Vater haben wollen und wäre gerne eine von drei verwöhnten Töchtern gewesen, die Pferde und Gartenhäuser zum Geburtstag bekamen.

Künstlereltern hätte sie gerne gehabt, oder wenigstens Eltern, die mit Kunst etwas anfangen konnten. Aber ihre Eltern hielten Kunst für das verwerfliche Bedürfnis, etwas Unnützes zu produzieren. Nur die Pflicht galt, und sie redeten von ihrer Arbeit wie von einer Freiheitsstrafe. »Der hat noch sechs Jahre«, sagten sie, wenn sie über Kollegen sprachen.

Dass es ein Fehler sei, Kommunikationsdesign zu studieren, würde Jenny auf dem Arbeitsmarkt schon noch zu spüren bekommen. Damit tauge sie nichts, sagte ihr Vater und schien das ganze Lebewesen zu meinen, das er sinnlos großgezogen hatte.

Jef war sicher, mit einem ernsthaften Problem, und sei es nur ein geerbtes, hätte aus ihr eine interessante Künstlerin werden können. Nur waren ihr die ernsthaften Probleme abgenommen worden. Während ihre Freundinnen Scheidungskinder waren, hatten Jefs Eltern ihr nicht einmal das gegönnt. Nicht mal gestritten hatten sie sich.

Sie hatten Jef hervorgebracht wie ihre Schulabschlüsse, ihren Nachwuchs empfangen, wie sie ihr Gehalt empfingen, Jef aufgezogen, wie sie ihre Arbeit machten: pflichtbewusst. Sie lebten, um das Leben hinter sich zu bringen und am Ende alles richtig gemacht zu haben. Die wenigen Freunde ihrer Eltern waren auch so. Aber Jefs Eltern trieben die Gehorsamkeit auf die Spitze, indem sie ihrer Hausverwaltung einen Brief geschrieben und um Erlaubnis gebeten hatten, ein zweites Kind zu bekommen. Die

Hausverwaltung riet davon ab, mit der Bitte um Rücksicht auf die Nachbarn. So war Jef ohne Geschwister aufgewachsen und hatte dafür nicht ihre Eltern verflucht, sondern die Hausverwaltung. Später stellte Jef sich vor, wie man über diesen Brief gelacht haben musste, und schämte sich für ihre idiotischen Eltern. Es dauerte lange, bis ihr klar wurde, dass die Hausverwaltung mit ihrer Geschwisterlosigkeit gar nichts zu tun hatte und sie anfing, ihre Eltern zu verfluchen.

*

In der ersten Nacht träumt sie wieder von Rita. Sie leben gemeinsam in einem weißen Haus mit vielen abgeschlossenen Zimmern, von denen Rita alle Schlüssel hat.

Als Jef aufwacht und Oleksiis Klavierspiel folgend den großen Saal betritt, ist etwas vollkommen anders.

Vor dem Bogenfenster steht nicht mehr, wie gestern, die endlose Wolkenwand hinter der Stadt, sondern ein gigantisches schwarzes Bergmassiv, als wäre es über Nacht herangewandert und vor dem See stehen geblieben.

Jef geht in die Küche, wo Wolf sein Frühstück beendet hat und Sunny in einem flauschigen Mikrofaserbademantel zum Kühlschrank schlurft, Joghurt holt, eine fallen gelassene Himbeere zerlatscht und unter den Sohlen ihrer Pantoffeln auf den Fliesen verschmiert. Jef kocht Kaffee. Sunny telefoniert laut und schmatzt beim Kauen wie ein Igel, von dem man nicht erwartet, dass er so laut essen kann.

Jef stellt sich etwas Sexuelles dabei vor und kann Sunny nicht ansehen. Ihre Beklemmung versucht sie auszublenden, aber andauernd erscheinen schmatzende Geschlechtsteile zwischen ihren Gedanken.

Sunny greift über Wolfs Laptop in die Zuckerdose und stößt beinahe gegen die Kaffeetasse. Sie kaut Kandiszucker mit offenem Mund. Es klingt, als zerkaute sie ihre Zähne. Wolf stellt die

Dose vor Sunny. Sunny stellt sie zurück »Nein, ich esse ja sonst alle auf!«

»Machst du doch sowieso.«

»Wird dir nicht schlecht?«, fragt Wolf mit schmerzverzerrtem Gesicht. Sunny winkt ab. Als sie fertig ist, hat sich um ihren Stuhl ein Areal aus Krümeln und Klecksen gebildet.

Jef geht in ihr Zimmer, weil alle nach dem Frühstück in ihre Zimmer gehen, um zu arbeiten. Sie weiß, sie wird sich nicht ernsthaft bemühen, in ihrem Bad die Glühlampe auszuwechseln. Im Dunkeln auf dem Klo sitzend, fragt sie sich, warum die Parfümierung von Slipeinlagen immer nach Einsamkeit riecht. Im Gegensatz zu der Dunkelheit stört sie das. Ihr ganzes Zimmer riecht nach Einsamkeit.

Eine Tür in ihrem Zimmer führt zu ihrem Atelier. »Ich habe ein Atelier«, sagt Jef leise, um zu hören, wie überheblich es klingt. Eine große billige Tischplatte auf zwei Böcken, ein alter hölzerner Drehstuhl und ein leerer Metallschrank. Jef legt sich auf den Boden und betrachtet die nackte Glühlampe an der Decke. Die Dielen sind kühl und wölben sich leicht unter ihrem Rücken. Es ist ein Irrtum, ein Atelier zu haben. Eine Künstlerin aus ihr zu machen verspricht der Raum nicht.

Sie geht zurück in ihr Zimmer, öffnet das Fenster und sieht über die Straße auf das gegenüberliegende Grundstück. Zwischen der Villa mit riesigen Fenstern und dem greisen Haus Strand liegt ein ganzes Jahrhundert. Vor der Villa steckt im Rasen ein leuchtender Pool mit gläsernem Schiebedach. Auf der Marmorterrasse sitzen gelangweilt zwei Jugendliche, hören Musik aus einer oberschenkelförmigen Box, und sehen auf ihre Handys. Zwei Kinder ohne Handys rennen um den Pool.

Sunny kommt mit nassem Haar in Jefs Zimmer. »Hast du einen Föhn?« Sie knipst im dunklen Bad den Lichtschalter hin und her. »Ich brauche keinen Föhn mehr«, sagt Jef.

Vor dem Fenster kreischen die Kinder.

»Was ist denn da los?« Sunny lehnt sich raus. »Warum können wir nicht in so nem Haus wohnen?«, sagt sie, stützt die Ellenbogen auf das Fensterbrett und beobachtet die Kreischenden.

»Als Kind hatte ich so lange Haare, wie das Mädchen da drüben«, sagt Jef.»Hab ich mir selbst abgeschnitten. Vor ein paar Jahren gingen sie wieder bis zum Hintern. Aber die hat meine Freundin Rita mir abgeschnitten.«

»Warum?«, sagt Sunny übertrieben entsetzt.

»Weil sie meinte, mein Gesicht würde so unscheinbar aussehen. Verschwommen, hat sie gesagt. Mit kurzem Haar sehe ich wenigstens nicht mehr aus wie so ein blödes Pferdemädchen.«

Sunny lacht. »So'n Quatsch.«

Als ein Jugendlicher hochsieht, winkt Sunny, bekommt aber nur einen abfälligen Blick zurück.

Im Saal hört Oleksii auf zu spielen und kommt in Jefs Zimmer.

»Hast du einen Föhn?«, fragt Sunny. Er streicht sich über die Glatze.

»Danke für die Beleidigung.«

Jef schätzt Oleksii auf Anfang dreißig.

»Na, vielleicht für dein Fell, was weiß ich«, sagt Sunny und zieht im Vorbeigehen ihre Neonfingernägel durch seinen Bart. »Ich frag Vin.«

Oleksii sieht sich um und sagt: »Dein Zimmer hat eine viel bessere Energie als meins. Können wir tauschen? Bitte! Ich liebe diesen Geruch hier.«

»Was denn für'n Geruch?«

»Na, dieses muffige, nach alter Gartenlaube, wo im Winter die Matratzen vergammeln, und so nach billigem Kunstleder und nassem Teppich, weißt du, was ich meine?«

Jef muss zugeben, sie mag den Einsamkeitsgeruch jetzt irgendwie auch. Sie riecht Kalk und dazu abgeblätterten Fensterlack auf altem Holz in der Sonne, der sie an die Sommerferien bei ihrer Großmutter erinnert, als sie alleine herumgestreunt war.

Auf dem Weg in Oleksiis Zimmer hopst er rückwärts vor Jef her. »Ich komponiere ein Stück für dich, ja? Bläserquintett für Jef!«

Sein Zimmer ist heller als Jefs. Es riecht nach Staub statt nach nassem Teppich. An allem ist etwas kaputt, und das Zimmer wirkt gestorben, wie ein morsches Gerippe. Das Bett wartet darauf, einstürzen zu dürfen, in den Schränken fehlen Fächer, das alte Linoleum hat Löcher und Risse und an den Fenstern fehlen die Griffe. Oleksii hat zwei große Monitore, Boxen und andere Geräte auf den wackeligen Schreibtisch gestellt. Eine Bekannte habe ihn mit dem Auto gebracht, sagt er, als Jef sich wundert, wie er das alles herschaffen konnte.

Jef will nicht tauschen. »Was soll ich denn mit einem Bläserquintett, es gibt doch bestimmt noch mehr schimmlige Zimmer«, sagt sie und beginnt, in seinem Gang die anderen Türen zu öffnen. Die Zimmer sind alle gleich, nur ist in jedem etwas anderes kaputt. In manchen gibt es vergessene Kunstwerke früherer Stipendiaten. Eine Plastik aus Joghurtbechern, ein geschnitztes Holzrelief, das offenbar nicht fertig geworden ist, ein geflochtener Bastvorhang mit Glitzerbändern, der nicht aussieht, als gebe es ihn so im Baumarkt zu kaufen, und auf einen Stuhl hat jemand mit der Hand eine ganze Geschichte geschrieben, die auf der Rückenlehne beginnt: *Seit die Prinzessin sich in eine Straßenkatze verwandelt hatte, waren alle gegen sie …*

Auf den ersten Blick denkt Jef, es müsste alles voller Staub sein. Brösel von heruntergerieselter Wandfarbe müssten überall liegen, oder dieser Flaum von zerfallenen Textilien. Dass alles Kaputte halbwegs sauber ist, erinnert Jef wieder ans Schulferienlager.

»Wenn ich gewusst hätte, was das für eine Ruine ist, hätte ich das Stipendium nicht angenommen«, sagt Oleksii.

»Gefegte Ruine«, sagt Jef.

Ein Absperrband hängt halbherzig vor der Treppe zur Empore und lädt zum Darübersteigen ein. »Vielleicht sind da oben noch Zimmer?« Oleksii betritt vorsichtig die Stufen. Durch den Dachboden zieht sich eine symmetrische Reihe metallener Betten, die mit Tüchern voneinander abgetrennt sind. Die Tücher schaukeln wie eingeschlafene Segel von der Decke.

»Wart ihr schon im Schrank?«, fragt Wolf, als sie nach ihrem Dachbodenrundgang auf der anderen Empore ankommen. Wolf hat seinen Laptop auf der Brüstung abgestellt und einen alten Sessel davorgeschoben.

Offenbar ist er der Sonne hinterhergewandert. Jef hat ihn am Vormittag im kleinen Salon gesehen und später auf der Sitzgruppe im Saal.

»Da unten auf dem Treppenabsatz«, Wolf zeigt Richtung Saaltür. »Dieser Kleiderschrank in der Diele bei den Toiletten, gleich an der Treppe, vor dem Eingang zum Salon. Solltet ihr mal reingucken. Vielleicht findet ihr da ein ruhiges Komponistenzimmer.«

Oleksii ist sicher, Wolf will sich über seine Empfindlichkeit lustig machen und zeigt ihm einen Vogel. »Seht's euch an!«, sagt Wolf.

Der Schrank steht da, wo solche Schränke nicht weiter auffallen, und als Jef ihn öffnet, hängen zwei alte Mäntel darin. »Sehr witzig«, sagt Oleksii.

Jef schiebt die Mäntel beiseite, betastet die Rückwand und findet einen Holzriegel, der sich umlegen lässt. Die Rückwand klappt zurück, dahinter eine Zimmertür, die sich, als Jef die Klinke drückt, nach außen in einen Raum öffnet. Ein leichter Geruch nach Katzenpisse zieht in den Schrank. Jef steigt zuerst hindurch.

Im Zimmer liegt eine Matratze auf der Erde, und vor der zerschlagenen Fensterscheibe bauscht sich eine zerrissene Gardine auf. Ein karg möblierter Raum geht davon ab, Löcher in den Bodendielen. Oleksii zögert wie ein Hund, der sich für einen Welpen hält. Jef geht vor, und er tappt ihr hinterher. Der Geruch nach Katzenpisse, den Jef in den abgetretenen Läufern vermutet, wird stärker.

»Hier sind die Decken viel niedriger«, flüstert Oleksii und sieht aus dem Fenster. »Krass! Wir sind im Nachbarhaus.« Die Hände hält er auf dem Rücken, als wolle er vermeiden, versehentlich etwas zu berühren. »Hier unten ist der Garten total verwildert.« Sie durchqueren drei kleine Zimmer. Kachelöfen und schmale Betten, wie im Kloster. Eine Katze springt hinter eine Gardine und verschwindet durchs Fenster aufs Dach. In jedem Raum ein Hocker, ein kleiner Tisch. Vor den Fenstern wehen Gardinenfetzen. Der Katzenpisse-Geruch wird beißend. Das Licht diffus, pastös und unwirklich. »Wenn die Leute, die hier gewohnt haben, noch leben würden, dann wären ihre Geister jetzt nicht hier«, flüstert Jef. »Dann würden die hier nicht rumstehen und verirrte Stipendiaten dabei beobachten, wie sie durch sie durchgehen, auf der Suche nach was Lebendigem. Nach irgendwas, das man sehen kann.«

»Mann, hör mal auf, so grusliges Zeug zu reden«, sagt Oleksii. Jef lacht. »Pscht!«, zischt Oleksii ängstlich.

Sie sehen durch den Spalt einer klemmenden Tür Müll herumliegen und eine offen stehende Tür zu einem winzigen dunklen Klo. Ein Geräusch, das Jef für eine knarrende Diele hält, erschreckt Oleksii. Er huscht zurück. Jef überlegt, ob es ein Räuspern, Husten oder Schnarchen gewesen ist. Die vier Räume sind im Kreis angeordnet, und in der Mitte liegt eine kleine Küche, die man vom zweiten Zimmer betritt. Ein Wasserhahn steckt in der Wand, ohne Spültisch darunter. Licht fällt in staubigen Streifen durch ein Dachfenster, das mit Moos bewachsen ist.

»Kann doch nicht sein, dass es keinen anderen Ausgang gibt als durch diesen Schrank!«, sagt Jef. Aber es gibt keine Tür zu einer Treppe, keine Bodenluke.

Oleksii betrachtet im ersten Zimmer den alten Stromkasten, in dem kaum Sicherungen stecken. »Irgendwo wird hier Strom gezogen. Sehr, sehr wenig Strom«, flüstert er. »Vielleicht wohnen ja noch Leute im Erdgeschoss.«

Sie steigen zurück durch den Schrank auf den Treppenabsatz im Haus.

»Im Dunkeln wär's gruselig«, sagt Jef.

Oleksii findet die Schrankwohnung auch bei Tageslicht gruselig. »Warum gibt's hier oben überhaupt eine Tür zum Nachbarhaus, und warum sieht die Tür aus wie ein Kleiderschrank?«

Als Jef die Rückwand zuklappt, stellt sie fest, dass der Schrank sich mit wenigen Handgriffen auseinandernehmen ließe. Im Inneren sind Steckverbindungen und Schubriegel. »Das ist wahrscheinlich das raffinierteste Möbelstück im Haus. Und das einzige, das nicht kaputt ist«, sagt Jef. »Na, wenigstens wissen wir jetzt, dass alles andere noch schlimmer ist als dein Zimmer.«

»Was kann ich dir denn zum Tauschen anbieten?«, fragt Oleksii flehend.

»Lass es, Oleksii. Ich tausch auch für keine Oper.«

Oleksii seufzt und lässt den Kopf hängen. »Ich geh arbeiten. Bin dann zum Essen unten.«

Jef überlegt, warum Oleksii ihr immerzu mitteilt, er sei zum Essen fertig, oder, er müsse nach dem Essen noch weiterarbeiten, bis ihr klar wird: Er richtet seinen Tagesablauf nach den Essenszeiten aus, die er offenbar von da gewohnt ist, wo man ihn versorgt.

»Machst du Essen?«, fragt Oleksii, als er abends in die Küche kommt und Vin am Herd steht.

»Mach du doch mal Essen!«, sagt Vin. »Oder kannst du nur Toast mit Schokocreme, Erdnussbutter und Banane?«

Vin kocht veganen Gulasch für alle, und als Oleksii nach dem Essen helfen will, die Spülmaschine einzuräumen, stellt er die Tassen und Schüsseln aufrecht hinein. Jef versucht, ihm die Peinlichkeit zu ersparen, und dreht ihm das Geschirr in der Hand um. Aber Vin sieht es.

»Du hast doch nicht im Ernst noch nie eine Spülmaschine eingeräumt!«, sagt Vin fassungslos.

Oleksii behauptet mit roten Ohren, er habe schon einmal mit der Hand abgewaschen.

*

Mit siebzehn fuhr Jef ein letztes Mal zum Großmutterhaus, bevor es verkauft wurde. Am Bahnhof stieg sie in den Bus, in den sie als Kind in den Sommern mit der Großmutter gestiegen war, wenn sie vom Bahnhof abgeholt wurde. Damals fuhr der volle Bus über die Dörfer, und die Großmutter blieb im Gang stehen, weil lieber Jef sitzen sollte, wenn es nur noch einen Platz gab. Dann sah Jef aus dem riesigen Fenster, das groß war wie eine Kinoleinwand, im Gegensatz zum Autofenster, das die Landschaft einrahmte, wenn sie mit den Eltern unterwegs war.

Jetzt war der Bus leer. Die Landschaft, die sie im Winter nicht kannte, war auch leer.

Strauch, Feld, Himmel, Wald und dann wieder ein Dorf. Im vierten Dorf stieg Jef allein aus, ging am Wartehäuschen vorbei, in dem sie damals immer viel zu lange gestanden hatte, mit der Großmutter, die dem Fahrplan nicht mehr vertraute, seit er einmal geändert worden war.

Jef lief die Dorfstraße hinunter und wurde, ohne die Großmutter, nicht mehr von den beiden Alten erkannt, die ihr begegneten.

Die Klinke war zu tief. Jef hatte sie auf Kopfhöhe in Erinnerung. Die Tür war schwach geworden, und als Jef sie öffnete, strömte die Stille heraus, als wäre sie im Inneren zusammengepresst gewesen. Die Dielen stöhnten erleichtert.

Zuerst hatte Jef immer die Katzen gesucht, und wenn alle gefunden und begrüßt waren, ging sie erst nach oben und packte ihren Rucksack aus.

Jetzt ging sie durch leere niedrige Räume und fragte sich, wie all die großen Möbel, die riesige Schrankwand, die Sofas, Sessel, Teppiche und der schwere Tisch in das Wohnzimmer gepasst haben konnten.

In der Küche lag ein verrosteter Nachttopf, da wo der Stuhl gestanden hatte, auf dem sie saß, während die Großmutter Kartoffeln schälte. »Setz dich dahin, mein Jennylein, und erzähl mir was.«

Jefs Geruchssinn fand nichts, worauf er anspringen konnte. Sie weinte und hatte diesmal das Gefühl, ihre Tränen wären endlich richtig. Der Vater konnte nicht mehr darüber bestimmen.

Sie dachte an die lieben, ewig fragenden Augen ihrer Großmutter. Die Sicherheit, dass es nichts in der Welt gab, womit Jef sie hätte kränken können, war vielleicht der wichtigste Rückhalt ihrer Kindheit gewesen.

Jef ging durch die Veranda in den Garten und fand doch einen Geruch wieder: ein vertrocknetes Kräuterbeet. Wie sie diesen Garten geliebt hat, die Erbsen, die sie, im Beet hockend, aus den Schoten pulen durfte, und den staubigen Feldweg zum Wald, der nach Kamille roch. Jetzt war es nur noch ein Weg, den man geht, um irgendwohin zu kommen. Kein Spielpfad, den man ziellos erkundet.

Hier war ihre Heimat. Der einzige Ort, an dem sie bedingungslos geliebt wurde.

Nach der Beerdigung ihrer Großmutter hatte es im Haus Kaffee und Kuchen mit der Familie gegeben, und als Jef auf die Toilette ging, hatte sie im Medikamentenschränkchen das klappernde Metalldöschen gefunden, das sie als Kind nicht öffnen durfte. Die Warzen waren damals mit der Einschulung gekommen. Jeden Sommer kaufte die Großmutter sie ihr ab, und Jef steckte das Geld zu Hause in ihr Sparschwein, das zwar mit

Kleeblättern bemalt war, aber Warzenschwein genannt wurde. Übers Schuljahr wuchsen neue, und Jef zog die Ärmel bis zu den Fingern. Erst am Gymnasium hatten die Warzen vergessen wiederzukommen, und Jef hatte sie auch vergessen, bis sie das Döschen in der Hand hielt. Sie zählte vierunddreißig winzige bunte Glasperlen und klappte die Dose wieder zu.

»Hier, kannst du dir ein Armband auffädeln«, sagte Jef, schenkte das Döschen der kleinen Tochter eines Cousins und hatte auf dem Heimweg ein schlechtes Gewissen. Obwohl das Kind nicht wusste, dass die Perlen in Wahrheit verwandelte Warzen waren, dachte Jef, sie könnten dem Mädchen vielleicht an die Hand springen.

Am Tag der Beerdigung bekam Jefs Herz einen Riss. Fein, aber doch lebensgefährlich, sodass sich in der Not ein harter Ring gebildet haben musste, um ihr Herz zusammenzuhalten. Jetzt spürte Jef, wie der zerreißen wollte. Als Kind hatte sie immer hierbleiben wollen. Jetzt hinderte sie niemand daran hierzubleiben, und sie stellte sich vor, den Ofen anzuheizen und auf den Sommer zu warten, in dem alles so zurückkäme, wie es richtig war, und für immer bleiben sollte.

Jef schloss die Haustür ab und warf den Schlüssel in den Briefkasten der Nachbarn, wie der Vater es ihr aufgetragen tragen hatte. Auf dem Rückweg saß sie allein im Bus und sah hinaus in die Nachmittagsdämmerung. Die Großmutter hatte damals immer eine Tasche mit Einmachgläsern auf dem Schoß. Erdbeeren, Marmelade, Apfelmus und Kirschen für den Grießbrei, damit Jenny versorgt war.

Allein im Zug hatte sie dann selbst die Tasche auf den Schoß genommen, winkte der Oma auf dem Bahnsteig und weinte erst, als der Zug losgefahren war.

Sie hatte ja noch die Einmachgläser und ihren zweiten Namen, Marie, wie die Großmutter. Nach dem Dorf, dem Wald und der Freiheit sehnte sie sich ein ganzes Jahr.

Die Naturverbundenheit hatte Jef später in der Großstadt verdrängt. Wer in der Stadt leben wolle, müsse solche romantischen Sehnsüchte ablegen, hatte sie geglaubt.

*

Als Jef morgens aus dem Zimmer kommt und am Schrank vorbeigeht, findet sie die Schranktür einen Spalt geöffnet, obwohl sie die nach ihrem Rundgang mit Oleksii fest zugedrückt hat. Sie hatte die Tür am Knauf ein Stück nach oben drücken müssen, das spürt sie noch unter den Fingern. Sie spürt auch: Dahinter ist mehr als nur leere Zimmer mit Katzen.

Jef ist gerade um den halben See gelaufen, als sie Vin begegnet. Mit dem schweren Armeerucksack sieht sein wiegender Gang aus, als müsste er sich durch die Luft graben.

»Einkaufen kannst du dir sparen«, sagt er. »Gibt Nudeln.«

Jef will keine Nudeln, geht aber wegen des Nieselregens mit ihm zurück.

Während Vin von sich redet, hat Jef, wie oft in solchen Fällen, das Gefühl, sie wäre selbst schuld daran, dass sie ihn nicht unterbrechen kann. »Meine Körperobjekte und mobilen Minimalskulpturen will ich durch Weitergeben und Tauschen verbreiten, nicht durch Kaufen und Verkaufen«, erklärt er. »Sie sollen keinen Besitzer haben. Aber die Zeit ist einfach noch nicht reif für die Überschreitung klassischer Vermittlungswege.«

Er redet von seiner Konsenttheorie der skulpturalen Berührung, der Artikulation heterogener Erkenntnisformen und überbeansprucht Jefs Zuhörkapazität. Warum kann sie so etwas nicht? Einfach mal selbst reden und jemanden zuhören lassen. Egal wen. Es muss ja ein unheimlich befriedigendes Gefühl sein, sich reden zu hören, überlegt Jef. Vin wirkt mit jedem komplizierten Gedanken beschwingter. Jef beobachtet die Blätter der kleinen Uferbäumchen, die zu Vins verschlüsselter Rede wild im Wind toben.

Im Haus behält Vin seine lederartige Jacke an, die für draußen zu kalt und für drinnen zu warm ist.

»Bisher hab ich dich nur in dieser Jacke gesehen«, sagt sie.

Vin nickt: »Dann frag mich doch einfach noch, ob ich auch damit schlafe.«

Jef nimmt einen Joghurt mit ins Zimmer und lässt ihn ungeöffnet stehen.

In der Nacht liegt sie lange wach und sieht in den Nebel, der aus dem Licht der Laterne einen großen flauschigen Ball macht. Die Bettwäsche riecht nach billigem Waschpulver und wurde nach dem Waschen zu lange in der Trommel gelassen. Ihr Herzschlag klingt in seiner Monotonie ängstlich, fürchtet sich vor Sprüngen oder Pausen.

Im Zimmer liegt ein feuchter Mief. Die Nässe ist in die Gardinen gekrochen. Jef legt ihre Nase in die Armbeuge, um sich selbst zu riechen, aber alles stinkt nach alter Wolle.

Am Handrücken hat sie seit gestern zwei winzige Pickel, die sie jetzt genauer betrachtet und feststellt, dass es drei geworden sind. Seit zwanzig Jahren hatte sie keine Warzen mehr.

Jemand klopft an ihre Tür. Jef überlegt, sich schlafend zu stellen. Es klopft wieder. Oleksii steht im Flur, trägt einen hellblauen Schlafanzug und hat die Bettdecke um seine Schultern gelegt. »Hast du etwa deine Tür nicht abgeschlossen!«

Der Schlafanzug scheint Jef ein Beweis, dass Oleksii es nicht auf Sex abgesehen hat. »Ich dachte, nur Opas und Kinder tragen nachts Schlafanzüge.« Oleksii setzt sich auf die Bettkante und sieht auf seine Knie. »Was soll man denn sonst zum Schlafen anhaben?« Jef kriecht unter ihre Bettdecke. »Ach, ich glaube, du kannst die Phase, in der man T-Shirt und Shorts trägt, auch einfach auslassen.«

Oleksii redet von singenden Geräuschen aus der Küche und schließt Jefs Zimmertür von innen zu.

»Riechst du das nicht?«, fragt er, als sie im Dunkeln nebeneinander in Jefs Bett liegen. »Da bäckt jemand was.«

»Ich wette, es ist Sunny. Was wettest du?«, sagt Jef.

»Wer hat denn das Feuer im Ofen gemacht?«, fragt er. »Das war keiner von uns. Und die Kekse? Die haben wir auch nicht mitgebracht.«

»Oleksii, hier steht überall lauter Zeug rum, da kannst du dich doch nicht ernsthaft über eine Dose Kekse wundern.« Wie einem kleinen Bruder, der sich, aus Angst vor Geistern, bei seiner großen Schwester in Sicherheit gebracht hat, versucht Jef, ihm seine Furcht auszureden. »Kannst du mir mal sagen, warum hier jemand einbrechen sollte, um nachts was zu backen? Soll ich runtergehen und für dich nachsehen?«

Oleksii hält Jefs Arm fest. »Nein!«, flüstert er.

Jef ist fast eingeschlafen, als Oleksii sich hinsetzt, die Nachttischlampe anknipst und sagt: »Ich muss dir was Peinliches erzählen.« Er macht eine Pause. »Offenbar hab ich letzte Nacht in meinem Zimmer in den Papierkorb gepinkelt. Nicht mit Absicht natürlich, also, nicht bewusst. Im Schlaf.«

»Machst du das öfter?«, fragt Jef wie eine Ärztin.

Er nickt. »Ich hab schon aus dem Fenster gepinkelt, in Besteckschubladen, in Mülleimer, in meinen Kleiderschrank, als Kind in meinen Schulranzen.« Oleksii wedelt mit den Händen. »Aber das passiert nur, wenn ich alleine bin!«

Sobald jemand mit ihm im Zimmer sei, würde er nicht schlafwandeln, sagt er und legt seine Hand aufs Herz. »Ganz sicher! Ist noch nie passiert. Ich schwöre!« Alleine schlafen könne er einfach nicht.

Um herauszufinden, ob Oleksii noch hinter ihr liegt, bevor sie verrät, dass sie wach ist, wartet Jef am Morgen, ob er ein Geräusch macht. Er macht keins. Vorsichtig dreht sie sich um. Eingerollt wie ein Baby, als wäre seine Decke der einzige Schutz, mit dem er sich halbwegs sicher fühlt, hat Oleksii nur einen Ausschnitt seiner jungen Glatze freigelassen.

Mit Skizzenblock und einem Mäppchen voller Kreiden, Wachs-, Blei- und Buntstiften, die sie seit dem Studium nicht mehr benutzt hat, geht Jef durchs Haus, sucht nach einem besonders heruntergekommenen Zimmer und entscheidet sich für einen Raum mit giftgrünen Möbeln.

Auf ihrer Zeichnung sieht das Zimmer intakt aus, die Möbel elegant und der Polsterstoff nicht so unangenehm, wie er sich anfühlt. Jef kann die Atmosphäre nicht abbilden. Sie koloriert die Zeichnung. Es gefällt ihr nicht. Sie reibt mit weißer Kreide einen staubigen Schleier darüber. Ein paar Stellen wischt sie frei, betrachtet das Ergebnis und ist wieder die Studentin von damals, die dem Lehrer ihre Zeichnung erklären muss, weil sie die Idee dahinter für besser hält als die Umsetzung. Ihre Arbeit kommt ihr faul vor. Schlechte Kunst wird auch durch Zerstörung nicht zu guter Kunst, hat sie Professor Strand einmal zu einer Studentin sagen hören. Nur gute Kunst kann auch zerstört noch gute Kunst sein. Ihr ist, als stünde er hinter ihr. Sie dreht das Blatt um, wie damals Strands Studenten ihre Aktzeichnungen. Strands Geist wendet sich ab, verlässt das Zimmer und nimmt Jefs Inspiration mit.

Stattdessen bleibt Wolf im Vorbeigehen in der Tür stehen, die Hände in den Hosentaschen. »Sieht ja sehr fleißig aus. Deinen Antrieb möchte ich haben.«

Jef stöhnt. »Nein, willst du bestimmt nicht. Mein Antrieb ist wie ein kaputter Motor. Ich versuche, ihn zu starten, dann tuckert er eine Weile und springt einfach nicht an.«

»Kenn ich«, sagt Wolf, stößt sich mit der Schulter träge vom Türrahmen ab und schlendert weiter.

Jef würde ihm gerne erzählen, wie falsch es sich anfühlt, für eine Künstlerin gehalten zu werden. Sie packt ihre Stifte ein.

*

Jef studierte Grafikdesign in der Stadt, besuchte die Eltern einmal im Monat für einen Pflicht-Sonntagnachmittag und spürte schon in der S-Bahn, wie eine Schlinge sich um ihren Hals legte und im Haus langsam zusammenzog.

Seit Jefs Vater zu ahnen begann, dass es keine Belohnung geben würde für sein pflichtbewusstes Leben, fing er an, von den Leitplänen mächtiger Thinktanks zu reden, und wurde von Misstrauen befallen.

Die Eltern schienen ihre wichtigsten Fähigkeiten zu verlieren. Richtig und falsch gerieten dem Vater durcheinander. In seiner Verunsicherung glaubte er nur noch, was er selbst sich ausdachte, misstraute der Gegenwart und verzweifelte an der Unmöglichkeit, jeden Tag alle Zeitungen zu lesen.

Der Vater saß im Sessel, sah nicht seine Tochter an, sondern sein Tablet, und Jef hörte zu, welche Konzerne in welche Machenschaften verwickelt waren und wie man das vor ihm zu verbergen suchte. »Unfassbar, was hier abgeht in diesem Land, diese Dreistigkeit, mit der man uns belügt, bitter, wirklich bitter diese schmutzige Welt, grau-en-haft! Und keiner sagt was. Alle unter einer Decke, die Verbrecher da oben, kriminell und skrupellos und kein Gewissen, kann man nur noch ne Bombe werfen, aber die wahren Hintergründe will ja keiner hören, wie schamlos und verlogen diese Welt geworden ist. Und keiner will es wissen. Dabei muss man nur mal die richtigen Medien lesen!«, wiederholte er kopfschüttelnd hinter seinem Bildschirm wie ein ewiges Gebet, das die Mutter stumm ertrug. »Die richtigen Medien lesen«, äffte Jef ihn leise nach.

Die Erklärungen, die er sich für die Ereignisse zusammenreimte, entsprachen seinem Denken, das aus Kalkulation und Berechnung bestand. Unwägbarkeiten fanden keinen Platz in seinem Hirn, Zufälle schon gar nicht. Sie spukten darin herum wie heimatlose Geister und machten ihn wahnsinnig. Freunde, die ihn zum Grillen einluden, gab es nicht mehr.

»Siehst du, wie einsam euch deine Verbohrtheit macht!«, hätte Jef am liebsten gebrüllt, gebrüllt, gebrüllt, bis endlich ein Knoten in seinem bornierten Kopf geplatzt wäre. Sie musste sich damit zufriedengeben, dass er mit der Realität nicht mehr klarkam.

Ihre Mutter verlor langsam ihren unfehlbaren Orientierungssinn, fing an sich zu verfahren, war von Gegenden irritiert, die sie einst zielsicher durchquert hatte. Das zeigte sich, als sie Jef zum S-Bahnhof brachte, eine Umleitung fahren musste, die Straßen nicht wiedererkannte, weil neue Häuser gebaut worden waren, und sich verirrte. Das Verrücktwerden ihres Mannes hatte sie zu ignorieren entschieden, wie sie alles ignorierte, was ihre trägen Strukturen durchkreuzen könnte. Mit jedem Tag schien sie die Verdrängungsmauer gegen die grausame Welt, die der Vater heraufbeschwor, höherzubauen.

»Ich versteh nicht, wie du das aushältst«, sagte Jef. »Was ist denn das für ein freudloses Dasein?« Die Mutter sagte: »Na, zum Glück ist ja dein Leben ein Wunschkonzert, Jennifer!«

In der S-Bahn auf dem Rückweg löste sich die Schlinge um Jefs Hals.

*

Am Abend steht Oleksii wieder vor der Zimmertür. Irgendwie gefällt es Jef, dass er ihre Anwesenheit braucht, und am Morgen kehrt sogar schwach ihre Lust auf Sex zurück. Blöd, dass jetzt einer neben ihr liegt, der dafür nicht infrage kommt, denkt Jef. Sie würde gerne allein in ihrem Bett liegen, um wenigstens mit sich selbst Sex zu haben. Andererseits ist Oleksii, obwohl er nicht infrage kommt, ja wahrscheinlich trotzdem die Ursache für die leise Wiedererweckung. Jef sieht in den Ausschnitt ihres zu großen T-Shirts, sieht, wie ihre Brust sich aus dem Dekolleté wölbt, und stellt sich vor, jemand würde mit dem Zeigefinger darüberfahren, diese Wölbung betrachten, wie die Wange eines Menschen, den man liebt. Es muss doch irgendwo jemanden geben, dem diese Stelle die Besinnung rauben könnte. Sie sieht in den Himmel.

Das Wetter ist leer. Es ist eigentlich gar kein Wetter. Jemand hat vergessen, heute welches zu machen.

Jef zieht sich an und geht einkaufen. Sie geht langsam und bemerkt Bewegungen, die sie nie beachtet hat. Ein paar Blätter huschen über den Weg, und Jef fühlt sich wie eins von ihnen.

Ein Bäumchen steht am Ufer, daran flattert nur ein Blatt, das Jef zuwinkt und ruft: Hallo? Wo sind denn alle?

Jefs Sinne sind empfindsamer geworden. Sie spürt Wind, nasse Luft, riecht Wald und kann sich hineinversetzen in vorbeirennende Kinder auf der Seepromenade. *Heute Kindermarathon,* steht auf einem Zettel, der mit Luftballons an einen Baum gebunden ist.

Jef muss warten, bis die grellbunten Grüppchen vorbeigejoggt sind. Eltern stehen herum, die Arme verschränkt, und unterhalten sich. Eine Frau erzählt einer anderen von ihrem Urlaub. »Da gabs überall Obdachlose, das kannten meine Kinder ja gar nicht. Waren ganz schockiert.«

»Ja, so was haben wir hier nicht«, sagt die andere versonnen und blickt den Kindern hinterher. »Doch. Eine haben wir.«

»Stimmt.«

Die andere nickt. »Eine haben wir. Seit Ewigkeiten nicht mehr gesehen. Du?« Sie schüttelt den Kopf.

»Vielleicht ist sie irgendwo untergekommen. Oder gestorben. Oder sie wohnt in der Ruine bei den Künstlern.«

»Glaub ich nicht. Die ist doch nicht mehr integrierbar. Die würde es bestimmt nicht aushalten, drinnen mit Leuten zusammenzuwohnen.« Die andere lacht.

»Ist bestimmt besser so. Für die Leute zumindest.« Die Frau rennt los, um einem vorbeilaufenden Kind eine Jacke abzunehmen. Jef schlängelt sich durch die Wartenden.

Im Supermarkt fährt sie die Rolltreppe hinauf und fragt sich, warum sie ausgerechnet in diesem dekadenten Ort gelandet ist. Wie konnte es passieren, dass sie jetzt dazu gezwungen ist, Kunst zu machen? Sie wollte doch nur ihre Miete bezahlen. Das war schon ihr ganzes Ziel. Für die Kunst wird so ein Ziel wohl nicht reichen, ahnt sie.

Als Motivation für eine Bergwanderung, wo sie schon mal hier ist, eignet die finanzielle Notlage sich auch nicht.

Am liebsten würde sie in ihrem Bett sitzen, Filme sehen oder lesen und einfach nur nicht arbeiten. Aber in ihrem Bett liegt wahrscheinlich immer noch Oleksii.

Bis auf eine Rolle Karamellbonbons kauft sie die gleichen Lebensmittel, die sie zu Hause auch kauft.

Sunny und Wolf sitzen in der Küche und essen Kuchen. »Hast du heute Nacht den Kuchen gebacken?«

Jef setzt Wasser für einen Kaffee auf. »Nein, habt ihr Vin gefragt?«

»Der hat doch die Nacht mit Schlafsack im Wald verbracht. Kann nur noch Oleksii gewesen sein«, sagt Wolf.

Sunny stopft sich ein Stück Kuchen in den Mund. »Jetzt haben wir keine Frühstückseier mehr. Hätte er ja vorher mal fragen können.«

»Ist aber nicht so richtig lecker«, sagt Wolf. »Ist auch noch Eierlikör drin oder so was Widerliches. Wer backt denn bitte mitten in der Nacht einen Kuchen und isst gleich die Hälfte auf?« Jef sagt: »Oleksii war es nicht. Der hat die ganze Nacht in meinem Bett gelegen.« Die beiden hören auf zu kauen und sehen Jef an. Erst jetzt wird ihr bewusst, dass es nicht mehr interessant ist, wer den Kuchen gebacken und alle Eier aufgebraucht hat. »Ich hab Eier gekauft«, sagt Jef und packt ihre Tasche aus.

Als Oleksii in die Küche kommt, reibt er sich gähnend die Glatze. »Oh Gott, ich hab von einer Waschmaschine geträumt, die gleichzeitig ein Backofen war. Man konnte die Wäsche grillen oder das Essen waschen.«

Er zeigt fragend auf den Kuchen. »Ist das wie neulich mit den Keksen? Oder habt ihr den gebacken?«

Sunny hört auf zu kauen. »Sollen wir die Strand anrufen?«

Alle sehen auf den Kuchen. Wolf sagt, er habe morgens um sieben schon ein Stück in seinen Kaffee getunkt und sieht auf die Uhr. »Das ist vier Stunden her.« Er breitet die Arme aus. »Und die Kekse neulich waren ja auch nicht vergiftet. Oder? Hatte jemand Halluzinationen?« Er lacht, als er Oleksiis erschrockenes Gesicht sieht. »Vielleicht sind wir in einem Escape Room und werden beobachtet.«

Sunny nimmt ihr Handy. »Hallo? Hier ist Sonja. Aus dem Residenzprogramm. Hier muss heute Nacht jemand im Haus gewesen sein. Stand heut früh ein Kuchen auf dem Tisch«, sagt sie, als wäre es eine Frechheit.

»Hat einfach jemand hier gebacken!«, ruft Oleksii dazwischen.

»Mit unseren Lebensmitteln!«

Sunny winkt ab, er soll leise sein. »Ja, danke«, sagt sie und legt auf. »Sie kommt her und bringt uns den Hausschlüssel.«

»Ach«, sagt Wolf, »es gibt also einen Hausschlüssel!«

Tatsächlich läuft die Strand kurz darauf mit klappernden Armreifen und energisch wie eine heulende Polizeisirene durchs Haus. Dass Hausgeister nachts Kuchen backen, findet sie kaum verwunderlich und isst in der Küche stehend ein Stück davon. »Na, wollen wir mal keine schlafenden Schafe wecken«, sagt sie. »Kommt ihr bitte mit mir?« Die Strand marschiert die Treppe rauf in den Saal.

»Hinterm Schrank sollte sie mal nachsehen«, flüstert Oleksii Jef zu, als sie daran vorbeigehen.

Die Strand holt einen alten eisernen Schlüssel aus einer Kommodenschublade und hält ihn hoch. Den würde sie neben die Eingangstür hängen. Zur Veranstaltung würde teure Technik in den Saal gestellt, und dann müsse das Haus sowieso abgeschlossen werden. »Ach, für die teure Technik muss es abschließbar sein, aber für uns nicht«, flüstert Oleksii.

»Wie bitte?«, fragt die Strand. »Möchtest du etwas sagen, Alexej?« Nein, will er nicht. Oleksii schüttelt den Kopf, und die Strand sieht ihn eine Weile streng an, bis Jef lacht und sie Jef streng ansieht.

»Kennt ihr die ortsüblichen Übernachtungspreise der Hotels?« Sie deutet Richtung See und macht eine Pause. »Ihr solltet diese Möglichkeit zur freien Entfaltung, hier in unserer herrlichen Landschaft, wirklich zu schätzen wissen«, sagt sie, macht wieder eine Pause und lächelt. »Ich bin gespannt auf eure Konzepte. Gemeinsam können wir da sicher eine passende Richtung finden.«

Jef ist beeindruckt, wie schnell die Strand ihre Stimmung wechseln kann.

»Falls es weitere Unannehmlichkeiten gibt, kümmere ich mich sofort darum. Ihr braucht euch keine Sorgen zu machen. Hier ist noch niemandem etwas passiert«, sagt sie fast enttäuscht.

»Freie Entfaltung? Passende Richtung?«, sagt Wolf, als die Strand weg ist. »Hat die Frau eigentlich irgendeine Ahnung von Kunst?«

Ein paar Tage lang schließen sie die Haustür nachts ab. Aber bald fühlt niemand sich mehr dafür verantwortlich.

»Es ist doch sowieso unmöglich, jemanden daran zu hindern reinzukommen, der reinkommen will«, sagt Vin, als er mit seinem Rucksack aus dem Wald kommt. Er sieht krank aus.

»Sobald ich gesund bin, hau ich ab. So'n blödes Irrenhaus, aber echt!«, sagt er verschnupft, als Jef ihm Tee ins Zimmer bringt.

Das Wetter ist schlechter geworden, und Jef findet es produktiver, nachmittags am Fenster zu stehen, den Regen und die Leute zu beobachten und über ihr Leben nachzudenken, als ihre Zeichnungen zu beenden, die sie sowieso niemandem zeigen will.

*

Als sie sich bei der Erstsemesterparty küssten, kannten sie einander schon lange. So kam es ihnen jedenfalls vor. Und dass Jef beim ersten Sex heulen musste, hielten sie beide für einen bedauerlichen Defekt.

Nachdem sie drei Jahre zusammen waren, fühlten sie sich wie Geschwister. Der Sex passierte beiläufig wie ein gemeinsames Pizzaessen. Miteinander zu reden, war wie ein Selbstgespräch. Sogar der Gedanke, dass sie in dieser Symbiose nicht ewig zusammenbleiben konnten, sondern andere Menschen lieben wollten, war ein gemeinsamer.

»Wir sehen uns gar nicht mehr in Schuhen«, hatte ihr Freund eines Tages gesagt. Seit sie studierten, begegneten sie sich nur noch zu Hause.

Die Trennung war, als hätte Jef sich wichtige Körperteile abgehackt. In einem Jahr wollten sie einander wiedersehen. So lange wollten sie das Land verlassen. Danach wären sie reifer und würden neu zusammenfinden, bildeten sie sich ein, wohl ahnend, dass es so nicht kommen würde. Jef ging nach Irland und dachte, sie würde den Nächsten kennenlernen und müsste nur verhindern, dass es so würde wie mit dem Ersten.

Der Mann, mit dem sie in Irland zusammenkam, schaffte es, dass sie den Sinn ihres Lebens nur noch darin sah, Sex mit ihm zu haben. Studium, Freunde, WG und die fremde Insel kamen ihr irreal vor. Die einzige Realität, in der sie sich richtig fühlte, war ihre Gier nach seiner Haut. Es war, als würde sich mit ihm ein Stromkreis schließen. Euphorie und Depression wechselten einander ab, bis Jef davon erschöpft war.

Gemeinsam zurück in Deutschland ging es noch ein paar

Wochen so, aber der Stromkreis verlor an Energie, Jef wurde verlassen und trudelte verwirrt durch ihr Leben, als müsste sie einen Rausch ausschlafen.

An den Ersten zu denken, versuchte sie zu vermeiden, aus Angst vor der Erkenntnis, dass er der Beste war. Der Richtige. Sie trafen sich wieder, und Jef dachte, miteinander schweigen zu können, wäre die ganz große Nähe. Dann fingen sie an zu reden, und nach und nach ging ihnen die große Nähe komplett durch die Lappen. Er hatte eine Freundin, und die Vertrautheit schwamm davon. Jef sah ihn an und begriff nicht, wie ihr dieses Unglück passieren konnte.

Danach war sie nachts panisch aufgewacht und hatte geträumt, ihre Wut darüber, dass er sich nicht an die Verabredung gehalten hatte, hätte sich in einen Kraken verwandelt, der in ihrem Körper saß und seine Fangarme in Jefs Organe bohrte. Seine Neue erwartete ein Kind, während Jef nicht mal jemanden hatte, mit dem sie nicht zu reden brauchte. Sie hatte nur diesen wütenden Kraken.

*

Oleksii sagt, er habe heute beim Komponieren etwas falsch gemacht, was er morgen korrigieren müsse, und deshalb würde er bestimmt schlecht schlafen. Jef liegt neben ihm, während er in das dunkle Zimmer spricht: »… aber irgendwann fliehen die ganzen Fehler, am Boden kriechend, schnell auseinander«, lallt er unter seiner Schlafmaske. Offenbar werden seine Gedanken übergangslos zu Traumszenen. Jef beneidet Oleksii um seine Träume.

Sie ist nicht müde und sucht in ihrer Ellenbeuge nach einem eigenen Geruch. Aber da ist nichts. Sie hat ihren Körpergeruch verloren und riecht einfach nach gar nichts mehr. Oder können Körpergerüche im Winter verschwinden und im nächsten Sommer wiederkommen?

Dass es in der Küche, die unter ihrem Zimmer liegt, rumpelt, hört Oleksii nicht mehr. Jef steht auf, geht barfuß zum Absatz der Treppe, die hinunter in die Küche führt, und begegnet dem Geruch nach Kalkwänden, Staub und Holz.

Überall dieser Staub. Jef unterdrückt ein Husten. Dieses Haus besteht aus Staub und will zu Staub zerfallen.

Sie versucht, die Geräusche zu verstehen. Fußboden fegen und Wasser aufdrehen sind keine Einbrechergeräusche. Leise geht sie ein paar Stufen tiefer und sieht von hinten die Alte, die ihr bei der Ankunft begegnet ist. Sie hat die Ellenbogen auf den Tisch gestützt, isst Gemüseauflauf und pickt Bröckchen von der Tischplatte, die auf dem Weg zum Mund von der Gabel fallen.

»Das Haus war voller Raben, Elstern und Tauben, die auf dem Boden herumgelaufen sind und in der Küche alle Geräte angeschaltet haben!« Oleksii ist am Morgen entsetzt über seinen Traum, als wäre ihm hinterhältigerweise ein schlechter Film empfohlen worden. Als sei es eine Zumutung, träumen zu müssen.

»Warum kommen in deinen Träumen eigentlich immer Küchengeräte vor, obwohl du gar keine benutzt?«

»Weiß nicht«, sagt er, rafft seine Decke zusammen, verlässt barfuß und verwirrt das Zimmer.

Am Morgen sieht Jef Wolf mit seinem Laptop durchs Haus wandern, als würde er nach den Cafés suchen, in denen er zu arbeiten gewohnt ist. Sie überlegt, ihm von der Alten zu erzählen, die nachts die Küche sauber gemacht hat, tut es aber nicht, sondern sucht sich ein Buch aus dem Regal, legt sich auf das Sofa im Saal und versucht zu lesen.

»Hast du immer noch kein gutes Café gefunden?«, fragt Jef, als Wolf von der Empore kommt.

»Es gibt kein gutes«, sagt Wolf, und Jef weiß, es ist nicht der wahre Grund. »Man kann doch in Brönnen sowieso nur mit

Brönner Gehalt im Café sitzen«, sagt sie seufzend. Wolf schiebt einen Sessel in die Sonne.

Sunny klebt singend und summend mit Neonfingernägeln neonfarbene Markierungen auf den Saalboden und malt auf dem Bauch liegend eine Choreografie, mit Lineal und bunten Filsstiften, wie für eine Grundschulhausaufgabe.

Als ihr Handy klingelt, steht sie auf und telefoniert laut und schnell auf Italienisch. An jeden Satz hängt sie ein lang gezogenes »Papaaaa« und ist dabei so aufgeregt, dass sie im Kreis läuft wie in einem Gefängnishof.

Oleksii kommt in den Saal. »Ach, hier bist du. Gehst du noch einkaufen? Kannst du mir Müsli, Milch, Toastbrot, Bananen und Nougatcreme mitbringen?«

Jef nimmt Oleksiis Geldschein. »Willst du wieder den ganzen Tag nur vor deinen Monitoren sitzen?«

Oleksii zählt seine Deadlines auf, die ihm für die nächsten Monate bevorstehen.

Jef nickt. »Na, mit einem so vollen Kopf kann man das Haus natürlich unmöglich verlassen.«

Oleksii versteht den ironischen Ton nicht, nickt, sagt: »Genau!«, und verschwindet.

Kurz darauf rennt er zurück in den Saal, lässt einen Flipflop im Gang liegen, den anderen im Salon, und spielt am Klavier, ein schnelles klassisches Stück. Genauso plötzlich hört er auf, rennt raus, ohne die andern zu beachten.

Am Abend sitzt Jef mit Sunny und Oleksii auf der Sitzgruppe. »Schickt dir deine Freundin Fotos von euren Topfpflanzen?«, fragt Sunny und schielt von ihrem Handy auf Olsksiis, der seins schnell umdreht. »Warum macht sie das?«

»Warum nicht?«, fragt Oleksii und leckt an einem Löffel Nougatcreme.

»Warum schickt sie dir keine Fotos von sich?«

»Ich weiß doch, wie sie aussieht.«

Als sein Telefon klingelt, versucht Sunny, wieder seinen Bildschirm zu sehen, den er mit der Hand zuhält.

Oleksii sagt keine ganzen Sätze, nur »gut«, »ja«, »nein«, und zustimmendes »hmm«. Als er bemerkt, dass Jef und Sunny in der Stille des großen Saals auch die Stimme seiner Freundin hören können, steht er auf und geht.

Jef lacht leise: »Jetzt weiß ich endlich, woher immer seine Haushaltsträume kommen. Die redet ja von nichts anderem.«

»Meinst du, er sagt ihr, dass er in deinem Bett schläft?«, fragt Sunny und rutscht näher. »Schlaft ihr wirklich nur wie Geschwister in einem Bett? Stört dich das nicht?«

»Nein, stört mich nicht. Er benutzt ja nicht mal mein Bad. Nur meine Anwesenheit.«

»Und er interessiert sich nicht für dich?«, flüstert sie.

»Eher für dich«, sagt Jef. »Er steht hier doch jedes Mal in der Tür, wenn du tanzt.«

»Ja, oder?« Sunny macht es vor. Arme verschränkt, Hand am Kinn, imitiert sie seinen abwesenden Blick.

Jef nickt. »Na klar, der überlegt, warum er sich so blöd in der Tür geirrt hat und nicht bei dir übernachtet.«

»Quatsch!« Sunny lacht.

Jef zieht wieder den Ärmel über ihren Handrücken und über die drei Warzen, so automatisch, wie sie es als Kind gemacht hat.

Von der Alten erzählt sie niemandem und hat sie, bis es ein paar Tage später wieder nach Kuchen riecht, beinahe selbst vergessen. Ihr Gehirn findet nur langsam eine Verknüpfung zu diesem geisterhaften Vorgang, als hätte ihn die Erinnerung wegen Unglaubwürdigkeit verdrängt.

Am nächsten Tag steht kein halber Kuchen auf dem Tisch, stattdessen sind die kleinen Scherben eines Bierglases, das Sunny am Vortag auf die Fliesen gefallen war, zu einem Muster gelegt. Auf dem runden Küchenbrett ist das lose Mosaik so arrangiert, dass es eine Blume darstellen könnte.

Jef fegt die Scherben zurück auf die Kehrschaufel, auf der Sunny sie am Abend liegen gelassen hat.

*

Jef begegnete Rita bei einer Party wieder. Rita saß auf einer Bettkante, und es war wie damals beim Eierlegen im Gebüsch. »Hey, Jef! Gehst du auf den Balkon? Bringst du mir ein Bier mit?« Jef hatte nicht vor, auf den Balkon zu gehen, brachte Rita trotzdem ein Bier, und Rita sagte, sie habe sich eigentlich betrinken wollen. Da aber sonst niemand betrunken war, wollte sie es doch nicht wagen.

Dass Jef von ihrem irischen Freund verlassen worden war, fand Rita großartig und bot Jef beim Betrinken ihre Hilfe an. Ohne Rita wäre Jef gar nicht klar geworden, dass sie sogar doppelt verlassen worden war. Vom Ersten wollte sie doch nur eine Beziehungspause. »Das ist wirklich übel, Jef!«, sagte Rita.

Rita zog einen Korken aus einer Flasche »Das bist du«, sagte sie und warf ihn aus dem Fenster: »Jetzt bist du frei.« Rita lachte.

»Nein!«, schrie Jef und rannte auf die Straße, um den Korken zu suchen. Rita rannte mit der Flasche hinterher und musste Jef davon abhalten, betrunken zu ihrem ersten Freund zu fahren und um ein Baby zu betteln.

»Bist du verrückt? Was willst du denn mit einem Baby?«

»Ich will ja gar kein Baby, aber es fühlt sich trotzdem vollkommen falsch an, dass er eins bekommt und ich nicht.«

Rita umarmte Jef und sagte: »Also, ich würde dir sofort eins machen.«

»Danke«, schluchzte Jef.

Seit dieser Nacht bestand Jefs Leben hauptsächlich daraus, mit Rita befreundet zu sein.

*

Als eines Morgens beim Öffnen des Fensters die Luft nach satter Erde riecht, bricht Jef auf, um endlich den Berg kennenzulernen. Ein paar Stationen fährt sie mit dem Bus und lässt sich, eingeklemmt zwischen Mountainbikes, von der Seilbahn auf den Gipfel ziehen. Nachdem die Räder lärmend hinabgerast sind und Jef sich von der Aussichtsplattform entfernt hat, schlägt eine Taubheit über ihr zusammen. Sie steht allein ganz oben und sieht über die blaue Landschaft. Die Stille passt nicht zu der Weite, zu der eigentlich eine pathetische Filmmusik gehört. Wie laut der Sand unter ihrer Schuhsohle knirscht, während Jef sich umsieht. Eine Wolke, wie eine gigantische Kissenrolle, liegt satt und schwer auf dem Kamm. Eine Seilbahnkabine gleitet in der Ferne durch den Himmel. Wäre sie eine Künstlerin, müsste sie wahrscheinlich ein Skizzenbuch dabeihaben, überlegt sie und knipst nur ein paar Handyfotos von der Postkartenlandschaft. Bergab stehen schwarze Kühe mit Hörnern, von denen eine zu viele Beine hat, bis sie sich teilt und es zwei Kühe sind. Daraus müsste sie jetzt wahrscheinlich eine Collage machen, oder ein Gedicht, wie Wolf. Im Gehen versucht sie ein paar Zeilen zu reimen:

Die Berge lassen sich in Ruhe
doch die Kuh steht auf acht Beinen,
zerbläst der Wind das Gemuhe,
rüttelt er auch an den Seilen.
Die Kabine wackelt, oder wackle ich?
Nur die Berge wackeln nicht.

Jef ist erstaunt, wie leicht es geht. Kunst kann das nicht sein. Unten in der Stadt wird sie das Gedicht wieder vergessen haben.

Auf einem dürren Wanderweg, der bergab verhungert, läuft sie Touristen hinterher. Die Landschaft verändert sich im Gehen so langsam, dass der plötzlich daliegende Bergsee eine erstaunliche Überraschung ist.

Die Luft riecht nach süßen Blüten, obwohl keine zu sehen sind. In das klare Wasser starrend, fällt ihr plötzlich völlig grundlos ein, wie sinnlich es war, mit ihrem ersten Freund nackt im See zu stehen und sich zu umarmen. Gleich verjagt sie den Gedanken und will sich nicht nach etwas sehnen, womit zu viele Schwierigkeiten verbunden sind.

Der Herbstgeruch nach nassem Laub und Abgasen unten auf den Straßen der Stadt ist ihr vertrauter. In der reinen Bergluft hat sie den Herbst weniger wahrgenommen als zwischen den Abgasen. Sie fährt mit dem Bus in die Stadt, setzt sich in ein Café, und genau wie zu Hause ist am Fahrbahnrand durch die ein- und ausparkenden Autos ein nasser Kastanienmatsch entstanden. Im Gegensatz zu ihrer Straße, wo nicht mal stinkende Sachen entfernt werden, fegt man hier den Matsch unter den Autos hervor. Männer in dunkelblauen Anzügen und Frauen in dunkelblauen Kostümen gehen wie ferngesteuert mit hochgezogenen Schultern rauchend vor einem Bürogebäude auf und ab und sehen in ihre Handys.

Als ihr die Getränkekarte gebracht wird, steht Jef auf und geht. Wie konnte sie vergessen, dass sie hier nicht zu denen gehört, die es bezahlen können in einem Café zu sitzen? Sie ist keine Teilnehmerin an einem solchen Leben, gehört nicht auf diese Bühne. Sie ist nur Zuschauerin.

Am Abend wird in der Küche *Ich hab noch nie …* gespielt. Wie immer bei diesem Trinkspiel geht es letztendlich nur noch um Sex. Durch Aussagesätze, die mit einem Schluck aus der Bierflasche von allen bestätigt oder dementiert werden müssen, wissen jetzt alle: Wolf schläft auch gerne mal mit Frauen, aber lieber mit Männern, und Vin hatte schon Sex mit mehreren Frauen gleichzeitig. Sunny gibt nicht viel preis, lacht nur überdreht und behauptet, einiges ausprobiert zu haben, und Oleksii ist ehrlich verblüfft darüber, unter was für krasse Leute er hier geraten ist.

Jef kann von einem Dreier mit einem Ehepaar erzählen, bei dem sie nach einer Party zum Übernachten geblieben war. Jef hofft, von den anderen nicht so gesehen zu werden, wie sie selbst sich sieht. Sie hat es immer so eingerichtet, dass sie mithalten kann, nicht uncool ist, aber auch nichts Besonderes. Nur dafür hat sie diese Erfahrung damals gemacht, die sie im Nachhinein nicht mehr sehr aufregend findet.

Vin ist etwas Besonderes. Er liegt rauchend und betrunken auf der Küchenbank und gesteht leise, es sei sein größter Wunsch, sich einmal richtig und für immer in eine Frau zu verlieben. Etwas Unverbindliches wolle er nicht mehr. Wolf sagt: »Künstler zu sein bedeutet eben, sich ein unlösbares Problem vorzunehmen.«

Oleksii kann vor Begeisterung kaum still sitzen. Er habe noch nie so offen geredet, sagt er, nicht mal mit seiner Freundin. »Ich wusste nicht, dass ein schwuler Mann so unschwul aussehen kann. Ich dachte, Schwule haben immer diese lang gezogene exaltierte Aussprache«, sagt er, macht dazu eine albern gezierte Handbewegung. Sunny sagt, das sei gerade ziemlich unsensibel von ihm.

Oleksii ist wie ein Jungtier in der Runde, denkt Jef.

»Aber dir habe ich auf den ersten Blick angesehen, dass du so ein Musiker bist, der mit seiner krassen Besessenheit irgendeinen Mangel ausgleichen muss«, sagt Wolf, und Oleksii überlegt. »Echt? Was denn für'n Mangel?«

Wolf ist schon zu Jef übergegangen. »Und bei dir dachte ich am Anfang, du bist das typische Beispiel einer Frau, die denkt, sie wäre zu langweilig und deshalb zwanghaft versucht, alles anders zu machen. Aber jetzt bin ich mir gar nicht mehr so sicher, ob ich das immer noch so behaupten würde.«

Die Bluetooth-Box geht aus, weil Vin angerufen wird. Er steht auf. »Ich geh mal lieber. Ich will gar nicht so genau wissen, was du von mir dachtest. Gute Nacht, Leute.« Sunny fängt an, den

Tisch abzuräumen, und geht in ihr Zimmer. Oleksii macht ein Gesicht, als hätte Wolf beim Vorlesen der Gutenachtgeschichte an der spannendsten Stelle aufgehört. Er will wissen, was Wolf von Sunny und Vin gedacht hat.

Wolf sagt: »Ich rede nicht über Leute, die nicht anwesend sind.«

Oleksii bleibt auf seinem Stuhl hocken, wie ein Hund, dem sein neues Spielzeug unter den Schrank gerollt ist. Jef will ihm auch nicht helfen, es hervorzuholen.

Sie kennt solche plötzlichen Aufbrüche. Künstler beenden Gespräche, wenn sie wirklich interessant werden. Das scheint überhaupt der enttäuschende Sinn der ganzen Kunstsache zu sein.

Wolf hat recht. Jef fühlt sich hohl und billig.

»Ich hab das Hochstapler-Syndrom«, sagt Jef, weil ihr einfällt, dass Rita ihr das einmal zugeschrieben hat.

»Was hast du?«, fragt Oleksii

»Man denkt immer, die eigenen Kompetenzen wären nur reine Glückssache. Zufall. Kein Verdienst.«

»Aha«, sagt Oleksii, »stimmt aber nicht, oder?«

Jef zuckt mit den Schultern »Doch. Wahrscheinlich stimmt's. Ich bin nur hier, weil ich die Strand angelogen habe.«

Jef erzählt Oleksii von ihrer ausgedachten Bewerbung, die eigentlich nicht ernst gemeint war, und ihren Geldproblemen, die ernst waren, und von ihrer Existenzangst, die größer war, als die Angst, hier als Betrügerin aufzufliegen.

»Ohne das Stipendium wäre ich bestimmt schon obdachlos«, sagt Jef und spürt den Wein in ihrem Blut. »Wenn ich die Wohnung verliere, werde ich zuerst bei Freunden übernachten, bis die sich von mir abwenden. Essen werde ich, was ich so geschenkt bekomme oder in Mülltonnen finde. Und ich wasche mich nicht mehr, dann bin ich wenigstens als Arbeitskraft komplett unbrauchbar. Ich werde auf Parkbänken sitzen, Leute beobachten und in aller Öffentlichkeit vor mich hinvegetieren, anstatt das alleine in meiner winzigen Wohnung zu machen. Als Obdachlose hab ich immerhin am meisten Platz.« Jef breitet die Arme aus. »Das ganze Land wäre meine Wohnung. Und wenn ich nicht mehr integrierbar bin, kann ich schwarzfahren und Essen klauen, weil sich niemand mehr mit mir abgeben will. Ich hätte nichts zu verlieren. Und weil ich dem Straßenleben natürlich nicht gewachsen bin, werde ich im Winter mit meiner Bierflasche in der Hand neben meinem Hund irgendwo erfrieren. Die Leute werden vorbeigehen, und das verlorene Leben der Jef B. würde ihnen eine Riesenangst einjagen.«

Oleksii streicht sich über die Glatze, reibt sich die Augen müde und gähnt. »Mann, du bist ja krass drauf. Lass uns mal schlafen gehen.«

*

Seit Rita bei Jef eingezogen war, versuchte Jef, sich ein Beispiel an ihrer Ungezwungenheit zu nehmen, und kam sich dabei vor wie ein Vogel, der keine Flügel hatte.

Jeder wusste, Rita würde nie aus Höflichkeit nett sein. Nicht mal, um etwas zu erreichen. Sie wollte sowieso nichts erreichen. Nichts wofür sie einen Plan gebraucht hätte. Rita flirtete nicht mal. Sie fragte einfach irgendwann, ob Sex eine gute Idee wäre.

Aber Ehrlichkeit und Übermut erlaubte sie nur sich selbst. Als Jef einmal dachte, es geschafft zu haben, sich wie Rita zu benehmen, war es schiefgegangen.

Rita und Jef zelteten übers Wochenende am Meer. Natürlich hatte Rita den Kontakt zu den Handwerkern aufgenommen, die abends am Feuer saßen und tagsüber Teambuilding machten. Die hatten die Hütten gebucht, und mit einem war Jef später mitgegangen. Der Sex war langweilig, und als sie nachts zurück in ihr Zelt gehen wollte, begegnete sie einem anderen, der ihr von Anfang an besser gefallen hatte, und ging mit ihm in seine Hütte.

Rita würde das genauso machen, dachte Jef. Aber Rita war ehrlich schockiert, als sie ihr am Morgen davon erzählte. Es war Rita plötzlich entsetzlich peinlich, mit Jef gesehen zu werden, und sie bestand darauf, schnell und unbemerkt das Zelt abzubauen und zu verschwinden. Rita lief mit gesenktem Kopf hinter ihr her, als hätten sie etwas angezündet, und trieb Jef an. »Los, los, beeil dich mal. Hoffentlich sieht uns keiner!«

Im Bus versuchte Jef ihr zu erklären, sie habe einfach Lust auf mehr gehabt.

Rita wollte Jefs Erklärungen nicht hören, verzog nur das Gesicht und drehte den Kopf weg, wie immer, wenn Jef Ritas Emotionen nicht sehen sollte. »Lass es, Jef!«

»Wenn du so was machst, ist dir das nicht peinlich«, sagte Jef.

»Ich mach so was nicht«, behauptete Rita. Es klang nicht überzeugend, und es stimmte nicht.

*

Es ist ein hellblauer Dienstag, und Vin erschrickt, als Jef mit ihm vom Einkaufen kommt. In einem zu großen schwarzen Pullover sitzt die Alte wie eine Riesenspinne über einen Eimer gebeugt neben dem Herd und schält Kartoffeln. Jef sieht, wie Vin versucht, den Schreck zu überspielen, indem er mit fahrigen Bewegungen beginnt, den Einkauf auszupacken. Jef erschrickt nicht, als hätte sie die Anwesenheit der alten Frau in der Küche erwartet.

Jef sieht auf die schmutzigen Fingernägel und weiß, sie wird die Kartoffeln nicht essen können.

»Seid ihr gegen sie?«, fragt die Alte. »Ihr seid doch nicht gegen sie, oder?«

»Nein«, sagt Jef und denkt: doch.

»Na, was machen wir nun mit ihr?«, fragt die Frau, sieht dabei in den Eimer, als ginge es nicht um sie, sondern um die Kartoffeln. »Werden wir sie auf die Straße setzen?«

Vin fragt, warum sie das tun sollten. »Ist ja nicht unser Haus. Sind nur unsere Kartoffeln, und die brauchen wir fürs Abendessen.«

»Jaja, sie schält ja schon, sie schält ja schon. So muss sie das machen, solange sie es kann«, sagt die Alte und lacht.

Auf die Frage, ob sie hier im Haus wohne, sagt sie: »Nein, nein, hier darf sie gar nicht sein, Kinder. Aber wenn ihr Sohn kommt, um sie abzuholen, dann wird er sie hier suchen. Und wenn sie nicht hier ist, dann fährt er ab. Nur hat sie Hausverbot. Seit vierzig Jahren.«

Jef hätte nicht »Warum denn?« fragen sollen. Vin stößt sie in die Seite.

Was die Frau dann redet, weicht Jefs Verstand aus wie einem falsch gepolten Magneten.

»Na ja, das waren vierzig Jahre zu Hause und immer wieder zu spät. Die Leute sind nicht mehr so gesprächig wie früher. Die haben ja diese gute Figur für den ganzen Körper, pffft. Zu spät, um mal was in den See zu bringen. Tote Vögel haben wir auch nicht mehr im Kühlschrank, wie damals. Aber die werden sie, zack, im Schlaf holen kommen, wenn sie auch nur einen Tag aufhört zu arbeiten! Zack, werden die! So muss sie das eben machen.«

Vin lehnt sich mit verschränkten Armen gegen die Tischkante und sieht die verwirrte Frau an. »Haben Sie letzte Nacht diesen Kuchen gebacken?«

Die Alte schüttelt betreten den Kopf. »Nein, das kann sie nicht gewesen sein«, sagt sie, »aber sie kann ja nicht an alles sich erinnern. Manchmal backt man wohl einen Kuchen, ja, das sind die Dinge, die normale Menschen so machen. Kuchen backen, Flaschen sammeln, Marmelade einkochen. Arbeiten eben. Man kann ja nicht alle Tage Bäume gießen. Man muss mal Feierabend haben. Sie backt schon lange keine Kuchen mehr.«

Vin sieht Jef augenrollend an, während die Alte weiterplappert. »Wo was fehlt, kann man freilich keinen Kuchen backen. Aber wo alles da ist, Eier, Butter, Mehl, Zucker, wo alles besorgt ist und so schön eingeordnet, wo es in die Schränke passt, da muss man wohl backen. Sonntag immer.«

»Aber gestern war Dienstag«, sagt Vin genervt.

»Nein, dienstags ist das ja die blanke Verschwendung. Das hat sie sicher nicht gemacht.«

Vin fängt an, einen veganen Shake zusammenzurühren. Jef bleibt auch in der Küche. Als wollten sie die Gefahr lieber im Blick behalten und beobachten, wo die Spinne sich verstecken wird, damit sie beim nächsten Mal darauf gefasst sind.

Als die letzte Kartoffel geschält ist, verlässt die Alte die Küche mitten im Satz. »Ihr macht sie noch ganz verrückt allesamt.« Sie steigt die knarrende Treppe rauf, wedelt mit den Händen, als schwirrten Fliegen um ihre Augen.

»Die lebt hier irgendwo im Haus«, sagt Vin. »Vielleicht gehört die hier dazu.«

Er rührt sein Getränk um und schmeißt den Löffel ins Spülbecken, dass es klappert.

»Ich fahr ab«, sagt Vin und wischt sich die Hände an der Hose ab. »Morgen fahr ich echt ab!«

Es ist der erste gemeinschaftliche Beschluss, als beim Abendessen alle in der Küche zusammentreffen: die Frau zu ignorieren, in der Hoffnung, sie würde verschwinden, wie sie aufgetaucht ist.

»Ich hab sie in den Schrank steigen sehen«, sagt Wolf am nächsten Tag. »Sie hatte Werkzeug in der Hand.«

Jef schüttet die Suppenreste aus den Tellern zurück in den Topf.

Nachts hört Jef die Alte in der Küche, unter ihrem Zimmer. Morgens ist der Topf leer.

»Heute hat sie bei mir vor der Tür den Flur gefegt«, sagt

Oleksii am nächsten Nachmittag. »Ich hab mich ewig nicht aus dem Zimmer getraut.«

Am Abend verkündet Sunny, die Frau würde Therese heißen. »Ich bin ihr im Flur begegnet, als ich vom Joggen kam, und hab mich im Dunkeln vor ihr erschreckt. »Wer sind Sie?«, hab ich gefragt, und die Alte hat sich wohl auch erschreckt und nur geantwortet: »Therese. Sie ist doch die Therese«, und dabei hat sie auf sich selbst gezeigt. Dann ist sie in ihren Schrank gestiegen.«

»Was suchen Sie denn?«, fragt Jef höflich, als sie Therese, gebückt und unter die Schränke schauend, im Salon herumlaufen sieht.

Therese bleibt stehen und sieht Jef lächelnd an. »Na, wo soll sie denn nur hin, wenn man hier nirgends bleiben kann? So kann das gehen, wenn sie nicht mehr weiterweiß, dann kann sie auch mal an die Decke starren, aber das hält die Ahnen nicht ab, die können durch Decken sich drücken wie durch ein Gestrüpp, und plötzlich fallen sie runter, aber tot ist tot, sie hat euch gesagt, ihr sollt nicht wiederkommen ...«

Therese sagt diese unheimlichen Dinge in beschwingtem Tonfall, lacht zwischendurch, während sie etwas in den Schubladen sucht, sich abwendet und weiterredet. »Er kommt noch. Ihr werdet schon sehen, am richtigen Tag, er weiß, wo sie ist, aber sie, sie weiß nicht, wo er ist, das darf sie nicht wissen, sonst kommt er nicht, das haben die so verfügt, weil man lieber jeden übers Ohr haut, der einen eigenen Willen hat, so ist es doch. Immer wollen die sie vergiften mit ihren Kapseln, aber sie lässt sich nicht vergiften! Sie malt! Ha! Und sie putzt! Und wenn sie putzt, dann malt sie auch. Und wenn sie malt, dann denkt sie daran, dass sie putzen muss, und immer so fort.«

Jef geht zu Wolf in den Saal. »Ich glaube, man darf ihr keine Fragen stellen. Sonst hört die nicht auf zu reden.«

»Hab ich auch schon rausgefunden«, sagt Wolf. »Mir hat sie

heute schon erzählt, dass man ihr auflauert, um sie in eine Anstalt zu stecken. Aber solange sie malt und putzt, kann man ihr nichts anhaben, denkt sie. Das ist ein genialer Trick, den sie eigentlich nicht verraten darf, hat sie mir verraten. Wenn ihr Sohn kommt, kann sie endlich aufhören zu arbeiten. Lustig, oder?« Wolf wedelt mit der Hand vor seiner Stirn. »Blöderweise hab ich auch noch gefragt, wohin der sie denn mitnehmen will, ihr Sohn. Dann hat sie lauter Länder, Kontinente und Städte aufgezählt. Die ist wirklich komplett irre«, flüstert Wolf und macht ein angeekeltes Gesicht. »Und die riecht nach Terpentin oder Katzenpisse. Findest du nicht? Und hat Schuppen so groß wie Haferflocken. Und diese Hände. Oh Gott, ich will mir gar nicht vorstellen, was die hier alles anfasst.«

In der folgenden Woche bekommt nicht nur Jef einen Blick für Veränderungen, auch den anderen fällt fast täglich etwas Seltsames auf. In der Küche sind Kringel an die Wände gemalt worden, hellblau und unscheinbar, als hätte ein Kind seine Malkreide ausprobiert.

Sunny fragt nicht, wer im Saal die Decken, die sie auf dem Boden ausgelegt hat, zu kleinen Quadraten gefaltet und als wackeligen Turm aufgeschichtet hat. Es ist klar, dass es keiner der Stipendiaten gewesen ist.

In dem verwahrlosten Kiesbeet findet Jef eines Tages Kohlrabiblätter, die sie selbst am Vortag weggeworfen hat. Jef wickelt faustgroße Steine aus den Blättern. Betrachtet das seltsame Werk, wickelt die Steine wieder ein und legt sie zurück.

Verbrannte Pommes, zu chinesisch aussehenden Zeichen arrangiert, liegen einmal auf der Terrasse im Regen, und als der Joghurt für Wolfs Frühstücksmüsli leer ist und eine Lackrolle in der Spüle liegt, ist das Flurfenster mit Joghurt weiß gestrichen worden, wie Wolf herausfindet. Muster und Ornamente sind in die Beschichtung gekratzt.

»Demnächst gießt sie den Joghurt in unsere Schuhe oder schneidet Muster in unsere Jacken oder zündet das Haus an, wenn sie nachts andauernd diesen Ofen im Saal heizt«, sagt Oleksii.

»Wenn das Kaminholz alle ist, hört sie auf zu heizen. Genauso wie sie aufhört zu backen, wenn kein Mehl da ist«, sagt Jef.

»Ja, genauso wie sie aufhört, Leute zu erschrecken, wenn keine Leute da sind«, sagt Wolf.

Als an einem der Küchenabende sechs Flaschen Wein leer werden, erzählt jeder von verrückt gewordenen Leuten.

»Und schwuppdiwupp ist der Daimler weg, hat dieser Typ immer gesagt, der bei jedem Wetter im Pyjama unterwegs war.« Wolf macht einen irren Blick und alle lachen, bis eine erschöpfte Pause entsteht. »In unserem Nachbarhaus gab es damals eine verrückte Katzenfrau. Die war der einzige anständige Mensch da drüben.«

Dass diese Geschichte nicht lustig wird, versteht nur Oleksii nicht. Er hört erst auf zu lachen, als Vin erzählt. »Die Kinder hatten da keine Betten, sondern schliefen in selbst gebauten Höhlen aus Decken und Matratzen. Die pinkelten in die Ecken und versuchten, nicht von dem besoffenen Vater gefunden zu werden, der auf alles einschlug, was ihm unter die Finger kam. Irgendwann hat man die Kinder in verschiedene Heime und Pflegefamilien gesteckt. Ich hab keins davon wiedergesehen.«

Oleksii schüttelt sich. »Bestimmt kann die alte Tante Therese sich nachts auch in alles Mögliche verwandeln. In einen prügelnden Vater zum Beispiel.«

Jef weiß nicht mehr, welcher Wochentag heute ist, und es interessiert sie auch nicht.

Das Haus ist wie der Berg, überlegt sie, als sie im Obergeschoss mit einem gefundenen Buch in der Hand auf der Suche nach einem Leseplatz im Vorraum stehen bleibt. Es hat eine warme und eine kalte Seite – eine dunkle und eine helle. Den Salon trennt eine hölzerne Zwischenwand mit verzierten Scheiben von dem dunklen Gang, in dem auch Oleksiis Zimmer liegt. In der Ecke steht ein Sessel, in dem ein Sonnenstrahl sitzt und sich auf dem Weg ums Haus ausruht.

Jef setzt sich dazu. Das Buch schafft es nicht, sie aus ihren Gedanken herauszuholen. Die Sonne biegt um die Ecke, und der Sessel wird ungemütlich. Jef geht in den Saal, der auf der hellen Seite liegt, und sieht auf den See. Nur für ein paar Stunden scheint die Sonne nachmittags durch das Bogenfenster, denn das ganze Haus steht auf der dunklen Seite des Sees. Auf der armen Seite. Es blickt aus der falschen Richtung auf den See, die teuren Hotels stehen auf der anderen Uferseite. Hier steht auf der Südseite des Hauses der Berg.

Jef geht in ihr Zimmer und lässt die Tür offen, in der Hoffnung, jemand würde im Vorbeigehen hereinkommen. Ihr Zimmer liegt direkt am Treppenabsatz auf der dunklen Seite, wo der Berg nur ein paar Streifen Sonne durch die Bäume lässt.

Der Gedanke, auf der armen Seite zu wohnen, gefällt Jef. Die Sonnenseite ist ihr zu geschäftig, wie ein Vorwurf gegen Jefs Bequemlichkeit.

Wolf kommt tatsächlich in Jefs Zimmer. Er hat unter der Treppe einen Verschlag mit nützlichen Dingen gefunden und bringt ihr eine Glühbirne. »Für dein Bad«, sagt er und besichtigt, die Hände auf dem Rücken, ihr Zimmer. »Schön hier!« Jef steht am Fenster und beobachtet durch die verstrebten Scheibchen die Nachbarn. »Ja, Zimmer mit Unterhaltungsprogramm«, sagt sie. »Guck mal, wie riesig die Fenster da drüben sind. Wie so eine beleuchtete Bühne. Alles leer. Kaum Möbel.«

Wolf sieht auch über die schmale Straße ins Nachbarhaus. »Ziemlich ungemütlich. Aber bestimmt sehr sauber.«

Sunny kommt dazu. »Was macht ihr hier?«

Sunny und Wolf fangen an, das am Tisch sitzende Paar zu synchronisieren. Wolf spricht mit übertrieben affektierter Stimme den Mann. »Du isst wie ein Schwein, Schatz. Was sollen denn unsere Kinder denken?«

»Aber wir haben ja gar keine Kinder«, piepst Sunny.

»Jetzt red dich bitte nicht wieder raus«, sagt Wolf.

»Kannst du mir das große Messer rüberreichen, damit ich dir die Eier abschneiden kann, Honey?«

»Aber ich habe doch gar keine Eier«, singt Wolf. Oleksii steht in der Tür und krümmt sich vor Lachen. Wolf dirigiert seinen Sprechgesang mit dem Zeigefinger: »Wenn du mir nur ein Härchen krümmst, mein Häschen, dann verklag ich dich und du kriegst nix. Dann kannst du da gegenüber bei der Alten im Schrank wohnen.«

Vin kommt dazu. »Sieht ja nicht nach Arbeit aus, was ihr hier macht!«

Sunny sieht sehnsüchtig hinüber zu dem sauberen Haus. »Ich würd echt lieber bei denen wohnen, als hier in dem kaputten Kasten.«

Oleksii lässt sich auf das Bett fallen. »Können wir jetzt bitte mal ernsthaft überlegen, was wir mit dieser Verrückten machen?«, sagt er. »Ich hab echt Angst vor der. Die kann doch nicht wirklich die ganze Zeit hierbleiben. Und die kann nicht einfach unsere Sachen wegessen.«

»Aber sie ist ja nun mal kein Ungeziefer, gegen das man Köder auslegt«, sagt Vin. »Außerdem isst du genauso unser Essen weg, oder hast du hier schon mal was eingekauft?«

»Oleksii zahlt aber in die Essenkasse«, sagt Wolf und setzt sich in Jefs Sessel. »Ich hab auch das Gefühl, hier passiert noch was Krasses. Die wird uns noch das Haus anzünden. Außerdem kann ich nicht mehr schreiben, weil ich immerzu überlege, wo sie jetzt wieder ist und was sie als Nächstes macht. Die muss doch professionell beaufsichtigt werden. Das ist nicht unsere Aufgabe. Es sollte unsere Aufgabe sein, herauszufinden, wer für sie verantwortlich ist. Wir jedenfalls nicht. Außerdem macht mich ihr betuliches Gesicht total aggressiv. Wie sie immer den Kopf schief hält und grinst.« Wolf schüttelt sich.

Vin sagt: »Red doch mal mit ihr. Sie war schließlich vor uns da.«

»Reden? Mit der kann man nicht reden! Was willst du ihr denn sagen?«, fragt Oleksii. »Dass sie was in die Essenkasse zahlen und dass sie nachts gefälligst in ihrem Schrank bleiben und keine Zeichen mehr an die Wände malen soll, keine Fenster mehr streichen und das ganze Zeug? Wo soll man denn da anfangen? Das versteht die doch gar nicht. Vielleicht klaut sie ja auch. Die kann doch unsere Sachen gar nicht von den Sachen unterscheiden, die hier vorher schon waren. Habt ihr mal in euren Portemonnaies nachgesehen?«

Obwohl Wolfs Verhältnis zu Oleksii vor allem darin besteht, ihn zu ignorieren, sind sie sich in diesem Punkt einig. »Man muss was unternehmen«, sagt Wolf, im Zimmer herumwandernd, »nicht weil ich ihr Gespensterdasein nicht akzeptieren würde, nein, sie bräuchte einfach qualifizierte Hilfe, eine therapeutische Betreuung, oder so. Wir kennen sie ja überhaupt nicht, wir wissen nicht, was sie anstellt.«

»Dann müssen wir sie eben kennenlernen«, sagt Jef und zuckt mit den Schultern. »Lernen, mit ihr klarzukommen.« Wolf stöhnt, Oleksii reibt seine Glatze, Sunny knibbelt an ihren Nägeln.

Am Abend beschriftet Jef das übrig gebliebene Essen. *Therese* schreibt sie auf einen Post-it-Zettel und klebt ihn auf den Topfdeckel. Jef weiß, niemand wird es wagen, gegen diese Maßnahme zu protestieren.

»Willst du das jeden Abend machen?«, fragt Vin.

»Bleibt ja eh immer Essen übrig«, sagt Jef.

Als Jef im Bett liegt, stützt sie sich noch einmal auf den Ellenbogen, schüttelt Oleksiis Schulter und schiebt seine Schlafmaske hoch. »Wir sind ein bisschen wie eine Familie, oder?« Oleksii blinzelt irritiert. »Ich weiß nicht. Meinst du? Na ja, vielleicht ein bisschen. Schlaf gut.«

*

»Ich weiß eigentlich nicht, wonach ich da gesucht habe«, sagte Jef, als sie ihre dritte Beziehung beendet hatte. Sie saß mit Freunden, die Rita eingeladen hatte, auf ihrem Balkon zum Cocktailfrühstück. »Dem war die Arbeit in der Uni wichtiger als er sich selbst. Und dann kam erst mal lange nichts. Was beschwer ich mich. Bin ja selber schuld. Wollte halt jemanden anhimmeln und dachte, der ist jetzt echt was richtig Besonderes. Den musst du gut festhalten.«

»Hier, der ist echt was Besonderes«, sagte Rita, gab Jef einen Cocktail aus Säften und billigen Schnäpsen. »Bloß nicht so spießig werden wie deine langweiligen Eltern, hab ich immer gedacht«, sagte Jef. »Am Anfang war ich echt stolz, dass ich so einen abgekriegt hab, der was konnte und was wollte. Professor halt. Philosoph. Total eingebildet. Fand ich cool. Ich weiß gar nicht, warum ich dachte, Intellektuelle wären tolle Menschen. Die einfachsten Dinge hat der Depp nie geschnallt. Ich hatte irgendwann keine Lust mehr auf Gespräche, die nur aus Witzen und Anspielungen und Ironie bestehen. Da hat man das Gefühl, man muss vor so einer tollen Fassade stehen bleiben. Einmal hat er so was total Normales gesagt. Er kam aus seinem Bad und sagte, er habe Zahnseide benutzt und danach trotzdem ein Stück von irgendetwas zwischen seinen Zähnen gefunden. Das war so ein Moment, in dem ich den klugen Mann in ihm nicht mehr sehen konnte. Und das, was ich bis zu diesem Moment für Liebe gehalten hatte, war wie ein Bühnenscheinwerfer einfach ausgegangen. Hat auch irgendwann keinen Spaß mehr gemacht, nackt mit ihm im Bett zu liegen und zu philosophieren.

Essen, trinken, rauchen, reden, Sex war eigentlich alles, was ich wollte. Aber der Vorhang war gefallen, und dahinter stand nur dieser kränkliche alte Mann auf der leeren Bühne. Der hat nur geliebt, dass ich ihn geliebt habe. Ich war so eine Attrappe für alle Frauen, die ihn toll finden sollten. Der wollte überhaupt nicht wissen, wie ich wirklich bin. Vielleicht wollte ich das auch selber nicht so genau wissen.

Außerdem wollte er Kinder, obwohl er schon drei hatte, und im Nachhinein ist mir auch klar, warum. Das ist eben die einfachste Möglichkeit, bedingungslos geliebt zu werden, egal was für ein Arsch du bist. Die Kinder lieben dich trotzdem. Bis sie zwölf sind jedenfalls, und seine Kinder waren nun mal schon zwölf. Da brauchte er halt neue.«

»Na, ein Glück, dass du das nicht gemacht hast«, rief Rita aus der Küche und brachte neue Cocktails.

»Ich finde Achselhaare bei Frauen irre erotisch«, sagte Rita leise zu Jef, als sich eine ihrer Freundinnen auf dem Balkon das Haar hochknotete. »Kann gar nicht hinsehen.« Rita wandte ihr Gesicht ab. Wandte es auch von Jef ab.

»Ich will nicht mit Lesben befreundet sein«, sagte Rita nachdenklich und beobachtete wieder das Mädchen. »Ich weiß, es ist arrogant und egoistisch. Aber es ist mir einfach unangenehm, wenn lesbische Frauen mich zu lange ansehen.« Dass sie Rita auf Partys schon mit Frauen knutschen gesehen hatte, sagte Jef nicht.

Beim Aufräumen summte Jef und hörte Ritas gereizte Stimme aus dem Nebenzimmer. »Sag mal, merkst du das denn nicht?«

Jef dachte an ihre Mutter, die sie als Kind aus der Küche summen gehört hatte, wenn sie im Bett lag. Ihre Mutter mochte keine Stille und verjagte sie wie ein hungriges Tier, das im Haus nichts zu suchen hatte.

Für Jef war die Stille ein weiter Ozean, der sich ringsherum ausdehnte. Sie summte, um sich selbst zu verorten. Aber für Rita hörte sie auf zu summen und sollte nie mehr damit anfangen.

*

Die Rückwand steht offen, als Jef und Vin durch den Schrank steigen. Eine rote Katze springt vom Fensterbrett und läuft langsam durch die nächste Tür, wie eine Jugendliche, die beim Rauchen ertappt wurde.

»Hast du die schon mal im Haus gesehen? Ich kenne nur die grau getigerte. Wolf meint, er hätte gestern eine schwarze auf der Treppe gesehen und Sonja eine bunte in der Küche.«

Vin schüttelt den Kopf. »Bin mal einer schwarz-weißen auf der Terrasse begegnet, glaube ich.«

Es ist, als sähe jeder eine eigene Katze. Nur Oleksii sieht keine.

Im letzten Zimmer, dessen Tür klemmt, wird die Katzenpisse von Terpentingeruch überdeckt. Vin drückt die Tür auf. Mit ihm fühlt Jef sich sicherer als mit dem verschreckten Oleksii, der beim letzten Mal vor einem harmlosen Geräusch weggelaufen ist. Das Zimmer ist vollgeräumt mit Müll, kaputten Möbeln, zerrissener Kleidung, Zeitungen, Beuteln, Taschen voller Zeug, vertrockneten Topfpflanzen, kaputten Lichterketten. Bemalte Sperrholzplatten lehnen an den Wänden. Inmitten des Mülls liegt eine Matratze mit zusammengefalteten Wolldecken und Steppdecken mit Löchern, aus denen Filz quillt. Obwohl nichts außer der Matratze und den Decken einen praktischen Nutzen hat, ist zu ahnen, dass hier mal versucht wurde, eine Ordnung herzustellen, oder sogar die Idee eines Zirkuswohnwagens oder Hippielagers. Das muss lange her sein, überlegt Jef. Die Dinge sind zu kaputt. »Ungefähr so muss es in Thereses

Kopf aussehen«, sagt sie laut. »Das lässt sich einfach nicht mehr ordnen.«

»Ich an ihrer Stelle würde lieber in der Klapsmühle wohnen als hier«, sagt Vin leise und schiebt die Tür zu.

Als er durch den Schrank zurücksteigt, steht Therese davor, als hätte sie dort gewartet, bis sie mit der Besichtigung ihres Zimmers fertig waren. In einer Hand eine große Schere. In der anderen ein paar gelbe Strohblüten. »Die hat sie abgeschnitten«, sagt sie zu Jef, zeigt ihr die Blüten und steigt durch den Schrank. »Essen darf man die nicht.«

»Was machen Sie denn damit?«, fragt Jef.

Die Alte lacht: »Die schmeißt sie danach weg.«

»Wir würden gerne mal mit Ihnen reden«, sagt Vin entschlossen und steckt den Kopf in den Schrank.

»Ja, mach das«, sagt Therese. »Rede ruhig mit ihr.« Sie sieht Jef an und nickt wie eine Lehrerin, wenn man etwas richtig gemacht hat. »Hast du gehört? Er will mit dir reden«, sagt Therese.

Vin ruft ihr hinterher: »Mit IHNEN wollen wir reden!«

Therese hebt nur die Hand. »Danke, das ist lieb von euch. Sie braucht nichts.«

Jef hat plötzlich Angst, so zu werden wie Therese. Es kommt ihr ganz leicht vor in dieser Schrankwohnung als Zwischenwelt, an der Schwelle zwischen Vernunft und Irrsinn. Eine Tür ist geöffnet, die sich nicht mehr schließen lässt. Es ist, als wüsste die Alte, was Jef hier sucht. Als hätte sie es selbst einmal gesucht und wäre darüber verrückt geworden.

»Jedes Mal, wenn sie weg ist, bin ich mir nicht sicher, ob ich mir das nur eingebildet habe«, sagt Jef.

»Ich hab sie auch gesehen«, sagt Vin.

Draußen ist es kalt und windig. Jef bleibt in ihrem Zimmer. Fremde Leute laufen durchs Haus und tragen Zeug herum. Als es still wird, geht Jef in den Saal. Da steht Oleksii, als würde er überlegen, wie all die Stuhlreihen aus dem Parkett wachsen konnten.

»Hunger?«, fragt Jef, und Oleksii nickt begeistert. »Wie kannst du immer Hunger haben und so dünn sein wie ein Rennradfahrer?«

»Komponieren ist wie ein Radrennen.«

Oleksii surrt die Treppe runter. Seine Beine bewegen sich so schnell, wie seine Finger beim Klavier spielen. Als Jef ihn das erste Mal die Küchentreppe hinunterkommen hörte, dachte sie, klar, nur eine kleine leichte Tänzerin kann so schnell und geschickt die Stufen treffen. Überraschend stand aber nicht Sunny, sondern Oleksii in der Küche.

Inzwischen kann Jef alle auseinanderhalten. Sunny ist am schlappenden Schlurfen zu erkennen, meist sieht sie beim Treppensteigen in ihr Handy und kaut M&M's oder ihre Fingernägel. Wolf stampft, als müsste er gegen die Stufen kämpfen, sie endlich platt treten, und Vin bewegt sich mit diesem gemächlichen Hut-und-Mantel-Gang. Er hat mit seinem Körper offenbar nicht viel zu tun, sieht in ihm nur einen Diener, der seinen Kopf chauffiert.

Sunny hat Kopfhörer in den Ohren. Aus ihrem Handy dröhnen trotzdem rasende Rhythmen.

»Dein Kabel ist nicht richtig eingesteckt«, sagt Jef, aber Sunny starrt auf das Display und hört nichts. Sie löffelt abwesend Joghurt und gefrorene Himbeeren in das winzigste aller Schälchen und geht essend die Treppe hinauf.

»Sie schmatzt wie ein Igel oder ein Mops oder ein Tier, das einen zu kleinen Mund hat«, flüstert Jef.

»Ist doch niedlich«, flüstert Oleksii zurück. Jef rollt mit den Augen.

»Es ist ja nicht nur das Schmatzen. Ich finde ihr ganzes Essverhalten unerträglich. Wenn sie mit der Gabel isst, hackt sie das Besteck in den Teller, sodass ich bei jedem Stoß zusammenzucke und mir wünsche, das Material würde endlich ihrem Gefuchtel nachgeben. Ständig hängt ihr Essen an den Lippen oder Wangen, wie bei einem Kleinkind. Sie spricht mit vollem Mund, schwenkt dabei immer die Gabel so rum und verteilt ihr ganzes Essen überall. Wolf geht immer raus, wenn sie isst.«

Oleksii muss lachen. »Von mir aus kann sie mit den Händen essen oder ihren Joghurt vom Boden lecken. Stört mich überhaupt nicht.«

Aus einem alten CD-Player mit abgeknickter Antenne, der zwischen den Salatölflaschen steht, lässt Oleksii einen polnischen Schlagersender dudeln und entschuldigt sich dafür. »Tut mir leid. Komischerweise macht mich solche Musik total glücklich.«

»Aber das Jazzkonzert im Saal heute Abend hältst du nicht aus, oder was?«

»Ohrenfolter!«, sagt Oleksii, und macht sich ernsthafte Sorgen, wie er das überstehen soll.

»Ohrstöpsel?«, sagt Jef.

Oleksii zeigt auf seine Glatze. »Mann, die Dinger leuchten einfach meilenweit aus meinem Kopf. So kann ich mich nicht zwischen dic Leute setzen.«

Die fünf Namensschilder der Stipendiaten liegen mit penetrant großen Buchstaben auf den Stühlen der ersten Reihe. Eher geeignet für die Rentner, aus denen der größte Teil des Publikums besteht.

Um später über die Küchentreppe zu flüchten, setzt sie sich mit Sunny neben die Tür. Die Strand stellt ihren Stuhl davor. Als Sunny »Fahrstuhlmusik« in Jefs Ohr flüstert, was Frau Strand unmöglich gehört haben kann, dreht sie sich trotzdem um. Jef schließt die Augen und versucht die Musik, die trostlos ist in ihrer Sauberkeit, zu genießen. Immerhin ist es eine Abwechslung vom Stipendiatendasein, das bis auf die Gesellschaft beim Essen und das Auftauchen der verrückten Therese eher öde ist.

Um nicht einzuschlafen, macht sie sich Gedanken über Oleksiis Probleme, obwohl Oleksiis Probleme vollkommen belanglos sind. Er verträgt das helle Laternenlicht in der Nacht nicht, und Jef überlegt, wie sie ihr Zimmer verdunkeln könnte.

Oleksii öffnet seine Zimmertür einen Spaltbreit, als Jef nach dem Konzert wie verabredet bei ihm klopft. Selbst der braune Schal, der seinen Kopf einwickelt, fürchtet sich vor dem Jazz.

»Ist vorbei«, sagt Jef.

»Was?« Er zieht die neongrünen Stöpsel aus seinen Ohren.

Am nächsten Abend soll es ein Blueskonzert sein, und diesmal sitzt Sunny allein auf einem der fünf Plätze in der ersten Reihe.

Am Montagmorgen reagiert Therese in der Küche ganz vernünftig, als Jef, Wolf und Vin ihr mitteilen, am Abend gäbe es eine Besprechung. »Vielleicht will Frau Tussi ja wieder das Haus durchsuchen«, sagt Vin.

Therese versteht nicht, wen er meint, und reißt die Augen auf. »Kommen die sie heute holen?«

»Nein, die Strand kommt. Diese Frau Dings, diese Gertrud, oder wie die heißt.« Den Mund zusammengekniffen, sagt Therese: »Gerburg Strand? Na, dass sie ihr Leben lang sich über die ärgern soll, das will die ja nur. Da würd sie der Gerburg einen Gefallen tun. Aber sie ärgert sich nicht, nein. Da kann die Gerburg lange warten. Die hat immer bekommen, was die wollte. Freiwillig hat der Gerburg keiner was gegeben. Bei ihr drüben, da sucht die Gerburg nicht.« Therese lächelt listig, sagt: »Fürchtet die sich«, und geht die Küchentreppe rauf in den Saal. »Aber nicht vor ihr sollte die Gerburg sich fürchten, sondern vor diesem Ganoven, den die geheiratet hat.« Aus der Dunkelheit der Treppe kommt sie ein paar Stufen zurück. »Ihr seid doch nicht gegen sie, oder?«

»Nein, wir sind nicht gegen sie«, ruft Jef in den Treppentunnel hinauf, in dem Therese wie ein Gespenst steht. Die grauen Haarsträhnen hängen ihr vorm Gesicht. Ein Gebet, denkt Jef. Immer wieder soll man ihr versprechen, nicht gegen sie zu sein, bis man es selbst glaubt.

»Natürlich sind wir gegen sie«, sagt Wolf leise.

»Du würdest lieber sehen, wie sie von der Strand an den Haaren aus dem Haus gezogen wird, oder?«, sagt Vin.

Wolf wiegt den Kopf hin und her. »Nein, aber vielleicht von ausgebildeten Mitarbeitern einer psychiatrischen Einrichtung. Wie wär's damit?«

*

Im Studium konnte Jef sich nicht entschließen, zeichnen zu lernen. Es dauerte sechs Wochen, bis die Professorin überhaupt etwas zu Jefs Zeichnung sagte und nicht nur geringschätzig an ihrer Staffelei vorbeiging, um sich lieber mit denen zu beschäftigen, die sich Mühe gaben.

Nur kurz hatte Jef erlebt, wie Schädel, Flasche und Obstschale die richtige Form hatten und sogar eine räumliche Tiefe.

»Na, da haben wir doch mal einen Anfang. Genau da musst du jetzt weitermachen«, sagte die Professorin und hielt ihren ehrwürdigen Zeigefinger an ihre Wange.

Nach dem Studium Künstlerin zu werden, schien Jef die einzige Möglichkeit, ihr Leben so einzurichten, dass sie nicht früh aufstehen musste. Es kam ihr brutal vor, sich um sieben im Großstadtverkehr mitschleifen zu lassen. Jeder Job, für den man nicht früh aufstehen musste, war ein guter Job. Es wurde ihre einzige Motivation, einen von den guten Jobs zu bekommen.

Bloß nicht in Gefangenschaft leben wie ihre Eltern. Jef war nicht sicher, ob in ihrer kümmerlichen Absicht, sich etwas Künstlerisches aus den Fingern zu saugen, wirklich mehr steckte, als nur das Bedürfnis auszuschlafen.

Nach dem letzten Sommersemester stand Jef genauso spät

auf wie Rita. Sie saßen mittags auf dem Garagendach und tranken Aperol.

Da Jef jetzt keine Studentin der Hochschule mehr war, meldete sie sich als Aktmodell beim Abendkurs an. Es schien ihr weniger anstrengend als kellnern, und es gab mehr Geld.

*

Am Nachmittag ist der Saal leer geräumt. Um neunzehn Uhr sitzt Jef mit den anderen auf der Sitzgruppe, als würde sie auf ihre Strafe warten. Nur Vin fehlt.

»Ob sie den Rohrstock mitbringt, weil wir nicht beim Konzert waren?«, sagt Wolf. »Sollten wir uns lieber in die Ecken stellen? Bestimmt müssen wir zur Strafe zu Tante Therese in den Schrank.«

»Also, ich war beim Konzert!«, sagt Sunny, steckt sich einen Löffel Zucker in den Mund und kaut knirschend.

»Irgendwas muss die Strand doch mit Therese zu tun haben, oder?«, sagt Jef.

»Frag sie doch«, sagt Oleksii. »Ich könnte nicht mit Verrückten reden. Ich hab dann immer Angst, mich anzustecken und auch verrückt zu werden. Geht euch das nicht so? Das macht mich total verrückt, wenn ich versuche, solchen irren Gedanken zu folgen. Dann denke ich, meine Realität ist die falsche und die verrückte die richtige und mein Bewusstsein ist nur zu beschränkt. Wahrscheinlich, wie wenn man beim Drogennehmen Angst bekommt.«

»Du nimmst Drogen?«, fragt Sunny interessiert.

»Leider nicht. Ich hatte blöderweise die falschen Freunde. Und du?« Oleksii rückt näher, und während sie sich über Drogen unterhalten, bemerkt niemand, dass die Strand diesmal nicht über die Küchentreppe kommt, sondern durch den Haupteingang.

Das Klingeln ihrer Armreifen unterbricht das Lachen. »Ich

hoffe doch sehr, dass die entfernten Kakteenblüten eurer Kunst dienen! Die beschmierten Scheiben möchte ich nächste Woche wieder sauber sehen, und diese Kreidekritzel bitte ich auch zu entfernen. Benutzt bitte eure eigenen Materialien und bemalt nicht mein Haus!«

Wolf lacht empört und will etwas sagen. Sunny stößt ihn an, und die Strand lässt keine Pause. »Da mich niemand angerufen hat, gehe ich mal davon aus, dass ansonsten alles so weit in Ordnung ist.«

Sie trägt einen engen Rock, der schräge Falten wirft. Dazu ein asymmetrisches Oberteil mit schiefem Ausschnitt, das Verwegenheit andeuten soll und verlogen wirkt. Eine gebügelte Uniform wäre glaubhafter, findet Jef.

Die Strand sieht Jef an: »Ich wünsche außerdem, dass unsere Druckerzeugnisse nicht als Türstopper verwendet werden!« Zum eisernen Blick macht sie sogar eine winzige Pause. Zu kurz für Jef, um zu erklären, dass sie es für eine umsichtige Vorkehrung gehalten hat, ein paar Flyer unter die Glastür zur Diele vor ihrem Zimmer zu stecken, damit die Tür von der Zugluft nicht zugeschlagen wird.

Die Strand reibt sich die Hände. »Nun möchte ich doch gerne sehen, womit wir denn so sehr beschäftigt waren, dass wir es offenbar größtenteils nicht einmal einrichten konnten, an den Konzertveranstaltungen teilzunehmen, was mich wirklich enttäuscht hat.« Sie beendet den Satz mit einem scharfkantigen »Meine lieben Künstlerinnen und Künstler« und setzt sich in den Sessel. Wolf muss grinsen und hält sich die Hand vor den Mund. »Gut.« Sie faltet die Hände und lächelt breit, Jef sieht ihre falschen Zähne, die etwas zu bläulich geraten sind.

Sunny lehnt sich vor, wie in vorauseilender Notwehr, als würde geschlachtet, wer nichts Hochwertiges darbieten kann. »Soll ich mal anfangen?« Im Gegensatz zu Strands Kommandoton, wirkt Sunnys Stimme zaghaft.

»Bitte.« Die Strand macht die Geste einer Regisseurin, und Sunny tippelt ein Stück Richtung Saalmitte.

»Also, ich habe mich für meine Choreografie von den Bergen inspirieren lassen und möchte darstellen, wie sehr ich diese gewaltigen Natureindrücke als Ausdruck künstlerischer Freiheit empfinde.« Sunny sieht auf den Boden, als läse sie ihren Text vom Parkett ab. »Die physische Beziehung zum Raum möchte ich performativ durch meinen eigenen Körper explorieren und über die Verbindung zwischen Schulter und Fuß nachdenken«, erklärt sie, während sie die Fremdworte mit Armgebärden dirigiert. »So kann ich etwas über die Fragilität und Komplexität der Existenz im Allgemeinen erfahren. Mein prozesslastiger Fokus bewegt sich aber auch auf der Parallele allgemeiner Fragestellungen über die Erde und den Menschen«, sagt sie wie ein Schulkind. Sie legt die Hände an ihr Herz. »Die Musik dazu höre ich in mir, und ich würde das Publikum dann bitten, die Musik ebenfalls in sich zu hören. Danach frage ich die Zuschauer, welche Art von Musik sie sich vorgestellt haben. Das ist momentan mein Konzept.« Sunny geht in die Mitte des Saals, schließt die Augen, stellt sich gerade hin, senkt den Kopf und beginnt zu tanzen. Jef versucht, eine Musik zu hören, aber sie hört nur Sunnys Tanzschuhe über das Parkett tappeln. Manchmal zieht Sunny die Schuhe länger über den Boden, und nach einer Weile hört man ihren Atem.

»Sonja?« Die Strand hebt ihren Arm. »Denkst du bitte daran, dass ich nur eine Stunde Zeit habe?« Sie nickt und beißt sich dabei auf die Unterlippe: »Das sind für jeden zwölf Minuten.«

Die Küchentreppe knarrt, und Vin erscheint mit einer kleinen schwarzen Kiste.

»Ich wünsche mir, dass du nächstes Mal pünktlich bist!«, sagt die Strand.

Vin lässt sich ins Sofa fallen. »Bin ja eh da.«

Sunny erklärt noch etwas Unverständliches, steht mit gekreuzten Beinen vor der Sitzgruppe und sucht nach passenden Worten. Die Strand unterbricht sie: »Jaja, das wird sicher sehr hübsch, Sonja, danke schön.« Sie sieht in die Runde. »Hat jemand noch etwas Ernsthaftes vorbereitet? Wolfram vielleicht? Hm?«

Wolf räuspert sich, setzt langsam seine Brille auf, sieht auf seine Blätter. Jef bezweifelt, ob ihm bewusst ist, dass alle warten, oder ob er in Gedanken versunken nichts wahrnimmt, so wie er oft wirkt, wenn er an seinem Laptop sitzt. Da fängt er doch an, ein Gedicht vorzulesen. Es handelt vom Schweigen. Das nächste handelt vom Schmerz, und dann hört Jef auf, verstehen zu wollen, worum es geht. Während er liest, zappelt die Strand mit ihrer Fußspitze. Seine langen Kunstpausen, die er zum Umblättern braucht, erträgt sie geduldiger als seine Gedichte.

Jef muss dringend pinkeln und hat Tränen in den Augen, es zieht bis in die Nerven ihrer Fingerspitzen. Wolf liest ein Gedicht nach dem anderen, bis die Strand auf die Uhr sieht. Das nimmt er offenbar wahr und hört auf.

Wie sicher alle bemerkt hätten, würde es in seinen Gedichten um die Farbe Blau gehen, sagt er. Jef hat es nicht bemerkt.

Wolf niest sich die Brille von der Nase, reibt sich die Augen und sagt unwirsch, es sei sein transmedialer Bezug zu Bergen, See und Himmel.

Die Strand lächelt ihr Lächeln, das keines ist, weil ihre Augen nicht mitmachen. Sie zieht nur die Mundwinkel auseinander, ihre Augen bleiben kalt. »Die hast du doch nicht alle in der letzten Woche geschrieben.«

Sie wartet nicht auf eine Antwort, winkt ab und sagt: »Na gut. Danke. Jef?«

Jef legt ihre zwei kleinen Collagen auf den Tisch, die sie am Morgen schnell gemacht hat. Krakelige Bäume im Vordergrund, wie Graffiti, dahinter Berge, ausgeschnitten aus einem Moos-Foto, und aufgeklebte Wolken aus einer traditionellen chinesischen Zeichnung. Alle Köpfe beugen sich über den Tisch. Die Strand wirkt belustigt »Was soll das werden?«

»Keine Ahnung«, sagt Jef, zuckt mit den Schultern und hat ihre Blase kaum noch unter Kontrolle. Die Strand lächelt seltsamerweise beinahe echt, und ihre Augen öffnen sich für einen Moment. »Noch nicht das Grüne vom Ei, oder? Na gut, sparen wir Zeit. Kevin, bitte.«

Vin holt aus seiner Kiste etwas Löffelartiges aus Wachs oder Knete, woran kleinere ebenfalls löffelartige Teile hängen, und nennt es *Viviparie.* Er legt es vorsichtig auf den Tisch. »Die Technik der essenziellen Reduzierung mit rhythmisch fließenden Strukturen führt hier zu einer paradoxen Abstraktion«, murmelt er, als wäre es eine Zumutung, das erklären zu müssen. »Das Collier als mobile Minimalskulptur verändert sich, wenn es von verschiedenen Leuten getragen wird. Erst wenn es acht Menschen acht Tage lang getragen haben, ist es fertig«, sagt er, als verstünde es sich von selbst. Am Handy zeigt er weitere Materialien, die er besorgen wolle, und erklärt, was er damit vielleicht machen würde, vielleicht auch nicht. Er nimmt ein zusammengenähtes Plastikteil aus Verpackungsmüll aus der Kiste, hält es hoch und nennt es *Körperdelikt.*

Frau Strand klopft auf den Tisch, obwohl Vin für seine Präsentation keine fünf Minuten gebraucht hat. »Sehr eigenwillig, Vin. Wirklich ziemlich eigenwillig«, sagt sie so, dass man nicht weiß, ob sie mit Anerkennung oder Verachtung urteilt. Sie nickt Oleksii zu und versucht sogar zu lächeln. Er hat die ganze Zeit ungeduldig mit den Knien gewippt, jetzt stolpert er über seine Flipflops, während er im Gehen Notenblätter auseinanderfaltet und beginnt, etwas Atonales auf dem Klavier zu spielen.

Jef versucht, beeindruckt zu sein. Sie muss die Musik doch fühlen können. Aber da ist nichts, womit sich die ungenießbaren Töne verbinden könnten, da ist nur ein Einsamkeitsempfinden. Jef fühlt sich angeschrien und vergisst, dass sie pinkeln muss.

Er brauche Musiker, sagt Oleksii, und bricht sein Spiel ab. »Gibt's hier Musiker?« Sie sollten nicht unbedingt richtige Instrumente spielen. Die Töne würde er schließlich aus der Welt der Technik entleihen, erklärt er und dreht die Hände neben seinen Ohren, als schraubte er an großen Reglern. Die Komposition soll einen Sog mit rhythmischen Kapriolen entwickeln, wobei eine romantische Klangsprache gelegentlich durchschimmern könne. Es solle eine Vielfalt zischender, flappender, schlurfender und zuschlagender Klanggruppen in rhythmischer Mannigfaltigkeit konterkariert werden. Er bräuchte ein Extrabudget und Sachen aus dem Baumarkt. »Gibt's hier einen Baumarkt?« Dass es sich so atonal anhören würde, sei reine Gewohnheitssache, sagt er, wie ein Wissenschaftsexperte, der eine Gefahr entkräften muss. »Die harmonischen Klänge haben sich uns nun mal eingeprägt, weil wir ja im Radio nichts anders zu hören bekommen. Das ist ein ganz durchlässiges Feld.«

Jef rutscht auf dem Sofa hin und her. Die Strand tut beeindruckt, aber ihr Mund ist eingeklemmt in hartnäckige Verachtung. »Na, dann wird es ja beim nächsten Mal schon vertrauter klingen. Du kannst aus der Musikschule ein paar Schüler bekommen«, erklärt sie, »und wenn du deine Instrumente unbedingt aus dem Baumarkt haben musst, obwohl sie in der Musikschule sicher viele schöne Instrumente haben, dann bitte schön, tu das meinetwegen. Die atonale Musik hätte zwar meiner Meinung nach lange genug Zeit gehabt, sich gegen Dur und Moll durchzusetzen, aber wir wollen ja solchen wichtigen Prozessen um Gottes willen nicht im Wege stehen. Gib mir dann deine Materialrechnung.« Sie nimmt ihre Tasche und steigt die Treppe hinauf zur Empore. »So. Vielen Dank. Ich werde noch mal nachsehen, ob wir hier Parasiten haben.«

Oleksii sitzt da wie verprügelt, als wäre sein Leben in Ordnung gewesen, bis zu diesem Moment, in dem Gerburg Strand sein Talent infrage gestellt hat. »Werden wir ja sehen, ob du das einhalten kannst? Hat sie das wirklich gesagt?« Sunny streicht Oleksii über den Rücken: »Die hat doch eh keine Ahnung.«

Oleksii schüttelt den Kopf, als versuchte er, etwas zu begreifen. »Die kann doch froh sein, dass wir in ihrer blöden Ruine wohnen. Das ist wirklich das übelste Arbeitsstipendium, das ich je bekommen habe.«

Die Strand kommt zurück, stemmt die Hände in die Seiten: »Ihr kommt bitte mit! Hatte ich das nicht gesagt?«

Diesmal durchsucht sie auch die bewohnten Zimmer. Alle laufen hinter ihr her wie einer Entenmutter.

»Muss das sein?«, sagt Vin, als die Strand in sein Zimmer sieht.

»Ja, das muss leider sein, mein lieber Kevin!« Sie bleibt stehen und dreht sich zu ihm um. »Nach allem, was ich bisher bereits erlebt habe. Die Künstler vertauschen die Möbel und haben überhaupt im ganzen Haus völlig geisteskranke Sachen veranstaltet!« Sie öffnet die Türen eines unbewohnten Zimmers. »Ein Stipendiat muss hier letztes Jahr Harz über den Fußboden geschmiert haben«, erklärt sie gereizt und mit den Armen fuchtelnd. »Und dann waren die Ecken vollgekleistert mit Kokosöl und Gewürzen. Letztes Jahr hat einer Herbstblätter in einer Pappkiste kompostiert. Die ist so heiß geworden, das Haus wäre abgebrannt, hätte ich es nicht verhindert. Wollte nachher wieder niemand was von gewusst haben.« Sie marschiert weiter durch die Gänge, bleibt stehen, dreht sich um. »Manche Künstler muss man überwachen wie kleine Kinder und unfähige Bauarbeiter. Leben in Schwebensgefahr. Völlig unberechenbar. Und letztendlich bin ich vor der Versicherung verantwortlich. Allein. Ohne meinen Vater!« Sie tut wie ein Kind, das eine unzumutbare Verantwortung zu tragen hat, weil der Vater im Krieg geblieben ist. In den Schrank sieht sie nicht, läuft daran vorbei, als wüsste sie nichts von der Wohnung dahinter.

Jef überlegt, ob Therese von den anderen Künstlern genauso

versteckt wurde und ob auch andere vor ihnen Thereses geisteskranke Verwüstung des Hauses auf sich genommen haben.

*

Professor Strand war alt. Ob achtzig, neunzig oder hundert, konnte Jef nicht sagen. Dass er zwei Assistenten hatte, fand sie albern.

Strand bemerkte Jefs Befangenheit und zog ihr die Wolldecke von den Schultern, während dreißig Studenten im Zeichenraum der Kunsthochschule Staffeleien aufbauten und Stifte spitzten. »Schön voll heute«, sagte er. »Das ist gut. Dann fühlt unser Modell sich mehr beachtet.«

Jef nahm eine unsichere Haltung ein, die sie von einer antiken Steinfigur im Kopf gehabt hatte. Die Hüfte leicht eingeknickt, einen Arm hängen lassend, den anderen hinterm Rücken, die Ellenbeuge des hängenden Arms umgreifend.

»Ja, so können Sie erst mal bleiben«, sagte der Professor und stelzte durch die Reihen. »Heute haben wir wirklich ein besonders hübsches Modell, da haben wir Glück.«

Der ganze Raum konzentrierte sich auf ihren Körper, und Jef stellte sich vor, wie dreißig Hände mit Kohle oder Blei ihre Haut zeichneten. »Man muss erkennen, wie sie sich anfühlt«, verlangte der Alte. »Wir wollen unter den Geweben die Muskeln und Gelenke darstellen. Wir versuchen, nicht nur Formen zu definieren, das kann jeder. Wir wollen Materie ergründen. Wir wollen nicht nur wissen, wie der Körper steht, sondern auch warum und was er für einen Charakter hat.« Er dozierte aus einer Ecke, in der Jef ihn nicht sehen konnte. Die Studenten hoben die Köpfe mit abwesend konzentrierten Blicken über die Reißbretter und tauchten wieder ab. Sie kniffen die Augen zusammen, hielten Bleistifte am ausgestreckten Arm und maßen Jef von Weitem. Es gab diesen Moment, in dem sie kurz davor war, abzuhauen. Der Heizlüfter röstete ihre Beine, alles tat weh, egal wie sie stand, und sie wusste nicht, wo der Alte herumschlich. Sie stellte sich vor, wie alle innehielten, die Bleistifte in der Hand, und ihr verdutzt hinterhersehen würden, wenn sie durch den Saal laufen, ihre Sachen schnappen, damit zur Toilette rennen würde.

Plötzlich begann Strand direkt hinter ihr zu reden. »Natürlich hat das auch mit Erotik zu tun.« Seine Stimme klapperte. »Das kann man nicht weglassen, nur weil wir hier im Unterricht sind. Das müssen wir mit aufnehmen. Das muss im Bild zu sehen sein. Wir machen keine Anatomie. Das machen die Ärzte. Wir machen Kunst. Wir sehen mehr, als zu sehen ist. Wir sehen das Wesentliche. Wir legen unsere Seele mit dazu.«

Aus den Augenwinkeln sah sie ihn am Fenster sitzen, seine knochigen Arme erklärend herumschwingen, als knetete er einen großen Teig.

»Verstecken Sie mal beide Hände hinterm Rücken, da halten die sich sonst wieder ewig dran auf«, sagte er zu Jef.

»Unser Modell lebt, verstehen Sie das?« Strand wischte mit der ganzen Hand auf dem Blatt eines Schülers herum. Der Schüler nickte. »Nein, offenbar nicht!«, sagte der Alte. »Da fließt Blut, da wird geatmet, da wird nicht stillgestanden, da gibt es immer ein Herumgewackel, immer Bewegung, und Sie machen hier nur starre Striche. Was soll denn das sein? Das ist doch kein Mensch.«

Einem Mädchen trug er auf, erst mal hundert Weinflaschen zu zeichnen, bevor sie es mit Figuren versuchen dürfe.

Als Jef wieder angezogen war, hatten die Studenten ihre Blätter umgedreht oder in ihren Mappen verschwinden lassen, bevor Jef sie sehen konnte. Sie sah nur, was die Assistenten zur Beurteilung hochhielten. Strand saß im Sessel wie ein König, und die Studenten dachten offenbar, sie wären allein durch seine Anwesenheit auf dem Weg zu großem Ruhm. »An der Wade haben Sie den Muskel nicht richtig gesehen. Und im Bauch ist mehr

Struktur. Das ist alles viel zu flächig. Das feine Pölsterchen hier haben Sie auch einfach weggelassen.«

Einige Zeichnungen hatten einen fließenden Schwung, andere waren kantig verkritzelt. »Schon ganz ordentlich« war das einzige Lob. Die Studenten entschuldigten sich verlegen bei Jef, weil sie zu dick geworden war oder kein Gesicht hatte. Eine Seele sah Jef in keiner Zeichnung.

*

Eine Stubenfliege setzt sich auf Jefs Schenkel, der Schenkel zuckt wie die Flanke einer Kuh. »Nein!«, sagt Jef. Die Stubenfliege setzt sich auf ihre Wade. Hier? »Nein!« Jef wedelt sie weg. »Da auch nicht«, sie fliegt auf ihren Arm. Oder hier? »Nein, nein, nein!«, sagt Jef, und sie machen das noch eine Weile.

Jef betrachtet ihren Handrücken. Irgendetwas muss sie unbedingt gegen diese hässlichen Warzen tun.

Oleksii liegt neben Jef eingerollt und versteckt sich unter seiner Schlafmaske, seinen Ohrstöpseln und seiner Decke, als müsste er mitten im Getöse eines Musikfestivals übernachten. Nicht mal diese letzte Herbstfliege findet ein freies Stück Menschenhaut auf ihm.

Jef ist zu früh aufgewacht, der alte Digitalwecker auf dem Nachttisch steht falsch herum und zeigt fünfundzwanzig Uhr neun. Sie dreht ihn um. Kurz vor sieben.

Seit es in Jefs Bad Licht gibt, sieht sie sich im Spiegel. Sie hat Bettfedern im zerzausten Haar, salzverkrustete Augenwinkel und vom Kopfkissen einen blassen Schmiss quer über der Wange. Ihre Augen haben wieder diesen Wettbewerb geführt, welches über Nacht mehr Fältchen produzieren kann.

So hat sie sich ihr unversehrtes Ich, das sie hier wiederfinden wollte, nicht vorgestellt. Was für eine blöde romantische Idee das eigentlich war, mit diesen alten Aktfotos, die der Strand damals von ihr gemacht hat, dorthin zu fahren, wo der Alte herkam. Jef überlegt, warum sie das für eine künstlerische Idee gehalten hat, einen Plan, mit dem sie sich zu Hause noch ausreichend bewaffnet vorkam.

Jef sucht im Laptop nach ihrer Bewerbung, in der sie ihr Arbeitsvorhaben beschrieben hat: *Ich möchte mit meiner verloren gegangenen Identität in einen Diskurs treten. Die Aktfotos, die ich mit Professor Strand gemeinsam gestaltet habe, zeigen mich in einem autarken Zustand, den ich aufgrund des vordringlichen Leistungs- und Selbstoptimierungsdrucks im Alltag eingebüßt habe und den zu ergründen und wiederzufinden ich als künstlerischen Forschungsauftrag verfolgen möchte. Inwiefern auch der Blick des Fotografen den Zustand des Modells beeinflusst, möchte ich hier reflektieren. Aus meinem Unvermögen, vergangene Zusammenhänge zu identifizieren, ergibt sich für mich die Notwendigkeit, die Vergangenheit Schritt für Schritt abzutasten, so lange, bis sich jede Spur des zu untersuchenden Vorgangs verloren hat.*

Was für ein verschrobener Blödsinn. Niemand würde ihr das abnehmen, solange ihr keine künstlerische Aktion mit diesen Fotos einfällt.

Vor dem Spiegel an ihrer Frisur herumzupfend, begreift sie nicht, wie Menschen überhaupt große Dinge erreichen können. Jef kann gerade mal ihre Haare in Ordnung bringen. Das ist nicht nur für eine Künstlerin zu wenig.

Angezogen sieht sie schon wieder aus wie eine Gebrauchsgrafikerin, die sich für eine verkannte Designerin hält und unterbezahlt in der Anonymität eines Versandhauses arbeiten muss. Die zwei Jahre, die sie bei Laddu angestellt war, lassen sich nicht aus ihrem Leben radieren. Sie sieht immer noch aus, wie sie damals aussah: trübe Schlammfarben. Moosgrün. Matschbraun. Langweilig und konturlos. Die Haare auch. So sieht doch keine Künstlerin aus. Das ist doch die Identität, die ich hier loswerden wollte, überlegt Jef. Aber eine andere hat sie nicht.

Eigentlich fühlt sie sich nackt mit kurzem Haar. Aber sobald es über die Ohren wächst, bildet sie sich ein, Rita zu hören: »Richtig unscharf siehst du aus!«

Es ist wohl notwendig, dass sie endlich etwas wollen muss.

Jef setzt sich aufs Bett und sieht aus dem Fenster. Vielleicht tun die anderen auch nur so, als würden sie Kunst machen. Oder sie spielen ein Spiel, dessen Regeln Jef genauso schleierhaft sind wie das Verhalten der kaputten Frau. Selbst die hat ein Ziel. Einen Plan vielleicht nicht, aber ein Ziel. Denn alles was sie tut, wirkt wichtiger als alles, was Jef tut.

»Jeder Mensch ist ein Künstler«, hat Rita oft gesagt, wenn Jef sich über hässlich gestaltete Postkarten, Flyer und Werbeplakate in der Öffentlichkeit aufregte. »Sei nicht so diktatorisch, Jef!«

Jef sehnt sich nach ihrer Arbeit. Passende Bilder, Schriften und Grafiken suchen, im Programm vorgegebene Texte zusammenbauen, bis alles üblichen Sehgewohnheiten entspricht. Dazu eine kleine Spielerei, etwas unauffällig Ungewöhnliches. Fertig. In ihrem Handwerk ist sie sicher. Von der Kunst ist sie überfordert.

Eine Bettdecke rollt aus Jefs Bett, rappelt sich auf, tappt durchs Zimmer, sagt: »Guten Morgen, bis später«, und geht.

Nach dem Frühstück bindet Sunny sich in der Küche einen Zopf, verkabelt umständlich ihre Kopfhörer, singt, wippt ungeduldig wie ein Rennpferd vorm Turnier und zupft ihre Kleidung zurecht.

Jef beobachtet Oleksii, wie er Sunny beobachtet. Als sie weg ist, sieht er an sich hinunter, zieht den Bauch ein und streicht darüber.

Jef muss lachen.

»Was?«, fragt Oleksii.

»Nichts!«

Ihre vagen Ideen, die Jef am Vormittag für ein paar Collagen hatte, laufen wie viel zu kleine Tiere viel zu weit in ihren Hinterkopf und wagen sich nicht hervor.

Jef weiß, sie sind da, aber sie lassen sich weder einfangen noch füttern. Sie wird etwas Belangloses zusammenbasteln müssen und sich vor den anderen blamieren. Die werden den Bildern ansehen, dass sie aus keinem echten Bedürfnis gemacht sind.

Jef sitzt in ihrem Atelier und verflucht es. Warum hat sie sich in diesem Irrenhaus zusammensperren lassen mit Leuten, die ihre nervtötenden Extravaganzen wie einen wertvollen Schatz vor sich hertragen. Mit Rita hätte sie sich darüber lustig machen können.

Jef ist aus einem Problem in ein anderes Problem geflüchtet.

Sie ist nicht wie dieser besessene Komponist, mit dem sie das Bett teilt. Oder wie der empfindliche Lyriker, der an seine Daseinsberechtigung selbst nicht glaubt, oder der deprimierte Schmuckgestalter, von dem ihr nicht klar ist, ob er tatsächlich ein dunkles Geheimnis mit sich herumträgt, oder ob es zu seinem Unberechenbarkeitsgehabe gehört. Wie die neurotische Tänzerin im Zuckerrausch ist Jef auch nicht. Jef findet sich viel zu normal für dieses Atelier. Aber die Normalen sind immer nur die, die man nicht so gut kennt, hat Rita gesagt. Vielleicht kennt sie sich selbst nicht gut genug.

Und Kunst ist doch nur der Versuch, die eigenen Störungen unter Kontrolle zu kriegen. Hat Rita das auch gesagt? Vielleicht ist Jef selbst darauf gekommen. Kunst braucht Disziplin. Das hat der alte Strand zu seinen Studenten gesagt. Disziplin hat Jef jedenfalls nicht.

Keine dieser Eigenschaften, die man als Künstler braucht, hat sie.

Vorm Fenster werden die bunten Wolken orange, rosa und pastellflieder, als wollten sie es der Sonne leichter machen, ganz heraufzukommen.

Sie sehnt sich danach, von diesem Himmel beeindruckt zu

sein, und überlegt, welche Begeisterung ihr helfen könnte, Kunst zu machen.

Die rote Leinenkiste ist exakt so groß wie die Rückwand von Jefs Rollkoffer, als hätte Jef sogfältig geplant, sie hier unbemerkt einzuschleusen. Die Kiste hat sich gehorsam eingepasst, klemmt jetzt und will nur widerwillig ihr Versteck verlassen. Jef legt sie auf Oleksiis Betthälfte.

Vielleicht wurde sein gesamter Nachlass in solche Leinenkisten verpackt, überlegt Jef. Möglicherweise gibt es noch andere Frauen, von denen er Aktfotos gemacht hat und die nach seinem Tod eine solche Kiste zugeschickt bekommen haben. Gehören die Fotos nicht zu seinem Werk? Wurden sie als ungenutztes Arbeitsmaterial aussortiert, weil Strand nichts damit gemacht hat? Oder hat seine Frau aus Eifersucht entschieden, die Bilder nicht dem Archiv der Kunstakademie zu übergeben?

Diesmal wird Jef beim Öffnen der Kiste klar, der alte Strand hat sie so groß machen lassen, damit er sie sehen konnte. Warum war sie darauf nicht gleich gekommen? Warum hat sie darin eine Bedeutung gesucht? Und seine Blindheit war vermutlich auch der Grund für Jefs abweisenden Blick. Der sieht eh nichts mehr, muss sie gedacht haben, als er mit seiner albernen Knipse auf wackeligen Beinen vor ihr herumgestelzt war.

Hier wirken die Bilder anders und sind Jef nicht mehr so unangenehm, wie sie es zu Hause in ihrer Küche waren. Sie passen erstaunlich gut zu diesem Haus, findet Jef. Groß, unmodern und primitiv.

Jemand klopft an ihre Zimmertür.

»Jef?«

»Ja?« Jef hat nicht erwartet, dass Vin sofort hereinkommen würde.

»Hast du vielleicht …« Vin sieht die Bilder auf dem Bett liegen, hält den Kopf schief und verschränkt die Arme.

»Selbstauslöser?«

Dass Vin sie beim Betrachten der hässlichen Aktbilder erwischt hat, als stünde sie nackt vor dem Spiegel, fühlt sich weniger peinlich an, als Jef erwartet hat.

»Tolle Fotos«, sagt Vin und nickt. »Haben so was Gestörtes, Aggressives. Gute Analogstruktur. Gefällt mir. Was machst du damit?«

»Weiß nicht. Zerschneiden, denk ich. Ich weiß ja nicht mal genau, warum ich sie mitgenommen habe.«

»Du musst doch nur überlegen, warum du sie gemacht hast.«

Jef zuckt mit den Schultern.

»Keine Ahnung.«

»Na, du wolltest etwas bloßlegen. Kunst will immer entblößen. Wenn auch durch Verfremdung oder Verschleierung«, erklärt Vin, wie es seine Art ist. So, als wäre alles selbstverständlich. »Den eigenen Sicherheitsbereich zu übertreten und sich selbst ohne Fassade zu betrachten, bedeutet ja, unabhängig von Zeit, Mode und Gesellschaft dazustehen. Sehen, was von dir bleibt, wenn du nichts mehr hast. Kann auch sein, du wolltest den Beschützerinstinkt in deinem Umfeld wecken. Oder mit deiner schutzlosen Selbstdarstellung den Betrachter entblößen und Missbrauchsgedanken provozieren. Oder du hast sie aus einem Bedürfnis nach Zugehörigkeit gemacht. Um dem Individualisierungsdruck zu entkommen. Nackt sind wir uniform. Zurückgeworfen auf das Wesentliche und fühlen uns stärker verbunden mit der Evolution. Oder du wolltest von deinem Inneren ablenken. Mangel an Selbstwert. Oder aber, du hast Angst vor dem Älterwerden und willst sicherstellen, als attraktiver Mensch zu funktionieren, um in der Leistungsgesellschaft zu überleben. Man könnte es auch als Verzweiflungstat betrachten aufgrund der selbstzerstörenden Verpflichtung zur Sichtbarkeit.«

Vin hat so schnell gesprochen, dass Jef nur ahnt: Etwas von seinem verkopften Gerede stimmt wahrscheinlich.

»Was wolltest du eigentlich«, fragt Jef.

»Was ich wollte? Ach so, Kleiderbügel. Hast du noch welche? Brauch ich, um meine Minimalobjekte zum Trocknen aufzuhängen.«

Vin nimmt ein paar Bügel aus dem Schrank, bleibt im Rausgehen in der Tür stehen. »Es kommt darauf an, für wen du das machst. Wen liebst du? Wen hasst du? An wen richtest du dich?«

»Weiß ich nicht«, sagt Jef, »an wen richtest du dich denn?«

Vin lacht: »An meine Eltern natürlich. Ich mache Schmuck nur für Stellen, an denen er nicht hält, nicht hinpasst, nicht als solcher erkannt wird. Ich klammere mich als Fremdkörper an das Leben, weil ich das echte Leben nie bekommen kann. Weil es mir nicht zusteht. Weil meine Eltern es mir nicht geschenkt haben.«

»Ist das nicht total frustrierend, sich in der Kunst immer nur mit seiner Kindheit auseinanderzusetzen?«

»Was hast du denn erwartet?«, sagt Vin und lässt Jef wieder allein mit ihren Problemfotos.

Jef hört sich eine Weile an, wie jemand unten in der Küche Schränke öffnet und Schubladen aufzieht, vielleicht um nachzusehen, was es im Kühlschrank gibt, in der Vorratskammer, wo die Dosen stehen, im Brotkasten, im Gemüsekorb und in der Schublade mit Nudeln, Reis, Linsen.

Gestern hat sie Mehl, Eier und Milch gekauft, um Crêpes zu machen, fällt ihr jetzt ein. Sie geht runter, um nicht mehr allein zu sein.

Es ist niemand mehr da, nur halb verbrannte Kekse liegen heiß auf einem Backblech und haben seltsame Formen. Sie könnten zur Besänftigung irgendwelcher Geister gebacken worden sein, überlegt Jef und sieht in den Vorratsschränken nach. Mehl, Eier und Milch sind aufgebraucht.

Jef isst Joghurt, sieht in die Blätter vor dem Fenster, so wie man in eine Kerzenflamme sieht oder in ein Aquarium, und überlegt, ob die anderen sich im Grunde auch wie Betrüger vorkommen und das ganze Komponiere, Getanze, Geschreibe und Gebastle nur Verdrängung ist. Wie kann man Kunst machen, wenn alles schon da ist? Möglicherweise mag Oleksii deshalb die schreckliche Schlagermusik, um nicht daran erinnert zu werden, wie viel gute Musik es längst gibt in der Welt.

Vin kommt in die Küche, zerreißt einen Brief, wirft ihn in den Papiermüll und macht sich Kaffee.

»Ich muss heute irgendwas kaputt machen.«

Jef wagt es nicht, ihn in dieser Stimmung anzusprechen. Die grau getigerte Katze wagt es aber doch. Aus irgendeinem Grund hängt sie an ihm. Sie schleicht über den Tisch, schiebt ihren Kopf unter seinen Ellenbogen. Vin schiebt sie mit dem Handrücken vom Tisch. Zum ersten Mal stößt die Katze einen Laut aus und läuft aus der Küche. Jef fürchtet, genauso behandelt zu werden.

Sunny kommt hereingeschlurft, saugt durch einen Strohhalm laut die Reste von einem rosa Getränk und sagt »Hi« wie eine klingelnde Glocke.

Vin zeigt auf Sunnys Riesenpantoffeln. »Wer ist eigentlich auf die bescheuerte Idee gekommen, Kopfkissen als Hausschuhe zu verkaufen?«

Sunny weiß darauf nichts zu sagen.

»Vin ist sauer. Der wirft heute mit Katzen«, sagt Jef.

»Warum bist du sauer?«, fragt Sunny.

»Weil ich bei diesem beschissenen Designpreis irgend so einen siebten Platz bekommen habe. Mann! Dann lieber gar nicht. Aber doch bitte nicht den Siebenten! Das ist ja ne Bestrafung!«

Sunny will widersprechen. »Aber wieso denn ...?«

»Mann, Sonja, lass es einfach!«, sagt Vin. »Ein siebter Platz ist Schwachsinn, okay?«

Sunny macht ihre Riesenaugen noch größer, wackelt mit dem Kopf und sagt: »Okay.«

Als Vin mittags Nudeln aufsetzt, erscheinen nach und nach alle in der Küche.

»Wenn ihr wählen könntet, ob eure Kunst in hundert Jahren noch von Bedeutung sein sollte oder lieber nur jetzt«, sagt Vin, während er in der Tomatensoße rührt, »wofür würdet ihr euch entscheiden?«

»Jetzt«, sagt Sunny. »Sofort!«, und haut auf den Tisch.

Wolf findet es aussichtslos, sich im Kunstbetrieb durchzubeißen. »Kunst ist doch nur noch Selbstbefriedigung, weil sich niemand mehr für niemanden interessiert. Wir brauchen mehr Achtsamkeit, um die Kunst wieder schätzen zu lernen.«

»Quatsch, Achtsamkeit!«, sagt Vin. »Was wir brauchen ist Akzelerationismus! Wer sich auf dem Höhepunkt der Überbevölkerung als Künstler durchsetzt, wird auch die Zukunft bestehen!«, behauptet er.

»Genau«, sagt Oleksii aufgeregt, als müsste er sich zwischen zwei Rettungsbooten entscheiden.

»Wer sich der Zukunft wirklich stellen will, sollte sofort aufhören, sinnloses Zeug zu produzieren«, sagt Wolf.

Sunny tippt in ihr Handy, kaut an ihren Nägeln. Als Wolf aufsteht und geht, weil Vin ihn als defätistischen Macho bezeichnet, ruft Oleksii ihm verzweifelt hinterher: »Du kannst doch jetzt nicht gehen, Wolf!«

»Für dein Seelenheil bin ich nicht zuständig, Oleksii! Tut mir leid. Außerdem bin ich kein Defätist, sondern Realist.«

»Das behaupten alle Defätisten!«, ruft Vin und lacht.

»Kuschelt euch doch weiter in eure naiven Hoffnungen«, brummt Wolf und geht die Treppe rauf.

»Deine Hoffnungslosigkeit, die können sich nur die Vollgefressenen leisten!«, brüllt Vin und droht mit dem Holzlöffel hinauf.

*

In der leeren Wohnung, die nur für Kunstpartys benutzt wurde, hing ein fellbezogenes Kinderfahrrad an der hohen Decke, nackte Statuen aus hellrosa Marmor standen im Eingang, und eine Wand war mit blinden Spiegeln getäfelt.

In Ritas Freundeskreis war Jef wegen Rita aufgenommen worden. Man redete mit Jef, weil man wissen wollte, warum Rita mit ihr befreundet war, und dann hatte Jef erst recht nichts zu erzählen. Gelangweilt wandte man sich ab, während Rita wie eine Königin herumstand, die Ellenbogen angewinkelt, eine Hand hängen lassend, sodass man ihr automatisch ein Getränk zureichen wollte. Rita wirkte jederzeit bereit, etwas Exzentrisches zu tun, tat es aber nicht, sondern sprach nur davon.

Von den Partys war Jef jedes Mal enttäuscht. Künstler forderten ständig Anerkennung für etwas, wovon Jef nie sicher war, ob es sich wirklich um echte Arbeit und Begabung handelte oder ob sie nur verarscht wurde. Die nahmen sich Bedeutsamkeit heraus, und oft genug fühlte Jef sich zu blöd. Hinter den Werken, die in der Partywohnung ausgestellt waren, steckte offenbar ein Geheimnis, an dem man Jef nicht teilhaben lassen wollte. Das Publikum bestand auch aus Künstlern, und Jef fragte sich, ob Künstler ihre Kunst in Wahrheit nur für andere Künstler machten und sie deshalb ausgeschlossen war.

Ehrlichkeit schien es bei den Künstlerpartys keine zu geben. Als sie jemanden nach seinem Beruf fragte, erklärte er, Rettungsschwimmer in einer katholischen Badeanstalt für Reptilien zu sein. »Warum bist du nicht ehrlich?«, fragte Jef.

»Sagst du mir, was ehrlich ist? Wenn du meine Metaebene nicht magst, dann sag mir, was ich von dir lernen kann.«

Jef überlegte ernsthaft, was man von ihr lernen könnte, aber ihr fiel nichts ein.

Der Rettungsschwimmer legte eine Hand auf ihren Schenkel und sah sie ernst an. »Könntest du dir vorstellen, ein Nahrungsergänzungsmittel zu sein?«

Nein, das konnte Jef sich nicht vorstellen.

Manchmal fingen ein paar Leute an, Musik zu machen, und sobald es gut klang, brachen sie lachend ab, machten den Moment kaputt, als wäre es verboten, etwas zu Ende zu bringen. Jef hatte den Eindruck, auch die Gesprächsthemen wurden immer dann gewechselt, wenn Jef begann, sie aufregend zu finden. Funktionierte die Verlockung in die Welt der Kreativen nur, indem alles angerissen wurde und man nie komplett eintreten durfte?

War das der ganze faule Zauber oder unbesiegbare Angst vorm Scheitern, oder war es nur, um nichts Wertvolles unentgeltlich herzugeben?

*

Inzwischen weiß Jef, wann Therese im Haus unterwegs ist. Sie hat zwar keine erkennbaren Gewohnheiten, aber sie ist die Einzige, die unklare Geräusche verursacht, Selbstgespräche führt oder Diskussionen mit Abwesenden. »Darum geht es nicht, das ist nicht der Punkt. Der Punkt ist, dass es viel zu lange dauern würde.«

Jef ist froh über die Ablenkung, will nicht länger in ihrem Atelier sitzen, wo sie jeden Morgen eine Zeichnung anfängt, zerknüllt, wegwirft und aus dem Fenster sieht, als ginge es nur darum, anwesend zu sein wie in der Schule. Sie läuft dem rätselhaften Geräusch hinterher und sieht Therese mit Eimer und Besen um die Ecke biegen. Im Saal fängt Therese an, die Stufen zur Empore zu wischen. Jef hatte gedacht, Thereses Putzfrauenkostüm wäre nur eine Tarnung, um von den Stipendiaten nicht als Fremdkörper betrachtet zu werden. Schließlich gibt es für eine Putzfrau kein verbotenes Gelände. Aber Jef ist nicht sicher, ob Therese überhaupt etwas Kalkuliertes tun kann, oder ob nicht alles nur blanke Willkür ist.

Jef geht zum Bogenfenster und sagt, man würde die Berge heute gar nicht sehen.

»Die Berge sieht man morgens nie, Kindchen«, sagt Therese, als wäre es normal, dass sie miteinander reden. »Die stehen spät auf, die Berge. Genau wie die Künstler. Du bist wohl keine Künstlerin? Hat sie gleich gedacht. Du bist frei.«

Jef sagt, Künstler sein würde ja wohl frei sein bedeuten. Therese lacht ein hohes übertriebenes »Haha«, wie auf einer Theaterbühne. »Das ist eben der Irrtum. Wer frei ist, hat es nicht nötig, Unfug zu machen.«

»Sind Sie denn frei?«, fragt Jef.

Therese lacht und zeigt aus dem Fenster. »Na, da gehst du mal die Fische im See fragen.«

Das Wischwasser ist nach ein paar Stufen moorbraun.

Auf Jefs Frage, ob sie eine Verwandte der Familie Strand sei, sagt Therese: »Man hat ihr verboten, verwandt zu sein. Man hat das so entschieden und Klagen gegen sie geführt. Bis zum Hausverbot. Sie lässt sich aber nichts verbieten, und niemand kann schließlich von ihr verlangen, in Luft sich aufzulösen. Aber beschweren kann man sich ja nur bei diesen verrückten Affen, und das bringt auch nichts«, sagt Therese. Jef findet heraus, dass sie Therese unterbrechen und ihr eine neue Frage stellen muss, wenn alles zu wirr wird. Dann sagt sie wieder ein paar Sätze, die zu verstehen sind.

»Hatten Sie mal einen Beruf?«

Therese redet von Versammlungen, in denen man sie nicht mehr mitreden ließ, obwohl sie schon als Kind das Wetter richtig vorausgesehen habe. Sie sei ignoriert worden, genau wie der Sauerbrunnen, und das habe man nun davon. Bald wäre es nämlich weg, das Heilwasser, und sie selbst sei dann auch weg. »Da ist es beim Brunnen nicht gelungen, eine kleine Gruppe von diesen Wasseranlagenmechanikern unter einem Dach zur Vernunft zu bringen.«

Zwischen dem Gerede über einen Sauerbrunnen erfährt Jef, dass Therese zuletzt Schaffnerin bei der Bahn gewesen ist, später am Schalter gesessen hat und von den Fahrscheinautomaten ersetzt wurde. Über ihr Verhältnis zur Familie Strand ist nichts herauszufinden.

Jef zeigt auf den Wischeimer. »Soll ich Ihnen frisches Wasser holen? Damit werden doch die Stufen nicht mehr sauber.«

Therese sieht kurz erstaunt auf. »Nein, du verstehst sie nicht. Die Stufen haben Durst. Das Holz braucht mal Wasser. Riechst du nicht, wie dankbar es ist?«

Jef riecht nur den nassen Staub und die Terpentinwolke, die Therese umgibt.

Als Wolf kommt, bemerkt er, dass die Berge verschwunden sind.

»Die sind noch nicht wach, die Berge!«, sagt Jef.

»Hm.« Er setzt sich neben den Ofen und klappt den Laptop auf.

»Und die Treppe hat Durst! Wusstest du das?« Wolf sieht sie skeptisch an.

»Und dass Künstler frei sind ist ein Irrtum! Wusstest du auch nicht, oder?«

»Doch«, Wolf hebt den Zeigefinger, »das wusste ich. Frei sind ja nicht mal die Verrückten!«, sagt er Richtung Empore, hinter der Thereses Kopf beim Wischen auf- und abtaucht.

Therese stützt sich auf die Brüstung und sieht zu ihm runter. »Sie weiß schon, dass sie verrückt ist. Akute Psychose sagen die.« Sie zeigt sich selbst einen Vogel. »Und Künstler wollen ja mit Psychopathen nichts zu tun haben. Die Frage ist nur, ob Psychopathen auch mit Künstlern nichts zu tun haben wollen. Ha! Auf jeden Fall wollen Psychopathen nichts mit Psychopathen zu tun haben. Das ist schon mal klar. Mit Psychopaten will niemand was zu tun haben. Außer wenn es Künstler sind. Die werden besser behandelt als die Psychopaten. Na, nicht viel besser. Ein bisschen aber immerhin.« Sie dreht sich um und wischt weiter. Wolf lacht überrascht und macht ein anerkennendes Gesicht.

»Ja, so ist es wohl. Die Akzeptanz von asozialen Eigenheiten ist in der Psychiatrie sogar geringer als unter Künstlern«, sagt er wie ein Lehrer einen Merksatz.

Auf dem Weg in sein Zimmer schlappt Oleksii in seinen ewigen Flipflops vorbei. »Ich musste heute Nacht Kartoffeln schälen, bei denen die Schale immer wieder nachgewachsen ist«, sagt er, als wäre es eine Beschwerde und reibt sich die Stirn, und als Therese auf der Empore ihren Eimer weiterschiebt, erschrickt er, drückt eine Hand auf sein Herz, als könnte es herausfallen.

Jef würde Oleksii, der sich von seinen Träumen offenbar eher bedroht als unterhalten fühlt, gerne ein paar unterhaltsame Fantasien abnehmen.

Als Oleksii zurückkommt, sieht er aus wie ein Taucher. Die Kapuze fest zugezogen, ist sein Kopf eine dunkelblaue Billardkugel, Augen, Nase und Mund wie Symbole im weißen Gesichtskreis. Die dünnen Spinnenbeine in schwarzen Leggins macht er kurze Sprünge, die Turnschuhe wie grellbunte Gummibälle.

»Läufst du um den See? Wie viel Runden machst du?«, fragt Wolf, und Oleksii zeigt zwei Finger. »Und du?«

»Eine«, sagt Wolf. »Aber sag das nicht Vin. Der läuft bestimmt zwölf.«

»Geht heute jemand einkaufen?«, fragt Oleksii, der jetzt auf der Stelle läuft und die Knie hochzieht. »Ich brauch nämlich Toast ...«

»Banane und Schokocreme«, ergänzt Jef. »Warum gehst du nicht mal selber einkaufen?«

»Ich kann das Haus nicht verlassen«, sagt Oleksii. »Nur zum Rennen. Da ist immer Musik in meinem Kopf, verstehst du? Ich kann nicht weg von meinen Partiturprogrammen, wenn ich in einer harten Komponierphase bin. Ich muss die Ideen sofort umsetzen können.«

»Kannst du die Melodien nicht in so eine Aufnahme-App singen?«, fragt Jef.

»Es geht doch nicht nur um Melodien«, erklärt Oleksii außer Atem, »sondern auch um Geräusche und die Kombination der Instrumente, das kann man nicht einfach singen, das ist alles komplizierte Mathematik. Fraktale Geometrie. Ein System im System im System. Unendlich. Meine Arbeit besteht aus der Organisation von Zeiten und Abfolgen und Fragmenten, dafür brauch ich meine Programme, dafür reicht mein Kopf nicht aus.« Er tippt gegen seine Kapuze.

»Wie viele Runden?«, ruft Oleksii Vin hinterher, der die Treppe hinaufgejoggt kommt, aber Vin antwortet nicht. »Du warst gestern eine Stunde draußen, also bist du bestimmt zwei Runden gelaufen«, sagt Oleksii triumphierend. »Ich hab auf die Uhr geguckt.«

Vin lacht. »Du brauchst dreißig Minuten für eine Runde? Oh Mann, das ist verdammt lahm!«

»Oleksii läuft doch nur wegen Sunny«, sagt Jef, als Oleksii weg ist.

»Ich weiß«, sagt Wolf, ohne das Gesicht vom Bildschirm zu heben.

*

Es gab ein paar dünne Schauspielerinnen, die jünger waren als Jef und Rita. Bei Partys trugen sie unter transparenten Vintage-Klamotten sehr kleine Brüste wie andere ihre Markenlogos und sahen aus wie halb verhungerte Junkies. Jef wurde von ihnen ignoriert, und Rita hatte es auch nicht leicht. Schließlich war Rita aber doch eingeladen worden zu einer geschlossenen Kunstaktion in ihrer Wohnung. Jef durfte nicht mit. Als Rita zurückkam, zog sie sich im Flur aus und war am ganzen Körper mit hauchdünnen Neonstreifen beklebt.

»Schwarzlicht-Fotoshooting!«, sagte Rita, breitete die Arme aus und wackelte mit dem Po.

»Die nehmen überhaupt keine Drogen! Die ziehen sich den

ganzen Tag rohe Körnersmoothies rein, trinken auf Partys immer nur Wasser aus diesen kleinen Wodkaflaschen vom Späti und machen früh um sechs Yoga und meditieren. Abends tupfen die sich Augenringe mit grauem Lidschatten. Die haben sich komplett unter Kontrolle und verbringen ihr Leben damit, sich vom Essen abzuhalten. Die haben nicht mal einen Esstisch in der Wohnung. Nur Schminktische. Es geht nur um eins: nichts essen! Am Wochenende bestellen sie sich so winzige Häppchen. Und das ist dann voll das Highlight.« Rita ließ sich auf das blaue Küchensofa fallen. »Die sind so krass! Ich will auch so sein!«

Wer Rita kannte, konnte denken, sie hätte die Augenringe erst zum Trend gemacht. Sie musste sich keine malen. Ihre waren echt. Sie war keine von den Frauen, die ständig etwas an ihrem Körper auszusetzen hatten. An ihrem Körper war ohnehin nichts auszusetzen. Sie hätte es auch geschafft, in jedem anderen Körper gut auszusehen. Das traute Jef ihr zu.

Rita fing mit kleinen Kunstaktionen an. Sie baute eine Strohpuppe. Vor Publikum zog sie sich aus, und die Puppe an. Jef klebte rote Punkte auf die Stellen an Ritas Körper, an denen die Gäste die Strohpuppe mit Nadeln stechen durften. Rita behauptete, die Folter wirklich zu spüren, und musste die Performance abbrechen.

Als Künstlerin wollte Rita sich nicht bezeichnen, und ihre Performances, die man so nicht nennen sollte, durfte niemand dokumentieren. »Wie willst du es denn dann nennen?« Rita überlegte: »Diagnosen!«

Manchmal war Rita wochenlang damit beschäftigt, ihr Leben zu bereinigen. Sie tauschte ihren Onlinefreundeskreis aus, sammelte neue Menschen und entfernte alte Bekanntschaften. Nur eine zweitrangige Staffage durfte bleiben. Das waren Leute, die nur cool oder verrückt waren. Wie ein kleiner dekorativer Hofstaat, der sowieso auf jeder Party in Ritas Nähe war, mit dem sie aber nur oberflächliche Gespräche führen konnte. Das waren die, die jeden neuen Trend erkannten und ihm folgten wie ein Schwarm der Welle. Rita war es wichtig, als Erste Bescheid zu wissen, nichts zu verpassen, den Trends voraus zu sein. Sie konnte die peinlichsten Klamotten tragen, und ein paar Monate später fing es an: Rita hatte eine neue Vorschrift erlassen. Man uniformierte sich und sah aus wie sie.

Ständig glaubte Jef, Rita auf der Straße zu sehen, dabei trug sie schon wieder etwas Neues. Auf Ritas Intuition war Verlass.

Einmal hatte Jef das Gefühl, sie sollte auch abgeschafft werden. »Leute, die nie was Interessantes zu erzählen haben und sich ständig nur über alles wundern, ertrage ich echt nicht!« Klar, sie hatte Jef damit gemeint, sie aber nicht angesehen.

»Alles, was man denen erzählt, fällt einfach in so ein unaufgeräumtes Zimmer«, sagte Rita.

»Meinst du mich?«

Dann hatte Rita Jef doch angesehen, in ihre Haare gegriffen und sie hochgeworfen, als wäre ein Sturm durch die Küche gefahren. »Ja, dich! Bei dir fällt doch alles zwischen deine Pferdehaare und unten wieder raus. Du könntest dir wenigstens mal was Interessanteres anziehen. Mich macht das wahnsinnig, wenn du so aussiehst wie eine, die auf einen Mann wartet, der ihr die Welt erklärt. Jef, du bist süß und alles, ich mag dich wirklich, aber ich finde, du brauchst mal ein bisschen mehr Charakter, meinst du nicht?«

Rita hatte sich später entschuldigt, ihr die Wange gestreichelt und behauptet, in Jef würde jede Menge Persönlichkeit stecken, es würde ihr eben nur an Selbstbewusstsein mangeln.

Jedes Mal, wenn Rita Jefs Haut beiläufig berührte, fühlte es sich an, als würde ein Stromkreis geschlossen.

*

Jef hat Zeit, ist nicht mit Kunst beschäftigt, muss nicht joggen, geht lieber spazieren. Um von Oleksii nicht gebeten zu werden, etwas mitzubringen, verlässt sie leise das Haus und geht diesmal nicht runter zum See, sondern in die andere Richtung.

An einer Hauswand sieht sie eine blaue Kreidemarkierung, wie Therese sie im Haus an die Wände gemalt hat. Etwas ist an eine Zaunstange gekritzelt, dann an einen Stromkasten, dann an einen Poller. Den Markierungen folgend steht Jef schließlich auf einem Hotelparkplatz.

Das Treiben einer Unzurechnungsfähigen als Rätselspiel betrachtet zu haben, ärgert sie. Beinahe hätte sie sich dazu verleiten lassen, sich in dem Labyrinth zu verlaufen, das in Thereses Kopf war.

Jef sucht im Handy nach der Adresse von Gerburg Strand. Aronastraße. Eine der Prachtstraßen in der Innenstadt. Jef fährt ein Stück mit dem Bus, und als sie das Künstlerhaus vom Ufer sieht, wirkt es anders als bei ihrer Ankunft. Es hebt sich von den übrigen Häusern ab, auf eine stolze und unheimliche Art, im Schatten des Berges, während sich die vorderen Häuser am Ufer sonnen.

Die Fußgängerzone langweilt Jef. Es ist eine uniforme Parade der immer gleichen Geschäftsketten und vom Reichtum angeödeten Gesichter. Passanten regen sich über kleine Unstimmigkeiten auf, schütteln die Köpfe, weil der Bus zu spät kommt, oder jemand bei Rot über eine Ampel rennt, oder man im Vorbeigehen von einem Rucksack angestoßen wird, oder weil ein Tourist orientierungslos auf einem Radweg stehen bleibt. Die Reibungslosigkeit scheint Jef das einzige Ziel zu sein, dem man in dieser Stadt folgen will.

Sie geht vorbei an einem breiten Betonsteg, der hinaus auf den See führt und an dessen Ende ein Restaurant mit Schwimmbad und Sauna auf einem Ponton schwimmt.

Die Wegbeschreibung verwirrt Jef. Sie dreht sich wie eine Kompassnadel, dreht das Display. Die Straße ist nicht zu sehen. Kein Passant hat ein offenes Ohr. In allen Köpfen stecken Hörkapseln, und die Leute gehen vorbei wie ferngesteuert. »Entschuldigung«, brüllt Jef, und der Mann, den sie dabei ansieht, bleibt verwundert stehen, zieht beide Stecker aus den Ohren, tippt hektisch auf sein Handy, verliert ein In-Ear und bückt sich, während Jef sich auch bückt, sodass ihre Köpfe zusammenstoßen und sie den Kopfhörer beide nicht aufheben. Jef muss lachen. Der Mann nicht. Er entschuldigt sich fahrig und bückt sich wieder.

»Ich such die Aronastraße«, sagt Jef laut, als wäre sie nicht sicher, ob er sein Gehirn angeschaltet hat.

»Treppe rauf«, sagt der Mann, verstöpselt seine Ohren und läuft weiter.

Die seitliche Steintreppe in der Mauer war Jef nicht aufgefallen. Auf einem Zwischenabsatz ist eine Brunnenhöhle im Muschelgehäuse mit grünschleimigem Wasser, das nicht hineingeregnet sein kann. Es muss aus dem Messinghahn gekommen sein, der offenbar nichts Frisches mehr hergibt.

Oben beginnt eine weitere Fußgängerzone. Jefs Blick folgt dem verzierten Geländer am Balkon eines Eckhauses. Sie geht um das Haus und zuckt zusammen. Da lehnt die Strand mit Kaffeetasse und Zigarette am Geländer und sieht hinunter zu Jef, als hätte sie sie den ganzen Weg mit ihren kalten Augen verfolgt. Jef bleibt stehen, fühlt sich, als stünde sie unerlaubt in Gerburg Strands Schlafzimmer. Die Strand weist auf die Tür unter dem Balkon und winkt Jef herauf. Jef schüttelt den Kopf, lächelt entschuldigend und wedelt abwehrend mit den Händen. Die Strand nickt und zeigt auf die Eingangstür.

Es summt, bevor Jef herausfinden muss, wie man auf dem Display den Namen suchen und anrufen kann. Blanker Marmorboden spiegelt Treppe und Messinggeländer. Für einen Moment ist Jef erleichtert über den riesigen kurzlockigen Hund mit Menschengesicht, der ihr in der Wohnung entgegentappt. Er sieht aus wie eine Statue und scheint auch wie eine Statue erzogen zu sein, da er sich neben die Wendeltreppe in der Diele setzt, wo er am besten aussieht.

Sie sei zufällig hier vorbeigelaufen, sagt Jef, und die Lüge zeigt sich, indem Jef die Erklärung für notwendig hält. Gleich ist es ihr peinlich.

»Na, jetzt wird hiergeblieben. Lass um Gottes willen die Schuhe an. Was für eine spießige Unsitte. Das tut man wirklich nicht!«, sagt die Strand und führt Jef ins Wohnzimmer, wo Jef, um etwas zu sagen, die herrliche Aussicht lobt und auf den Balkon geht. Während sie versucht, das Haus auf der anderen Seeseite auszumachen, beugt die Strand sich über das Geländer hinaus und ruft nach oben: »Tigerlein, die Jennifer ist hier, um mit uns einen Afternoon-Sherry zu trinken. Komm bitte kurz runter, ja?«

»Welche Jennifer?«, ruft es missmutig von oben.

»Die Künstlerin vom Residenzprogramm.« Sich als Künstlerin bezeichnet zu hören, klingt für Jef bedrohlich.

»Welche denn?«

»Na, die Collagistin.«

Jef hat das Gefühl, in der Falle zu sitzen. Sie sucht nach dem Hund. Er sitzt in der Wohnzimmertür, ist nicht bereit, ihr zu helfen, sieht sie nur an, als warte er darauf, dass sie etwas falsch macht.

»Collagistin!«, brummt Tigerlein. Jef muss sich setzen. In schwarzes Leder, kalt und glatt. Seltsamerweise hängt kein Bild des alten Strand an den Wänden. Nur stylische alte Werbeplakate. Unter den Sesseln ein Teppich mit brutalem Muster in Orange, Rot und Dunkelbraun. Jef bekommt ungefragt einen rötlichen Schnaps und ein Glas Wasser.

Der kleine Mann tänzelt die Treppe hinab, was albern aussieht, und bedient sich an der Bar vorm Kaminspiegel.

»Ach so, die Jennifer also«, sagt er, anstatt sie zu begrüßen.

»Soll ich uns Oliven holen, Kätzchen?« Warum ist sie dieser Raubkatzenhöhle so nahe gekommen? Es war absolut blöd, denkt Jef.

Als ihr die beiden gegenübersitzen, steckt Jef fest in der Frageschraube. Der Hund legt sich endlich auf ihre Füße, damit sie nicht mehr aufstehen kann, und der Sherry ist auch beruhigend. Ob im Haus alles in Ordnung sei, fragt Kätzchen, oder ob sie gestört würden. Nein, würden sie nicht, antwortet Jef schnell und trinkt den Sherry aus. Wann und wo sie ihrem lieben Vater begegnet sei, fragt die Strand, und inzwischen hat Jef sich tatsächlich vorbereitet. Seit ihr eingefallen ist, dass man Tote nicht fragen kann, hat sie sich eine Geschichte zurechtgelegt. Sie hätte ihn vor vielen Jahren in der Bürogemeinschaft beim Sommerfest auf der Dachterrasse kennengelernt, und er habe angeboten, ihre Arbeiten anzusehen, als sie ihre Auswahl für die Bewerbung zum Kunststudium treffen musste. Der Hunderücken zuckt, wie um Jefs Lüge abzuschütteln.

Ein paarmal hätte sie ihn in seinem Atelier besucht, behauptet Jef, und er habe ihr die Techniken seiner neuen Werke erklärt. Von den Aktfotos redet sie wie nebenbei, als wären sie eine logische Folge gewesen. Sie erzählt mit abgeklärter Haltung, das Sherryglas in der Hand, wie man von einer Affäre redet, in der Sex oder eben Aktfotos eine selbstverständliche Nebensache sind. Das versteht sich von selbst. Tigerlein gießt ihr Sherry nach.

Während Jef von Strands freundlichen Augen redet und seinem feinen Gespür für die Studenten, in denen ein Talent steckt, kann sie sich an Strands Gesicht nicht mehr erinnern und sieht stattdessen ihren Großvater vor sich. Die Strand sieht Jef an, als hätte sie diese Geschichten schon oft gehört, während ihr Mann belustigt wirkt, als glaubte er kein Wort. Die Strand steht auf, geht zur Musikanlage und lässt leise alte Sommerhits dudeln.

Dann lehnt sie sich gegen die Sesselkante neben Jef und sieht sie mit einem weniger kalten Lächeln an. »Und wie machen sich die anderen so?« Sie nickt aufmunternd: Jef soll denken, sie könne ganz ehrlich mit ihr sein. Jef sagt, sie wisse nicht, was die anderen tagsüber machten, und sie würden einander nur morgens zum Frühstück sehen. Der Hunderücken zuckt.

»Diesen Kevin kann ich wirklich schwer einschätzen«, sagt die Strand und blickt dabei in den Raum. »Kommt mir sehr renitent vor. Was meinst du, Tigerlein?« Sie tut nachdenklich, als machte sie sich fürsorgliche Gedanken über Vin.

»Welcher ist denn das nun wieder?« Tigerlein gießt Sherry nach.

»Na, der Schmuckgestalter. Ein bisschen verwahrlost wirkt er schon, oder? Hat was von einem Heimkind, würde ich denken.«

Tigerlein zuckt mit den Schultern. »Was weiß ich. Du hast eine bessere Menschenkenntnis.«

»Und das süße Püppchen mit den Klapperaugen?« Die Strand lässt ihre Finger in der Luft zappeln. »Die wirkt ja ganz putzig. Da steckt ja leider oft etwas Verschlagenes hinter so viel Niedlichkeit, oder nicht? Und Wolfram, unser Gelegenheitsdenker? Fühlt sich wohl?«

An Oleksii wagt sie keinen Tadel. Stattdessen will sie wissen, was Jefs Vater arbeitet. Jef kann diese Frage nicht leiden und hält es für das Langweiligste, was Eltern einem antun können: Lehrer zu sein.

Warum sie der Strand die Wahrheit sagt, versteht sie selbst nicht. Es hätte Spaß machen können, zu behaupten, sie sei in Kunstkreisen aufgewachsen. Die Kunst habe man ihr in die Wiege gelegt, würde ihr im Blut stecken und so. Der warme Hundeleib auf ihren Füßen und der Sherry blockieren das kontrollierte Lügen.

»Beide Lehrer. Mathe, Physik, Chemie und Sport«, sagt Jef.

»Meine Mutter war auch Lehrerin«, sagt die Strand und berührt Jefs Schulter. Ob sie im Haus aufgewachsen sei, fragt Jef, aber die Strand überhört ihre Frage. Stattdessen beginnt sie, sich mit ihrem Glas in der Hand zur Musik zu drehen. »Wärst du ein einfacher Angestellter geworden wie Jefs Eltern, anstatt eine Bank zu leiten, dann wärst du jetzt sicher schlanker.«

Tigerlein tut erbost, steht auf und beginnt, sie in die Seite zu zwicken.

»Ist dein Vater schlank, Jennifer?«, fragt er.

Die Strand sagt: »Na, wenn ihre Mutter so hübsch ist wie Sie, dann muss ja der Vater gut ausgesehen haben, wenn er nur Lehrer ist.« Sie streichelt Tigerleins Bauch. »Na, ich hab eben einen gehaltvollen Mann abbekommen. Was soll man da machen?« Sie küssen sich.

»Ich hoffe, du nimmst uns nicht ernst, Jennifer«, sagt die Strand, wiegt sich in Tigerleins Armen zur Musik und lacht.

»Entschuldige. Deine Eltern haben natürlich einen absolut, ähm, ehrenwerten Beruf.« Tigerlein umfasst die Strand von hinten und und reibt seine Wange an ihrem Oberarm.

»Gibt's denn eine Lovestory bei euch da drüben?«, fragt die Strand, während sie mechanisch ihren Hintern zur Musik über Tigerleins Schoß schiebt. Tigerlein greift nach ihrer Hüfte und sieht dabei nicht seine Frau an, sondern Jef.

»Diese kleine aufsässige Tänzerin und der überhebliche Schmuckdesigner, Kevin? Nein, das wird nichts!«, sagt die Strand. »Aber der konfuse Komponist? Die wären doch bezaubernd zusammen, meinst du nicht?« Die Strand dreht sich um: »Komm Tigerlein, zügle dich mal ein bisschen. Die Jennifer guckt schon ganz grimmig. Wir sind ihr zu verdorben.« Sie nimmt ihr Glas und lehnt sich an seine Schulter. »Na, und du? Wo ist dein Freund? Oder suchst du dir hier einen?«, sagt sie, lacht und streichelt mit dem Handrücken Tigerleins Bauch, der immer noch grinst und Jef anglotzt.

»Haben Sie Kinder?«, fragt Jef, und erstaunlicherweise wird von beiden begeistert darauf geantwortet.

»Ja doch! Wir haben einen Sohn«, sagt Tigerlein.

»Er lebt in Kanada«, sagt die Strand.

Aber dann sind sie sich nicht einig, ob er inzwischen nach Argentinien gezogen ist.

Es läuft ein Siebzigerjahre-Disco-Popschlager, und als der Refrain beginnt, drehen sie sich wie auf Kommando auseinander, beginnen zu tanzen.

Mit der hohen Stimme eines jungen Mädchens erklärt die Strand außer Atem, ihr Sohn käme demnächst, da er zur Beerdigung seines Großvaters nicht hatte kommen können. Der Mann wiegt den Kopf »Na, er wäre schon gekommen, aber …«, sie fällt ihm kalt ins Wort, »…ein Glück, dass er nicht da war. Die arme Irrsinnige wäre ihm ja nur wieder nachgestiegen.«

Jef überlegt, wie sie nach der armen Irrsinnigen fragen kann, oder was sie sagen muss, um zu gehen, oder wie sie wenigstens an einen weiteren Sherry kommt. Der Song ist zu Ende, die Strand sagt, sie habe jetzt zu tun und klatscht in die Hände, woraufhin der Hund sich von Jefs Füßen erhebt.

Sie ist entlassen.

*

Als Jef sich vor dem Wiedersehen mit ihrem ersten Freund fürchtete, lag sie in der Küche auf dem blauen Sofa und wand sich vor Verzweiflung wie ein Wurm. »Das wird doch total unangenehm und verkrampft, worüber soll ich denn bloß mit dem reden nach vier Jahren?«

»Na, darüber, dass es total unangenehm und verkrampft ist!«, sagte Rita, »was denn sonst? Das ist doch der Grund für euer Date, oder? Sag es ihm so, wie du es mir sagst.«

Dann stand Jef frierend im Park. »Ist jetzt schon irgendwie komisch, ohne unsere alte Vertrautheit, oder?«, sagte sie und zog mit der Schuhspitze Halbkreise in den Schotterweg, um ihn nicht anzusehen. »Geht dir das auch so?«

Klar ging es ihm auch so.

Zwei Stunden später lag Jef in der Badewanne. »Unsere Liebe war mir zu einfach.« Hat der das wirklich so gesagt? Jef hätte schrecklich verletzt sein müssen. Aber er hatte ja recht. Diese erste Liebe war wirklich primitiv gewesen. Der übrig gebliebene Schmerz löste sich ab und strudelte mit dem Badewasser davon.

*

Jef hat ein Glas Honig für den Frühstückstee hinter den gestapelten Topfdeckeln versteckt, weil die Zuckerdose immerzu leer ist. Das Glas ist auch fast leer, als sie es hervorholt, und sie verdächtigt Therese. Sunny lässt drei Löffel Honig über ihre Cornflakes fließen, begegnet Jefs entgeistertem Blick und lacht verlegen.

Am Küchenschrank klebt ein Zettel: SONJA ALBARELLA! NON MANGIARE SCHIFEZZE!!! RESISTI!!!

Wolf lacht darüber: »Iss keinen Scheiß!«

Sunny ist sauer, dass er sich lustig macht. In der strengen Sprache ihres italienischen Vaters fiele es ihr leichter, zu widerstehen, sagt sie.

»Aha, und widerstehen heißt, dass du permanent runter in die Küche rennst, drei M&M's nimmst und wieder hochläufst?«, sagt Wolf.

»Ja, aber ab morgen darf ich immer nur zwei M&M's nehmen wegen meinem Magengeschwür.«

»Du hast ein Magengeschwür?«

Sunny winkt ab. »Nicht schlimm. Hab Tabletten. Kein Kaffee, keine Zigaretten. Hab ich im Griff.«

»Du hast die Waschmaschine für einen einzelnen Slip angemacht, Sonja?«, sagt Vin, der mit dem Wäschekorb aus dem Keller in die Küche kommt und einen rosa Tanga zwischen zwei Fingern hält. »Deiner wird das ja wohl kaum sein«, sagt er zu Jef.

Sunny macht ein unschuldiges Gesicht und weiß nicht, was daran falsch ist. Vin zieht ihr den Slip über den Kopf. »Find ich scheiße, so was. Und wer hat dir bitte beigebracht, ein Badehandtuch nach jedem Duschen in die Waschmaschine zu schmeißen, Madam? Was stimmt denn mit dir nicht? Mal erwachsen werden, Sunny-Bunny! Wird Zeit, oder?«

Dass der Ton in der Küche so schnell grob wird, was vor allem an Vin liegt, der Sunny nicht ausstehen kann, gefällt Jef. Und dass Vin ihr keine rosa Spitzenunterwäsche zutraut, gefällt ihr auch.

Die getigerte Katze läuft durch die Küche und schmiegt sich an Sunnys Bein. Sunny stellt die leer gelöffelte Müslischale auf den Boden und streichelt ihr den Rücken. »Na, Katzi. Du hast es gut, du wirst nicht ausgeschimpft. Im nächsten Leben werd ich auch eine Katze.« Die Katze hat die Schüssel sauber geleckt, sieht zu Sunny hoch und miaut. Sunny lacht. »Ich sollte eine Katzendiät machen«, sagt sie. »Ich esse nur noch, was die Katze nicht isst.«

»Ich kenn mich ein bisschen aus mit so was«, sagt Vin, als Wolf abends vor Rückenschmerzen stöhnt. »Der menschliche Körper ist ja nun mal dazu da, ihn zu bewegen.« Wolf meint, seiner wäre dazu ganz und gar nicht da.

Vin ist gelernter Physiotherapeut, was sich erst herausstellt, als Jef mehrmals nachfragt. Wolf will nicht massiert werden. »Nichts gegen dich, Vin, du machst das sicher super«, sagt er wehleidig. »Aber ich will meine Schmerzen behalten. Fühle mich sonst zu einsam.«

»Okay, wer will Wolfs Massage haben?«, fragt Vin in die Runde.

Oleksii macht ein Gesicht, als wollte ihm jemand etwas Ungenießbares verkaufen. Sunny sagt, sie bräuchte eine sehr spezielle Lockerungsmassage, hebt entschuldigend die Hände, und es ist klar, sie traut Vin nicht.

»Ich«, sagt Jef, und Vin tut, als sei es ihm egal.

Nach der Vorführung eines Dokumentarfilms, zu der nur vier Gäste gekommen sind, geht Jef gegen Mitternacht in den Saal. Vin hat eine Yogamatte und Decken in die Mitte gelegt. Daneben stehen Massageöle in kleinen Fläschchen, und aus seiner Box läuft indische Musik. Er trägt ein dunkelblaues Leinenhemd, tanzt versonnen im dunklen Raum und sieht dabei aus wie ein fliegendes Pferd. »Ausziehen, hinlegen«, befiehlt er, ohne Jef anzusehen, und zeigt auf die Matte. Wolf sitzt in seiner Sofaecke und fühlt sich offenbar selbst wie ein Sofa. Während Jef ihre Bluse aufknöpft, sieht Wolf zu, als wäre er unsichtbar. »Schwule sehen auch gerne Brüste«, sagt er entschuldigend und hält die Hände hoch, als Jef innehält.

»Du bist doch gar nicht schwul. Angeber«, sagt Vin.

Der Vollmond legt weißes Licht auf das Parkett. Vin macht mit dem Zeigefinger eine lässige Kreisbewegung, zeigt auf das Kopfende, Jef legt sich hin und lässt Vin warmes Öl über ihren Nacken gießen. Ob sie Verspannungen habe, fragt er.

»Nein«, sagt Jef und überlegt, ob sie sich eine Verspannung ausdenken soll, als Vins Hände anfangen, ihr die Gedanken aus dem Kopf zu ziehen.

»Ich werd schon eine finden«, sagt er. »Leg dich mal auf den Rücken.«

Er deckt Jef beim Umdrehen routiniert zu, fährt mit einer Hand unter die Decke bis zum Solarplexus, dann nur mit einem Finger auf der Linie hinab zu ihrem Bauchnabel.

Zuerst fällt ihrem Körper auf, dass sie lange nicht mehr angefasst wurde. Danach erst fällt es auch ihrem Verstand auf. Vin hat die Verspannung schon gefunden.

Als sie rotierende Blumenfelder sieht, hört er auf, legt sich auf den Rücken und sagt, sie müsse nachruhen.

»Und du? Hast du eine Verspannung?«, fragt Jef. Vin sieht an die Decke, die Hände hinterm Kopf, und sagt, hier könne er sowieso nicht entspannen. »Das Haus erinnert mich an dieses

Nachbarhaus, neben dem ich aufgewachsen bin. Da gab es auch diesen langen, kalten Gang zum Klo, wie hier unten. Und das Klo hat wahnsinnig gestunken. Manchmal durften wir im Winter in den Toiletteneimer pinkeln, in dem einzigen geheizten Zimmer, bei dieser alten Tante, die irgendwann verschwunden war. Da durften wir oft schlafen, in zwei zusammengeschobenen Sesseln.«

Jef fragt, warum er nicht in seinem eigenen Haus auf die Toilette gegangen sei und warum er überhaupt in diesem schrecklichen Nachbarhaus übernachtet habe.

»Tja«, sagt Vin, »manchmal weiß ich das einfach nicht mehr.«

Jef erzählt von ihrem Besuch am anderen Seeufer: »Ich hab mir die beiden kultivierter vorgestellt. Ich dachte, es gäbe wenigstens Kunstbildbände, teure Gemälde, schräge Jazzmusik und so. Also, jedenfalls kann man überhaupt nicht in unsere Fenster sehen von da.«

Vin lacht: »Klar, kann man das nicht. Bist du deshalb hin?«

»Ich wollte mal wissen, wo die leben, und mir die Stadt ansehen. Die Stadt ist ja echt wie ein Bahnhof.«

»Flughafenterminal«, sagt Vin. »Autobahnraststätte. Ein einziges Einkaufszentrum.«

»Die Stadt ist vor allem eine Transitzone«, sagt Wolf. »Ich war am Wochenende auf dem Flohmarkt, und da gab es die herrlichsten Brokatsessel und Ledersofas zu Spottpreisen. Ich kam mir vor wie in der versunkenen Stadt Vineta.«

Wolf stöhnt, gequält wegen der Rückenschmerzen, oder weil er diese Schätze nicht bergen konnte. »Die Leute arbeiten hier ein paar Jahre, verdienen ein Schweinegeld, sehen zu, dass sie wieder wegkommen, um sich irgendwo ein Eigenheim zu bauen, und lassen ihre teuren Möbel auf der Straße stehen«, erklärt er, als würde man ihn damit absichtlich demütigen wollen.

Jef erzählt, wie sie von den beiden Tanzenden ausgefragt wurde, und Vin lacht über Kätzchen und Tigerlein.

»Was habt ihr denn gegen Tiernamen?«, sagt Wolf. Vin steht auf, zieht unsanft an Wolfs Füßen, bis er protestierend und keuchend auf dem Boden vor dem Sofa liegt und sich vor Schmerzen nicht wehren kann. »Nimm mal seine Arme.«

Vin schwenkt Wolfs Beine herum und Jef seine Arme, als würden sie abzählen, um ihn gemeinsam ins Wasser zu werfen. Wolf brummt geplagt.

Laut überlegt Vin, ob Oleksii ein Fohlen oder ein Kälbchen wäre. »Auf jeden Fall etwas Vierbeiniges.«

»Hübscher Hundewelpe!«, sagt Wolf mit gepresster Stimme. Sunny ist ein Igel und Jef hat Federn. Darüber sind Vin und Wolf sich einig.

»Eine Eule? Oder ein Falke?«, sagt Vin.

Jef ist klar, sie ist eine Eule, die gerne ein Falke wäre. Vin sagt, er sei ein Steinbock, eine Gämse oder so etwas, und Wolf behauptet, ein rauhäutiger Gelbbauchmolch zu sein.

»Quatsch, du bist Wolf. Unser Anführer. Im Notfall würdest du uns mit gebrochenem Rückgrat beschützen!«, sagt Jef.

Sie lässt seine Arme fallen und sucht nach dem Discoschlager, den sie bei der Strand gehört hat. Eine Refrainzeile ist ihr in Erinnerung geblieben. *I don't want to be your lover for the weekend.*

Sie macht vor, wie Tigerlein und Kätzchen getanzt haben, während Wolf wie im Koma auf dem Boden liegt und von Vin geknetet wird.

Später huscht Sunny im kurzen weißen Cashmerepullover und rosa Spitzentanga barfuß durch den Saal, die Treppe zur Küche hinunter und kommt zurück mit ihrem Schälchen gefrorener Himbeeren. Mit nackten Beinen sitzt sie im Sofa, vor dem Wolf liegen geblieben ist, obwohl er nicht mehr massiert wird.

»Was guckst du?«, fragt er.

»Eine Reportage über die Russische Revolution«, sagt Sunny abwesend und rollt ihre Unterlippe zwischen den Fingern.

Wolf beobachtet Sunnys Kopf und versucht offenbar, sein Bild zu korrigieren, das er bisher von ihr hatte.

Mühsam dreht er sich auf die Seite und verlässt schwerfällig den Saal.

Vin wirkt eingeschlafen. Neben seiner Weinflasche liegt er auf dem Boden.

»Ist der Rumpelwicht weg?«, fragt er plötzlich und sieht sich um.

»Was ist weg?«

»Na, Wolf«, lallt Vin. »Der tut ja nur immer so tiefenentspannt. Ich wohn doch neben dem. Glaubst du nicht, was der immer rumpelt.«

Vin lässt eine mystische Playlist laufen. Jef tanzt, und der dunkle Saal wird zu einem offenen Universum. Sie schwenkt die Arme, dreht sich abrupt, geht langsam in die Knie, richtet sich auf und klappt wieder zusammen. »Wie macht man Ausdruckstanz, Sunny?«, ruft Jef, aber Sunny ist schon verschwunden. »Vermutlich indem man etwas ausdrückt«, antwortet Jef sich selbst, versucht Bewegungen zu finden, die sie noch nie gemacht hat, und überlegt, welches Gefühl sie damit ausdrücken könnte. Kann man mit einem Tanz ausdrücken, dass man nach einer Aufgabe sucht? Je mehr Jef versucht, sich durch Verrenkungen verständlich zu machen, umso weniger Spaß macht ihr der Tanz.

Im Laufe der Nacht gibt es einen nahen Moment. Vins schief stehende Augen kommen ihr bedeutungsvoll vor. Sogar seine rissigen Lippen und seine schlechten Zähne gefallen ihr. Sie sitzen auf dem Boden zwischen ausgetrunkenen Flaschen und rollen sich lachend herum, wie Kinder, die nicht sitzen bleiben können.

Jef muss Vin dabei an einer falschen Stelle berührt haben. Plötzlich schlägt er auf ihre Hand, steht auf, wankt ein paar Schritte zurück und hält den Zeigerfinger hoch. »Niemals wieder eine Affäre! Niemals! Hab ich geschworen. Mein ich ernst. Allsklar?«

»Allsklar«, sagt Jef und legt militärisch die Hand an die Stirn.

Sie legt sich auf den Rücken, raucht und betrachtet die dunkle stuckbesetzte Decke, aus der vergilbte Putzfragmente heruntergebrochen sind.

»Wie macht man Kunst?«, fragt Jef. »Ich meine, wie fällt einem so Zeug ein? Kannst du das mit normalen Worten beschreiben? Ohne deine verschraubten Sätze?«

Vin setzt sich neben Jef. »Willst du deinen Kopf auf meinen Schoß legen?«

Jef legt ihren Kopf in seinen Schoß.

»Kunst ist kein Handwerk. Da gibt's kein Rezept. Aber, pass auf. Eigentlich ist es ganz leicht«, sagt Vin langsam, um nicht zu lallen. »Du brauchst nur drei Dinge. Erstens eine Idee, zweitens Disziplin und drittens eine Motivation.«

»Ich glaube, mir fehlt erstens, zweitens und drittens«, sagt Jef. »Am meisten fehlt mir drittens. Was soll das sein?«

»Kann alles sein«, sagt Vin und lallt jetzt doch. »Eine Verbindung zu etwas, das du liebst.« Er machte eine Pause. »Oder hasst ... oder woran du glaubst.« Vin macht viele Pausen. »Glauben willst ... worum du trauerst ... womit du kämpfst ... kämpfen willst ... oder wovor du Angst hast ... dich ekelst ... was du verachtest ... worüber du erschrocken bist ... wonach du dich sehnst ... mehr fällt mir jetzt nicht ein.«

»Etwas, das mir egal ist, kommt wohl nicht infrage, oder«, sagt Jef. »Was ist es denn bei dir?«

»Du musst nicht wissen, was deine Motivation ist, du musst nicht mal wissen, ob sie da ist, du musst nur einsehen, dass du ihr ausgeliefert bist. Sonst steckt keine tiefe Wahrheit drin. Du musst es aushalten, dich zu verlieren, das Unbekannte zu dir einladen, dann klopft die Arbeit irgendwann an deine Tür. Künstler müssen die Menschen mit rausnehmen auf das dunkle Meer.«

»Und wenn ich Schiss habe vor der tiefen Wahrheit und dem dunklen Meer?«

»Dann solltest du lieber Sachbearbeiterin werden«, sagt Vin und lässt die Arme fallen.

Therese kommt aus der Küche hoch und zieht den Geruch von Gebackenem hinter sich her. Sie durchstreift den Saal wie ein nachtaktives Waldtier, bleibt kurz stehen und sieht die beiden an. Für ihre Verhältnisse sieht sie ordentlich aus. Das Haar hat sie hochgesteckt, trägt ein Wollkleid und eine Blechdose in der Hand und läuft die Haupttreppe hinunter.

»Ein Fuchs!«, ruft Jef. »Therese ist ein Fuchs! Lebt einzeln unter anderen Arten.« Die Haustür klappt zu. »Ich will jetzt wissen, wo die hingeht!«

Als Jef ihre Jacke aus dem Zimmer holt, wacht Oleksii auf, schiebt die Schlafmaske auf die Stirn.

»Musst du nicht mal schlafen?«, fragt er.

Jef zieht ihre Stiefel an. »Nein.«

Er nimmt die Stöpsel aus den Ohren. »Was?«

»Ich muss jetzt mal raus!«

»Jetzt?« Oleksii setzt sich hin. »Wieso?«

Jef lehnt sich aus dem Fenster, um zu sehen, in welche Richtung Therese geht und rennt die Treppe hinunter. Als sie auf der Straße ist, sieht sie Therese nicht mehr. Jef rennt ein Stück, aber die Nebenstraßen sind leer.

Im Gehen wird Jef nüchtern. Die Luft riecht sauberer als tagsüber und kühlt angenehm ihren Kopf. Überall liegen Haufen großer Blätter, die vor zwei Wochen noch an den Bäumen hingen. Ziellos geht sie durch die langsam erwachende Stadt. In einem Frühstückscafé werden die Stühle von den Tischen gehoben, und es riecht nach Kaffee und frischen Brötchen.

Jef gibt Thereses Verfolgung auf und biegt ab Richtung See. Wohin sonst soll man gehen in diesem stumpfsinnigen Kessel. Die Wolken hängen vor den Bergen, lassen nicht mal ahnen, wie hoch und wie nah und wie dunkelgrau die Berge sind. In ein paar Stunden steigen die Wolken senkrecht auf, wie jeden Tag, als würde ein Vorhang gehoben, und das Bergmassiv präsentiert sich anstelle der aufgegangenen Sonne, um etwas Bedeutendes zu erzählen. Dass dieser Auftritt stattfindet, wird ihr mit jedem Tag wichtiger. Irgendwann wird sie verstehen wollen, was der Berg zu erzählen hat.

*

Einmal lag Jef mit Rita auf dem Dach und versuchte, die Wolken zu beobachten. Aber Rita war zwanghaft überdreht, konnte nicht still liegen und holte Farbtuben, eine Gießkanne, dicke Pinsel und malte bunte Wolken auf die graue Dachpappe.

»Ich gieße die Wolken!«, rief Rita und ließ die Farben verschwimmen. Das Dach war leicht abschüssig, und die Wolken flossen langsam in die Regenrinne. Rita tanzte barfuß durch die Farbpfützen. Ein Nachbar brüllte aus dem Fenster etwas wie: »Sauerei!« oder »Polizei!« und schüttelte die Faust.

»Ja, Malerei«, rief Rita.

Im Winter saßen sie im Café, bestellten ein Getränk, das sie, wenn das Glas leer war, unterm Tisch aus den Flaschen, die Rita im Rucksack hatte, nachfüllten.

Lästernd beobachteten sie die anderen Gäste. Rita sah auf die Straße und riss entsetzt die Augen auf. »Jef! Hast du das gesehen? Da ist eine Leiche aus dem Fenster gefallen.«

»Verdammt«, sagte Jef, ohne sich umzudrehen. »Ob das der Mann von der Dings war, die das Dings angezündet hat?«

»Von der Pilotin, die das Varieté abgefackelt hat, meinst du?«

Wenn Jef angedockt hatte, war alles möglich. Ihr Bewusstsein hatte sich mit Ritas gepaart, als wäre sie ihre Droge. Sobald sie mit Rita verbunden war, erfand Jef Spielereien, auf die sie allein nicht gekommen wäre. Manchmal raste die Ideenmaschine, und manchmal lief sie langsam, blieb beinahe stehen. Dann saßen sie nur da und zupften Wollfusseln von ihren Pullovern. Daraus rollten sie ein Knäuel, sahen zu, wie es auf dem Boden herumgeweht wurde und an fremden Schuhsohlen hängen blieb, wenn die Tür aufging.

Nachts saßen Jef und Rita im T-Shirt und mit nackten Beinen in dicken synthetischen Fellstiefeln in der Küche, aßen Makrele aus der Dose und stellten sich vor, Geheimagentinnen in Sibirien zu sein. Sie überlegten, welche Waffen sie in der Küche zur Verfügung hätten, falls der CIA sie hier finden würde. Sie konnten sich in Gedanken Villen einrichten und Sehnsuchtsorte erschaffen, sich um ausgedachte Männer streiten und wieder versöhnen.

Es war ein kreativer Rausch, in dem sie einander neue Identitäten erlaubten, die sie an- und ablegten, wechselten und tauschten, bis es langweilig wurde.

Nachts war alles gut.

Aber am Morgen war das Problem wieder da: Die nächste Miete, die man nicht nachts in Müllcontainern hinter Supermärkten klauen konnte.

*

Jef trägt die Fotokiste in ihr Atelier, legt sie auf diesen Arbeitstisch, der Jef durch seine erwartungsvolle Größe unter Druck setzt. Minutenlang sieht sie in ihr Fotogesicht und wird sich immer fremder. Diese Frau könnte von hier sein. Von damals. Aus diesem Zimmer. Ihr wird unwohl. Ihre Haut fühlt sich fiebrig an, als wäre darunter eine weitere Hautschicht, die herauskommen will. Eine, die nicht aus Gewebe besteht, sondern aus Gas, oder Elektrizität, oder dicker Luft. Die Bilder haben sich verändert. Oder Jef sich auf ihnen. Sie muss sich hinsetzen. Dann nimmt sie das erste Bild heraus, legt es neben die Kiste, und die Arbeitsfläche ist damit ausgefüllt. Sie lehnt sich zurück. So sollte ein Atelier aussehen, wenn man etwas vorhat.

In einer Regalkiste findet sie die nötigsten Dinge. Bleistifte, alte Kugelschreiber, vergilbtes Klebeband, einen Radiergummi, einen Anspitzer und eine große Schere. Hier haben schon Künstler gearbeitet. In diesem Raum hat es also Ideen gegeben. Jef nimmt die Schere. Zerschneiden – falsch zusammenkleben – übermalen – zerkratzen – abzeichnen? Wie Künstler das eben machen. Als Künstlerin muss sie mit solchen Basteleien etwas herausfinden wollen, sich eine Forschungsfrage stellen, eine Ermittlung vornehmen, auf die Jagd gehen.

Aber ein gewaltiger Widerstand hält Jef davon ab, die Schere anzusetzen. Die Bilder gehören ihr nicht. Auch nicht die Ideen. Sie steckt das Bild zurück in die Kiste und die Kiste in den Koffer und den Koffer in den Schrank.

Sie will jetzt nichts herausfinden. Nicht über diese Bilder und nicht über sich selbst.

Es ist Sonntag, und Jef hat für morgen nichts zu präsentieren. »Ich hab nichts zu präsentieren, wenn die Strand morgen kommt«, sagt Jef und hockt sich neben Sunny, die ihren Oberkörper auf ein Bein gelegt hat und im Spagat auf dem Saalboden sitzt. Jef kommt sich plump vor.

»Kannst du dir nicht spontan was ausdenken? Irgendwas wird dir doch einfallen«, sagt Sunny.

»In den Meetings bei Laddu ist mir jedes Mal etwas eingefallen, worauf ich mich nicht vorbereitet hatte. Aber es war sowieso immer das Gleiche. Da kannte ich meine Rolle irgendwann auswendig. Hier ist das anders. Euch kann ich nichts vormachen.«

»Du musst uns doch nichts vormachen«, sagt Sunny. Ihre Stimme müsste sich viel gepresster anhören in dieser Haltung, überlegt Jef.

»Du musst doch nur der blöden Strand was vormachen. Das wirst du doch wohl hinkriegen, oder?«

Jef stöhnt und stellt sich vor das Bogenfenster. Die Berge stehen hier seit Jahrtausenden. Die Stadt seit einem Jahrhundert, die Möbel in diesem Haus stehen hier seit Jahrzehnten, und Jef steht nur ein paar Minuten am Fenster. Sie sieht in die Haufenwolken, die sich heute auf keine Richtung einigen können, und bekommt ein Gefühl für die Ewigkeit.

»Ich könnte ja auch mal probieren, was passiert, wenn ich mich weigere«, sagt Jef.

Sunny entwirrt ihre Gliedmaßen. »Würd ich lieber nicht machen.«

Der Geruch nach Kaffee zieht beide hinunter in die Küche.

Jef hat keinen Hunger, keinen Spaß am Essen und kein Interesse an der Zubereitung von Essen. Lieber liest sie Wolfs Zeitung, trinkt Kaffee wie Wolf und würde gerne Gedichte schreiben können.

Sunny bäckt ein Sesambrötchen auf und isst es nach ihrer eigenen Choreografie. Zuerst nagt sie die Kruste ab, zupft dann mit spitzen Neonnägeln das Weiche heraus, bis das Brötchen zu einer Schüssel geworden ist. Das Handy lehnt an ihrer Tasse und zeigt eine Reportage. Der Ton ist laut, und Sunny trägt trotzdem Kopfhörer. Jef sagt nichts. Sunny stellt den Ton lauter, wackelt am Kabel und merkt es selber. »Sag mir das doch!«, ruft sie lachend. Dann ist der Ton weg und das Schmatzen ist da.

Als Jef hofft, Sunny wäre fertig, fängt Sunny an, Pistazien zu essen. Sie sammelt die Schalen in der Brötchenschüssel. Mit ihren falschen Fingernägeln hebelt sie die Nüsse auf und klappert wie ein Vogelschnabel, der in hektischer Kleinarbeit etwas zerlegt.

Jef zieht sich ein zerrissenes Croissant aus dem Brotkorb, beißt die Spitze ab und versucht beim Kauen zu schmatzen. Jef beobachtet Sunny und schmatzt so laut sie kann. Sunny bemerkt nur Jefs Blick, Jef muss lachen.

»Was?« Sunny nimmt einen Kopfhörer heraus. »Hast du was gesagt?«

Oleksii kommt vom Joggen herein, und Jef bemerkt, dass sie

sich ein bisschen über ihn freut. Er setzt seine Kapuze ab und erzählt atemlos von seinem Traum. »Auf dem Nachttisch lag alter Käse, und im Traum dachte ich, wie blöd, jetzt muss ich aufstehen, um den Käse wegzuwerfen, aber dann fiel mir ein, ich muss ja nur aufwachen, und der Käse ist von selbst verschwunden. Ja, so war's auch. Kein Käse auf dem Nachttisch! Zaubertrick, oder?«

Sunny dreht ihr Handy um, sodass die Reportage in die Tischplatte hineinläuft, und Oleksii soll alles noch mal erzählen.

»Wie kannst du solches Zeug träumen?«, sagt Sunny und findet Oleksiis Traum interessanter als ihre Reportage. Jef sieht, wie Sunny eine Haarsträhne aus ihrem Nacken nervös um den Finger wickelt. Offenbar beginnt sie langsam, den ganzen Oleksii interessant zu finden. Die beiden verabreden sich am Nachmittag zum Proben im Saal. »Aber es wird nicht ganz so klassisch, wie du es dir vielleicht vorstellst«, sagt Oleksii. Sunny quietscht trotzdem begeistert, klatscht mit gespreizten Fingen. Oleksii macht ein verlegenes Gesicht, und die Ränder seiner Ohren werden rot.

Vin kommt von der Terrasse, zieht die Tür zu und den letzten Rauch seiner Zigarette mit in die Küche. Er präpariert ein aufwendiges Müsli mit Beeren, Joghurt, Ahornsirup und Erdmandelmehl.

Beim Essen hält er die Hand vor seine Schüssel, als könnte jemand plötzlich hineingreifen, und tatsächlich weckt es in Jef das Bedürfnis hineinzugreifen. Sie will auch sofort so ein Beerenmüsli haben und verfolgt jeden Löffel, der in seinem Mund verschwindet. »Du würdest mir nie etwas abgeben, oder?«

»Niemals!«, sagt Vin.

»Und wenn ich verhungern würde?«

Vin schüttelt den Kopf. »Dann erst recht nicht!«

»Und wenn ich dein Kind wäre?«

»Von mir wird es kein Kind geben auf dieser Welt!«

»Hund?« Jef jault leise und macht einen Hundeblick.

»Vergiss es!« Vin muss gegen seinen Willen grinsen.

»Willst du dir nicht eine Mauer um deine Schüssel bauen?«

Jef stellt drei Küchenrollen wie Säulen um Vins Schüsselrand.

»Stell das mal lieber um Sonjas verwüsteten Futterplatz. Kann man ja nicht mit ansehen.«

Sunny bemüht sich, nicht gekränkt zu wirken. »Aber du machst nie Fehler, oder?«

»Jedenfalls keine Frühstücksfehler«, sagt Vin.

Wolf kommt schnaufend und verschwitzt in türkisen Turnschuhen herein und stützt die Hände auf die Knie.

»Wie viele Runden?«, fragt Oleksii.

Wolf hält einen Daumen hoch.

»Eine? Ha!« Oleksii tanzt triumphierend ein paar Schritte.

»Das ist gehässig, Oleksii!«, sagt Vin kauend.

»Echt mal!«, sagt Sunny.

»Wir müssen wegen heute Abend reden«, sagt Wolf und setzt sich schwer atmend hin. »Wir sollten da nicht wieder alle brav antreten und uns von der Strand zur Sau machen lassen. Eine künstlerische Arbeit ist ein Prozess, der gestört wird, wenn der Künstler sich dafür rechtfertigen muss.«

Sunny protestiert. »Also bei mir nicht. Ich find's gut, wenn sich jemand interessiert.«

Vin verdreht die Augen. »Okay«, sagt Wolf beherrscht, »also, der künstlerische Prozess wird gestört, außer bei Sonja.«

»Ich find's jetzt auch nicht so schlimm, mal was zu zeigen«, sagt Oleksii, »und weigern können wir uns nicht.«

»Natürlich können wir das. Wir müssen!«, sagt Vin mit seiner gewaltigen Stimme, lehnt sich zurück, wirft die Schalen einer gepellten Mandarine in seine leere Müslischüssel und fängt an, von dialektischen Schöpfungsprozessen zu reden, dann von politisierter Kontextualität, intentionaler Formalität und narrativistischem Determinismus. Jef ist gelähmt von seiner Stimme, als säße sie in der Schule und würde bestraft für jede Unaufmerksamkeit. »Es macht für mich so unglaublich viel Sinn, meine Depressionen als Politikum zu betrachten!«, sagt Vin und ist völlig vom Thema abgekommen. Wolf, der nervös einen vertrockneten Blumenstrauß zerpflückt, nickt immerzu und versucht etwas zu sagen. Vin bezeichnet seinen Formalismuszwang als hochneurotisch und sieht alle der Reihe nach an, um sicherzugehen, dass man ihm zuhört.

Schließlich unterbricht Wolf den Monolog. »Passt auf«, sagt er. »Ich habe überlegt, unter welchen Umständen ich eine solche Besprechung okay finden würde, und ich dachte, wir gestalten das diesmal so, wie wir wollen. Wir machen eine kleine Party daraus, nehmen uns Essen mit in den Saal, lassen Musik laufen und spielen Skat.«

»Ich kann kein Skat«, sagt Sunny.

»Ich auch nicht«, sagt Oleksii.

Wolf stöhnt. »Ja, dann Mau-Mau von mir aus! Egal. Mal sehen, wie sie darauf reagiert. Was meint ihr?«

»Als Gegenveranstaltung?«, sagt Vin. »Find ich gut. Wir sollten alle mit was anderem beschäftigt sein, wenn sie kommt. So wie diese Therese.«

In dem Moment kommt Therese vom Vordereingang in die Küche, und das Gespräch fällt in sich zusammen wie ein Wind, der zurückgeblasen wird. Therese trägt billige Fellstiefelchen, ihren dicken farblosen Anorak und eine graue Wollmütze mit zwei Glitzerstein-Goldbroschen, die durch ein Kettchen verbunden sind. Ihr Lippenstift ist verschmiert. Sie lächelt verstört und abwesend, sucht etwas in den Schubladen und den vollgestellten Ecken, geht raus, kommt wieder rein. Wolf sieht ihr angeekelt hinterher, leidet unter ihrer Anwesenheit und kann es nicht lassen, den Kopf zu schütteln und die Brauen hochzuziehen.

Vin ignoriert Therese und erklärt Oleksii die Zusammenhänge zwischen musikalischen Mustern und biologischen Mustern, die er auf seine Körperobjekte anwenden würde. Seine

Denkmaschine ist heiß gelaufen und lässt sich nicht abwürgen. Oleksii beobachtet Therese und kann Vin nicht zuhören. »Ah, so was wie Mandala-Schmuck meinst du«, sagt Oleksii abwesend.

Vin ist beleidigt. »Ich mache keinen Schmuck. Ich mache Körperobjekte, mobile Minimalskulpturen.« Aber Oleksii hört nicht mehr zu.

»Was suchen Sie denn?«, fragt Jef. Wolf macht ein entsetztes Gesicht, als wäre es eine Ordnungswidrigkeit, Therese anzusprechen. Als sähe er in ihr ein ungeliebtes Haustier, von dem er hofft, es würde keine Probleme machen, sondern irgendwann still und leise sterben oder weglaufen. Therese murmelt etwas Unverständliches, schüttelt den Kopf und sucht weiter. Schließlich findet sie in einer Schublade eine Garnrolle, wickelt einen Faden ab und um ihre Hand.

»Und was machen Sie damit?«, fragt Jef.

»Eine Leine«, sagt Therese, »man muss doch eine Leine haben.« Sie lacht und geht die Küchentreppe im Herzschlagrhythmus hinauf, sanft wie eine Katze.

Vin isst die letzte Mandarine, und Jef hat das Gefühl, ihr Körper hätte dringend diese Mandarine gebraucht. »Ich geh Obst holen. Soll ich was mitbringen?« Oleksii braucht Schokocreme, Müsli und Bananen.

*

Fitnesstraining hielt Rita für das blödsinnigste Krankheitssymptom der Gesellschaft, und Jef konnte sich Rita auch nicht joggend vorstellen.

Aber dann war sie ihr im Stadion begegnet. Rita trug eine Leggins in Pink, eine Windjacke in Türkis mit schiefen violetten Dreiecken und ein Frotteestirnband in Orange.

»Was machst du denn hier?«, fragte Jef, die von der Arbeit kam und mit dem Rad eine Abkürzung über den Sportplatz genommen hatte. Erst aus der Nähe konnte sie es glauben: Rita stand auf dem Rasen und machte Dehnungsübungen.

»Das ist mein wahres Ich. So bin ich wirklich!«, sagte Rita strahlend, mit erhobenem Rumpf, die Arme zur Seite gestreckt. »Ich bin genauso paradox wie diese Gesellschaft. Wegen des Fahrstuhls braucht man einen Home-Stepper, und wegen des Autos muss man im Sportstudio Rad fahren.«

»Aber wir haben keinen Fahrstuhl und kein Auto«, sagte Jef.

Rita joggte auf der Stelle, die Hände in den Hüften. »Das spielt ja eben bei Paradoxen gar keine Rolle.« Sie zeigte in die Mitte des Rasens, »da liegt meine Stahlkugel, mit der Kette, siehst du? Ich muss aufhören, Drogen zu nehmen, und ich muss endlich mal Geld verdienen.«

Immerhin schaffte Rita es daraufhin, den Typen loszuwerden, der ihr die Drogen bezahlte, indem sie, wenn sie zu ihm wollte, stattdessen joggte, bis sie keine Kraft mehr hatte, zu ihm zu fahren.

Wenn Rita jetzt deprimiert war, arretierte sie die Haustür, ließ die Wohnungstür offen, die Zimmertüren auch, setzte sich ins Durchgangszimmer und stellte sich vor, die Depression würde den Raum betreten und sich neben sie setzen. Tapfer blieb Rita eine Weile mit den negativen Gefühlen sitzen und konnte schließlich zusehen, wie die Depression aufstand und durch die andere Tür hinausging. Dann musste Jef hinterhergehen, die Treppe hinunter, die Haustür schließen, die Wohnungstür und die Zimmertüren. »Ist sie weg?«

»Ja. Sie ist über die Straße und dann beim Juweliergeschäft rein«, sagte Jef.

»Gut.«

Danach ging es Rita besser. Rita wollte ihr Leben ändern.

Jef wollte Rita eigentlich nicht verändert haben.

*

Als Jef später zurückkommt, sitzt Therese in der Küche vor der Glastür zur Terrasse. Die Hände im Schoß, sieht sie raus, als hätte sie auf Jef gewartet und würde zum Zeitvertreib leise mit sich selbst reden. »Sie war eine Straßenkatze, die mit großem Aufwand zur Prinzessin erzogen wurde. Natürlich. Eine brave Prinzessin ist daraus absolut nicht geworden, nein, sondern nur eine sehr überhebliche und verwöhnte. Willensstark ist sie, ja, das muss man schon sagen, und sie hat auch einen gewissen Sinn für Diplomatie. Empfindsam ist sie, aber Zurückhaltung ist nun wirklich keine Eigenschaft, die man erwarten könnte von ihr. Nicht mal, wenn es dringend angebracht wäre. Dann erst recht nicht. Nein. Dann schon gar nicht. Aber eines Tages war der Zauber aus, und da lag das ganze Leben mit einem Mal in Schutt und Asche. Die Straßenkatze jammerte und hielt die sterbende Mutter im Arm, die eigentlich eine Königin war. Aber wo ist denn ihr silbernes Nixchen mit dem goldenen Warteweilchen? Das gibt's doch gar nicht. Die Mutter seufzte schwer und noch schwerer, und dann war sie ganz ohne Leben. Seither läuft die Prinzessin nackt herum, und da wo das Herz war, da haben sie Brot reingemacht. Dass sie ihren Jungen mal sehen kann, haben sie versprochen. Und da wartet sie ja immer noch drauf.«

Oleksii kommt in die Küche und fängt sofort an zu reden, wie jedes Mal, wenn Jef unterwegs war. Er bemerkt Therese nicht, sieht in den Kühlschrank, stellt Jef lauter Fragen, will an ihrem Tagesablauf teilhaben und genau wissen, was sie gemacht hat und wo sie gewesen ist. Jef mag das normalerweise. Durch sein Interesse kommen ihr die Beschäftigungen weniger belanglos vor. Diesmal hätte sie aber Thereses Geschichte hören wollen.

»Und was ist aus der Prinzessin geworden?«, fragt Jef.

»Was?«, sagt Oleksii, nimmt eine Banane vom Tisch, sieht Therese, verdreht die Augen. »Ich geh mal wieder an die Arbeit«, sagt er und springt mit großen Schritten die Treppe rauf.

Therese fängt an, die Äpfel, die Jef auf den Tisch gestellt hat, in willkürliche Stückchen zu schneiden. Jef kann kaum hinsehen und findet die exzentrische Asymmetrie unerträglich. Als wollte Therese damit absichtlich ihre Schrulligkeit beweisen. »Prinzessin? Wer ist eine Prinzessin?«

»Na, die, die eigentlich eine Straßenkatze war«, sagt Jef.

Therese schüttelt den Kopf. »Aus einer Straßenkatze wird keine Prinzessin.« Therese nimmt Wolfs Zeitung und fängt an, darin zu lesen.

»Sind Sie eine Straßenkatze, Therese?«, fragt Jef.

Therese sieht sie an und sagt, als wäre ihr endlich ein Licht aufgegangen. »Sie wollte mal Innenarchitektur studieren und hat deshalb im Museum übernachtet. Aber die haben sie gekriegt, und sie musste sich in einer Kirche verstecken.«

Jef vergeht die Lust, sich weiter mit ihr zu unterhalten. In diese konfuse Gedankenwelt will sie nicht hineinsehen.

»Sie will dich nicht belästigen, Kindchen«, sagt Therese und sieht Jef trotzdem erwartungsvoll an.

Jef will sich nicht vorstellen, wie man so leben kann, wenn der Kopf nicht mehr funktioniert. Zwischendurch scheint es Pausen zu geben, in denen Thereses Verstand doch funktioniert. Vielleicht kann man nur in diesen Pausen leben.

Therese reibt sich die Hände warm, hat nichts mehr zu tun, sieht sich um, als bräuchte sie Arbeit, und fängt wieder an zu reden. Jef versucht, Zusammenhänge zu erkennen, aber Thereses Sätze sind entweder verschlüsselt oder völlig kaputt oder beides. Manchmal redet sie mit der Tischplatte oder einem anderen Möbelstück. »Gleich sind die Vögel über dem ganzen Land«, sagt sie, als würde sie es so aus der Zeitung ablesen. »Oder über der Kirche. An den anderen beiden Seiten des Tages muss man wahrscheinlich nur ein bisschen auf den Hof gehen. Und das eine Woche nach dem Tod der Kinder in einem Gewässer aus den Niederlanden. Man muss sich nicht immer wehren. Aufgefangen zu werden ist auch eine Kunst.«

Und dann sagt sie, ohne Jef anzusehen: »Tupf ein wenig Heilwasser auf die Warzen. Dann gib ihnen Namen. Nenne sie *Ja*, *Nein* und *Vielleicht*. Trinke fleißig aus dem Brunnen. Jeden Tag.«

Jef versteht nicht gleich, dass Therese mit ihr gesprochen hat. Sie sieht auf ihren unbedeckten Handrücken und denkt an ihre Großmutter. Ihr hätte sie jedes Wort geglaubt und sich gewissenhaft an die Anweisung gehalten, egal wie absurd sie waren.

Therese sieht Jef an, wie man ein Kind ansieht, hält den Kopf schief und lächelt. »Und wie lange musst du dann warten?«

»Siebzehn Tage?«, fragt Jef skeptisch.

Therese strahlt und nickt lobend. »Na, das weißt du doch alles. Und dann wirst du sehen, welche übrig bleibt. Die wird dein Problem bleiben.«

Jef will gehen, bleibt aber sitzen, wie festgewachsen, als hätte ihre Großmutter es so angeordnet. Da steht Therese auf, »du weißt es ja, Kindchen. Das ist gut«, und geht.

Da Jefs Arm auf Oleksiis Decke liegt, muss sie es gewesen sein, die sich nachts zu ihm gerollt hat. Regungslos bleibt sie liegen, fürchtet, er würde sicher wach werden, wenn sie sich von ihm löst. Es ist angenehm, seinen Körper an ihrem zu spüren. Ein Bedürfnis, das seit Langem nicht mehr mitspielen durfte, weigert sich jetzt, Oleksii loszulassen. Vielleicht schläft er noch eine Stunde und sie könnte so liegen bleiben, ohne dass er etwas merkt. Als sein Schulterblatt zuckt, rollt sie sich schnell zurück, steht auf und zieht sich an.

Mittags kommen alle in die Küche und wollen etwas zum Büfett am Abend beitragen.

Sunny bäckt dicke Pancakes. So grazil sie tanzen kann, so ungeschickt ist sie, wenn sie etwas mit ihren Händen tut. Kleckse kleben auf Tisch und Fußboden. Sie bestreicht die Pancakes mit

Schokocreme, hat Schokocreme an der Oberlippe und Schokocreme auf dem Handrücken und schmatzt beim Ablecken.

Vin flucht beim Modellieren winziger veganer Sushi-Törtchen, die aussehen sollten wie exotische Blüten. Wolf rührt Nudeln mit Erbsen, Wiener Würstchen und Mayonnaise zusammen, und Jef ist zu seiner Assistentin geworden, weil sie die Einzige ist, die auf seine Anweisungen reagiert. »Ich brauch mal den großen Topf! Und wo ist die Petersilie? Gib mal das Öl!« Beim Kochen unterlaufen Wolf jetzt doch ein paar feminine Gesten, und seine Aussprache macht vorsichtige Schlenker in hohe Tonlagen.

Oleksii will helfen, ist aber nicht zu gebrauchen.

»Frau Wolf schneidet dir gleich deine Finger in den Salat, wenn du hier immerzu dazwischengrabbelst«, sagt Wolf und fuchtelt mit dem Messer, während Oleksii sich ein Würstchen schnappt und damit durch die Küche hampelt.

»Nur nicht die Finger und nicht die Ohren. Alles andere kannst du in den Salat schnippeln«, sagte er und wedelt mit der Wiener.

Wolf sieht ihm fassungslos hinterher. Oleksii scheint seine eigene Anspielung nicht zu verstehen. Jef kann kaum glauben, dass er offenbar wirklich keine Ahnung von seiner Attraktivität hat. Er benimmt sich wie ein Kind. Unvorstellbar, dass riesige Orchester seine Stücke spielen.

»Lecker, lecker, lecker«, singt er, leckt sich die Finger ab, und Vin nennt die beiden Schweinefresser.

»Ich muss schon den ganzen Tag Tofu braten«, sagt Wolf. »Ich kann das Zeug nicht mehr sehen.«

»Wieso musst du denn Tofu braten?«, fragt Jef, und Wolf sagt, er würde in einem veganen Burger-Imbiss arbeiten.

»Echt? Ich dachte, du bist Lyriker«, sagt Oleksii, und Jef hat das auch gerade sagen wollen. Aber so naiv wie Oleksii ist sie ja nicht, sie weiß doch, dass niemand von Poesie leben kann.

»Solange unser Schulsystem Gedichtanalysen wie eine Foltermethode anwendet, wird auch in Zukunft kein Lyriker von seiner Arbeit leben können«, sagt Wolf.

Wie dumm, denkt Jef, dass sie sich bis zu diesem Abend eingebildet hat, die anderen würden den ganzen Tag nichts anderes als Kunst machen. Oleksii gehört genauso wenig dazu wie Jef. Sie sind die Außenseiter an den entgegengesetzten Enden der Künstler-Kette. Oleksii ganz oben, Jef ganz unten.

Sunny erzählt, sie würde durch die Kindergärten ziehen und Ballettunterricht geben, was aufwendig und schlecht bezahlt sei, beinahe weint sie, während sie davon redet. Vin sagt, er habe jahrelang in einem Callcenter gesessen, um telefonisch scheußlichen Schmuck zu verkaufen, und Oleksii macht ein betroffenes Gesicht. Er habe mal versucht, Klavierunterricht zu geben. Aber die Leute seien untalentiert und begriffsstutzig gewesen. Er habe es aufgegeben.

Oleksii lehnt an der Tischkante: »Meine Mutter meint, ich brauch das im Moment nicht.«

»Deine Mutter?«, fragte Sunny.

Oleksii erklärt, seine Mutter würde seine Stücke verkaufen, Aufträge akquirieren, sein Geld verwalten und für ihn Arbeitsstipendien beantragen.

»Hat sie dich auch hergefahren?«, fragt Sunny.

Oleksii fuchtelt mit den Händen, als müsste er Sunnys Vorurteil zerstäuben. »Es hört sich jetzt vielleicht ein bisschen peinlich an oder so. Sie ist meine beste Agentin. Um den Organisationskram kann ich mich echt nicht kümmern.«

Alle schweigen, obwohl Jef erwartet, dass mindestens Vin etwas Gehässiges dazu sagen müsste.

»Und wovon lebst du jetzt, wenn du keinen Telefonschmuck mehr verkaufst?«, fragt Jef.

Er sei durch eine Vorkehrung, die er einmal getroffen habe, ausreichend versorgt, sagt Vin. »Nicht üppig, aber ausreichend.«

Warum Jef lügt, weiß sie selbst nicht. An ihre gescheiterte Existenz, die sie selbst wahrscheinlich mit größerer Geringschätzung betrachtet als die anderen, will sie nicht denken. Es ist nicht mal eine Notlüge, sondern eine komplett vorsätzliche. »Ich arbeite im Sexshop«, sagt sie und sieht in den Augen der anderen, wie sie sich verwandelt, als stünde sie jetzt in Strapsen in der Küche. Nur Wolf grinst, als wüsste er, dass es nicht wahr ist.

»Ist ein feministischer Sexshop. Ich verkaufe und berate da nur«, sagt sie, und da fällt das Interesse ab.

Jef nimmt den Deckel von der Zuckerdose, steckt sich einen vollen Löffel in den Mund und kaut knirschend. Es schmeckt nach einem ungehorsamen Kindheitsmoment. Aufregend, eklig.

»Zum Henker mit dir! Pfui, aber wirklich!«, flucht Wolf und macht den Deckel zu. Sunny lacht.

*

Rita wurde an der Musikhochschule angenommen, dabei hatte ihre Mutter sie als Kind nur wegen ihrer langen Finger zum Klavierunterricht geschickt.

»Wie war die Prüfung?«, fragte Jef, als Rita am Ende des ersten Semesters nach Hause kam.

»Ich war nicht da«, sagte Rita. »Ich konnte einfach nicht.«

Sie wollte darüber nicht reden, und Jef wusste, es war nicht die Angst vor dem Versagen, es war die Angst, nicht zu versagen und wirklich Musikerin werden zu müssen.

Den Brief, in dem Rita ein Aufenthaltsstipendium für Komposition in einem Haus am Meer angeboten wurde, fand Jef zufällig im Müll.

»Was soll ich denn da?«, sagte Rita, als hätte man ihr ein hässliches Geschenk gemacht.

»Aber du hättest sogar Geld bekommen.«

»Ja, na und. Es geht doch auch so.« Was man ihr dort bot,

war in Ritas Augen kein gerechter Handel. Nichts konnte ihre bedingungslose Freiheit aufwiegen.

Rita fühlte sich in unhaltbaren Zuständen wohl. Und Jef mit ihr.

*

Jef schiebt leer gegessene Teller beiseite. In der Tischmitte stehen Sunnys Pancakes. Wolf teilt Karten aus, und jeder versucht, eine Art Ausgelassenheit vorzutäuschen, was Sunny am leichtesten fällt. Bei guten Karten quietscht sie.

Die Pancakes sind so süß, dass nur Sunny davon essen kann. Inzwischen hat Jef gelernt, die Nuancen in Sunnys Zuckerrauschzuständen zu unterscheiden und bemerkt hinter ihrem flatterhaften Übermut die Anspannung.

Oleksiis Unruhe zeigt sich in seinem Händereiben, bei Wolf in misslaunigem Schweigen und bei Vin in arroganter Coolness.

Jef hat zu viel Kaffee getrunken, braucht mehr Sauerstoff, muss tief einatmen und bekommt doch nicht so viel Luft, wie ihr Körper haben will. Sie ahnt, dass der Plan von Anfang an bescheuert war.

»Was haben wir uns noch mal genau dabei gedacht?«, sagt Jef, »wollten wir nicht eigentlich etwas gegen diese Demütigungen tun? Jetzt sieht es aus, als würden wir uns darauf freuen.«

In dem Moment klappert die Strand mit ihren Armreifen die Treppe herauf. Wolf wirft seine Karten in die Luft, weil er das Spiel verloren hat. Vin hockt auf dem Boden, vor dem Stuhl, auf dem sein Laptop steht und scrollt durch die Playlist. Sunny sitzt zusammengerollt in der Sofaecke, knibbelt an ihren echten Fingernägeln, die ohne die aufgeklebten so leer aussehen, als müssten sie nach der Kosmetikfolter schrecklich wehtun. Mit der anderen Hand wischt sie über ihr Handy und gähnt ausgiebig. Wenn sie weniger süß aussähe, überlegt Jef, würde Sunnys Hemmungslosigkeit völlig verkommen wirken.

Die Strand marschiert in den Saal und ruft schon von Weitem: »Du darfst mir mal gleich einen Stuhl holen, Wolfram, danke sehr!«

Wolf springt auf, stößt sich am Tisch das Knie, und in dem Moment, da die Strand die Sitzgruppe erreicht, steht ihr Stuhl bereit. Sie überblickt die Situation und setzt sich. »Oleksii, und du darfst mir rasch einen frischen Teller und eine Gabel holen gehen, danke sehr.« Oleksii lässt seine Karten fallen und läuft hinunter. Alle schweigen eine Weile betreten, und es sieht aus, als hätte die Strand wieder einen besseren Plan als die Stipendiaten. Sie räuspert sich und sieht zurückgelehnt an die Decke. Die Arme verschränkt, wartet sie, dann geht die Musik aus. »Scheiße, Akku alle«, sagt Vin und verschwindet, um ein Kabel zu holen. Die Strand schweigt. Schließlich sagt sie in die Stille. »Entsetzlich, dieser Saal!« Sie zeigt auf den Nudelsalat, lässt ihn sich von Oleksii auf ihren Teller schaufeln, spießt jede Nudel einzeln auf, fuchtelt mit der Gabel und fängt kauend an zu reden: »Achtzig Betten standen hier drin. Könnt ihr euch das vorstellen? Das war der Schlafsaal. Hier der Mittelgang«, sie deutet mit der Gabel Richtung Bogenfenster, »hier zwei Reihen, da zwei Reihen. Dabei hätten wir alle Sechsbettzimmer haben können. Aber nein, aus den Zimmern haben sie die Verwaltungsräume und Klassenzimmer gemacht, damit sie uns alle im Blick hatten. Ihr glaubt nicht, was wir alles erfunden haben. Strohpuppen haben wir gebastelt und in unsere Betten gelegt, um abzuhauen.«

Ihre Stimme ist nicht mehr so geschraubt. Vin kommt mit dem Kabel zurück, steckt es ein, dreht an den Reglern auf seiner Box. Plötzlich dröhnt die Musik für einem Moment mit höchster Lautstärke durch den Saal. Sunny lässt vor Schreck ihr Handy fallen, Oleksii reißt den Kopf hoch, als würde er erwarten, dass die Emporen abstürzen. Alle zucken zusammen, bis auf die Strand. Als wäre sie taub. Unbeirrt spießt sie Nudeln auf und redet weiter. Das Mädcheninternat sei vor vierzig Jahren geschlossen worden, erzählt sie. Da habe ihr Vater mit seiner Frau das Gebäude gekauft und an Künstler vermietet.

»Saniert haben sie natürlich nichts. Das habe ich seitdem am Hals. Danke, Papachen«, sagt sie laut, als wäre sein schwerhöriger Geist im Raum. »Man musste ja damals weit weg in die große Welt. Man konnte sich ja nicht um irgendwelche Kinder kümmern. Man konnte ja nicht mal einen Moment darüber nachdenken, ob man wirklich ständig mit den Lehramtsstudentinnen ein Kind nach dem anderen zeugen musste.«

Sie brüllt jetzt fast, als ginge Papachen im Haus umher. »Nein, das wäre zu viel verlangt. Was soll's. Lässt man das Töchterchen eben im Internat aufwachsen, und wenn es das überlebt hat, wird's schon allein klarkommen. Nur die Söhne, die nimmt man natürlich mit in die Welt. Klar, die Söhne müssen ja nicht im Achtzig-Betten-Saal schlafen. Die kriegen ein eigenes Bett, und sogar eine eigene Mutter kriegen die Söhne! Das Mädchen kann's ja vertragen, von den Lehrern misshandelt zu werden, sich erpressen zu lassen für gute Noten. Für Papachen, damit er es irgendwann hier rausholt, wenn es die besten Noten hat. Was es dafür alles mit sich machen lassen musste, will Papachen gar nicht wissen. Das geht ihn gar nichts an, das bleibt schön vergraben in diesem hässlichen alten Haus! Gab ja schließlich genügend Verstecke. Wenn es eines gab, dann Verstecke. Ja, die gab es wirklich.« Die Strand nickt lange und isst ihre Nudeln. »Außer natürlich im Schlafsaal. Hier gab's keine Verstecke. Hier haben sie dich immer gefunden.«

»Und wo haben die Lehrer gewohnt?«, fragt Vin, der zum ersten Mal seine desinteressierte Haltung aufgegeben hat. Die Strand senkt ihren erhobenen Kopf und legt ihn etwas zur Seite. »Im Nachbarhaus«, sagt sie flüsternd, damit Papachen es nicht hören kann. »Es gab eine geheime Verbindungstür. Ein Judenversteck aus dem Krieg ist das gewesen. Damals mit einem eingepassten Kleiderschrank davor. Wurde später zugemauert.«

»Ich dachte, das sei das Geburtshaus von Professor Strand gewesen«, sagt Jef.

»Geburtshaus, so ein Schwachsinn«, sagt die Strand. »Seine Mutter war damals hier als Putzfrau angestellt, als es noch ein Freizeitheim vom Singverein war. Deshalb wurde er nämlich hier geboren. Wahrscheinlich hat seine Mutter ihn in der Abstellkammer zur Welt gebracht und in einen alten Wischlappen gewickelt. Schönes Geburtshaus!« Sie will nicht mehr heraus aus ihrer schrecklichen Vergangenheit.

»Und warum hat er das Haus gekauft?«, fragt Wolf.

»Ach, warum kauft man in dieser Stadt Häuser?«, fragt die Strand, als wäre die Antwort selbstverständlich.

»Wahrscheinlich eher nicht, um Künstler darin arbeiten zu lassen, oder?«, sagt Wolf.

»Nein, wahrscheinlich nicht!« Die Strand lächelt kalt. »Was weiß ich, weil sich die Gelegenheit ergab, weil jemand wollte, dass er es kauft, eine kleine Rache, damit es nicht der kriegt, dem hier sowieso schon alles gehört. Frag einen Künstler, warum er Kunst macht. Interessanter wäre, warum er sich nicht um seine Kinder geschert hat, oder warum er es in neunundneunzig Jahren nicht hingekriegt hat, mal ein verdammtes Testament zu machen! Das wird nie einer verstehen. Tot oder lebendig.«

Abrupt steht sie auf und lässt ihren leeren Teller auf den Tisch fallen. »Ziemlich ekelhaft euer Nudelsalat übrigens. Wer hat den gemacht?« Die Strand sieht in die Runde. Wolf hebt unauffällig den Zeigefinger. »Du?«, sagt die Strand. »Nächsten Montag will ich hier eine anständige Präsentation sehen. Und du fängst an, Wolf. Wenn wir hier nichts anbieten können, wird das Haus nächsten Sommer abgerissen. Feierabend. Keine Sanierung und ihr seid schuld. Tja, so ist das. Wird hier allerdings kaum jemanden interessieren.« Sie klappert mit den Armreifen und marschiert die Treppe hinunter. Ihre Absätze hallen lange nach.

»Okay. Fahren wir nach Hause«, sagt Vin, räumt ein paar Teller zusammen und steht auf. Außer ihm bewegt sich niemand. »Was ist denn los mit euch?« Vin stellt die Teller ab. »Seht ihr nicht, was hier abgeht? Die Alte ist doch komplett krank. Schlimmer als die andere Alte!« Vin tritt gegen das Sofa. »Das Haus kotzt mich an. Alles kaputt hier.«

Er läuft hin und her, als müsste er seine Wut bewegen, und flucht über die unsympathischen Menschen in dieser spießigen Stadt und sogar über das ewig schlechte Wetter, bis Wolf ihn unterbricht.

»Ich bleib hier«, sagt Wolf, als ließe sich darüber nicht diskutieren.

»Ich auch«, sagt Jef, und ihre Stimme klingt nicht so sicher wie Wolfs. Womöglich ist herauszuhören, dass sie bleiben muss. Ihre Wohnung ist vermietet, und ein Leben, in das sie zurückkehren will, hat sie nicht.

»Ich hab doch meine ganze Technik hier«, sagt Oleksii.

»Mama holt dich bestimmt ab, wenn du ihr sagst, dass die Strand dir kein Mittagessen kocht, Olekschischki«, sagt Vin und lacht gehässig.

Sunny kaut an ihren Nägeln, sieht Vin irritiert an, als hätte sie etwas verpasst. »Nur weil die jetzt keine eheliche Tochter ist, oder was? Dafür kann sie doch nichts. Und wenn das Haus abgerissen wird, na und? Wird uns ja keiner den Kopf abreißen, oder? Kann uns doch egal sein. Sind wir weg.«

Vin verdreht die Augen: »Dir reißt eh niemand den Kopf ab.«

Die Niedergeschlagenheit, mit der Jef in ihr Zimmer geht, wäre ihr zu Hause lebensgefährlich vorgekommen. Hier sind die anderen und haben das gleiche Problem. Hier ist sie nicht allein. Als sie nachts aufwacht, um pinkeln zu gehen, liegt wieder Oleksii schlafend neben ihr.

Am Morgen wird sie ungeduldig von ihm geweckt. »Wir hatten alle Ketten an den Füßen. Goldene Ketten und mussten den ganzen Tag kochen und Fenster putzen. Und ich hab überlegt, wie wir die Ketten loswerden. Aber ihr habt mich alle nicht verstanden, und du hast auf den Fensterbrettern Blumen gepflanzt und gefragt: ›Wieso denn? Sind doch schöne Ketten.‹ Und hast mir die Glitzersteine auf deinem Fußring gezeigt. Das sind Brillanten, hast du gesagt, aber ich wusste, dass die nur aus Glas waren. Du wolltest mir nicht glauben.«

Oleksii ist noch ganz verzweifelt über seine schreckliche Lage und sieht Jef an, als müsste sie sich für ihr Benehmen in seinem Traum entschuldigen.

»Das waren wirklich Brillanten!«, sagt Jef. »Hättest du mich zehn Minuten weiterschlafen lassen, hätte ich dir meinen Fluchtplan verraten, und wir wären jetzt reich.«

»Jetzt weiß ich auch, warum ich hier ständig solche Träume habe. Weil nachts die Geister von diesen misshandelten Schülerinnen aufwachen«, sagt Oleksii mit düsterer Stimme und rutscht zurück unter seine Decke. Aus den Kissen sagt er so leise, dass es kaum zu verstehen ist: »Meine Freundin darf nie erfahren, dass ich mit einer Frau im selben Bett schlafe, die in einem Sexshop arbeitet.«

»Ich arbeite gar nicht im Sexshop«, sagt Jef. »Ich weiß nicht, warum ich das erzählt habe. Ich war nur einmal für einen Job in so einem Laden und hab für die Inhaberin einen halben Tag lang Erotikbilder an die Wände montiert und die Beratungsgespräche mitgehört. Danach hat sie mir ein paar violette Joy-Balls geschenkt, und ich hab gefragt, ob sie eine Aushilfe bräuchte. Ich durfte einen Tag zur Probe arbeiten, da war nicht viel los. Danach hat sie sich nie wieder gemeldet.«

Oleksii schüttelt den Kopf. »Du bist komisch, Jef.«

»Ich werd das in meine Choreografie einbauen. Das mit den achtzig Betten und so. Hab ein paar Ideen«, sagt Sunny beim Frühstück.

»Ob in einem Mädcheninternat nicht besser nur Frauen arbeiten sollten?«, sagt Oleksii.

»Wieso? Weil man von Männern nicht erwarten kann, sich zu benehmen?«, fragt Jef, und Oleksii sieht zu Sunny. »Mädchen sind manchmal so unfassbar schön, da kann man sich als Mann einfach gar nicht mehr konzentrieren.«

»Und wer hat dir bitte erzählt, dass es bei Frauen anders wäre?«, sagt Jef.

Jef zeigt auf Oleksiis Schulter. »Wenn ich mir deine Schultern unter diesem engen Shirt ansehe, kann ich mich auch nicht mehr konzentrieren.«

»Du findest meine Schultern schön?«, fragt er verblüfft.

»Ja«, sagt Jef und schubst Sunny.

»Sag doch auch mal was! Die sind doch schön, oder?«

Sunny lacht verlegen.

»Ja, auf jeden Fall sind die schön«, sagt sie, und Oleksii strahlt.

»Könnt ihr das noch mal sagen? Noch mal anders formuliert, oder so?«

Sunny streichelt seine Schulter: »Du hast wirklich besonders schöne Schultern, lieber Oleksii.«

Jef weiß selbst nicht, warum sie erzählt, wie erotisch sie manchmal schon das Klappern einer Gürtelschnalle fände, wenn jemand ungeduldig seine Hose öffnete. Sie versteht nicht, warum sie überhaupt diesen Vortrag hält, als würde sie Kinder darüber belehren, wie unwesentlich die Unterschiede zwischen Männern und Frauen sind.

*

Rita fing an, in der Kunsthochschule Aktmodell zu stehen, und Jef hörte damit auf. Seit sowohl Ritas Mutter als auch Jefs Eltern keinen Unterhalt mehr zahlten, brauchte wenigstens eine von ihnen einen festen Job. So fing Jef, ein halbes Jahr nach ihrem Abschluss als Visual-Communication-Designerin, bei Laddu an.

Nur auf einen letzten Akt-Job hatte Jef sich eingelassen. Es gab hundert Euro. Viel mehr als üblich. Es war Januar, und auf dem Küchentisch lag eine Rechnung für die Betriebskostennachzahlung. Jef sollte diesmal nicht in die Schule kommen. Strand wollte sie in seinem Atelier haben. Er wollte sie nicht zeichnen, sondern fotografieren.

»Wieso will der mich fotografieren?«

Rita wunderte das nicht. »Der will dich später zeichnen oder die Fotos zerschneiden oder übermalen, bekleben, bedrucken, oder was weiß ich.«

Eigentlich war es Jef egal, was Strand mit den Fotos wollte. Hingegangen war sie, weil sie sich von ihm auf eine unbestimmte Weise ernst genommen fühlte.

Networking Campus las Jef in großen weißen Leuchtbuchstaben über der Toreinfahrt der ehemaligen Fabrik. *Büro- und Ateliergemeinschaft* stand klein darunter, als schämten sich die deutschen Buchstaben für die hölzerne Sprache.

Atelier Strand – Aufgang C, 5. Etage. Jef fuhr mit einem alten Industriefahrstuhl hinauf und fror in dem Metallkäfig schon bei der Vorstellung, sich gleich ausziehen zu müssen. Das Atelier war groß, weiß, leer, aber gut geheizt. Jef sah, es gab keine Wand, an der die hässlichen Heizkörper nicht im Bild sein würden. Manchmal blitzte seine kleine analoge Kompaktkamera, was eine schreckliche Hautfarbe ergeben würde. Sie sagte nichts. Es war egal. Offenbar sah Strand etwas anderes.

Der Alte war fast blind, stützte sich mit der freien Hand auf seinen Stock, konnte die Symbole auf seiner Kompaktknipse nicht erkennen und fragte seinen Assistenten, ob das die Automatikeinstellung sei. Die Knöpfe waren zu klein für seine zittrigen Finger. Vielleicht sah er Jef gar nicht als Mensch aus Fleisch und Blut, sondern als verschwommene Zeichnung aus Tusche und Wasser oder als eine Art Skulptur, dachte Jef. Was Künstler eben so wahrnehmen.

Jef fühlte sich nicht so nackt wie beim Zeichenkurs, wo alle Augen auf sie gerichtet gewesen waren. Vielleicht lag es daran, dass der Assistent sie höflich ignorierte und Strand eine Kamera im Gesicht hatte.

»Leg dich mal hin«, sagte Strand mit knarrender Stimme. Im Gegensatz zu den Abenden in der Kunstschule, an denen er ständig geredet hatte, sprach er im Atelier wenig.

»Wie denn?«, fragte Jef.

»Seilartig«, sagte Strand, »so als hätte dich jemand fallen gelassen.«

Er stelzte um sie herum. Sein greiser Körper war in diesem Moment zu einer erstaunlichen Geschmeidigkeit fähig. Drahtige Haare, wie weiße Spinnenbeine, sah Jef auf seiner Glatze liegen, so nahe kam er. Die altersfleckige Haut endlos gefaltet wie eine zu große Hülle. Es kostete ihn Mühe, ein kleines Dreieck offen zu halten von dem Faltenvorhang, der sich über seinen schwarzen Lurchaugen schließen wollte.

Von der Vorstellung, Jef als Seil zu betrachten, war er ganz begeistert. »Als hätte man dich hier abgelegt«, sagte er leise. »Als würdest du darauf warten, dass dich jemand aufhebt und an einen Schlitten bindet, um ihn durch den Schnee zu ziehen.«

In der Sprache der Navajo gebe es ein Verb für: Ich, groß, dünn, liege seilartig auf dem Boden, erklärte er. Wie im Unterricht reichte ihm der Assistent ein Stück Zeichenkohle, und Strand schrieb auf die Holzrückwand einer Staffelei: *sélá*.

Als Jef das Gebäude verließ, blieb sie in der Toreinfahrt stehen, las die Schilder und begegnete Ritas Mutter. Sie habe sich hier einen Arbeitsplatz gemietet, im Share-Office, Aufgang C, sagte Ritas Mutter und zeigte zu dem eisernen Lastenaufzug. Das sei gut, um eine Arbeitsadresse und einen Arbeitsweg zu haben und lauter junge Leute um sich. Sie würde gerade an einem neuen Dokumentarfilm arbeiten, müsse viel recherchieren, schreiben und Gelder beantragen. »Und was machst du hier?«, fragte sie.

Ritas Mutter kam Jef viel jünger vor als ihre eigene, dabei war es eigentlich andersherum. Jef behauptete, sie habe sich nur den historischen Fabrikhof ansehen wollen. »Hab ein paar Fotos gemacht.«

Auf dem Heimweg dachte sie, dass Leute also freiberuflich arbeiteten und es irgendwie hinbekamen.

Von da an sollte sich die Sehnsucht in ihrem Hinterkopf festsetzen, irgendwann als Grafikerin selbstständig zu arbeiten, wenn sie sich bei Laddu ein Polster angelegt hätte.

Zu sehen bekam Jef die Aktfotos nicht. Nur Professor Strand war sie später einmal wiederbegegnet. Mit Stock und Hut saß er auf dem bronzenen Stiefel eines Monuments vor der Hochschule und wartete auf ein bestelltes Taxi. Jef grüßte ihn. Er erkannte sie nicht mehr.

*

Jef erkennt Therese an der Mütze mit den Goldbroschen. Bis auf diesen billigen Schmuck sieht Therese aus, wie Obdachlose eben aussehen, Plastiktüten mit leeren Flaschen tragend. Jef ist auf dem Weg zum Bäcker und wäre beinahe an Therese vorbeigegangen, wie man an Obdachlosen vorbeigeht, die man dort gewohnt ist, wo die Stadt am vollsten ist.

Hier draußen kommt sie ihr verletzbarer vor als im Haus. Therese bleibt an der Straßenecke stehen, wartet auf die vorbeifahrenden Autos und wirkt unsichtbar. Plötzlich reißt jemand an Thereses Kragen, ein Lkw fährt hupend um die Ecke, und Therese fällt auf den Rücken. Jef läuft zu ihr und sammelt die weggerollten Flaschen ein.

»Warum passen Sie denn nicht auf?«, sagt sie wie zu einem

Kind. Therese sieht Jef mit aufgerissenen Augen an. »Du bist doch nicht gegen sie, oder? Bist du gegen sie?«

»Nein, ich bin nicht gegen Sie! Aber Sie müssen doch aufpassen, verdammt noch mal!«

»Du bist doch gegen sie«, jammert Therese und bleibt auf der Straße sitzen. »Irgendwann muss man ja schließlich mal losgehen.« Sie stöhnt.

Jef stellt sich vor, Therese läge jetzt tot auf der Straße. Später in der Küche würden sie über Therese reden, und es käme ihr schrecklich vor, sich nicht um sie gekümmert zu haben.

Therese sammelt die Flaschen in ihre Tüten. »Weißt du eigentlich, wie alt sie ist?«, fragt Therese.

»Nein. Wie alt sind Sie denn?«

»Sie weiß es nicht. Auf jeden Fall über siebzig. So alt wird sie wohl sein. Vielleicht älter.«

Jef zieht sie an den Ellenbogen nach oben. »Kommen Sie hoch. Sie können hier nicht sitzen!«

Zusammen gehen sie über die Straße, laufen langsam nebeneinanderher. »Geht doch, geht doch, geht doch«, sagt Therese, nimmt Jefs Arm trotzdem und tätschelt ihre Hand, als wäre Jef es, die gerade auf der Straße lag.

Nachdem sie die Flaschen in den Automaten gesteckt haben, lässt Therese den Bon liegen. Aus einem dummen Grund hat Jef sich auf dem Weg zum Flaschenautomaten eingebildet, Therese würde von dem Geld Schnaps kaufen. Um nicht zu frieren und um überhaupt dieses armselige Leben auszuhalten.

Jef steckt den Bon in Thereses Jackentasche. »Sie können das Geld doch nicht verschenken!«

Therese will den Bon nicht. »Fang bloß nicht mit Geld an. Das wirst du nie wieder los!«, sagt Therese. Schnaps will sie auch keinen. Nur Jef will jetzt Schnaps. Es ist wie ein nicht eingehaltenes Versprechen. Als wäre ein Werbespot in ihrem Hirn abgelaufen, der sagt: Stell dir vor, du bist in einer kalten Stadt unterwegs und teilst dir im Park mit jemandem eine Flasche Rum.

Auf der Bank am See werden sie von den Spaziergängern gemustert. Jef hat es offenbar geschafft, bemerkt zu werden in dieser Stadt, in der es üblich ist, aneinander vorbeizusehen.

Therese nippt an dem Rum, den Jef gekauft hat, und schüttelt sich. »Beißt! Erzähl ihr doch mal was, Kindchen, red mit ihr, wie ganz normale Leute. Wir sind doch ganz normale Leute, oder? Plauderst du ein bisschen über Liebschaften, ja.«

Jef seufzt und fängt an, von gescheiterten Beziehungen zu erzählen. Obwohl sie nicht sicher ist, dass Therese zuhört.

»Wissen Sie, ich hab gedacht mit dem richtigen Mann weiß ich, was wichtig und was unwichtig ist. Aber nichts hat sich richtig greifen lassen.« Jef fasst in die Luft, um zu zeigen, wie es sich angefühlt hat. »Verstehen Sie, was ich meine?«

Therese nickt. »Mit wem du das Bett teilst, musst du auch die Träume teilen«, sagt sie.

»Haben Sie mal mit jemandem Ihre Träume geteilt?«, fragt Jef.

»Na eben, jaja«, sagt Therese. »Sie musste doch in diesen Möbeln wohnen, sie benutzen, und der Frankie aus Amerika war ja Architekt. Da hat sie mit ihm in der Ausstellung übernachtet. Sie musste doch die Materialien anfassen, um zu wissen, ob sie das wirklich studieren wollte. Die wollten sie ja nehmen an der Uni, wegen dieser besonderen künstlerischen Begabung, oder so, aber dann sollte sie versprechen, dass sie vorher in die Psychiatrie geht. Als sie da ankam mit ihrer Tasche, hatten die alle auf sie gewartet und ihr Tabletten hingehalten. Sie hat doch das Wasser, hat sie gesagt. Welches Wasser denn? Haben die gefragt. Die hatten ja überhaupt keine Ahnung, die Deppen. Zwei Wochen wurde sie eingesperrt. Dann mussten die sie rauslassen, weil, sie war ja gar nicht verrückt. Das haben die irgendwann gemerkt. An der Uni wollte sich keiner mehr daran erinnern, dass man sie nehmen wollte. Das Semester hatte angefangen, und sie könnte ja als Gasthörerin in die Vorlesungen gehen, sagten die, und haben sie von einem Büro ins nächste geschickt. Das war wirklich eine Irrenanstalt, diese Uni, und sie hat zu denen gesagt: Sie geht doch nicht von einer Klapsmühle in die nächste!« Therese tippt sich an die Stirn. »Sie hatte doch das Wasser«, sagt sie und sieht auf den See.

»Ja, eben. Sie hatten ja das Wasser«, sagt Jef.

Therese nickt: »Man muss nur da sein, wo das Wasser ist.«

Jef fragt sich, warum sie Therese für verrückt gehalten hat. Je betrunkener Jef wird, umso klarer werden ihr Thereses Worte. Sie sind jetzt beide bei Verstand und haben sich in der Mitte getroffen. Jef sieht in Thereses verlebte Augen, die mit einem bläulichen Schleier überzogen sind, in dem sich der See spiegelt. »Sie können das selber entscheiden, ob Sie verrückt sind oder nicht. Stimmt's?« Therese sieht ernst auf den See. »Nein, Kindchen. Du kannst das entscheiden.«

Jef erzählt, sie habe sich im Studium auch wie in einer Irrenanstalt gefühlt. »Eine Studentin hatte in der Hochschule Altare mit Barbies gebaut. Sogar in der Mensa, und man musste ihnen Reiskörner spenden. Die Reinigungsleute fegten die Altare ständig weg. Eine Künstlergruppe hatte an alle Türen, an denen »Drücken« oder »Ziehen« stand, andere Verben geschrieben und Ärger mit dem Hausmeister bekommen. ›Flüchten‹, ›Kriechen‹, ›Kämpfen‹ oder ›Verhandeln‹ stand dann da.« Jef schüttelt den Kopf und trinkt aus der Flasche. »So ein Schwachsinn. Was haben die davon?«

Sie schweigen eine Weile, und als Jef das Thema fast vergessen hat, sagt Therese: »Weißt du, wenn du nichts mehr hast, die Kunst hast du immer. Da kannst du ausharren, und manchmal musst du ausharren zum Überleben. Was überstehen. Auf bessere Zeiten warten. So macht sie das lange schon. Sonst wäre sie ja nicht mehr da. In der Höhle damals, oben auf dem Berg, da hat sie Kunst gelernt und ihre Höhlenarbeiten gemacht, und das hilft ihr ja heute noch. Da war die ganze Welt verschwunden, aber in ihrem Kopf, da hat sie sich eine neue Welt gemacht. Sie hat aus trockenen Gräsern Puppen geflochten, die konnten Fangen und Verstecken spielen, und dann hat sie mit Holzkohle Zeichen auf Steine gemalt. Das hat die Paranoia verjagt.« Therese tippt gegen die Stirn. »Hier oben konnte sie die Höhle jederzeit verlassen, auch wenn draußen Sturm und Gewitter war. Dazu haben wir die Kunst, verstehst du? Zum Überleben, wenn wir nichts mehr haben. Wenn deine Umgebung ganz eng wird, dann wird dein Geist ganz weit. Dann kannst du alles überblicken und musst dich weder ärgern noch fürchten. Immer geht's nur darum, dass alles fortbesteht. Ist das nicht wunderschön?«

Jef nimmt Thereses Hand. »Und Sie sind auch wunderschön!«

Therese lacht und wirft den Kopf zurück. »Ach was! Eine alte Hexe ist sie geworden.«

»Warum haben Sie denn in einer Höhle gewohnt?«

»Weggelaufen ist sie und hat sich von Wurzeln und Beeren und Heilwasser ernährt.«

»Aber doch nicht im Winter, oder?«, sagt Jef.

»Na, im Winter hat sie wohl im Haus leben müssen. Sie ist ja kein Murmeltier.«

»Sind Sie auch in diesem Internat aufgewachsen? Und war Ihre Mutter auch Lehrerin?«

Therese schüttelt den Kopf. »Mutter hatte sie keine. Sonst hätt sie sicher selbst eine bessere sein können.«

Als es dunkel wird, ist der halbe Rum ausgetrunken.

»Und warum wohnen Sie hinter dem Schrank? Haben Sie keine Verwandten?«

Therese sieht auf den See und nickt. »Sie hat es nicht anders verdient, weißt du. Sie hätte den Jungen damals nicht beim Einkaufen vergessen dürfen. Es ist ihr ja noch eingefallen und sie hat ihn holen wollen, aber es war zu spät, und da hatten die ihn schon mitgenommen. Und dann durfte sie ihn nicht zurückhaben. Die haben ihn einfach behalten.« Thereses Mund wird schmal, sie presst die Lippen aufeinander und nickt.

»Wer hat ihn denn mitgenommen?«, fragt Jef. Therese schüttelt sich.

»Die Gerburg konnte ja keine Kinder. Aber sie konnte Kinder. Sie hätt noch viel mehr gekonnt. Gedurft hat sie nicht. Verboten haben sie ihr das.«

»Wer hat Ihnen das Kinderkriegen verboten?«

»Na, diese Psychopathen in der Anstalt!«

Auf die Frage nach dem Vater ihres Sohnes zuckt Therese mit den Schultern. »Das weiß sie nicht, Kindchen. Sie weiß es nicht. Das wird wohl dieser Frankie aus Amerika gewesen sein. Ja, sie denkt schon, der war's.«

»Warum hat Ihnen die Strand, die Gerburg meine ich, warum konnte die Ihnen denn bloß Ihren Sohn wegnehmen?«

»Na ja, sie hat ja nicht gesagt, dass es wahrscheinlich der Frankie war, der ist ja zurück nach Amerika. Sie hat ja gesagt, der Bankdirektor war's. Aber der war's gar nicht.«

Jef wird zum ersten Mal klar: Tigerlein und Therese und die Strand gehören zur selben Generation. Sie fragt sich, ob sie Therese für älter gehalten hat und die Strand für jünger, oder ob Therese einfach nicht mit diesen Menschen in Zusammenhang zu bringen ist. Therese sieht auch aus, als frage sie sich, wie das nur möglich gewesen ist.

»Warum haben Sie denn das gesagt?«, fragt Jef.

»Ach, was weiß sie denn heute. Ist ja lange her. Dem schadet's nicht, wird sie wohl gedacht haben. Ist wenigstens der Junge versorgt. Wie sie später gesagt hat, der war's doch nicht, wollt ihr ja keiner mehr zuhören.«

Jef will protestieren und findet, man hätte doch erst mal

einen Vaterschaftstest machen müssen. Aber dann sagt sie es doch nicht.

»Sie hat kein gutes Leben verdient, Schätzchen. Sie ist eine schlechte Mutter. Sie hat den Jungen vergessen, und da kann man nun mal kein Kind haben, wenn man es vergisst.« Therese hat die Hände in den Schoß gelegt, sitzt steif wie vor Gericht, während Jef halb auf der Bank liegt.

»Ach, das passiert doch jedem mal, dass man sein Kind vergisst. Wenn es noch so neu ist, braucht man ja erst mal eine Weile, um sich dran zu gewöhnen.«

»Sie ist ja selber schuld. Sie weiß es ja«, sagt Therese.

Schweigend sehen sie aufs Wasser.

»Trossberg!«, sagt Therese plötzlich.

»Was?«

»Hattest du nicht gefragt, wie ihr Nachname ist?«

»Nein.«

»Ach so.«

»Sie heißen Trossberg? Therese Trossberg?«

»Ja«, sagt Therese. »Ist ihr gerade wieder eingefallen. Findest du den Namen komisch?«

»Nein«, sagt Jef. »Gar nicht. Klingt doch ganz normal.«

Sie sehen auf den See.

»Waren Sie verwandt mit dem alten Strand? Ist Gerburg ihre Schwester?«, fragt Jef. »Halbschwester, oder so?«

Therese sieht Jef irritiert an. »Nein, nein. Das war sie mal. Das ist lange vorbei!«

»Aber Therese, man kann doch nicht ändern, mit wem man verwandt ist. Blutsverwandtschaft geht nicht vorbei.«

Therese nickt. »Doch, doch! Das ist ganz lange vorbei.«

Therese hat diese entschlossene Haltung. Mit den Händen im Schoß sitzt sie da, als wäre es notwendig, ihr Recht auf diesen Platz, ihr Recht auf das Leben zu verteidigen. »Siehst du die Luftmoleküle?«, fragt sie.

Jef würde gerne Luftmoleküle sehen und strengt sich unheimlich an. »Nein. Sehe nichts.«

»Siehst du nur nicht, weil du es nicht für möglich hältst«, sagt Therese. »Das ist die Erddrehung. Sie weiß nur nicht, in welche Richtung die Teilchen rasen. Von rechts oben nach links unten oder andersrum. Dafür sind sie viel zu schnell.«

Jef starrt in die Luft über dem Wasser und will verdammt noch mal unbedingt die Erddrehung sehen. Sie stellt ihre Augen, so scharf sie kann.

»Bin zu betrunken«, sagt Jef, obwohl Trunkenheit vielleicht das Einzige ist, das ihr jetzt beim Sehen der Erddrehung helfen könnte.

Ein Mann, ungefähr in ihrem Alter, schlendert am See einem Kleinkind mit Puddinggesicht hinterher und lächelt Jef an oder lacht sie aus.

Jef stellt sich eine dicke Frau vor, die es irgendwo geben muss und die sein dickes Kind für ihn geboren hat. Jetzt läuft er damit am See herum. Warum will mit ihr niemand ein dickes Kind haben?

»Haben Sie diesen Frankie aus Amerika geliebt, Therese?«

Therese ist, so wie sie dasitzt, eingeschlafen. Als Jef sie weckt, erkennt Therese sie nicht und fürchtet sich für einen Moment.

»Sie wären fast überfahren worden. Wir haben zusammen Rum gekauft, erinnern Sie sich?«

Therese sieht Jef erschrocken an.

»Ich bin nicht gegen Sie«, sagt Jef, bevor Therese fragen kann.

Auf dem Rückweg gehen sie durch die Fußgängerzone an den Restaurants vorbei. Jef erzählt, sie würde sich zu Hause an manchen Abenden so einsam fühlen, dass sie durch die Fußgängerzone ginge und sich mit den Männern unterhalte, die vor den Touristenclubs stehen, um die Urlauber hineinzulocken. »Die wollen immer quatschen und sind ungefährlich, weil sie ja nicht wegkönnen. Wie angeleinte Hunde.«

»Reden hilft auch nicht«, sagt Therese und zeigt nach oben auf den Berg. »Der Berg. Der hilft. Aber da geht sie nicht mehr rauf. Früher hat sie mal einen bei der Seilbahn gekannt, der hat sie mit raufgenommen«, sagt Therese. »Jetzt wollen die Geld von ihr. Dummköpfe!«

Dass Therese nicht mehr auf den Berg kann, findet Jef unerträglich traurig.

»Sie darf sowieso nicht rauf«, sagt Therese und lacht, »sie würde umkommen dort oben. Das liegt an ihrer Sucht.«

»An welcher Sucht denn?«, fragt Jef, und Therese erklärt, die Unendlichkeit wolle sie hinunterziehen und mitnehmen.

»Wohin? Zu ihrem Frankie aus Amerika?«

Therese bleibt stehen und sieht Jef an. Das betuliche Gesicht ist abgefallen und darunter erscheint ein empörtes. Für einen Moment erschrickt Jef und hat das Gefühl, Therese stünde als Schauspielerin vor ihr, der man die Rolle weggenommen hat. Jef würde die Maske der verschrobenen Alten am liebsten vom Boden aufheben, abputzen und zurückgeben.

»Woher weißt du denn von ihrem Frankie?«

»Haben Sie mir selbst erzählt«, sagt Jef.

Da lacht Therese, wie sie oft lacht, und sagt: »Sie wurde geliebt. Sie wurde verrückt. Sie wurde vergessen.« Dreimal nickt sie dazu, macht einen langen Hals, wie eine Schildkröte. »So war das«, sagt sie noch, dreht sich um und geht weiter.

In dieser Nacht kommt Oleksii nicht. Jef muss an ein Haustier denken, um das man sich gleich Sorgen macht, wenn es nicht seinen Gewohnheiten folgt.

Es ist nach Mitternacht. Jef steht am Fenster und sieht durch die braunen Blätter der Platane, die so dicht am Haus steht, dass beinahe ihre Zweige hineinwachsen. Die kleinen Samenkugeln baumeln herum wie lautlose Schellen.

Jef stellt sich vor, in den Baum zu klettern. Die Menschen

wohnen gerne oben, weil sie in Bäumen leben wollen. Bestimmt ist das ein lange vererbter Urinstinkt, zum Schutz vor Kriechtieren. Sie macht das Licht aus, stellt sich vor dem Fenster mitten in den Baum und schiebt die Hand in ihre Jeans. Sie denkt an Vin, obwohl sie nicht an ihn denken will.

*

Als Jef Rita sagen musste, dass sie ihr blaues Wildseidentuch verloren hatte, drehte Rita den Kopf weg, damit Jef ihr Gesicht nicht sehen konnte. Jef hatte von ihrem ersten Laddu-Gehalt zwei andere blaue Seidentücher gekauft. Keines war so leuchtend wie das verlorene. Ein so feiner Stoff war nicht zu bekommen. Rita nahm eines, sagte, es sei nicht zu ändern, und Jef spürte: Etwas war jetzt anders. Rita hatte es ihr nicht mal geborgt. Jef hatte es sich genommen und in einer Bar verloren, nachdem sie es achtlos in den Ärmel ihres Mantels gestopft hatte. Eine Stunde lang hatte sie alles durchsucht, war sogar am nächsten Tag zurückgekommen. Aber es blieb weg und unersetzbar.

Das muss der Auslöser gewesen sein, dachte Jef später. Das verlorene Tuch durfte sie nicht mehr erwähnen. Rita wollte an ihre eigene Empfindlichkeit nicht erinnert werden.

»Du kannst dir die Miete ja jetzt allein leisten«, sagte Rita, während sie ihre große Tasche packte, mit der sie damals eingezogen war. »Ich hab dich lieb, es ist alles in Ordnung. Ich bin ehrlich bis zur Körperverletzung, das weißt du doch. Du hast nichts falsch gemacht, aber ich muss jetzt mal weg.« Das hatte Rita vorher schon zwei Mal gesagt und war für ein paar Wochen ausgezogen oder verreist. Jef war klar, Rita würde das immer wieder tun und irgendwann nicht mehr zurückkommen.

Jef saß in Ritas Zimmer, das nach ihrem Auszug kaum leerer war, und wusste, sie war komplett unbrauchbar geworden für Rita. Und ohne Rita war Jef auch für sich selbst unbrauchbar.

Es hatte keinen Streit gegeben, keinen Vorwurf. Nichts. Nur

das verlorene Tuch. Rita ging nicht mehr ans Telefon, beantwortete keine Nachricht.

Jef begann, jeden Gedanken an Rita zu ersticken und war mit dieser schweren Aufgabe so sehr beschäftigt, dass für eigene Gedanken kaum noch Kraft blieb. Über ihre Sinne hatte Rita eine Kelle kaltes Wasser geschüttet, wie um die Glut zu löschen, damit hinter ihr kein Feuer mehr ausbrechen konnte. Jetzt fühlte Jef sich taub. Rita hatte ihrem Leben den Ton abgedreht. Der Film lief weiter, aber niemand wollte mehr Stummfilme sehen. Obwohl sie sich in ihrer Abneigung gegen asoziale Künstler oft so einig gewesen waren, hatte Jef sich neben Rita doch wie eine coole Künstlerin gefühlt. Dass Jef weder eine coole noch eine uncoole Künstlerin war, zeigte sich erst ohne Rita.

*

Jef nimmt sich vor, ein paar Collagen zu kleben. Flyer, Veranstaltungskalender, Werbebroschüren für Urlauber und Lokalblätter aus den letzten Jahren findet sie auf einem Regal im kleinen Saal. Im Atelier fängt sie an, Gesichter auszuschneiden, Gegenstände, Körperteile, Wörter, halbe Sätze, Buchstaben, Früchte, Pflanzen, Landschaften, und sie verteilt die Schnipsel auf dem Tisch. Anstatt sie zu einem Bild zu arrangieren, fängt sie an, die Werbetexte zu lesen oder aus dem Fenster zu sehen.

Das Licht wird gelbbraun und macht alles flaumig. Die alten Blätter glühen in der vibrierenden Luft. Jef arrangiert ein paar ausgeschnittene Körperteile zusammen mit ausgeschnittenen Werkzeugen aus einer Werbeanzeige. Als sie das nächste Mal aufsieht, hat der Wind klares Licht gebracht und die Bäume sind metallisch scharf gezeichnet.

Sie blättert sich weiter durch die bunten bedruckten Papierberge auf der Suche nach Ausschnitten, die ihr in die Hände fallen wollen. Die abgeschnittenen Reste lässt sie auf den Boden fallen.

Als Jef wieder aus dem Fenster sieht, ist die Luft dumpf geworden und hat Bäume, Blätter, Himmel und Häuser zu einem langweiligen Brei zusammengerührt.

Sie steht auf, besieht ihre Verwüstung. Als sie die Klebstofftube in die Hand nimmt, die sie vor zwei Wochen zu diesem Zweck gekauft hat, überkommt sie plötzlich das unbändige Bedürfnis, auf der Stelle etwas vollkommen anderes zu tun.

Jetzt wünscht sie, jemand würde sie einfach abholen und an Thereses Stelle in eine Psychiatrie stecken, sie betreuen, beschäftigen, behandeln und sich um sie kümmern. Wie angenehm wäre es, sich nicht mehr selbst antreiben zu müssen.

Auf Strümpfen läuft sie hinaus durch ihr Zimmer, durch die Diele, den kleinen Saal, in den großen Saal, setzt sich ans Klavier und beginnt, wahllos Tasten anzuschlagen, als versuchte jemand, auf einem verstimmten Instrument etwas Bekanntes zu spielen. Jefs Herumgeklimper klingt nicht wie Oleksiis ernste Kompositionen. Es ist albern wie auf dem Hühnerklavier in der Großmutterscheune.

»Aha. Und das musste sein?«, sagt Wolf, der auf der Empore sitzt. »Machst du das jetzt öfter?«

»Nein«, sagt Jef und klappt den Deckel zu. »Das war mein einziges Konzert. Exklusiv für dich, Wölfchen.«

Als Jef in die Küche geht und die dreckigen Bodenfliesen sieht, ist es ihr lieber, zu putzen, statt Kunst zu machen.

Sie kniet sich hin, um den Kehricht auf die Schaufel zu fegen.

»Nein, warte noch!«, sagt Therese, die plötzlich hinter ihr steht, und Jef lässt scheppernd die Schaufel fallen. »Warte noch, bis die Tiere auseinandergelaufen sind.«

»Was denn für Tiere?«

Therese ist schon durch die Terrassentür verschwunden. Jef bleibt hocken und sieht auf den Haufen. Schließlich läuft wirklich ein winziger schwarzer Käfer eilig heraus. Aus dem Gewühl von Staub, Sand und Krümelkram sieht sie zwei weitere Käfer von derselben Art und eine kaum sichtbare kleine Spinne wegrennen.

Jedes Mal, wenn Jef Therese begegnet, hat sie den Eindruck, ihr Leben bisher falsch betrachtet zu haben. So war es auch mit Rita gewesen. Warum braucht sie jemanden, der ihr zeigt, wie sie das Leben betrachten soll? Warum reicht ihr eigener Blick nicht?

Jef geht in den Wäschekeller, hängt die Handtücher der anderen auf die Leine, nimmt frische Bettwäsche mit nach oben, bezieht ihr Bett und tut alles so langsam wie möglich, nur um keine Collagen zu machen, so wie sie schon die ganze Zeit keine Collagen macht.

Schließlich sitzt sie doch wieder in ihrem kleinen Atelier. Auf dem Drehstuhl rollt sie sich herum, stößt sich von der Kante ab, legt den Kopf in den Nacken und betrachtet die nackte Glühbirne. Schwer vorstellbar, dass man aus geschmolzenem Sand solche Luftblasen machen kann. Sieht bedeutungsvoll aus: ein runder Glaskörper. Warum denken wir, die große Bedeutung wäre dort, wo wir an die Grenzen unserer Vorstellungskraft kommen? Sie fühlt sich sehr künstlerisch bei diesem Gedanken. Vielleicht hat das Atelier doch einen positiven Einfluss auf meine Fantasie, überlegt Jef. Die Glühbirne verwandelt sich in eine Seifenblase, und Jef wünscht sich, sie würde platzen.

Seit diese Collagen-Schnipsel auf dem Ateliertisch liegen und danach verlangen, zusammengeklebt und weiter durchdacht zu werden, fällt Jef andauernd etwas Wichtigeres ein.

Sie öffnet ihren Laptop, gibt ein *Sonja Albarella Tanz* und findet Sunny im indischen Sari während eines Festivals. *Eine italienische Tänzerin bringt indische Tanz-Kultur nach Deutschland* lautet die Schlagzeile. Von Kevin Müller findet sie eine Webseite, auf der ein paar aus Kunstharz gegossene Teile zu sehen sind; es ist nicht klar, an welchen Körperstellen man sie wie tragen sollte. Es gibt mit archaischen Mustern bemalte Halbschalen, die ein kopfloser Torso auf den Schultern trägt, und dabei aussieht wie ein Käfer. Auch für die Ellenbogen gibt es weiße Panzerflügelchen. Ein nackter Frauenoberkörper trägt zwei milchige Keramikkapseln an einer Kette über flachen Brüsten.

Auf der Webseite gibt es keine Vita, nur eine Lebensphilosophie, die Jef nach dem ersten Satz (*Wir haben Erklärungen gefunden, die unsere Unfreiheit plausibel erscheinen lassen*) nicht weiterliest.

Wolf hat Komparatistik studiert und ist offenbar neben seinem Job im Imbiss auch noch Redakteur einer Lokalzeitung. Jef findet einen Artikel von ihm: *Schulreform nach Platon.* Er schreibt also nicht den ganzen Tag Gedichte, wenn er irgendwo im Haus mit einer Kaffeetasse und einem Sonnenstrahl sitzt.

Zu Oleksii Below gibt es die meisten Einträge. Jef klickt ein Video an, in dem er erklärt, er habe verschiedene Zeitungsmeldungen auf ein Band gesprochen, diese Aufnahmen seinen Musikern über Kopfhörer vorgespielt, wobei die Musiker zu spielen beginnen sollten, sobald sie das Gefühl hätten, ihnen würde etwas vorgelogen. Man sieht vertiefte Musiker, die alle etwas anderes spielen. Manchmal spielen alle gleichzeitig. Mit empörten Gesichtern schwingen sie die Bögen, greifen in die Tasten oder wirbeln Schlagzeugstöcke. Mal spielt nur einer, mit leichtem Zweifel im Blick.

Es gibt Videos von großen Orchestern. Sie spielen etwas, das Jef nicht wie Musik vorkommt. Die Musiker sehen auch nicht begeistert aus. Nur das Publikum wirkt ergriffen.

Über sich selbst findet Jef nichts Verrücktes, nichts Absurdes oder Besonderes, nur ganz vernünftige Schaugrafiken, damit normale Menschen, die nicht lesen wollen, trotzdem verstehen, was sie kaufen, benutzen, besuchen sollen. Jef weiß, dass sie überhaupt etwas findet, liegt nur an ihrem Namen. Jennifer

Marie Brakel. So heißt wirklich niemand. So zu heißen wie niemand, ist aber keine Kunst, und was man über sie finden kann, ist auch keine Kunst. Es sind Auftragsarbeiten für Firmen oder Veranstaltungen.

Wer weiß, ob sie Wolf Badergotz überhaupt gefunden hätte, wenn er nicht auch hieße wie sonst niemand. Seine Gedichte sind im Netz unauffindbar.

Jef holt die Fotokiste aus ihrem Koffer und legt die Bilder auf dem Fußboden des Ateliers aus. Sie sind genauso nichtssagend und provisorisch wie dieses Zimmer. Es ist zum Verzweifeln. Jef kann weder mit den Bildern noch mit diesem Atelier noch mit sich selbst etwas anfangen. Lieber würde sie sich mit Therese und der Rumflasche wieder an den See setzen, unsinniges Zeug reden und dabei sehnsüchtig die Bergspitze betrachten. Aber reden hilft nicht, hat Therese gesagt, und die Seilbahn ist so teuer wie ein paar billige Schuhe.

Jef geht am Abend in die Küche und setzt sich neben Wolf, der in seinen Bratkartoffeln stochert. »Ich nehm Therese mit zum Wandern auf den Berg«, sagt sie und fingert sich Kartoffeln von seinem Teller.

»Bist du irre?«

»Ich bin nicht irre! Therese hat eine Riesensehnsucht nach da oben. Hast du denn überhaupt kein Verständnis für Schicksalsschläge? Man kann doch wohl mal jemandem helfen, oder?«

»Du weißt doch überhaupt nicht, ob sie deine Hilfe will. So was funktioniert nicht. Glaub mir. Du kannst ihr nicht helfen. Manchmal kann man eben nur ehrfürchtig davorstehen und sagen: Wow! Das ist aber mal ein Schicksal, das sich gewaschen hat! Und hör auf, meine Kartoffeln zu essen. Mach dir selber welche.«

In der Nacht kämpft ein Sturm mit dem Haus, oder das Haus kämpft mit dem Sturm. Dann kommt der Regen und will auch noch hinein. Jef wacht erschöpft auf, als hätte sie auf einem Schlachtfeld übernachtet.

*

Jef musste wieder früh aufstehen, wie zuletzt in der Schule. Müde schwamm sie morgens im Großstadtstrom mit und ließ sich in eins der großen Bürogebäude spülen, wie alle anderen. Es war leicht, bei Laddu alles richtig zu machen. Für das Versandhaus hatte sie Produkte zu präsentieren, Inhalte zu produzieren, Lücken zu finden, in die sich Produkte pressen ließen.

Das Arbeitsleben hatte gegen das Privatleben gewonnen. Das Sichere und Einfache gegen das Unberechenbare und Komplizierte.

Jef dachte, sie müsste das nur ein Jahr mitmachen, und wenn sie genug Geld hätte, eigenes Geld, um sich selbstständig zu machen, dann würde das leichte Leben beginnen.

Anfangs amüsierte sich Jef über diese Frau mit dem gequälten Lächeln, die sich jeden Morgen entschuldigend im Gang an ihr vorbeischob, als wollte sie sagen: »Tja, wir sind alle hier gefangen. Sklaven sind wir und müssen uns ergeben.« Mit der Zeit aber wurde Jef sauer auf die Leute mit diesem devoten Leidensgesicht. Die mussten sich verabredet haben, Jef auf ihr trübsinniges Niveau runterzuziehen, damit sie ihre Arbeit genauso widerwillig machte. Solange Jef, zwar nicht mit Begeisterung, aber immerhin mit angenehmer Gleichgültigkeit arbeitete, könnte sie so nicht werden. Dachte sie.

Aber schließlich begann sie doch, sich in der Pause über Kleinigkeiten zu beschweren, und nach ein paar Monaten hatte Jef auch so ein Gesicht. Es drängte sich ihr auf, zwang sich zwischen ihre Gesichtsmuskeln, bis sie nachgaben. Ihre Physiognomie fügte sich. Jef stimmte den anderen zu, wenn sie sich in der Küche beklagten, dass jemand die Spülmaschine falsch eingeräumt hatte oder Tee aus Saftgläsern statt aus Tassen trank.

Sie fing an zu lästern. Sie lästerte mit Leidenschaft über Leute, die regennasse Hunde mit zur Arbeit brachten oder es wagten, die infantilen Freizeitangebote zu nutzen. Das Bedürfnis, zu lästern wurde ihr entscheidender Antrieb, zur Arbeit zu gehen.

Direkt neben ihrem Schreibtisch hing eine gelbe Hängematte zwischen den Säulen, in die Jef sich nicht setzte. Niemand sollte so wütend auf sie werden, wie sie es selbst wurde, wenn sie Leute im Gang an der Ping-Pong-Platte spielen sah. Die Gute-Laune-Geräusche aus dem Band-Proberaum im Keller, von den Playstations, Flipperautomaten, Schaukelstühlen und Sofaecken regten sie auf.

In jeder Etage schwebten Luftballons in Zahlenform. Übrig geblieben von den Geburtstagen der Mitarbeiter schaukelten sie höhnisch in grellbunt über den Monitoren und sahen auf Jef herab, als lachten sie darüber, dass sie hier vollkommen sinnlos älter und älter und älter wurde. Schließlich machten sie die Kollegen aggressiv, die im Gang fröhlich grüßten.

Jefs Verbitterung zeigte sich an den Wochenenden. Sie blieb im Bett, sah Serien, konnte nichts tun, nichts denken, hatte keine Bedürfnisse und fing an, sich selbst zu verachten. Ihr Privatleben hatte sich in nichts aufgelöst, war vom Arbeitsleben verschluckt worden, indem ihr Arbeitsleben tat, als wäre es ihr Privatleben.

»Diese Anstalt ist ein Geschwür, das sich von Leuten wie uns ernährt«, sagte ein Kollege einmal leise in der Müsli-Küche. »Wir sind hier zum Verheizen eingestellt. Wir sind die Kohle im Ofen, nicht das Feuer«, flüsterte er und stopfte sich mit Futterbrei voll. »Ich werde nächsten Monat kündigen«, sagte er mit vollem Mund. Das sagte er seit Jahren.

Jef fühlte sich selbst wie grellbunt blinkender Plastikramsch, der billig verkauft wurde und kaputtging, bevor man ihn nach Hause tragen konnte.

An manchen Tagen lief sie in acht Arbeitsstunden zwanzig Mal zum Klo. Immer wieder musste sie dem Spiegel gegenüberstehen, sehen, ob sie noch da war, und jedes Mal überraschte es sie, nach wie vor auszusehen, wie eine, die dazugehörte. Von innen fühlte es sich anders an. Es muss an den Spiegeln liegen, dachte Jef. In dieser Beleuchtung funkelte sogar billiger Schaufensterschmuck. Zu Hause wurde ihr Gesicht stumpf.

Für ihre Selbstständigkeit hatte Jef nach einem Jahr nicht genug Geld zusammen.

*

Jef durchquert ihr Atelier, sieht auf die ausgebreiteten Fotos, geht hin und her. Es muss doch möglich sein, bei diesem Schwindel mitzumachen, überlegt sie. Immerhin ist der Preis für diesen Aufenthalt ein wertvoller Punkt in ihrem Lebenslauf. Niemand wird ahnen, wie armselig dieses Stipendium in Wahrheit ist. Niemand weiß, dass man hier an den Stipendiaten ebenso desinteressiert ist wie an dem Haus, das die Stadt verfallen lässt.

Vielleicht sollte sie sich ein Beispiel an Therese nehmen. Die hat verstanden, wie der Bluff funktioniert, und weiß das Arrangement zu schätzen.

Jef wird wütend auf ihre Unfähigkeit, etwas zu Ende zu bringen. Es muss sich doch eine Form finden lassen, die man Kunst nennen könnte. Jedes Kindergartenkind kann das, verdammt noch mal. Mit Täuschungen kennt Jef sich schließlich aus. Das ist der Beruf einer Gebrauchsgrafikerin. Man darf nur nicht halbherzig bluffen.

Vielleicht sollte sie die Aktfotos im Saal mit der Tapete verkleben, sodass es aussieht, als schienen sie darunter hervor. Sie könnte erklären, das Haus habe sie dazu inspiriert, sie hätte die Verbundenheit mit dem Mädcheninternat zum Ausdruck bringen wollen. Deterministisch, oder so. Dass die Bilder von Professor Strand aufgenommen sind, würde einen Kreis schließen, indem sie seinen künstlerischen Blick über seinen Tod hinaus hierher zurückgebracht habe, wo er in seiner Kindheit geprägt worden sei. Sie könnte erzählen, was Therese gesagt hatte. Etwas mit Unendlichkeit und zusammenschließen und Wiederholung. Sie könnte Redundanz sagen, damit es nicht so esoterisch klänge, und es würde sicher gut passen zu Oleksiis Gerede über die fraktale Geometrie in der zeitgenössischen Musik, was auch immer das sein soll.

Jef hat jetzt eine Vorstellung davon, wie die Bilder an der Wand aussehen müssen und weiß ungefähr, wie es zu bewerkstelligen ist. Der Körper darf nur bei genauem Hinsehen erkannt werden, nur so durchschimmern.

Es ist, als stünde der Drang, sich künstlerisch auszudrücken, plötzlich vor der Tür. Aus einem verirrten Impuls heraus hat er angeklopft, und Jef muss entscheiden, ob sie ihn ganz einlassen will. Vielleicht ist er nur ein Betrüger, woher soll sie das wissen? Sie kennt sich nicht aus mit künstlerischen Einfällen.

Sie muss Vin von ihrer Tapetenidee erzählen und herausfinden, ob er ihr den Gedanken abnimmt.

Vin steht gegen den Herd gelehnt, die Arme verschränkt, sieht auf den Boden, als versuchte er, sich an etwas Vergessenes zu erinnern.

»Das ist so unfair!«, sagt Sunny.

Oleksii steht vor der offenen Kühlschranktür und löffelt Pudding. Wolf sitzt am Laptop.

»Hier steht, das Geld muss zurückgezahlt werden bei Abbruch des Aufenthalts oder Nichtteilnahme an der Festveranstaltung mit einem eigenständigen künstlerischen Werk.«

»Du könntest dich krankschreiben lassen«, schlägt Oleksii vor.

»Ich hab doch nichts«, sagt Vin, und Oleksii ist erstaunt: »Also, ich hab immer was.«

»Die Ausschreibung wurde bereits von mehreren Webseiten blockiert«, sagt Wolf. »›Knebelvertrag‹ steht hier.«

Vin sieht aus dem Fenster auf die Terrasse. »Aber dass man im Haus auch übernachten muss, steht bestimmt nicht im Vertrag, oder?«

»Ich hab auf dem Dachboden Zeltplanen gesehen. Die kannst du ja über den langen Ast vom Apfelbaum werfen«, sagt Wolf.

Sunny klatscht. »Ja, cool. Ne Höhle.«

»War ein Scherz!«, sagt Wolf gereizt.

Aber Vin findet den Plan gut. »Hör mal bitte auf mit dem albernen Geklatsche, Sonja!«

»Dieses Haus hat so was Erdrückendes«, sagt Vin, als er mit Jef auf dem Dachboden nach den Zeltplanen sucht.

»Wegen diesem Nachbarhaus aus deiner Kindheit?«, fragt Jef und zerrt zwei dunkelgrüne Armeeplanen unter einer Holzkiste hervor.

Vin sagt eine Weile nichts, und dann sagt er, was Jef schon die ganze Zeit hätte klar sein müssen. »War eigentlich nicht das Nachbarhaus. Ich bin selbst da aufgewachsen.«

Vin fängt an, die Planen auszubreiten. »Hab mir nur als Kind immer vorgestellt, ich würde in dem friedlichen Haus nebenan leben. Da war ich aber nie drin. Da hab ich nur in meiner Einbildung gewohnt. Die Kinder hatten da richtige Eltern, die gekocht haben, Wäsche gewaschen, Hausaufgaben und so. Wie es in unseren Schulbüchern stand. Ich hab sogar mein ausgedachtes Zimmer noch genau in Erinnerung. Ich hatte hellblaue Wände, ein Regal mit Kinderbüchern und einen Haufen Kuscheltiere und Kissen auf dem Bett. Das Zimmer hat sich mit der Zeit sogar verändert. Später hab ich es mit meinen ausgedachten Eltern gelb gestrichen. Ich bin in einem Fantasiekinderzimmer aufgewachsen. Als wir später im Heim lebten, war ich wirklich der Meinung, ich hätte nicht in unserem Haus gelebt, sondern nebenan.

Das war ein Schock, als meine ältere Schwester mit mir zu

unserem Elternhaus gefahren ist. Wir standen davor, und es war total kaputt und leer. Hier sind wir aufgewachsen, hat sie gesagt, und ich hab auf das Haus nebenan gezeigt und darauf bestanden, dass ich da aufgewachsen bin und es in- und auswendig kennen würde. Dann hat meine Schwester geklingelt, behauptet, wir hätten da als Kinder gewohnt, und ist mit mir rein. Ich hab nichts wiedererkannt. Logisch.

Und dann kam die Erinnerung langsam zurück, und meine Schwester hat mir erzählt, was ich alles so verdrängt hab. Wir sind in dieser Ruine rumgestiegen, und sie hat gesagt, hier war unser Zimmer, und hier haben die Eltern geschlafen und so. Das war ganz seltsam, weil ich das ja alles auch genauso gut kannte wie sie. Ich hatte mir eingebildet, dass es nicht meine Vergangenheit war, sondern die von einem anderen Kevin. Einem Kevin aus dem Nachbarhaus eben, bei dem ich nur zu Besuch war und der keine richtigen Eltern hatte, sondern nur solche ekligen wilden Tiere. Immer dreckig, besoffen und krank. Dieser Kevin konnte sich in seinem Haus nur bewegen, wenn die wilden Tiere geschlafen haben. Denn wenn die wach waren, konnten die nur brüllen und prügeln, und man konnte nicht schlafen und musste aufpassen, dass die einen nicht erwischen. Wenn es diese alte Tante ganz oben nicht gegeben hätte, wäre dieser Kevin wahrscheinlich als Kleinkind an irgendwas gestorben. Die hat ihn beschützt. Die hatte sogar Bücher und Schallplatten und Katzen.«

Vin hat sich in die Mitte der ausgebreiteten Planen gesetzt, wie auf einen Haufen alter Erinnerungen, die er sortieren muss.

»Ich weiß nicht mal, ob wir mit der Tante verwandt waren. Meine Schwester war meine emotionale Rettung. Ich wollte das nicht glauben und konnte mir nicht vorstellen, mit diesen völlig verwahrlosten Bestien verwandt zu sein. Kann ich eigentlich immer noch nicht. Wenigstens hab ich seitdem nie wieder behauptet, ich hätte ein hellblaues Zimmer mit Büchern und Kuscheltieren gehabt.

Erst als wir am ersten Tag hier im Saal zusammensaßen, hab ich das behauptet. Keine Ahnung, warum. Aber als die Strand von diesem Mädcheninternat erzählt hat, wurde mir das klar. Ich bin hier wieder in so einem Heim wie damals und muss mir eine ausgedachte Vergangenheit zurechtlegen, weil die echte ja nichts taugt.«

»Hast du deine Eltern je wiedergesehen?«

Vin schüttelt den Kopf. »Unsere Mutter war mal im Heim, nachdem unser Vater sich endlich totgesoffen hatte. Wir haben sie nur im Hausflur heulen und wimmern gehört und dann vom Fenster gesehen, wie die Heimleitung sie wieder raus auf die dunkle, verregnete Straße geschickt hat. So'n krankes, elendes Gerippe. Dabei war sie damals keine dreißig.

Danach kam sie ab und zu, wurde aber nie reingelassen. Ich hab mir trotzdem eingebildet, die würde nachts in unserem Heim herumgeistern. Lebt jetzt bestimmt auch nicht mehr. Falls doch, hoffe ich, dass sie mich nie findet.« Vin sagt das so abgeklärt, als wäre es keine große Sache.

Er versucht sogar ein verunglücktes Grinsen. »Aber kannst du dir vorstellen, wie schwer das hier auszuhalten ist für mich?«

Jef nickt unsicher.

»Nein, sei froh, dass du dir das nicht vorstellen kannst«, sagt Vin.

Er macht das Gesicht eines Professors, der etwas Wichtiges erklären will und beim Nachdenken ganz leblos aussieht. Seine raue Stimme ist leise geworden. »Als wir im Heim waren und unsere Mutter aus sicherer Entfernung gesehen haben, war es schon grausam, dass die so gelitten hat und ihre Kinder nicht sehen durfte. Auch, dass sie so kaputt war. Wäre vielleicht besser gewesen, sich vorzustellen, die hätte irgendwo zufrieden ohne uns gelebt.

Die Katzentante kam auch noch mal, um nach uns zu gucken. Die haben sie anfangs noch reingelassen, aber dann nicht mehr.

Ich weiß nicht, warum. Als Therese zum ersten Mal hier aufgetaucht ist, hat sie mich einfach sofort an diese Tante erinnert.«

Vin sieht Jef an, und sein Blick ist so abweisend, dass sie Angst bekommt. Er steht auf und sagt: »Na ja. Es gibt Wichtigeres als die Kindheit.«

Er faltet die Planen zusammen, als Oleksii auf den Dachboden geschlichen kommt. »Willst du echt unter dem Baum schlafen? Ich dachte, das war ein Scherz.«

Vins Geschichte dreht sich noch in Jefs Kopf. Sie ist froh über den Themenwechsel.

Oleksii setzt sich auf einen Balken, stöhnt und macht ein leidendes Gesicht, das dringend gefragt werden will, was ihm um Gottes willen passiert ist.

»Na, was ist los, Oleksii?«, fragt Vin, ohne ihn anzusehen.

»Ich muss euch was echt Schlimmes sagen.«

Vin und Jef sehen einander bedeutungsvoll an, während Oleksii seinen Kopf zwischen den Schultern versteckt.

»Na los. Raus mit dem echt Schlimmen!«

Oleksii hebt den Kopf, als wäre er schrecklich schwer.

»Ich hab mit Sunny geschlafen«, flüstert er.

»Du hast mit Sunny geschlafen?«, ruft Vin empört und sieht Jef an.

»Pscht!«, zischt Oleksii.

»Er hat mit Sunny geschlafen!«, flüstert Vin und zeigt mit dem Finger auf Oleksii.

Jef zieht erschrocken die Luft ein und hält die Hand vor den Mund. »Was? Du hast mit Sunny geschlafen?«

»Oleksii, wie konntest du nur?«, sagt Vin. »Weißt du denn nicht, dass du damit euer Leben zerstört hast?«

»Ja!«, sagt Jef. »Ihre Eltern werden dich umbringen.«

Vin streichelt Oleksiis Rücken: »Aber mach dir keine Sorgen. Wir verstecken dich im Schrank. Da kannst du bleiben. Für immer. Mit Tante Therese.«

Jef stimmt ihm zu: »Ja! Bestimmt hat Tante Therese auch so was echt Schlimmes gemacht wie du.«

»Nein!«, sagt Vin. »So was echt Schlimmes wie Oleksii kann sie gar nicht gemacht haben.«

Endlich fängt Oleksii an, sich zu wehren. »Ihr seid gemein! Mann, ich hab ne Freundin.«

Vin nickt und streichelt Oleksiis Arm. »Ach Gott. Und mit ihr bist du wahrscheinlich zusammen, seit ihr zwölf seid?«

»Sechzehn«, sagt Oleksii. Er erzählt, dass sie in seinem Dorf lebt und dort eine Haushälfte frei gehalten würde, neben ihren Eltern, damit er dort mit ihr einzieht, sobald sie eine unbefristete Stelle bei der Gemeindeverwaltung haben wird. Die Hochzeit sei für Mai geplant. Dann wollten sie Kinder, und er würde eine Stelle in der Musikschule annehmen. Er sagt das, als würde er über jemand sprechen, dessen Leben er befremdlich findet.

Vin nimmt seine Hand: »Und jetzt musst du ihr sagen, dass du mit Sunny geschlafen hast.«

»Was? Wieso muss ich ihr das sagen?« Oleksii ist ehrlich schockiert.

Jef nickt und sagt, es sei wohl unvermeidbar, die Ehe würde auf jeden Fall schiefgehen, wenn er es ihr nicht sage. »Du musst ihr sagen, dass du das alles nicht machen wirst.«

»Was werd ich nicht machen?«, fragt Oleksii.

»Na, das mit der Haushälfte und der Musikschule und so. Was, wenn du noch mal mit Sunny schläfst? Oder wenn dir eine andere Sunny begegnet, mit der du auch schlafen willst?«

Oleksii schüttelt den Kopf und hält sich die Ohren zu. »Nein, nein, nein.«

»Oder wenn du einfach das Leben als berühmter Komponist genießen willst? Was dann?«, sagt Jef.

Vin legt seine Hände auf Oleksiis Schultern. »So, jetzt mach mal deine Augen zu und stell dir so einen richtig netten jungen

Tischler vor, der sonntags den Rasen vor deiner Doppelhaushälfte mäht und dann mit deinen Schwiegereltern Kuchen isst und mit deiner Freundin fünf Kinder hat und zu Hause ist, anstatt durch die Welt zu touren oder wochenlang mit Kopfhörern vor seinen Monitoren zu sitzen. Er baut den sechs Kindern Hochbetten und spielt mit ihnen Fußball. Stell dir so einen richtig guten Mann vor, der das alles super findet und deine Freundin und alle sieben Kinder glücklich macht.«

Vin macht eine Pause, und dann flüstert er: »Und? Was ist das für ein Gefühl?«

Oleksii schüttelt Vins Hände ab. »Keine Ahnung.«

»Keine Ahnung? Da muss eine riesige Eifersucht in dir sein, verstehst du? Wenn da keine Eifersucht ist, dann darfst du deiner netten Freundin und diesem netten Tischler und ihren acht netten Kindern doch nicht im Weg stehen!«

Oleksii erzählt, wie er seine Freundin während der Chorfahrt kennengelernt hat, erzählt vom ersten Sex. »Das war etwas ganz Besonderes!«, sagt er, als müsste er seine Unschuld beweisen.

»Klar!«, sagt Jef. »Das erste Mal ist doch immer was Besonderes.«

»Bei mir nicht«, sagt Vin. »Weiß nicht mal, wer das war. Irgendein älteres Mädel aus dem Heim, das nachts von den großen Jungs in mein Zimmer geschickt wurde.«

Oleksii lacht verwirrt und glaubt wahrscheinlich, es sei Vins verschlüsselter Humor.

»Keine Ahnung, wie alt ich da war«, sagt Vin, und Jef will es lieber nicht wissen.

Vin wirft die Planen von der Empore in den Saal, und aus dem Saal durchs Fenster in den Garten. Seine Bettdecke trägt er durch die Küche und über die Terrasse.

»Kann ich dir helfen?«, fragt Jef und geht ihm hinterher, die kleine Steintreppe hinunter in den Garten. Aber Vin lässt sich nicht helfen. Jef setzt sich auf die Treppe und sieht zu, wie Vin den Apfelbaum mit Wäscheleinen verkabelt, im Gras verankert, eine Plane über einen abstehenden Ast wirft, eine weitere auf den Boden und mit Steinen beschwert. Als Vin lachend sagt: »Die Steine sollten mal das Beet umranden, jetzt umranden sie mein Bett«, weiß Jef, es gefällt Vin, dass sie ihm zusieht.

Vins Matratze, die Wolf durchs Fenster wuchtet, schlägt auf der Terrasse auf.

Der kleine, dunkle, dreieckige Raum, der unter dem Baum entstanden ist, wird gemütlich, als Vin Matratze, Bettzeug und Tasche hineinschiebt.

Zu fünft stehen sie auf der Terrasse und sehen hinunter auf Vins neues Haus.

*

An Ritas Geburtstag saß Jef allein in der dunklen Küche und sah in ihrer Erinnerung ihre Freunde auf der Waschmaschine und auf der Spüle sitzen, sah die verqualmte Küche, die vielen Leute, hörte sie gegen die laute Musik anreden. Jetzt feierten alle woanders, und Jef war nicht eingeladen.

Das Einzige, was half, war die verletzende Tatsache in möglichst großen philosophischen Zusammenhängen zu betrachten. Nicht nur, dass Rita ihr die Freundschaft gekündigt hatte, auch dass sie bei Laddu gefangen war, wurde dadurch unbedeutender. Jef dachte an den Satz, den Rita mal gesagt hatte: »Es gibt nur zwei Erscheinungen auf der Welt, die den physikalischen Gesetzen folgen und trotzdem gänzlich verschwinden können – Informationen und Prozesse.«

Ritas Geburtstagsfeiern waren aus dieser Wohnung verschwunden, und Jef versuchte die Information zu beseitigen, dass Rita überhaupt Geburtstag hatte.

Jef versuchte sogar, sich einzureden, es sei gut, Rita los zu sein.

So sprunghaft, euphorisch und ziellos konnte ja das Leben nicht weitergehen. Darauf musste Verzweiflung, Depression und letztendlich das Vernünftigwerden folgen.

So hatte es eben kommen müssen, dachte Jef, als wären die Sprüche, die der Vater in Jefs Hirn gepflanzt hat, herangewachsen. Siehst du, jetzt hast du die Rechnung für dein verlottertes Leben mit deiner verlotterten Freundin zu zahlen! Der Ernst des Lebens hat dich eingeholt!

Es war eine logische Folge.

Rita war bestimmt nicht deprimiert, seit sie nicht mehr mit Jef befreundet war. Rita war von interessanteren Leuten umgeben als Jef bei Laddu. Wie immer wird Rita keine Probleme haben, sich die Dinge, die sie braucht, zu besorgen: geschenkt, geborgt, getauscht, gebraucht, oder geklaut, dachte Jef. Rita hatte genügend reiche Freunde, von denen sie abgelegte Handys und Laptops bekam, und unerklärlicherweise wurde Rita nicht mal beim Schwarzfahren erwischt.

Jef fuhr nicht schwarz, klaute nicht, borgte sich nichts und bekam nichts geschenkt. Ihre unvernünftige Freundin, mit der das Leben immer kompliziert gewesen war, los zu sein, hatte Jefs Leben einfacher gemacht und trostloser.

Bei Laddu fühlte sie sich wie eine Topfpflanze, die in der falschen Erde steckte. Wer nicht weglaufen kann, muss sich anpassen oder sterben. In dem unpassenden Klima gab sie langsam auf und wurde die Frau, die man bei Laddu haben wollte, weil bei Laddu nichts anderes gedeihen konnte.

*

Wir waren schrecklich

Wir waren so schrecklich, dass wir keine Ruhe gaben

Waren so schrecklich, dass wir keine richtigen Eltern bekamen.

So schrecklich, dass wir unter wilden Bestien lebten, die uns bissen, uns zerrissen.

Schrecklich, dass wir gestorben sind.

Ich war so gut, dass mir ein Zimmer in Gelb gehörte.

War so gut, dass ich Kuscheltiere haben durfte.

So gut, dass ich in Büchern, Schallplatten und frischer Wäsche lebte.

Gut, dass ich ein Zimmer in Hellblau bewohnte.

Ich bin so gut und so schrecklich
Bin so gut und so schrecklich
So gut und so schrecklich
Gut und so schrecklich
Und so schrecklich
So schrecklich
schrecklich

Jef zerreißt ihr Gedicht über Vin. Sie würde sich lächerlich machen. Die Schnipsel wirft sie in den Papierkorb zu den zerschnittenen Prospekten.

»Kommst du mit, eine Taschenlampe kaufen?«, fragt Vin, der geklopft hat, um sofort darauf in ihrem Zimmer zu stehen.

»Hast du kein Handy?«, fragt Jef, aber Vin will einen Knüppel von Taschenlampe. »Eine, mit der man notfalls jemanden erschlagen kann. Bam!«

»Ich komm dich nachts nicht besuchen«, sagt Jef.

Vin zuckt mit den Schultern: »Hast du ja bisher auch nicht gemacht.«

Sunny will auch mit in die Innenstadt. Zu dritt gehen sie durch die Wohnanlagen, weil Wolf gesagt hat, es sei eine Abkürzung. »Woher kennt der nur immer irgendwelche Abkürzungen? Der sitzt doch nur im Haus«, sagt Jef. »Bestimmt hat er die Stadt online schon komplett abgescannt«, sagt Vin.

Ein Rentner hackt Moos aus den Ecken.

»Wissen Sie, wie viele Tiere darin leben?«, schimpft Vin. Der Mann fuchtelt mit seiner Hacke und redet was von Ordnung.

In Straßenschuhen hat Sunny einen anderen Gang als in Hausschuhen. Sie macht kurze kindische Schritte, tapsig wie eine Geisha, tritt mit den Zehenspitzen zuerst auf.

»Du hast also mit Oleksii geschlafen«, sagt Vin.

Sunny reißt die Augen auf. »Hat er dir das erzählt? Was hat er denn gesagt? Wieso erzählt der dir das?«

»Offenbar schlechtes Gewissen«, sagt Vin, als wolle er Sunny zur Rede stellen, die sich auch gleich zu rechtfertigen beginnt.

»Es hat mit einem ganz harmlosen Gespräch über BHs angefangen«, sagt sie. »Seine Freundin trägt manchmal sogar nachts einen, hat er mir erzählt. Ich hab meine Brüste in die Hände genommen« – Sunny führt es vor – »und gemeint, mit so kleinen Brüsten bräuchte man ja eigentlich keinen BH. Seine Freundin würde auch fast nie ihre eigenen Brüste anfassen, hat Oleksii gesagt, und war ganz verstört, und da hat er mir irgendwie leidgetan.«

»Du solltest auch mit ihm schlafen«, sagt Vin zu Jef. »Am besten beide gleichzeitig. Ihr habt die Chance, zu verhindern, dass eine Gemeindeverwaltungsangestellte aus einem zeitgenössischen Komponisten einen Dorf-Musiklehrer macht.«

»Am besten zu viert!«, sagt Jef.

»Nein, ich bin raus«, sagt Vin. »Für mich gibt's keine Affären mehr.«

»Ich bin auch raus«, sagt Jef. »Das wäre gemein. Da käm ich mir vor, als würden wir ihn vergewaltigen.«

Plötzlich fängt Sunny an zu heulen. »Denkt ihr, ich hab ihn vergewaltigt?«

»Nein, natürlich nicht!«

Aber Sunny schluchzt weiter. »Oh Gott, ich hätte das nicht machen dürfen.«

»Der kann so froh sein, dass du ihm passiert bist«, sagt Vin. »Mann, von so einem Mädchen wie dir träumt der doch, seit er seinen Schwanz entdeckt hat! Jetzt hör mal auf zu heulen, Sunny. Das ist echt komplett albern, wegen der Lappalie so ein Theater zu machen. Wahrscheinlich hast du damit leider sowieso nur seine Beziehung gerettet.«

»Ich hab doch auch einen Freund«, sagt Sunny.

»Natürlich hast du einen Freund«, sagt Vin. »Sonst wäre es ja nicht so aufregend gewesen, mit Oleksii zu schlafen.«

Oleksii sei gar nicht ihr Typ. Ihr Freund sei ganz anders, sagt Sunny. Der könne Künstler generell nicht leiden. Früher stand er bei den Premierenpartys nach ihren Tanzstücken mürrisch in der Ecke wie ein Bodyguard, bis er es nicht mehr aushielt und sie am Arm aus der Kantine zerrte, erzählt Sunny, als wäre es lustig. Seitdem würde sie ihn nicht mehr mitnehmen. »Er kann diese hysterische Atmosphäre einfach nicht ertragen. Künstler sind arrogant und wahnsinnig, sagt er. Die betrügen einander immerzu, und außerdem findet er, im Theater geht's eh nur um Weiberkram.«

»Aber dich kann er leiden, oder was?«, fragt Jef.

Sunny wischt sich eine Träne von der Wange. »Ja, klar. Ist halt nur schrecklich eifersüchtig. Aber irgendwie mag ich's auch, dass er mich nur für sich haben will.«

Eine Weile gehen sie schweigend neben einer lauten Straße. »Und was soll bei dir eigentlich der Quatsch mit keine Affären mehr und so?«, fragt Jef. »Du wartest auf die Beziehung mit dem erfüllenden Sexualleben für immer und ewig, oder was?«

Vin stöhnt. »Künstler haben doch kein erfülltes Sexualleben! Hast du denn gar keine Ahnung, Jennifer? Ja, natürlich warte ich auf die Beziehung für immer und ewig. Das Individuum ist doch nur der klägliche Rest einer gescheiterten Paarstruktur. Die erste Zahl ist die Zwei. Die Eins bringt dir gar nichts. Ich suche die Liebe, für die ich die Kunst aufgeben würde. Nur die zählt. Die werde ich natürlich nicht finden. Nicht nur, weil ich ein kranker Egoist bin, sondern weil die Kunst mich nicht hergibt. Ich kann mich nicht von ihr scheiden lassen, solange sie mein Blut trinkt. Ich will Erfolg! Ich will der Beste sein! Klar? Wer strebt schon ein bescheidenes Mittelmaß an? Niemand. Und warum? Weil wir dumm sind! Denn genau das sollten wir tun, um zufrieden zu sein.«

Sunny gerät schon wieder in Panik. »Jetzt kann Oleksii bestimmt nicht mehr komponieren, und ich bin schuld.«

»Du bist sowieso an allem schuld, Sonja!«, sagt Vin genervt, und Sunny heult weiter. »Ihr könnt mich auch alle nicht leiden. Ihr geht immer raus, wenn ich in der Küche bin.«

Vin lacht und legt seinen Arm um Sunnys Schultern: »Wir gehen raus, weil du entsetzlich schmatzt, Sonja! Und wir können dich inzwischen trotzdem leiden, stell dir das mal vor. Das ist viel mehr wert!« Vin reibt Sunnys Schultern. »Du bist schon in Ordnung«, sagt er und küsst sie auf den Kopf.

»Echt? Ich schmatze?«

Sie laufen einen viel zu schmalen Bürgersteig bergauf. Links und rechts hohe Steinmauern, dahinter pompöse Anwesen, wie die Maps-Satelliten-Ansicht zeigt. »Scheißgegend!«, flucht Vin.

Endlich haben die Mauern ein Ende. Dröhnend wird Laub von einem makellosen Wollrasen geblasen.

»Ja, machen Sie nur alles tot, was die Vögel essen könnten«, schimpft Vin. »Gibt ja eh keine Vögel mehr in eurer antiseptischen Stadt. Lässt ja niemand einen Krümel fallen, der nicht sofort weggefegt und vernichtet wird. Schön jeden Halm desinfizieren.«

Der Laubmann ignoriert Vin.

»Die wollen alle nur in Ruhe ihre Reihenhäuser mähen, ihre Straßen waschen, ihre Vorgärten putzen, ihre Pools polieren und ihre Autos sterilisieren bis in die blöde Ewigkeit.«

In der Fußgängerzone muss Jef pinkeln. Die Toiletten würden gerade sauber gemacht, lügt der Kellner. Im nächsten Café soll Jef ein Getränk bestellen, um auf die Toilette zu dürfen. Inzwischen muss Sunny auch pinkeln.

»Ihr geht sofort zum Klo, und ich übernehme die Diskussion«, sagt Vin.

Als sie zurückkommen, zeigt die Kellnerin zur Tür. »Ich fordere Sie jetzt zum letzten Mal auf, sofort das Lokal zu verlassen!«, und sieht Jef und Sunny an, als würden sie stinken. Vin zeigt der Kellnerin im Rausgehen den Mittelfinger.

»Wenn ich hier leben müsste, würd ich mich auch im Schrank verstecken und so tun, als wär ich nicht ganz richtig im Kopf«, sagt er auf der Straße.

Die Taschenlampe will er klauen, weil Taschenlampen sicher nirgends auf der Welt so teuer sind wie hier.

Aber es gibt keine. »Haben Sie keine im Handy?«, fragt der Verkäufer.

»Ich will eine Taschenlampe!«, sagt Vin.

»Dafür gibt es leider keine Nachfrage. Unsere Kunden brauchen keine Taschenlampen. Die haben wahrscheinlich alle Handys.«

Vins tiefe Stimme wirkt so bedrohlich, dass ein paar Kunden stehen bleiben: »Und Menschen ohne Handys sind keine Kunden?« Er deutet an, einen Aufsteller umzuwerfen. Der Verkäufer springt entsetzt zurück.

Auf dem Rückweg hat sich vor der Kirche am See ein Frauenchor in einer Parfümwolke versammelt. Frisiert, geschminkt, mit Blumen im Haar ziehen sie ein. Die Holztür fällt zu. Sunny, Jef und Vin legen ihre Ohren daran und müssen lachen über das schlechte Gesinge.

»Hier liegt ein Fluch über der Stadt«, sagt Jef. »Ein Kunstbann.«

»Scheiß die Leute nur mit Geld zu, und die Kunst ist tot«, sagt Vin.

»Ich glaube, man braucht einfach keine Kunst, wenn die Landschaft so schön ist«, sagt Jef. »Zwischen den Bergen und dem blauen Wasser wird Kunst doch total bedeutungslos und überflüssig.«

»Kunst und schön sind nicht dasselbe!«, zischt Vin.

Therese hat seit einigen Nächten nicht mehr gebacken, obwohl alle Zutaten da sind, und Jef beschließt, selbst Kekse zu backen.

Oleksii kommt die Küchentreppe herunter, sieht vorsichtig um die Ecke. »Ach so, du bist das nur. Ich dachte, das ist wieder die Irre.« Er nimmt einen heißen Keks vom Blech, und Jef schlägt auf seine Hand. »Sag nicht ›Irre‹!«

»Wunderlich?«, sagt Oleksii. »Nennen wir sie wunderlich, okay?«

Jef fällt auf, dass seit einiger Zeit niemand mehr abfällig über Therese redet. Nur wenn Oleksii von ihr erzählt, klingt es wie aus einem seiner Träume. »Sie hat einen großen Turm aus Bettdecken zusammengelegt«, erzählt er, als wäre es verdächtig, »und später hab ich sie in einem der leeren Zimmer auf einem Sessel sitzen sehen. Sie hatte ihre Strümpfe ausgezogen und Sockenfusseln zwischen ihren Zehen rausgepopelt.«

»Igitt! Kannst du das mal bitte für dich behalten«, sagt Wolf, der in die Küche kommt. Oleksii findet alles ominös.

Therese hat sich vom Geruch anlocken lassen. Sie erscheint mit ihrem suchenden Blick, steckt sich Jefs Kekse in die löchrigen Taschen ihrer Strickjacke und in den Mund und redet, während sie kaut. »Da hat sie viel gute Butter reingerührt. Butter mit Salz, oder Zucker mit Salz. Über die Zutaten müssen wir uns unterhalten. Und so viele Zähne bekommen wir weiß Gott nicht mehr in den Mund. Iss nur. Iss nur, Kindchen. Sind ja genug da.«

Jef sieht Thereses verhornte Fingerkuppen und ihre zersplitterten Fingernägel. Die ganze Frau erinnert Jef an eine heruntergekommene Villa. Genau wie dieses Haus, das vor hundert Jahren prächtig ausgesehen haben muss.

Jef stellt sich vor, Therese herzurichten, wie ein zerlumptes, verdrecktes Kind, dem man am Sonntag die verfilzten Haare kämmt, ihm die Rotze aus dem Gesicht wischt, saubere Kleider anzieht und es mit wenigen Handgriffen verwandelt. Man könnte sie ausbessern. Eine Dame aus ihr machen. Nur ihr Verstand würde sich wohl nicht erneuern lassen. Therese geht kopfschüttelnd aus der Küche, als hätte sie Jefs Gedanken gehört.

*

Von ihren Freunden wusste Jef, in welche WG Rita gezogen war. Aber niemand wusste angeblich, warum sie Jef nicht mehr sehen wollte.

Manchmal ging Jef abends zu dem Haus, in dem Rita jetzt wohnte, blieb auf der anderen Straßenseite stehen, sah hoch in die beleuchteten Fenster. Die trügerische Möglichkeit, hochzugehen und eine Weile zusammen mit Rita am Küchentisch zu sitzen, tat gut und weh wie ein verspannter Rücken, wenn man sich absichtlich in den Schmerz hineinlegt.

Jef ging in den Spätkauf in Ritas Straße, kaufte sich Ritas Lieblingseis und aß es auf dem Heimweg.

Ritas Kreis war geschlossen, und Jef stand draußen.

*

»Wusstet ihr, dass es hier einen Sauerbrunnen gibt?«, sagt Wolf, und Jef fragt, wann er den entdeckt haben will, wenn er den ganzen Tag schreibend im Haus herumsitzt.

»Ihh, was ist das denn?«, fragt Sunny.

»Das ist eine Heilquelle, die Mineralwasser mit Kohlensäure ausschüttet. Auch Sauerwasser genannt«, sagt Wolf, »da müsst ihr einfach mal die Schautafeln lesen, die hier überall rumstehen.«

»Hab keine gesehen«, sagt Sunny.

»Ich les so was nicht«, sagt Vin.

»Was für Schokotafeln?«, fragt Oleksii, der Knäckebrot kaut. Er zeigt auf seine Ohren: »Is' so laut in meinem Kopf.«

Sunny verdreht die Augen. »Schautafeln, Wandertafeln, Erklärungstafeln. So was Langweiliges mit einheimischen Vögeln und so.«

»Vögeln?«, fragt Oleksii laut.

Am Morgen sucht Jef den Brunnen. Zwischen einem Hotel und dem Berghang steht, klein und blass, eine verglaste Holzloggia mit einer Kuppel in der Mitte. Jef ist daran mehrmals vorbeigegangen. Sie sieht italienisch aus mit langen Fenstern und soll vermutlich einen bescheidenen Eindruck machen. *Aqua huius fontis salubris est* steht über der Tür. Die Flügeltür lässt sich öffnen, und der Brunnen wird von einer mürrischen Frau hinter einem Empfangstresen mit Souvenirs bewacht, die nicht aufsieht, als Jef an ihr vorbeigeht. An den Wänden Erklärungstexte, Bilder, Zeichnungen und Audiotrichter mit Auswahlknöpfen. Heilwasser gibt es keins.

Das Wasser dieser Quelle ist gesund, steht eingraviert am Trinkbrunnen aus braunrotem Granit. Er ist leer und soll vermutlich sprudeln. Die mürrische Frau sagt: »Sie können ja den Brunnen mal schön bitten.« Als wäre er ein ungerechter Chef. Jef ist froh, jemandem zu begegnen, der Emotionen hat. Die Frau könnte eine Tür sein, die Jef hinter die leblose Fassade dieser Stadt führen würde. Aber sie lässt nicht mit sich reden.

Hinter einer Scheibe ist eine dramatisch beleuchtete Ausgrabungsstätte präsentiert. Sogar ein dreieinhalbtausend Jahre alter Brunnenschacht wird reinlich gehalten. Trotz der Sauberkeit ist diese verrottete Tonröhre mit Holzbalkenschalung eine Konstruktion, die etwas erzählt. Damit gehören der Brunnen und das Haus Strand zusammen wie in einem Memory-Spiel. Als könnte Jef durch den Brunnen die Stadt von innen sehen.

Jef geht ohne Heilwasser vor die Tür, steht im Nieselregen und findet es eigentlich egal, ob das Wasser von oben oder von unten kommt.

Ein alter Mann hebt einen Kasten leerer Flaschen aus seinem Kofferraum und fragt, ob Jef das Heilwasser suche. Er zeigt ihr eine Hintertür an der Rückwand des Hotels. Die graue Eisentür ist unbeschriftet. Innen sieht es aus wie in einem Waschraum. Orange gekachelt mit fünf verrosteten Emaillewaschbecken, in denen man ganze Kinder baden könnte. Darüber große Industriewasserhähne. Der Mann stellt seinen Kasten in das Becken und beginnt, die Flaschen mit rosafarbenem Wasser zu füllen. Es schießt mit Druck und Lärm aus der Leitung. »Oh, das sieht aber gut aus heute!«, sagt er und hält eine Flasche gegen die Oberlichter. Nachdem er seinen schweren Kasten hinausgetragen hat, nimmt Jef sich einen Pappbecher. Das Wasser riecht nach Eisen. Es ist eiskalt, als Jef den Finger reinsteckt. Sie betupft die Warzen, an die sie jeden Tag denken musste, seit Therese gesagt hat, sie soll ihnen Namen geben. Was soll's, denkt Jef. Eine bessere Idee hat sie nicht. Die linke nennt sie *Ja*, die rechte *Nein* und die schräg darunter *Vielleicht*.

Das Heilwasser enthält ein wenig Kohlensäure und alle Gerüche, die ihr bisher hier begegnet sind. Jeder steigt beim Einatmen einzeln durch ihre Nase auf. Sie bildet sich ein, etwas Lebendiges zu trinken. Jef trinkt noch einen Becher und noch einen.

Eine Weile bleibt sie auf der Holzbank sitzen, betrachtet ein eingerahmtes Schwarz-Weiß-Foto von unscharfen Kurgästen in Jahrhundertwendekleidern, die mit Tässchen in den Händen um den Sauerbrunnen stehen, der jetzt von der Holzloggia umbaut ist. Sie sieht in die großen Milchglasscheiben der Oberlichter und tut gar nichts. Die Autos, die vom Parkplatz um die Kurve fahren, verursachen in dem Kachelraum ein blechernes Sausen.

Auf dem Rückweg fühlt sie sich zum ersten Mal verbunden mit dem Ort. Sie hat von seinem Blut getrunken.

Jef holt eine leere Flasche und geht zurück. Enttäuschte Urlauber kommen aus der Loggia.

»Das war jetzt aber das letzte Mal«, sagt jemand, als Jef vorbeigeht, und sie verrät die Tür nicht, die ihr verraten wurde.

Jef geht durch den Wald, der den Berg hinaufwächst, lässt die gefüllte Wasserflasche in der Hand baumeln, trinkt ab und zu einen Schluck und hat das Gefühl, vom Rauschen der Bäume und dem sattgrünen Gras zu trinken. Sie sieht hinauf zur Bergspitze und stellt sich vor hinunterzuspringen, mit dem übermütigen Gefühl, in der Unendlichkeit zu landen. Jef fühlt sich wie unter einer Droge, die alles Unwichtige ausblendet und nur ihre glasklare Vernunft übrig lässt.

Am Ufer stehen Weiden mit Pinselköpfen gleichmäßig aufgereiht wie eine Kindergartengruppe, die sich an den Händen hält. An einer kleinen Brücke, die den Bach überquert, bleibt Jef lange stehen, sieht das Wasser in den See fließen und will mitfließen. Auf dem Kiesweg hört sie das Knirschen unter ihren Sohlen und bildet sich ein, auch das Wachsen ihrer eigenen Haare und Nägel hören zu können.

Als es dunkel wird und Jef zurück ins Haus kommt, hat sie das Gefühl, es würde keinen Unterschied machen, ob sie im Wald ist oder in diesem Haus. Alles ist eins. Nur ihre gewohnten Bedürfnisse wollen einen Unterschied haben. Ihr Körper ist leicht und anspruchslos. Mit ihm könnte sie sogar im Wald übernachten.

Wolf bemerkt, dass mit Jef etwas passiert ist. »Du siehst ja so frisch aus.«

Jef sammelt Brot, Käse und Marmelade zusammen und kocht Kaffee.

Wolf lässt Jef nicht aus den Augen. »Und du atmest irgendwie anders«, sagt er. »Haben hier neuerdings alle Sex außer mir?«

Jef setzt sich hin. »Hast du mal dieses Quellwasser probiert?«, fragt sie.

»Nein, das roch widerlich! Kamen außerdem nur ein paar Tropfen aus diesem Brunnen. Läuft wohl gerade nicht.«

»Lesen reicht eben doch nicht immer. Ich hab welches gefunden.« Jef stellt ihre Flasche auf den Tisch. Wolf riecht daran und verzieht das Gesicht.

Sunny kommt in die Küche und bekommt ein paar Schlucke runter. »Na, wenn's schön macht.« Dann niest sie, als müsste sie etwas Ekelhaftes ausspucken. Ohne vorher einzuatmen, und scheinbar, ohne diesen Niesausbruch überhaupt zu registrieren. Es klingt wie »Üfffä«, als schlüge jemand eine Faust in ein Kissen. Sie scheint all ihre körperlichen Bedürfnisse nicht unter Kontrolle halten zu können.

Oleksii sagt, es sei dasselbe Wasser, das bei ihm im Bad aus dem Wasserhahn käme. Das würde auch so bitter schmecken. Für Jef schmeckt es organisch und metallisch, wie ein eiserner Berg, bewachsen mit Moosen, Flechten, Farnen und Schachtelhalmen.

*

Die zwei Jahre bei Laddu waren Jef vorgekommen wie vier, und immer noch hatte sie nicht genug Geld zusammen für ihre Selbstständigkeit. Wie jeden Morgen saß sie in der Bahn und überflog im Handy ihre Mails. Ritas Mutter lud zur Premiere ihres Dokumentarfilms in einem kleinen Kino ein. Jef sah aus dem nassen Fenster in die verregnete morgendliche Dunkelheit. Dann tippte sie auf »Antworten«: *Gibt es bei euch im Share-Office noch einen freien Büroplatz? Was kostet das?*

»Ich würde lieber als Klofrau am Bahnhof arbeiten«, sagte Jef zu ihrer Nachfolgerin, die es für einen Scherz hielt und den Job bei Laddu für einen Hauptgewinn. Sie fand alles cool, saß fröhlich und bunt angezogen an Jefs Arbeitsplatz, konnte eine Menge Sprachen und hatte viele Abschlüsse. Bald trägst du auch Schlammfarben, du dummes Ding, dachte Jef.

Als sie das Laddu-Gebäude zum letzten Mal verließ und auf die kalte Straße trat, verwandelte sich die graue Festung hinter ihr in einen Ameisenhaufen, der nur existierte, um zu wachsen. Von außen sah Jef Beton und Glas, beim Blick durch die Wände aber kroch alles durcheinander, und beim Blick ins Innere setzte sich das Gekrieche fort, wucherte durch alle Kanäle und war dazu verdammt, sich endlos auszubreiten. Unheimlich und faszinierend zugleich. Es war gut, hier draußen zu sein, gut, gekündigt zu haben, egal wie es jetzt weiterging. Aber das Gefühl von Freiheit blieb fern wie ein scheues Tier.

*

Am Abend steigt Jef durch den Schrank. Die vorderen Zimmer sind, wie beim ersten Mal, unberührt. Sie geht weiter in Richtung Katzenpissegestank, der überdeckt wird von dem starken Geruch nach Ölfarben und Terpentin. Im letzten Zimmer ist die Tür geschlossen. »Therese?« Jef klopft. Ein Radio ist leise zu hören. Keine Bewegungen. Die Tür steckt nicht in den Angeln, sondern ist gegen die Öffnung gelehnt. Jef schiebt sie vorsichtig beiseite. »Therese?« Sie liegt in eine gelbe Wolldecke gewickelt auf dem Bett. Jef rüttelt an ihrer Schulter, fürchtet, sie könnte krank sein. Therese dreht sich zu ihr um, graublonde Haarsträhnen im Gesicht, sieht Jef an: »Was ist denn nur? Muss sie was machen? Hat sie jemanden gestört?«

»Geht's Ihnen gut?«, fragt Jef.

»Jaja, und dir?«

Jef setzt sich auf die Bettkante. »Ich hab Ihnen was von diesem Quellwasser mitgebracht. Aus diesem Abfüllraum drüben im Grandhotel. Wo man vom Parkplatz reinkommt.«

Therese nickt, und Jef weiß nicht mehr, was sie damit eigentlich hatte sagen wollen.

»Jaja, da hat sie dich doch hingeschickt«, sagt Therese. »Wenn es hier nicht läuft, musst du da hingehen. Da ist es immer. Hier will es manchmal nicht durch die Leitungen kommen. Dann sucht es sich andere Wege. Wer weiß das schon.« Therese steht auf, barfuß, in einem fleckigen Pullover und einer zu großen Sporthose, geht ins Bad, das aussieht, wie eine Baustelle, und dreht den Hahn auf. »Nein, hier kommt es schon seit einer Weile nicht. Meist ist es dann auf der anderen Seite. Geh mal rüber. Irgendwo läuft es«, sagt sie und sieht Jef an mit ihren Globusaugen. »Wer von dem Sauerwasser trinkt, muss malen. Pass nur schön auf, dass du nicht zu viel davon trinkst!«

Therese zeigt auf sich selbst, »wie sie«, und lacht, als hätte sie einen Witz gemacht.

Jef sieht sich im Ölzimmer um. Der Farbgeruch erinnert sie an die Abende in der Kunstschule. An der Wand lehnen bemalte Holzplatten, Spanplatten, Bretter von Schränken, kaputte Bauplatten und Rahmen, die offenbar mit Bettlaken bespannt und bemalt worden sind. Ölfarben, Terpentin und abgebrochene Pinsel in Gläsern stehen auf dem Boden und den Fensterbrettern. Spielzeuge und Dekorationskram, Stifte, Bücher und Behälter liegen auf dem Boden oder auf Pappkisten.

»Wollen Sie nicht mal das Fenster aufmachen? Man erstickt ja hier drin. Riechen Sie das nicht?«

»Sie riecht nichts«, sagt Therese.

»Wie können Sie das nicht riechen?«

Auf dem Boden stehen offene schwarze Müllsäcke mit darin zusammengefalteter Kleidung. Einige der Holzplatten sind auf beiden Seiten bemalt.

»Sind das Ihre Bilder?« Jef klappt ein paar zurück.

»Nein, das sind nicht ihre Bilder.«

»Haben Sie die nicht gemalt?«

»Sie sind durch sie entstanden«, sagt Therese. »Sie gehören ihr nicht. Sie hat keine Hoheit darüber.« Therese fährt sich durchs zerzauste Haar. »Sowieso alles nur Herumgestümper. Eine Zumutung. Du brauchst dir das nicht anzusehen.« Während Therese redet, dreht Jef vorsichtig eine Platte nach der anderen um. Therese sitzt auf dem Bett, und ihr Blick wirkt jetzt, als würde eine frische Wunde gereinigt. Sie hält still und ringt ihre Hände, während Jef die Bilder berührt. Sie müsse malen, um diese Leute fernzuhalten, sagt Therese, ungeduldig, als wäre es ein Geheimnis, das sie nicht länger für sich behalten kann.

»Welche Leute denn?«, fragt Jef.

Die Leute, die sie in ein Heim stecken wollen, kämen nachts, wenn sie schläft, oder tagsüber, wenn sie nicht da ist, und würden sie abholen wollen. »Aber wenn sie ein neues Bild gemalt hat, dann müssen die wieder gehen und dürften nichts machen.« So sei das Gesetz, sagt Therese, das wisse sie von jemandem aus dem Heim, der sich auskenne mit dem Gesetz. Ein Bild heißt »Regenbogen mit Ei darunter und ein Elefant«. Ein anderes »Leda und der Schwan – ein Selbstporträt«, erklärt sie. Die Bilder brauche sie als Schutz. Deshalb müsse sie damit weitermachen. Die Holzplatten seien schwer zu finden. Früher habe sie in alten Häusern nach Brettern suchen können. Sie zeigt ihre leeren Handflächen. »Jetzt gibt's ja keine alten Häuser mehr. Nur noch das hier.«

Jef betrachtet die Landschaftsbilder. »Und diese Landschaften? Gibt's die noch?« Therese lacht. »Das sind wohl alles Erinnerungen. Aber nicht ihre. Die kommen nur durch sie hindurch, dann sind sie wieder weg.«

Einige Bilder kann man umdrehen. Alleen, deren Bäume oben und unten wurzeln. Seen, die im Himmel liegen, gefrorene

Wiesen mit vereistem Gras, das im Vordergrund unscharf und im Hintergrund scharf wird. Dann eine nackte Frau, die eine riesige Schneekugel an der Leine hinter sich herzieht. In der Kugel schwimmen einzelne Knochen, Organe und Körperteile. Als Jef genauer hinsieht, glaubt sie, die Frau habe ihr Gesicht. Ihre Haare, ihre Frisur.

»Ist das neu?«, fragt Jef.

Therese sagt, sie wisse es nicht mehr. Sie könne sich ja nicht einmal die Geschichten zu den Bildern merken und hoffe, es würde später nicht geprüft. Sonst würde sie sicher nicht bestehen, und es könnte sein, dass die Bilder ohne die Geschichten gar nicht gültig seien. Dann sei alles umsonst gewesen. Sie reibt sich das Gesicht, schüttelt den Kopf und stöhnt: »Ach, das sind zu viele Geschichten, verstehst du. Die kommen ja alle durcheinander.«

»Ist auch die Geschichte von der Prinzessin dabei, die eigentlich eine Straßenkatze war?«, fragt Jef.

»Das kann sie dir wirklich nicht sagen, Schätzchen.«

Auf eine abgeschraubte Sitzfläche ist ein gekachelter Waschraum gemalt. Aus den Duschen läuft Wasser, darunter steht je ein leeres Paar Schuhe. Jef hält das Bild hoch und fragt, was es bedeute. Therese schüttelt den Kopf. »Sie glaubt nicht, dass sie das gemalt hat.«

Jef findet ein Bild von einem Mädchen mit Katzengesicht. Im Hintergrund ein Schloss auf einem spitzen Berg. »Und wer ist das?«

Therese betrachtete die Leinwand: »Warte, das weiß sie.« Als würde sie auf einem Bildschirm einen Film verfolgen. »Sie findet schon als junge Frau keine Liebe. Sie soll nicht immer so viel reden«, beginnt Therese, »die Liebe ist zu groß für die kleine Stadt. Niemand versteht sie. Sie soll sich ändern. Was sie will, soll sie nicht, und was sie soll, will sie nicht. Sie erklärt alles, sie redet und redet, und es kann ja auch nicht so schwer sein, sie zu verstehen. Alle tun, als wüssten sie nichts. Dabei wissen sie es doch und wollen es ihr nicht sagen. Niemand will sie haben, bis sie vom Reden ganz verrückt wird. So einfach ist das.«

»Sind Sie das, Therese? Ist das Ihre Geschichte?«

»Das sind alles ihre Geschichten.«

»Woher können Sie so malen?«

Therese lacht übertrieben, und Jef sieht ihre Zahnlücken. »Ach, das musst du nicht fragen.« Sie winkt ab. »Wenn die sie kriegen, kommt alles in den Müll.« Therese lacht, als würde sie sich selbst auslachen.

Auf Thereses Bildern fließen alle Farben und Formen ineinander wie ein bunter Brei. Beim Betrachten des ganzen Bildes wird aber der Raum tief, als wäre Therese selbst in dem Bild herumgelaufen, um alles an den richtigen Platz zu räumen.

»Das kommt nicht in den Müll, sondern in eine Galerie. Sie müssen wirklich darauf aufpassen!«

»Wie soll denn das in eine Galerie kommen? Hat ja keine Beine. Solche Galerieleute gibt es nicht, die sich mit unsereins abgeben.«

Therese trennt einen alten gelben Schal auf und wickelt die Wolle um ihre Hand. In einer Kiste hat sie einzelne Handschuhe gesammelt. Wollhandschuhe, Kinderhandschuhe, Fahrradhandschuhe, Skihandschuhe.

»Was machen Sie denn damit?«, fragt Jef.

»Sie strickt den zweiten«, sagt Therese, und tatsächlich hat sie in einer weiteren Kiste die gefundenen nachgestrickt und zu neuen Paaren zusammengefügt. Jef überlegt, ob es verrückt ist, so etwas Aufwendiges zu tun, oder ob es eigentlich verrückter ist, dass so viele Handschuhe verloren werden.

An der Wand hängt eine Wäscheleine mit transparenten Tüten voller Papierschnipsel.

»Und was wird das?«

»Nichts wird das«, sagt Therese. »Sie schafft nur Ordnung.«

Jef geht näher heran und sieht, es sind zerschnittene Landkarten. In einer Tüte sind alle Schnipsel dunkelgrün, in einer anderen blau, in der nächsten rosa, in der vierten hellgrün und in der letzten Tüte sind wenige weiße Schnipsel. Therese hat die ganze Welt auseinandergenommen und Berge, Wälder, Städte, Gewässer und Wüsten sortiert.

Auf dem Fensterbrett steht ein vertrocknetes Bäumchen, dessen Blätter mit einem roten Faden verbunden sind, sodass sie nicht abfallen können. Therese muss die Blätter aneinandergenäht haben, als der Baum noch lebte.

Jef wird klar, man kann keine Künstlerin werden, nur weil man es will. Therese ist eine Künstlerin, ohne es zu wollen. »Künstlerin zu sein, wenn es niemand sehen kann, ist doch so unsinnig, wie ein Glas Wein in den See zu schütten«, sagt Jef mehr zu sich selbst.

Hätte sie den bemoosten Ast, der zwischen dem Müll stand, eher entdeckt, hätte sie alles andere in nervöser Unruhe betrachtet. In einem hohen Glasgefäß mit Blättern und Tannennadeln bewegt sich ein fließender schwarzer Strom. Es ist lebendes Holz. Je länger Jef hinsieht, desto mehr Ameisen sind auf der morschen Rinde unterwegs.

»Was ist das? Oh Gott, sind das Ihre Haustiere? Ist das ein Terrarium oder so was? Was essen die denn? Füttern Sie die etwa?«

Therese hat angefangen zu stricken: »Motten, Asseln, Fliegen findet sie genügend. Ohne die Ameisen könnte sie ja gar nicht malen. Die sagen ihr, was sie machen soll, und dann macht sie das.«

Jef hockt sich vor den Rand des Gefäßes und beobachtet die Tiere, die durcheinanderlaufen, als gehe es nur darum, nie stehen zu bleiben. Manche tragen ein Stück der Rinde wie eine Trophäe, nur um zu beweisen, dass sie etwas Nützliches tun. Andere schleppen eine Kiefernnadel wie einen Speer zum Aufscheuchen derer, die auf die Idee kommen könnten, kurz innezuhalten und nachzudenken. Jef ist fasziniert und voller Ekel. Sie muss wieder an Laddu denken. Auch wenn ein einzelnes Leben genauso schnell vorbei ist, wie hier alle unterwegs sind, so kann doch jedes Tierchen sicher sein, dass sein toter Körper noch als Baumaterial von Nutzen ist.

*

Jef ging zum Coaching, saß in einem hässlichen Klassenraum mit zerkratzten Kunststofftischen. Zwanzig Arbeitslose sollten hier lernen, wie man sich selbstständig macht. In ihrer Nichtdazugehörigkeitsrolle fühlte Jef sich halbwegs sicher. Sie sollte ihre Geschäftsidee vorstellen, wobei das Alleinstellungsmerkmal das Wichtigste und zugleich das Unmöglichste war. Alle bemühten sich, enthusiastisch zu wirken, so verlangte es schließlich der Markt. Es gab eine viersprachige Tagesmutter, eine Gleisbettbegrünerin, einen Stoffbeutelhersteller, einen Hochzeitsfotografen, einen T-Shirtbesticker, einen Currywurstbudenbetreiber und fünf studierte Grafikdesigner im Raum. Jef war die sechste, was sie ganz hinten in der Reihe als Letzte so leise zugab, dass sie es noch mal sagen musste.

Die Ausbilderin winkte ab und erklärte, es sei gar nicht schlimm, dass es hier so viele Grafikdesigner gäbe, denn es sei sogar schon vorgekommen, dass einige nach diesem Kurs erfolgreich in eine Festanstellung bei Laddu vermittelt werden konnten. »Das ist sicher ein hohes Ziel und die beste Chance aus der prekären Selbstständigkeit herauszukommen, aber wer weiß, vielleicht wird es von Ihnen jemand schaffen.«

Jef sagte nichts.

Die garstige Kursleiterin zog die Mundwinkel runter, ging mit verschränkten Armen durch die Reihen, um dann mit erhobenem Finger zu verkünden, nur eins dieser Konzepte sei Erfolg versprechend. »Das kann ich Ihnen jetzt schon sagen.« Es war der dicke Glatzkopf, der auf dem Parkplatz vorm Einkaufszentrum eine Currywurstbude aufstellen wollte.

Die Kantine der Schulungsakademie machte auf Jef den erbärmlichen Eindruck, den sie erwartet hatte. Es schien, dass sie hier dafür büßen sollte, ihren guten Job aufgegeben zu haben. Auf zerbrochenen Fliesen stand ein kleiner schiefer Herd, das Essen wurde aus grünen Kübeln geschaufelt. Am Ende eines Gangs qualmte es hinter einer Metalltür. Mit ihrem Suppenteller in der Hand warf Jef einen Blick in den Raucherraum. Im dichten Nebel saßen Gestalten, die aussahen, als säßen sie schon immer da und versteckten sich in ihrem Dunst. Und als schämten sie sich dafür, dass sie so dasaßen und aussahen, wie sie aussahen: leer, verfärbt und verloren.

Es war das, wovor sie sich bei Laddu zu fürchten gelernt hatte. Jef stellte ihre Suppe ab und verschwand. Ein zufriedenes Berufsleben war nicht mehr zu erwarten. Jetzt erwartete sie nur noch ihre Strafe.

*

Jef hat nicht erwartet, dass Therese die Verabredung einhält. Sich Termine und Uhrzeiten zu merken, traut Jef ihr nicht zu. Aber sie sitzt wirklich um zehn auf der Stufe vor der Haustür, in einem graugrünen Pullover, in dem Jef sie noch nie gesehen hat. Alt und dünn und verzottelt.

»So bist du eben. So nett. Wenn du gerne möchtest, dann kommt sie mit«, hat Therese am Abend nur gesagt, als Jef in ihrem Müllzimmer war.

Auf dem Weg zum Bus redet Therese nicht, und Jef redet auch nicht. Jef ist es recht. Sie hat schlecht geschlafen im Unwetter, wach gelegen und gehofft, Therese würde die Verabredung am Morgen vergessen haben. Die beunruhigende Frage, ob Therese überhaupt auf den Berg will, was Jef mit ihr oben anfangen würde und ob sie das wirre Gerede ohne Rum aushalten könnte, stellt Jef sich jetzt erst, und sie beginnt, sich Vorwürfe zu machen. In dieser Stadt muss es Therapeuten geben, die Thereses Fall kennen und vielleicht sagen würden: Diese Patientin darf man nicht auf den Berg lassen. Mit einer psychotischen Frau eine so unberechenbare Unternehmung zu riskieren, könnte strafbar sein.

Zuletzt hatte sich ihre Kündigung bei Laddu so angefühlt, als hätte eine fremde Hand in ihr Leben gegriffen, wie ein Marionettenspieler, der sich lange genug angesehen hat, wie sie immer wieder gegen dieselbe Stufe stieß, ohne sie zu nehmen. So ist es jetzt auch. Jef fühlt sich ferngesteuert, und der Kurs weicht auch diesmal weit ab von der Vernunft.

»Sollten wir nicht mit dem Bus zur Seilbahn fahren?«, fragt Jef, als Therese an der Haltestelle vorbeigeht.

Therese winkt ab. »Die lassen sie nicht mehr mit dem Bus fahren. Immer wollen sie nur Geld. Blödhammel!«

Jef läuft ihr hinterher.

In der Schlange vor der Seilbahn sind Jef und Therese die Einzigen, die keine Funktionskleidung tragen. Therese steht nur da wie ein erstauntes Kind, einzig damit beschäftigt, Beine und Wanderschuhe zu beobachten und ihnen zu folgen. Jef zahlt die Tickets, und Therese tappt mit kleinen beherrschten Schritten durch das Drehkreuz, als wollte sie nur unbedingt alles richtig machen. Als sollte nichts schiefgehen bei dieser Fahrt. In die Gondel steigt sie nicht mit suchendem Blick, wie die plappernden Touristen sich nach freien Plätzen oder Haltegriffen umschauend, sondern sie läuft zielgerichtet zum vorderen Fenster. Mit einer mechanischen Geste hält sie sich fest und sieht raus, ohne zu spüren, dass sie angerempelt wird.

Der nächtliche Sturm hat die Tannenspitzen abgebrochen und wie Speere in den Waldboden geworfen. Die Spitzen stecken kopfüber in der Erde, als wäre ein wütender Riese durch die Bäume gestampft. Jef ist betroffen von der Zerstörung.

»Die Baumspitzen wachsen doch gar nicht nach, oder? Wachsen die nach?«

Therese reagiert nicht, und die Gondel ist schon über die Baumgrenze hinausgeschwebt.

Jemand stößt seinen Rucksack gegen Thereses Schulter. Sie rührt sich nicht, sieht nur konzentriert nach vorn, Richtung Gipfel, als rollten sich wer weiß welche Vergangenheiten vor ihr auf.

Jef ahnt, es würde oben so weitergehen. Jef würde ihr hinterherlaufen, und Therese würde nicht reden.

Tatsächlich läuft Therese gleich los, drängt sich durch zwischen denen, die mit Kaffee und Kuchen auf der Aussichtsplattform sitzen und zwischen den Bikergruppen die sich zum Hinabrasen versammeln. Schließlich nimmt Therese eine andere Richtung, weg von dem bequemen Pfad, den die Wanderer zum Bergsee einschlagen. Zu dieser Wanderwelt gehört Therese nicht. Und auch Jef muss mit Therese die unbequeme Route nehmen. Nach wenigen Minuten sind sie allein. Diesmal ist es kein fremdes Naturschauspiel mehr, das Jef sich genauso gut auf einer Leinwand ansehen könnte. Jetzt empfindet sie die Aussichtsplattformen und Kuchenvitrinen als reine Ablenkung von der Wirklichkeit.

Jef stolpert in ihren dünnen Chucks über Steine, steigt an sandigen Felswänden auf schrägem Untergrund entlang. Die Entfernungen sind überschaubar und doch unüberwindbar. Ohne Therese hätte Jef keine Lust, sich hier weiter fortzubewegen, wo das Gelände für Stadtmenschen feindlich ist.

»Wo gehen wir denn hin?«

Therese hat Jef offenbar vergessen und sieht sich verwundert um. »Du gehst, wohin du willst, Kindchen. Geh nur. Amüsier dich woanders.« Therese keucht, wedelt mit der Hand und steigt fortwährend weiter, tastet sich vorsichtig am Fels entlang. Jef weiß, Therese ist zu alt für das Klettern auf unbefestigten Wegen.

Wanderer mit Stöckern und Funktionskleidung, gepanzert mit teuren Schuhen, Hüten, Stöcken begegnen ihnen und sehen Therese an, als wäre sie ein ausgeweidetes Tier, das am Wegesrand verwest und einem in Erinnerung ruft, wie brutal die Natur sein kann. Betroffen sehen sie auch auf Jefs Schuhe, die sich gegen die Steine nicht wehren können. Jefs Kleidung ist geeignet, um auf der Kuchenplattform an der Seilbahnstation zu sitzen. Die Leute bleiben stehen, glotzen den Frauen nach, die nicht zusammenpassen, und scheinen zu überlegen, ob sie die Bergwacht rufen sollen.

Jef hofft, Therese würde sich auskennen, und kann trotzdem nicht aufhören, sich vor dem Verirren zu fürchten. Sie hängt an Thereses langer Leine und muss hinterher.

Als sie weiträumig um den halben Gipfel herumgelaufen sind und Jef lange nur mit gesenktem Kopf auf den steinigen Untergrund geachtet hat, ist sie auf den Blick über die Kette der Bergseen nicht vorbereitet. Beim ersten Mal war sie nicht so weit raufgestiegen, hat nur den nahen See gesehen und nicht gewusst, dass es noch mehr davon gab. Wie beglückend es ist und wie dumpf und trostlos es dagegen in ihrem Inneren aussieht. Der Kontrast ist groß, aber Jefs Widerstand, sich von etwas Prächtigem berühren zu lassen, fängt in diesem Moment an, Risse zu bekommen.

In der Ferne sind die Gipfel blau. Himmel, Wasser, Berge, alles blau. Jef muss auch blau sein. Sie ist mittendrin in der Tiefe, die man nur von Weitem sehen kann. Beim letzten Mal hat sie nicht gewagt, die Verbindungen zur ihrer Alltagsrealität in diesem blauen Reich zu verlieren.

Therese bleibt endlich stehen, sieht über die Berge, und Jef hofft, dieser Blick ist Thereses Ziel gewesen. Aber Therese läuft eisern weiter.

Das Felsgestein wechselt stetig die Farbe. Es wird rostrot, eisengrau, lehmgelb und karbonschwarz.

Was, wenn sie Therese nicht in die letzte Seilbahn bekommt? Es wird schrecklich kalt werden in der Nacht, und dann muss sie ihr doch die Bergwacht auf den Hals hetzen und man wird sie auf die psychiatrische Station bringen. Jef beginnt, sich für ihre blöde Idee zu verfluchen.

»Wo gehen wir denn hin, Therese?«, fragt Jef wieder, und tatsächlich antwortet Therese diesmal.

»Sie geht dorthin, wo sie gestorben ist.«

Na gut, denkt Jef. Das ist wenigstens ein Ziel. Welcher Art auch immer. Etwas Harmloses hat Jef sowieso nicht erwartet.

»Es war wirklich unverschämt von ihr, dass sie dich gebeten hat, sie hier raufzubringen. Das hätte sie nicht von dir verlangen dürfen«, sagt Therese außer Atem und muss einen Moment verschnaufen, vorgebeugt, die Hände auf die Knie gestützt. »Mach's gut«, sagt sie und winkt.

»Sie haben mich nicht gebeten. Das war doch meine Idee«, sagt Jef.

»Na ja, so bist du eben«, sagt Therese und geht weiter. »Geh nach Hause.«

»So bin ich?«, ruft Jef. »Sie wissen doch gar nicht, wie ich bin! Sie kennen mich überhaupt nicht! Ich bin so nicht. Ich helfe nie jemandem.«

Therese geht weiter, schwer atmend inzwischen, aber unbeirrt.

»Sagen Sie mir nicht, wie ich bin. Ich hasse das!«, ruft Jef. Da bleibt Therese stehen, sieht Jef an, als müsste sie einmal nachsehen, wer sie war. Thereses Brustkorb pumpt. Aber dann hat sie Jef anscheinend mitten in einer Überlegung vergessen und läuft weiter.

Mechanisch, gleichmäßig wie ein Uhrwerk, steigt Jef ihr hinterher.

Auf dem Kamm stürzt der Berg hinter einer Kante ab. Die Welt besteht nur aus Himmel. Über einem entfernten Gipfel sieht es aus, als würden die Wolken dahinter in ein Loch fließen.

Oben angekommen ist der Weg zu Ende, man kann nur zurück. Therese setzt sich auf einen Stein. »Du musst nicht gegen sie sein, weißt du. Du kannst auch gegen etwas anderes sein.«

Inzwischen ist Jef vor allem dagegen, dass Therese unsinniges Zeug redet, weil sie, gegen ihren Willen, doch anfängt, darüber nachzudenken. Egal wie unsinnig es ist.

»Ich bin nicht gegen Sie«, sagt Jef.

Therese ist zu krank, zu devot, zu kindisch, man kann sowieso nicht gegen sie sein. Therese kann Jef nur aggressiv machen. Es ist still geworden, seit sie aufgehört haben zu gehen.

Therese steht auf und geht genauso zielstrebig auf die Kante zu, wie sie den ganzen Weg gegangen ist. Jef ahnt plötzlich: Therese geht auf einen Abgrund zu. Sie fängt an zu rennen und erwischt Thereses Kragen. Von den Geräuschen, die ihr Sturz verursacht, erschreckt Jef der dumpfe Schlag eines Körperteils gegen einen Stein.

Therese bleibt liegen und sieht in den Himmel. Langsam greift sie sich an den Kopf. Jef zieht Therese an beiden Armen von der Kante weg, schleift sie über die mit Moosen und Flechten bewachsenen Steine und setzt sie hin, gegen einen großen Stein gelehnt wie eine Riesenpuppe. An Thereses Stirn blutet eine Schürfwunde.

Jef spürte ihr gestresstes Herz.

»Können Sie denn nicht mal was Normales machen? Einfach rumspazieren, Vögel beobachten, frische Luft atmen und ein bisschen die Berge ansehen? Geht denn das wirklich nicht?« Jef legt sich auf den Rücken.

Therese nickt und hält sich den Kopf. »Aber ja, das hat sie doch nur gewollt. Ganz normal. Nur runtersehen. Das nennt sie atmen. Aber das reden wir ja. Sie hat ja schließlich die ganze

Nacht mit ihrem Hirn geschlafen. Sie kann dir auch nicht sagen, was du willst.«

»Ich dachte, Sie wollten runterspringen«, sagt Jef.

»Aber nein, Kindchen, so was doch nicht. Das hat sie hier damals gemacht, ja, die haben sie als Kind gesucht, mit Hubschraubern aus Plastik, und als die endlich damit aufgehört haben, das war die schönste Frist. Ganz normal. Manche Gedanken hört man einfach nicht. Und die Leute sind auch nicht immer sachlich. Irgendwann muss man ja schließlich einmal losgehen. Man kann nicht ewig warten, bis alle fertig sind.«

Jef steht auf, sieht sich die steile Schlucht an. Gegenüber ist eine ähnliche Felskante und dazwischen eine Spalte, in der man Therese lange hätte suchen müssen.

»Tut mir leid. Ich dachte, Sie wollten – tut mir leid.« Jef tupft Thereses Wunde mit einem Taschentuch sauber.

In Thereses Globuspupillen spiegelt sich die blaugrün-braungraue Landschaft.

Die Wiese ist abschüssig und bemoost. Flaches Gestrüpp mit kleinen harten Blättern kriecht überall in dieselbe Richtung. Jef stützt sich auf die Ellenbogen, sieht in die blaue Weite und beginnt Therese zu vertrauen. Es kommt ihr jetzt sogar egoistisch vor, sie vom In-die-Schlucht-Fallen abgehalten zu haben. Hier oben zu sterben, scheint Jef nicht so falsch zu sein, wie unten von einem Laster überfahren zu werden. Jef schläft ein, und als die Sonne ihr einen Schatten über das Gesicht legt, lehnt Therese nicht mehr neben ihr an dem Stein. Jef springt auf, sieht sich um. Da geht Therese, bückt sich, pflückt etwas und steht herum wie eine der Kühe, als würde sie hier wohnen.

Auf dem Rückweg geht Therese langsamer. An einem lang gestreckten Felsvorsprung bleibt sie stehen. »Da hat sie als Kind geschlafen.« Sie zeigt die Stelle hinter einem großen Stein, an der man wohl kaum vor dem Wetter geschützt sein kann.

»Da ist sie drin gewesen. In dem Stein.« Therese zeigt auf ein

Loch am Boden, in das auch ein Kind nur knapp hineinkriechen könnte. »Da war ihr Bau. Glaubst du ihr nicht? Glaub's eben nicht. Sie glaubt dir sofort, was sie gesagt hat. Das ist ja auch nicht ganz so schön, wie du es möchtest.«

Jef muss die brauchbaren Informationen aus Thereses Gerede wie Fische aus einem trüben Teich fangen. Und wenn sie eine hat, ist trotzdem unklar, ob sie stimmt. Schließlich glaubt Jef, verstanden zu haben, dass Therese einen Bekannten bei der Seilbahn hatte, der ihr nach der letzten Fahrt übrig gebliebenes Essen in die Mülltonne vom Restaurant legte. Wasser holte sie aus dem Bergsee. Als man sie fand, brachte man sie zurück ins Internat, aber nicht zurück ins Trainingslager, aus dem sie weggelaufen war.

»Deshalb sind Sie auf den Berg gegangen?«

»Höhenlufttraining war schön. Wettkämpfe gar nicht schön.«

»Waren Sie eine gute Läuferin?«

»Sie wollte schnell weg. Weglaufen. Die haben ihr Medaillen umgehängt, damit sie nicht mehr wegläuft, und haben sie mit Geld bestraft.«

Jef lacht. »Sie meinen bezahlt. Die haben Sie fürs Laufen bezahlt, nicht bestraft.«

»Ist dasselbe.«

»Wurden Sie in Ruhe gelassen mit den Wettkämpfen, als Sie zurück waren?«

»Das waren andere Wettkämpfe. Dabei sollten die alle selbst mal in die Psychiatrie.«

Bis zur Seilbahn hat Jef Angst, Therese könnte zurück in ihre Schlucht laufen. Manchmal greift sie nach Thereses Arm und zieht sie weiter.

Die Gondel fährt gerade bergab. Die Plattform ist fast leer. Sie setzen sich an einen Tisch, und Therese bestellt Kaffee, als hätte man ihr eine Statistenrolle in einem Film gegeben. Sie sagt brav ihren Text auf. Tatsächlich Kaffee zu bekommen, überrascht sie trotzdem. Jef bestellt ein Sandwich, das so viel kostet wie zu Hause sechs Sandwiches.

»Haben Sie gedacht, Sie kriegen Flügel, wenn Sie an der Felskante weiterlaufen?«

Therese lächelt, und ihre Augen glänzen: »Das ist doch nur ihre Lebenslust hier oben! Die strömt aus dem größten Stein. Man fällt nicht in die Schlucht, weißt du, man fliegt in das Gewölbe, in dem alles ineinanderfließt. Und dann wirst du wieder ein Teil von allem und kannst endlich aufhören zu arbeiten. Deine Seele verschwindet nicht. Nichts verschwindet. Alles wiederholt sich, und dasselbe schließt sich in der Unendlichkeit zusammen.«

Jef findet den Gedanken jetzt selbst verführerisch, sich ins Nichts fallen zu lassen und eins zu werden mit irgendwas.

Das Sandwich überlässt sie Therese, die es verschlingt.

»Ich glaube aber doch, dass die Seele verschwindet«, sagt Jef. »Sind doch alles nur Informationsprozesse. Ganz und gar verschwindbar.«

Therese nickt und lächelt. »Dein Bewusstsein verschwindet, Kindchen. Nicht deine Seele.«

Jef sieht in Thereses Erdenaugen. Es muss wirklich verdammt anstrengend sein, mit Thereses Bewusstsein zu leben. Jef versteht, warum Therese es loswerden will.

»Ist es nicht besser, jetzt hier zu sitzen und Kaffee zu trinken und ein Sandwich zu essen, als tot in der Schlucht zu liegen?«, sagt Jef.

Therese sieht in den Himmel. »Man wird sie ja doch nicht in Ruhe lassen. Das ist wohl nicht zu ändern. Sie müsste eben von einer anderen Art sein.«

Jef weiß, Therese wird sich nicht ewig retten lassen vor den Lkw und den Felskanten. Sie ist froh, dass Therese ihr plappernd wie ein Kind bis ins Haus hinterherläuft, und lässt sie allein mit ihren wirren Gedanken. Jef hat keine Kraft mehr, Therese zu-

zuhören oder Fragen zu stellen, obwohl sie spürt, dass Therese jetzt Fragen bräuchte, um aus ihrer Verwirrung wieder herauszufinden.

»… Das hat sie nicht wirklich gut gemacht. Irgendwie hat sie sich anders verloren, als sie eigentlich sollte. Aber die schieben sich nicht auf das Bild, sondern über den Inhalt. Das darfst du nicht vergessen. Es war gestern schon knapp mit der löchrigen Luft. Da muss man eine Entscheidung treffen. Es ist zwar in den letzten Jahren ganz unscharf geworden, aber das Leben darfst du behalten oder ein wenig mehr hergeben, als das, was man üblicherweise so braucht …«

Ohne Kommunikation scheint Therese verloren in ihrem Wahn.

Hunger zieht in Jef auf wie ein Gewitter. Sie hat keine Nerven, Therese zu helfen, ihre Gedanken in eine erträgliche Bahn zu bringen.

Im Haus steigt Therese vor Erschöpfung schwankend die Treppe hinauf. Jef sieht ihr nach, bis sie den Schrank hinter sich zuzieht.

Jef brät Spiegeleier und Brot in Butter. Zum ersten Mal seit Langem findet sie wieder Gefallen am Essen.

Vin kommt von draußen mit einer Flasche Wein.

»Bist du jetzt Tante Thereses Komplizin? Das ist ne ganz blöde Idee, Jef, weißt du das?«

»Wir dürften beide nicht hier sein«, sagt Jef kleinlaut. »Das verbindet uns.«

Vin schraubt die Flasche auf, holt sich ein Glas, stellt sich in die offene Terrassentür und raucht.

»Gibt immer genügend dumme Leute wie dich, die denken, sie würden mehr über das Leben erfahren, wenn sie sich mit Leuten abgeben, die von der Gesellschaft verstoßen sind«, sagt er.

»Ich wollte ihr nur helfen«, sagt Jef und erzählt von Thereses Höhle und ihrem Liftboy, der sie damals vermutlich verraten hat.

»Irgendwie ist sie ja auch total lieb.«

»Klar, ist sie lieb!«, sagt Vin und schwenkt sein Weinglas. »Die sind immer erst mal total lieb und bemitleidenswert. Bis sie anfangen, etwas von dir zu wollen. Dann bitten sie dich um einen wahnsinnig dringenden Gefallen, und letztendlich wollen sie dein ganzes Leben! Die ziehen dich nämlich langsam, aber sicher richtig rein in ihren Sumpf. Und wenn du dich nicht befreist, gehst du mit unter. Da gibt's keinen Mittelweg, keinen Kompromiss. Da gibt's nichts dazwischen. Loslassen, oder selbst in den Sumpf steigen.«

»Therese hat mich um nichts gebeten. Mit ihr ist das anders.«

»Sie wird dich noch um etwas bitten. Ganz sicher. Wirst du sehen«, sagt Vin. »Das geht schief, was du da machst.«

In dieser Nacht kommt Oleksii wieder nicht.

*

Aufträge als Grafikdesignerin wurden Jef ständig angeboten, als sie sich nach dem abgebrochenen Coaching im Share-Office einen Büroplatz gemietet hatte. Die Kursleiterin hatte eben keine Ahnung von dieser Branche, dachte Jef.

Nach einem halben Jahr zeigte sich aber, dass der Kampf nicht hieß: Aufträge oder keine Aufträge, sondern: gute Aufträge oder schlechte Aufträge. Von den schlechten gab es genügend. Klar musste man mit den Schlechten anfangen, wenn man an die guten kommen wollte. Oft sollte Jef erst mal umsonst arbeiten, weil die Projekte so weltverbessernd wären und sie garantiert später bezahlt würde, wenn es erfolgreich liefe. Von der Aufmerksamkeit könne sie nur profitieren. Win-win, sagten die Start-up-Unternehmer, die Jef anwarben, ihre Webseite zu gestalten. Jef glaubte es anfangs. Die Miete für ihren Arbeitsplatz im Share-Office ließ sich aber mit Aufmerksamkeit nicht bezahlen. In Wahrheit war nichts davon weltverbessernd, schon gar nicht Win-win, und Jef bildete sich ein, die garstige Kursleiterin lachen zu hören.

Dass man im Office nur die schlechten Aufträge weitergab, weil man die guten genauso dringend brauchte wie sie, verstand Jef erst, als ihre Ersparnisse beinahe aufgebracht waren und als ihre Freunde die Getränke zahlten, weil Jef für ihre Aufträge bezahlen musste, anstatt dafür bezahlt zu werden.

Selbst große Unternehmen sparten nicht nur an den Honoraren, sondern auch an den Ideen. Jef sollte das fertige Layout liefern, gefüttert allein mit der Hoffnung, zufällig in einem der großen Magazine gedruckt zu werden. Dann war sie für eine Ausgabe die Auserwählte, dachte, sie hätte es geschafft, weil sie das Ziel mit der Fingerspitze berühren durfte. Aber gleich wurde sie weitergejagt, neue Runde, neue Warteschlange, neuer Kampf, bis sie ahnte: Das war gar nicht das Ziel. Das war nur eine Attrappe, wie die Hängematten bei Laddu.

Ohne Rita kam Jef jede Idee, die ihr Hirn zustande brachte, belanglos vor. Ohne Rita kreativ zu sein, war wie ohne Buchstaben zu schreiben, ohne Farben zu malen und ohne Töne Musik zu machen.

*

Seit Jef vor zwei Wochen das Heilwasser entdeckt hat, geht sie jeden Morgen zum Abfüllraum. Mal ist es rötlich, mal klar, mal hat es mehr, mal weniger Kohlensäure. Es kann nach Steinen schmecken, nach Metall, nach Gras oder Holz. Jeden Tag drängt sich ein anderer Geschmack auf. Jef trinkt ein paar Becher und fängt an zu laufen. Einmal um den See bis zum Schild *Genießen Sie unser tägliches Kuchenangebot*, unter dem ein Pfeil zum Strandcafé zeigt. Ein paar Körperteile wollen noch nicht mitmachen, lassen sich nur widerwillig überreden. Erst unter der

Dusche merkt sie, wie kalt ihr Hintern ist, als das Wasser heiß über ihren Rücken läuft und dann kalt ihre Beine hinab.

Nach ein paar Tagen lässt ihr Muskelkater nach und sie läuft zweimal um den See.

Ein Mann mit einem extrem kleinen Hund betrachtet misstrauisch ihre alten Chucks. Ein so fusseliges Elend von einem Hund zu halten, ist genauso bescheuert, wie in Chucks zu joggen, würde Jef gerne sagen. In den Blicken der Entgegenkommenden glaubt sie zu erkennen, dass sie in die uniformierte Gemeinschaft sowieso nicht aufgenommen würde, solange sie weder die teuren Laufschuhe noch die Synthetikhose mit Markensymbol trägt. Erlaubt ist nur grellbunt und schwarz. Matschiges Baumwollblau mit weitem Ausschnitt kommt überhaupt nicht vor.

Kurz hinter der Brücke fängt sie an zu sprinten, ein paar Minuten, bis zu den Hecken, aus denen es nach Rindenmulch riecht, dann vorbei an den Pappeln, die jedes Mal mit den Blättern klappern, als würde es regnen. Die Erschöpfung macht Jef ganz fertig vor Glück, wie damals, wenn sie morgens mit Rita erschöpft nach einer Clubnacht auf die morgendliche Straße trat.

Vor dem Haus steht Therese. Verloren, wie in der Fremde ausgesetzt, tritt sie von einem Bein aufs andere. Jef fällt ein, sie hat versprochen, mit ihr nach Flächen zu suchen, die sie bemalen kann.

Als Therese Jef erkennt, lächelt sie kurz, setzt dann aber einen misstrauischen Blick auf, als hätte sie sich geirrt.

»Nein, ich bin nicht gegen Sie«, sagt Jef. »Ich zieh mich schnell um. Bin gleich wieder unten.«

Auf dem Müllplatz hinterm Gewerbegebiet ist nichts Brauchbares zu finden. Jef schlägt vor, in einer Tischlerei zu fragen, und geht in eine der Baracken. Therese bleibt in der Tür stehen, wie ein Kind, wagt keinen Schritt und bringt kein Wort heraus. Jef bekommt drei alte Spanplatten geschenkt, und Jef weiß, Therese wird nicht wiederkommen, um mehr zu holen, obwohl der Tischler es anbietet. Eilig trägt sie das geschenkte Holz weg, als wäre es gestohlen.

»Warum sind Sie denn hier nie weggegangen, Therese?«

»Das Wasser lässt mich nicht«, sagt sie unwirsch und sieht sich misstrauisch um.

»Die Ärzte sagen ja, sie hat einen Herzfehler, vom Sport, weil sie auf den Berg gegangen ist und dann nicht mehr hatte laufen wollen. Das sagen die nur, damit sie die Tabletten ausprobiert. Für Experimente. So was wurde sogar schon telefonisch gemacht.«

»Was ist an der Klinik schlimm?«, fragt Jef, obwohl sie sich denken kann, dass es für Therese schlimm ist, auf einer Station zu leben und sich an Regeln und Vorschriften halten zu müssen. Aber das ist es nicht.

Therese findet etwas anderes schlimm. Sie sieht Jef mit großen Augen an. »Na, da würde sie ja allen zur Last fallen. Das kann sie doch keinem antun«, sagt sie, als erkläre sich das von selbst. »Und das Wasser aus der Öffentlichen, das kann sie doch nicht trinken. Klowasser ist das. Sie trinkt nicht anderer Leute Jauche!«

»Und bei uns im Haus? Das ist nicht aus der Öffentlichen?«

»Nein, Kindchen, das ist nicht angeschlossen. Die sollen erst die Sanierung zahlen, hat die Gerburg in der Zeitung gesagt. Weil es doch gemeinnützig ist. Aber die brauchen hier nichts Gemeinnütziges. Hier sind sich alle nur selbstnützig.« Therese lacht und lässt Jef ihre Zahnlücken sehen.

»Dann seien Sie doch auch mal selbstnützig und verkaufen Sie Ihre Bilder. Sie sind doch Malerin. Lassen Sie Ihre Bilder in Galerien ausstellen. Sie brauchen nur ein paar gute Fotos, die zeigen Sie den Galeristen, und dann kümmern die sich um alles. Transport, Verkauf, Auktion. Dann werden Sie berühmt, verdienen viel Geld und Ihr Sohn sieht Sie in der Zeitung.«

Therese lacht: »Und dann lebt sie wie die Fürsten.«

»Genau!«, sagt Jef.

Therese schüttelt den Kopf: »Nein, Kindchen. Die dürfen sie bloß nicht kriegen. Das Wasser fließt bergrunter. Die Welt ist abgelaufen, die Zeit ist bald weg.«

Es wird dunkel, beginnt zu nieseln, und an der Kreuzung steht ein Mann im Anzug, einen Aktenkoffer neben sich. Er hält einen Zettel in der Hand und wischt abwesend mit dem Zeigefinger über Regentropfen auf dem Papier. Der Arm eines Krans hebt einen zermatschen BMW auf die Ladefläche.

»Na, sehen Sie mal, jetzt sind Sie ganz frei«, ruft Therese, »wer braucht schon das Blech. Man kann ja nicht ewig mit so einer Rüstung unterwegs sein. Wie gut Sie's haben.«

Der Mann sieht Therese hinterher wie einem Geist.

Wolf fragt, ob er helfen soll. Therese gibt die Platten aber nicht mehr aus der Hand, und Jef sieht zu, wie sie alles umständlich durch den Schrank schiebt und stößt, wie eine Ameise, die allein durch Unermüdlichkeit und Willenskraft etwas Großes schaffen kann. Dann schließt sie die Schrankrückwand, ohne Jef noch einmal anzusehen.

Jedes Mal, wenn Jef Geräusche aus der Küche hört, zieht es sie hinunter. Die unverabredeten Zusammenkünfte scheint das Haus eigenständig zu arrangieren.

Oleksii sieht sich am Handy ein Tutorial über das Bauen von Hochbetten an. Sunny schichtet Tiramisu auf, wobei sie immerzu ihre Finger ableckt.

Wolf liest in seinem Zeitungspapier, hustet und räuspert sich, hackt mit der anderen Hand den Löffel in seine Kaffeetasse, als müsste er jedes Zuckerkorn einzeln zerstoßen. Er raschelt, klappert mit der Tasse, scharrt die Schuhe über die Fliesen oder hustet.

Jef schabt die Reste der Tiramisucreme aus der Schüssel und

zeigt auf Wolf. »Der erinnert mich an meinen Vater«, sagt sie, und Sunny sieht sich um, als säße Jefs Vater jetzt auf Wolfs Platz. »Wenn ich mit dem am Frühstückstisch saß, musste er auch immerzu Geräusche machen. Und er hat nie gehört, wenn ich ihn was gefragt habe. Ich glaube, er hat nur seine eigenen Geräusche gehört. Ich musste ihn dreimal ansprechen, und dann hat er mich angesehen, als müsste ich ihm erst mal erklären, wer ich bin und auf welchem Planeten wir uns befinden.«

Sunny lacht und sieht zu Wolf, der in die Zeitung vertieft ist.

»Willst du mal Kinder haben?«, sagt Jef etwas lauter.

Wolf reagiert nicht.

»Was?«, sagt er nach einer Weile und sieht Jef abwesend an.

»Ach, nichts.«

Jef trinkt statt Kaffee lieber ihr Quellwasser, das nach Tannen und Harz schmeckt und sie an Weihnachten erinnert, wenn man im Bett liegt, während es draußen schneit. Sie sehnt sich nach jemandem, der mit ihr zu Weihnachten in ihrem Bett liegen und den Schneehimmel beobachten würde. Jemand, dessen Gerüche und Geräusche sie lieben würde. Sogar die Temperatur seiner Haut würde sie lieben. Sie würde auch seine schlechten Eigenschaften lieben, und es schien ihr jetzt überhaupt das erstrebenswerteste Ziel, schlechte Eigenschaften zu lieben.

»Also, ich will Kinder«, sagt Oleksii. »Warum holst du dir dieses eklige Wasser von sonst wo? Das kommt aus meinem Wasserhahn. Deshalb trink ich ja lieber das aus deinem Bad.«

»Quatsch! Wie soll denn das gehen?«, sagt Jef.

Oleksii nimmt ihr die leere Wasserflasche aus der Hand, geht hinauf und tänzelt kurz darauf mit der vollen Flasche die Treppe wieder herunter. Es ist, bei genauem Hinsehen, wirklich hellrosa. Jef hält es gegen das Fenster wie einen guten Wein und kostet. Es schmeckt nach Regen.

»Ziemlich aufregend, in Wasser mit Kohlensäure zu baden«, sagt Oleksii und wackelt mit den Augenbrauen. Niemand außer

Jef bemerkt diese vermutlich erste absichtlich anzüglich gemeinte Bemerkung seines Lebens. Stattdessen fragen Sunny und Wolf zeitgleich: »Du hast eine Badewanne?«

»Strahlst ja so«, sagt Vin, als Jef auf die Terrasse geht, und bietet ihr zum ersten Mal eine seiner Zigaretten an. Als er Jef Feuer gibt, rutscht ihr Ärmel von ihrem Handrücken.

Vin lehnt sich lässig mit der Schulter gegen die Hauswand, wirkt irgendwie unabhängig und herausgelöst aus dem Gruppengefüge. Jef beneidet ihn um diese Haltung. Sie befühlt mit der linken Hand die Stelle mit den Warzen und findet nur noch eine.

»Hattest du einen guten Ateliertag?«, fragt er.

»Nein, mein Atelier betrete ich überhaupt nicht«, nuschelt Jef mit der Zigarette im Mundwinkel. Sie dreht Vin den Rücken zu und besieht ihre Hand im Licht, das aus der Küche scheint. »Und was willst du dann hier?«, fragt Vin, »also, was willst du wirklich, mein ich. Was willst du hier lernen?«

Jef muss lachen. Auf ihrem Handrücken scheint nur die *Ja*-Warze übrig geblieben zu sein. *Nein* und *Vielleicht* haben einen hellrosa Punkt hinterlassen. Jef überlegt, was ihr das sagen soll. *Ja* ist mein Problem, das mir bleiben wird?

»Ich werd für Therese eine Galerie suchen«, sagt Jef. »Deshalb bin ich hier. Ich will lernen, Ja zu sagen.«

Vin lacht: »Wozu willst du denn Ja sagen?«

»Na, zu meinen Ideen«, sagt Jef.

Er nickt, macht seinen Nageblick, zieht an seiner Zigarette und sieht in den dunklen Himmel. »Und das ist deine Idee? Du willst die arme Tante Therese wirklich dem Kunstmarkt zum Fraß vorwerfen? Na, dann projiziere das mal richtig.«

»Ja, ich projiziere das richtig«, sagt Jef.

Vin stützt sich auf die kleine Steinmauer. »Du bist nicht vielleicht vor irgendwem weggelaufen?«

»Eigentlich nur vor meiner Miete«, sagt Jef. »Ich will nicht wieder bei Laddu arbeiten müssen.«

»Du warst bei Laddu?«, sagt Vin. »Ich dachte Sexshop?«

Jef erzählt von den aufgebrauchten Ersparnissen, von ihrer Bürogemeinschaft, einem halbherzigen Versuch, wieder wie damals während des Studiums als Kellnerin zu arbeiten, und von ihrer vermieteten Wohnung.

»Wenn du's bei Laddu ausgehalten hast, kann's ja wohl nicht so schwer sein, einen besseren Job zu finden. Werd Fischverkäuferin, Zugbegleiterin, Parkraumüberwacherin, Nachtwächterin, Straßenbahnfahrerin, was weiß ich. Versuch's in anderen Sexshops. Alles besser als Laddu. Such dir ne halbe Stelle. Und um dich in deiner Selbstständigkeit ernst zu nehmen, brauchst du ja wohl keinen Platz in irgendeinem Share-Office!« Das englische Wort betont Vin abfällig gespreizt.

Jef bläst nur den Rauch aus und fragt sich, warum sie sich bei Laddu ein Leben hat versprechen lassen, das sie nie führen wollte.

*

Einmal im Monat traf Jef Ritas Mutter bei der Vereinssitzung im Share-Office, und jedes Mal stach etwas von innen gegen Jefs Schultern wie heißer Dampf. Sie wäre gerne ihre Tochter gewesen. Als Schwester hätte Rita sie nicht so leicht abschaffen können. Jef sah in der klugen, aber erfolglosen Filmregisseurin Ritas Zukunft, ihre eigene dagegen in ihrer depressiven Lehrerinnen-Mutter.

Was Jef mit den Leuten im Share-Office verband, war das gemeinsame Gefühl, in der Welt nicht gebraucht zu werden. Selbst Ritas Mutter machte einen resignierten Eindruck. »Ernsthafte Filme will keiner sehen. Nur Drama und Komik. Die ernsten Themen musst du dem Publikum unauffällig unterjubeln.« Das Leben habe ihr schwere Steine in den Weg gelegt, aber letztendlich sei sie in ihrer Arbeit immer frei, habe sich nie kaufen lassen, und das sei das Wichtigste, sagte sie beim Rauchen auf der Feuertreppe.

*

»Kann es irgendwann mal wieder aufhören zu regnen?«, sagt Wolf, nachdem es drei Tage lang nicht aufgehört hat.

»Du gehst doch eh nicht raus«, sagt Vin.

Wolf stöhnt: »Umso schlimmer, wenn hier kein Licht reinkommt.«

»Ich brauch morgen gutes Tageslicht. Ich will Thereses Bilder abfotografieren«, sagt Jef.

»Jef macht die Parasitin nämlich zu ihrem Kunstprojekt«, sagt Vin.

Oleksii und Sunny liegen auf dem Sofa. Sunny hat ihre Beine über Oleksiis Beine geschoben. Er massiert ihre Füße.

»Echt? Tante Therese? Was hast du denn vor?«, fragt er.

»Ich schreibe Galerien an.«

»Cool«, sagt Sunny müde, zieht ihre Socken an, während Vin Karten austeilt.

»Morgen den ganzen Tag Sonne«, liest Wolf von seinem Handy ab.

»Oh, dann nehm ich mein Pussy-Sunbath«, sagt Sunny und klatscht in die Hände.

»Was nimmst du?«, fragt Oleksii.

»Na, ich leg mich im Schneidersitz vors Fenster. Da kommt doch sonst nie Sonne hin«, erklärt sie.

Wolf legt Patience. »Aufgrund ihrer Lage ist die Vagina zum ewigen Schattendasein verurteilt«, sagt er bedächtig.

»Genau!«, sagt Sunny. »Schon mal darüber nachgedacht?« Sie gibt Oleksii eine Nackenschelle.

Oleksiis Mund geht nicht mehr zu. Er starrt Sunny von der Seite an. »Das heißt, du liegst dann da so …«

»Jaaa, Mann!«, sagt Vin. »Sie liegt mit gespreizten Schenkeln nackt in der Sonne vorm Fenster! Du kannst den Mund wieder zumachen, Oleksii!«

Vin muss unweigerlich grinsen, obwohl er ernst bleiben wollte, und gefällt Jef für einen Moment.

»Was arbeiten denn eigentlich deine Eltern?«, fragt Jef, um das Thema zu wechseln. »Sind die auch Musiker?«

»Meine Mutter ist Pfarrerin.«

»Und dein Vater?«

Oleksii schüttelt den Kopf. »Die Musik ist mein Vater.«

Seinen Vater habe er nicht kennengelernt, sagt er. Der habe sich das Leben genommen, bevor Oleksii geboren wurde. Er habe Orgel gespielt, und Oleksii habe als kleines Kind das Gefühl gehabt, der Vater wäre in der Orgel.

»Was ist das denn für ne superfiese Sache, sich vor der Geburt des Kindes umzubringen?«, sagt Sunny.

»Er hat einen Schlaganfall überlebt«, sagt Oleksii, »war ne halbe Stunde tot, wurde wiederbelebt, war im Koma und so. Dann haben sie ihn aufgeweckt, und er war eigentlich okay. Ist wieder mit dem Fahrrad durchs Dorf gefahren. Aber nach ein paar Monaten hat er gesagt, er denkt jede Sekunde nur daran, zu diesem weißen Licht am Ende des Tunnels zu müssen.«

»Bist du nicht irre sauer auf den?«

Oleksii schüttelt den Kopf. »Man kann doch nicht sauer auf jemanden sein, den man nicht kennt.«

Mit neun habe er jede Messe begleitet, obwohl seine Hände zu klein gewesen seien für das größte aller Instrumente. Im Dorf sei er das Wunderkind gewesen, und das sei eine Rolle, die er gern ablegen würde. Deshalb wäre es gut, Musiklehrer zu werden.

»Quatsch. Deine Rolle hast du zu Hause für immer.«

»Du musst irgendwohin, wo du erst mal nichts Besonderes bist, aber werd bitte nicht in deinem Dorf Musiklehrer! Mach das mit sechzig«, sagt Jef.

»Genau!«, sagt Sunny. Du solltest deine Freundin anrufen und ihr sagen, dass du deine Karriere als Komponist nicht aufgeben wirst!« Sunny gibt Oleksii das Handy. »Am besten jetzt gleich.«

Er sieht auf sein Display. »Das ist aber nicht unsere Telefonierzeit.« Er gibt Sunny das Handy zurück, als wollte er es ihr überlassen, seine Freundin anzurufen. Sunny drückt es in seine Hand. »Dann rufst du heute mal außerhalb der Telefonierzeit an. Du hast ja schließlich was Außergewöhnliches zu sagen.«

Oleksii zögert. »Ihr seid ja wie meine Mutter«, mault er. »Die will auch nicht, dass ich Lehrer werde.«

Jef und Sunny recken den Hals, um das Bild seiner Freundin auf dem Display zu erkennen. Oleksii hält die Hand darüber. Er spielt nervös mit einer Mandarine, die er hochwirft und auffängt, während es klingelt. »Hi, Schatz«, sagt er und lächelt unecht. Er piekt seine Fingernägel in die Mandarinenschale, während er seiner Freundin zuhört, die offenbar viel zu erzählen hat. Oleksii sagt eine Weile nur: »Hmm. Echt? Cool! Aha.« Dann: »Hab gearbeitet. Sonst nichts weiter.« Er gähnt so, dass sie es hören kann. Sunny stößt ihn mit dem Fuß an. »Die Verrückte? Nichts. Was soll sie gemacht haben?« Er sieht Sunny unsicher an. »Nein, heute hat sie nichts Verrücktes gemacht. Nein, ich war nicht draußen. Regnet die ganz Zeit.« Er gähnt noch einmal und Sunny verdreht die Augen. »Ich hab die ganze Zeit nur den dicken Pulli an. Den braunen, ja. Den mit dem Muster. Von deiner Mutter der.«

Sunny hebt fragend die Hände.

»Ich wollte …« Oleksii hört zu. »Ja, mach ich. Okay.«

Er sieht Sunny hilflos an, zuckt mit den Schultern.

»Du hast nachgedacht!«, flüstert Sunny.

»Ich hab nachgedacht«, sagt Oleksii. »Na, über die Stelle als Lehrer an der Musikschule.«

»Nein, will ich eben nicht.« Pause. »Du hast doch gesagt,

dass ich das machen soll.« Pause. »Doch, hast du.« Pause. »Na, ich dachte, weil …«, Oleksii bohrt seinen Finger in die Mandarine. »Okay, schlaf gut. Ich dich auch. Bis morgen.«

»Oh Gott!«, sagt Sunny. »Gähnen am Telefon ist echt das Letzte, Oleksii! Falls wir je miteinander telefonieren sollten und du gähnst, leg ich sofort auf! Gute Nacht.«

Sunny nimmt ihm die Mandarine weg, steht auf und geht.

»Ich werde im Leben nie irgendeine Frau verstehen«, sagt er.

Jef bleibt mit Oleksii auf dem Sofa liegen. Vin ist unter Kopfhörern eingeschlafen, Wolf hat die Patience aufgegeben und liest.

»Weißt du«, sagt Jef schließlich, »eigentlich ist es doch egal, ob du ein unbequemes Leben mit der Hoffnung auf Verbesserung führst, oder ob du ein bequemes Leben führst und immer Angst davor hast, abzustürzen. Vielleicht macht Verzicht stolzer als unnötiger Erfolg. Wir sollten das lernen, glaub ich.«

Neuerdings wird Jef morgens wach, wenn der Himmel gerade entschieden hat, doch nicht matschbraun zu werden, sondern bläulich mit mehr oder weniger Grau. Jef muss raus.

Die trockene Luft, die der uralte rauschende Heizkörper verursacht, stört Jef jeden Tag mehr. Sie hat aufgehört, ihre Klamotten über die Stuhllehne zu hängen oder im Schrank zu verstauen und lässt sie stattdessen zusammengeknüllt vor dem Bett liegen, um sie morgens so wieder anzuziehen.

Sie muss raus, die Quelle ruft nach ihr. Sie saugt den Nebel ein, findet die Kälte erfrischend, und fragt sich, wieso sie diese Morgenluft, die noch ohne Abgase ist, bisher nicht zu schätzen wusste.

Auf dem schmalen Trampelpfad über die große Wiese am See gerät sie in einen Schwalbenschwarm. Die Vögel segeln wie Herbstblätter um sie herum, und das ganze Volk nimmt Jef eine Weile in die Mitte des Wirbels, fliegt ein Stück ihrer Rennstrecke mit, sinkt und steigt in Wellen. Jef bleibt stehen, fühlt sich zum

Mitfliegen aufgefordert. Die Schreie ziepen an ihren Ohren. Ein Gefühl, das sie an ihr eigenes übermütiges Teeniegequietsche erinnert. Etwas ist mit ihrer Wahrnehmung passiert, oder mit der Stadt um sie herum, oder mit der ganzen Welt. Langsam mag sie den See, den Wald, den Berg, die Vögel und hat das Gefühl, selbst gemocht zu werden.

Nur von den Menschen fühlt sie sich nicht gemocht. Freundlichkeit wird hier offenbar nicht verschenkt. Die Blicke bleiben skeptisch.

Diesmal biegt sie von ihrer Seerunde in den Wald ab. Der Weg ist wie ein Herbarium aus gepressten Blättern, die Kuhfladen auf der Waldwiese wie altes Schiefergestein, das sich aus dem Erdinneren ins Freie drückt. Jef stellt sich vor, wie die Kunst tief in ihrem Inneren vergraben liegt und nicht rauskann. Und wenn sie rauskäme, wären es doch nur Kuhfladen. Manchmal sieht etwas von Weitem wertvoll aus, wie eine Blume oder ein Tier. Aber dann ist die Blume im Näherkommen doch nur ein abgenagter Apfel und das Tier ein Stück Sperrmüll, das jemand vors Haus gestellt hat. Nur interessant, solange man nicht genau hinsieht, nicht weiß, was es ist. Vielleicht ist Kunst ja nur die Fähigkeit zur Vernebelung.

Beim Joggen begegnet sie Vin. Er läuft ihr entgegen, als wollte er in die Erde hineinlaufen. Schnaufend hebt er die Hand, Jef schlägt ein und lässt ihn weiterkämpfen mit der Oberfläche wie mit einer Eisschicht, die er durchbrechen muss, um das Leben herauszufordern.

Als Jef zum Abfüllraum kommt, um ihre Flasche zu füllen, sieht sie, wie Therese eine Rolltasche wegzieht. Jef holt sie ein, als Therese eine Flasche Wasser über der Wurzel einer Linde ausgießt. An die Hauswand krakelt Therese etwas mit ihrer blauen Kreide, und dann zieht sie die Tasche weiter.

»Das machen Sie also«, sagt Jef, »Sie gießen die Bäume. Das ist Ihre Arbeit, ja? Da haben Sie aber viel zu tun.«

Therese bleibt stehen, sieht Jef an und lacht, als würde sie in ihr eine alte Bekannte erkennen. »Es ist ja nicht richtig, das Wasser zu lenken, wie man es haben will. Die Informationen müssen gerecht verteilt werden, weißt du.«

Ein paar Wochen vorher hätte Jef so ein Gespräch aufgegeben. Jetzt fragt sie: »Welche Informationen?«

Therese betrachtet Jef. Langsam und ein bisschen nervös, als würde sie in einer längst vergessenen Fremdsprache antworten, sagt Therese: »Ich muss doch den Wassern unter der Stadt die Informationen vom alten Bergwasser zugeben. In geringen Dosen. Damit es sich daran erinnert, woher es kommt. Dann kann es sich selbst reinigen.«

»Sie sind ja eine Homöopathin«, sagt Jef.

Therese nickt oder schüttelt den Kopf, was nicht zu unterscheiden ist, und geht weiter die Straße hinunter. Jef sieht ihr hinterher. Zwei Männer in Anzügen und Kaffeebechern weichen Therese aus, ohne sie zu beachten, und Jef würde ihnen gerne sagen, dass Thereses Arbeit vielleicht sinnlos ist, aber vielleicht auch wieder nicht so sinnlos wie die Arbeit der Anzugmänner.

*

Die Disziplin, in ihrem Büro an dem wackeligen Stehpult zu arbeiten, das ihr Vorgänger dagelassen hatte, brachte Jef immer seltener auf. Die Hoffnung auf gute Aufträge war machtlos geworden gegen die Depression, die Jef jeden Morgen auf dem Weg zur Arbeit begleitete. Für Gedanken an den unterirdischen Stundenlohn, den sie sich täglich erarbeitete, hätte sie sich selbst erwürgen können. Abends kam die Depression wieder mit nach Hause.

Wie eine Katze, die es an ihrem Lieblingsplatz hielt, kauerte Jef sich auf das fadenscheinige blaue Küchensofa. Wenn die Spülmaschine lief, hatte sie das Gefühl, es passierte wenigstens irgendwas, wenn sie schon selbst nicht mehr in der Lage war, etwas zu tun.

Im Hof gab es ein paar Garagen, dahinter lag der S-Bahnhof auf derselben Höhe wie ihre Küche. Jefs Balkon stand direkt auf einem der flachen Garagendächer, im Sommer konnte sie über die Brüstung steigen und sich auf das Dach legen. Seit Rita weg war, hatte sie das nicht mehr gemacht. Sie hatte keine wirklich gute Freundin mehr, an deren Leben sie teilhatte, keine, die an ihrem teilhatte, keine, die sie kannte, seit sie ein Teenager war.

Weil Jef sich nicht abschaffen konnte, wie Rita sie abgeschafft hatte, lebte sie vor sich hin, mit den Bahnsteigansagen und den Zugsignalen.

Unbewegt den bewegten Bahnhof zu beobachten, war ein Zustand, in den sie öfter verfiel. Manchmal saß sie stundenlang auf der Armlehne des Sofas, den Rücken gegen die Wand gelehnt, kaute etwas, überblickte den Bahnsteig. So sah sie den Wartenden beim Warten zu und wartete. Unablässig tauchten Menschen hinter dem Treppengeländer auf. Vormittags alle zehn Minuten, nachmittags alle fünf. Mensch um Mensch wurde von der Bahn abgeholt. Sie fuhren weg oder ließen sich ausspucken und wurden verschluckt von der Treppe hinter dem Geländer. Jetzt waren die Leute sogar nachts leicht bekleidet und machten einen gelassenen Eindruck. Im Winter aber standen sie ungeduldig im kalten Wind, den die große Hauptverkehrsstraße aus dem Norden mitbrachte. Am rechten Ende des Bahnsteigs zog der Wind mit dem endlosen Verkehr unter den Gleisen durch die Brücke, während er die Leute oben von den Füßen fegte und die Mülleimer durchsuchte. Wellenförmig wurde diese Bühne von Menschen überspült und verlassen. Jef kannte die Gezeiten, wusste, es war nach drei, wenn sie dicht standen, und nach acht, wenn die Menschenmenge nach jeder Bahn kleiner wurde. Sie erkannte Leute, die zur selben Zeit an derselben Stelle warteten. So wie Jef selbst in ihrer langweiligen Küche. Sie saß auf der falschen Seite, wurde nicht abgeholt und hätte ihre Wartehaltung aus eigener Kraft aufgeben müssen. Es gab keine festen Arbeitszeiten mehr, die sie zum Aufstehen zwangen, kein regelmäßiges Laddu-Gehalt.

Das Einzige, wovon Jef abgeholt werden wollte, war der Schlaf. Morgens verließ sie ihr Bett immer schwerer.

Die Spülmaschine wiederholte einen menschlich klingenden Klagelaut, der sich nach irgendeiner chronischen Frage anhörte. Jef wünschte, jemand würde über die Gleise springen, auf den Garagendächern herüberlaufen, über ihr Balkongeländer klettern und sich zu ihr an den Tisch setzen. Aber die Leute standen träge herum und wollten nach Hause auf ihre eigenen Sofas. Jefs Wartehaltung beunruhigte sie wie eine Sucht, die sie sich nicht eingestehen wollte. Sie wusste, sie würde damit aufhören müssen.

Rita kroch durch Jefs Gedanken, schlich sich an wie ein Gespenst, das Jef erschaffen hatte, indem sie sich Ritas reumütige Rückkehr wünschte. Manchmal stellte sie sich vor, sie würde Ritas blaues Wildseidentuch finden, es ihr zurückbringen, und Rita würde ihr um den Hals fallen, und alles wäre wie früher. Jef verachtete sich selbst für solche devoten Gedanken.

*

Jef öffnet die Fenster, geht in ihr Atelier, setzt sich an den Tisch und sucht im Laptop nach örtlichen Galerien.

In ihrem Zimmer fällt etwas auf den Boden.

»Bist du noch im Bett?«, fragt sie erstaunt. Oleksii hat Jefs Bettdecke über seine gezogen.

»Ich kann in der Kälte nicht aufstehen«, sagt er. Offenbar hat er beim Griff nach dem Wasserglas befürchtet, sein Arm könnte absterben und es lieber fallen lassen.

»Man stirbt nicht bei sechs Grad!«, sagt Jef, schließt das Fenster und erklärt Oleksii, dass er sich ein anderes Zimmer zum Übernachten suchen müsse, wenn es ihm hier zu kalt sei. »Ich schlaf nicht mehr in dieser stickigen Heizungsluft. Ich brauche richtige Luft, verstehst du? Echte lebendige Luft mit Sauerstoff und Regen, mit Herbstblättern und Nachtwind und so. Sonst ersticke ich.«

Oleksii zieht schlotternd seine Wollsocken an und legt sich die Decke um die Schultern. Er bleibt unschlüssig im Zimmer stehen. »Was ist denn eigentlich mit dir passiert?«, fragt er. »Du bist so aufgedreht.« Er fährt ihr über den Kopf und zerzaust ihre Haare. »Du siehst gar nicht mehr ordentlich aus. Eher so wie ein Waldmädchen. Steht dir. Siehst viel jünger aus. Hast du hier jemanden kennengelernt?«

Jef trinkt aus ihrer Quellwasserflasche. »Ich glaube, ich hab mich selbst kennengelernt. Seit ich dieses Wasser trinke, bin ich einfach nicht mehr müde.«

»Lass mich noch mal kosten.« Oleksii trinkt und setzt die Flasche sofort wieder ab. »Baah! Wie kannst du das trinken?«

Jef hört die Haustür zuschlagen und sieht aus dem Fenster. Therese geht, mit Beuteln bepackt, langsam die Straße hinunter, sieht in alle Ecken, wie ein Straßenhund, der nach Futter sucht.

Jef steigt durch den Schrank, trägt Thereses Bilder in das hellste der leeren Zimmer, lehnt sie gegen den rohen Putz und fotografiert jedes mit dem Handy.

Jef behauptet, Thereses Nichte zu sein. Ihre Tante sei vollkommen unentdeckt und habe ihre Bilder bisher nirgends gezeigt. Nun wolle Jef die Ausstellung ihrer Werke in die Hand nehmen. Wie in ihren Bewerbungsschreiben traut Jef den Informationsteilchen nicht, die ihren Computer per Mail verlassen.

»Du gibst wohl dein ganzes Geld für die Seilbahn aus«, sagt Wolf beim Frühstück, als Jef von Sunnys Joghurt isst. Dass sie seit Wochen kein Essen mehr gekauft hat, fällt langsam auf.

Jef hat schon lange keinen Blick mehr in ihren Bank-Account gewagt.

Wolf sagt, man habe die Aussicht nicht verdient, wenn man

sie sich nicht erkämpfe, sondern feige mit der Seilbahn fahre. Und weil er nicht kämpfen wolle, würde er unten bleiben.

Jef hat heute Lust, sich mit eigener Kraft auf den Berg zu heben und mit jedem Schritt leichter zu werden.

Hinter dem weißen Pavillon beginnt ein Weg, der Jef zwischen himmelhohen Nadelbäumen und knietiefen Farnen bergaufträgt, vorbei an Rinnsalen, die über dunkles und manchmal rötliches Gestein den Berg hinunterschwimmen. Jef bedauert den misshandelten Berg, in den man die Seilbahnen und die Skipisten gebaut hat. Man hat sein Quellwasser abgezapft, um es durch Rohre laufen zu lassen.

Nach einer Stunde wird ihr schwindlig vor Anstrengung. Sie bleibt stehen und fühlt durch ihre Fußsohlen den Berg vibrieren, oder sich selbst. So weit wäre sie vor ein paar Wochen nicht gekommen. Sie hätte es nicht mal versucht.

Jef setzt sich auf einen Stein und sieht hinunter auf den See. Ihr Leben hatte bisher einfach keine Handlung, und sie fragt sich, warum sie jetzt so erfüllt ist von der eintönigen Stille und dem Wind in den hässlich zerrupften Wintertannen, und dem kalkigen Geruch nach grauem Geröll und Erde. Das alles hat sie nicht interessiert, als sie hier ankam. Therese, der Brunnen, der Berg, der See, das alte Haus, ihre neuen Künstlerbekanntschaften und alles, was sich in der Leere, die sie hierher mitgebracht hat, ausbreitet.

Jenseits der Baumgrenze hat sie Jacke und Pullover um die Hüfte gebunden und wandert im T-Shirt, obwohl es Mitte November ist.

Erst mittags kommt sie oben an. Auf dem Plateau ist sie allein. Neben einem großen Felsbrocken legt sie sich trotz der borstigen Gräser auf die Erde und schläft sofort ein. Sie träumt, jemand würde nach ihr pfeifen, während sie nackt durch die Straßen geht, weil Oleksii ihre Kleidung verkauft hat, um seiner Freundin ein Hochbett zu bauen.

Als sie aufwacht, sieht sie entfernt kugelige Felltiere um die Steine rollen, die plötzlich von der Wiese verschluckt werden, als Jef sich aufrichtet. Sie setzt sich auf den Felsstein und sieht, wie sich der dunkelblaue See in seiner vorbildlichen Glätte dem Tal angepasst hat.

In ihrem Augenwinkel kullert ein Murmeltier durch die Landschaft. Sie bewegt sich nicht, und dann bekommt sie den Murmeltierblick. Sie sind überall, laufen aufgedreht herum, um mit langen Zähnen etwas zu zerrupfen. Jef könnte heulen über diese zutrauliche Begegnung. Und dann hört sie das Gummitierquietschen der Nager, das sie im Traum für ein Pfeifen gehalten hat.

Jef will zu dem Bergsee, von dem Wolf gesagt hat, es sei der berühmteste. Da gewesen ist er nicht. Nur informiert hat er sich. Jef versucht, in der Ferne zu erkennen, wo der Pfad hinwill. Auf einer Seite des Weges geht es steil bergab, auf der anderen steil bergauf. Sie geht vorbei an gestapelten Speeren, die darauf warten, im Winter in den Schnee gesteckt zu werden, damit der Weg zu finden ist. Einige sind heruntergefallen, und Jef fühlt sich wie die geprüfte Goldmarie. Sie entscheidet, die Pechmarie zu sein und die Hölzer herumliegen zu lassen. Soll sie ein anderer aufräumen.

Als sie die Wildpferde sieht, die Wolf vorhergesagt hat, kommt sie selbst sich wilder vor als die ruhigen sauberen Pferde. Hier oben gibt es nichts, was sie hätte schmutzig machen können. Keine Disteln, die ihnen die Schweife verfilzen, kein Schlamm, der ihnen an den Hufen klebt, es gibt nur den sanften Wind, der ihnen die Mähnen kämmt. Sie gehen ein Stück hinunter zum Weg, als ein paar Wanderer stehen bleiben. Die Pferde riechen an den bunten Rucksäcken, lecken den Wanderern die salzigen Hälse ab, dass sie laut auflachen.

Am Bergsee, dessen Wasser so leicht aussieht wie Luft oder Gas, zieht Jef die Schuhe aus, geht über die weißen Kiesel, hinein in den Farbverlauf von Hellblau bis Türkis. Mit der stechenden

Kälte bekommt sie die Härte zu spüren, die man der Landschaft nicht ansieht.

Jef kniet sich auf einen Stein, der mit ziseliertem Moos besetzt ist, und trinkt aus dem See. Sie will ganz hier sein und kaut die rubinroten Beeren, die verschrumpelt an einem geflochtenen Kraut stecken.

Der Anblick ihrer nackten Füße auf dem Unterwasserkies erinnert Jef zum ersten Mal seit Langem an ein vergessenes Gefühl, eine Art Freude über sich selbst: Wenn der Lack ihrer Zehennägel zu ihrem Kleid passte; oder ihre langen Finger ihr beim Schwimmen im Seewasser gefielen; oder die braune Haut ihrer Waden, wenn sie auf einem Beifahrersitz die Füße auf das heruntergekurbelte Seitenfenster gelegt hatte.

Jefs Naturverbundenheit ist verloren gegangen, wurde von ihr selbst auf dem Weg in die Großstadt verdrängt.

Sie zupft ein vertrocknetes Wurzelstück aus dem Gestrüpp. Wie winzige behaarte Spinnenbeine rekelt sich das Gewächs in ihre Handfläche. Jef findet einen rötlichen Stein, der zur Wurzel passt. Mit einem langen Halm versucht sie beides zusammenzubinden. Es könnte ein Ohrring werden. Jef lässt es am ausgestreckten Arm gen Himmel baumeln und hat Lust, Schmuck zu machen. Sie steckt die Teile in ihre Jackentasche.

Auf dem Rückweg fängt sie sogar an zu singen und weiß nicht, wann sie das letzte Mal gesungen hat. Sie muss ein Kind gewesen sein. Etwas anderes als Musikunterrichtslieder fallen ihr nicht ein. *Es blies ein Jäger wohl in sein Horn. Ach, schwarzbraunes Mädel entspring mir nicht, ich hab große Hunde, die holen dich, drum heißaßa, drum trallalla.* Dass sie von Vergewaltigung und Mord singt, fällt ihr erst jetzt auf. Was hat sie sich als Kind nur darunter vorgestellt?

Jetzt stellt sie sich Therese vor. Die Berge und die Murmeltiere sind die lustige Melodie und das schwarzbraune Mädel Therese, die in die Schlucht zu springen versucht, um lieber an den Felskanten aufzuschlagen, als sich einfangen und benutzen zu lassen. *Und sterbe ich denn, so bin ich tot. Begräbt man mich unter Rosen rot.* Jef hört auf zu singen. Ein anderes Lied kann sie nicht.

Es könnte ein befreiender Zustand sein, den Tod nicht zu fürchten, findet Jef jetzt, in einem Moment, in dem sie gerne lebt.

Erst als es dunkel wird, geht sie zur Seilbahn und kann ohne Ticket mit ein paar Kindern durch die Schranke schlüpfen. Die Kinder kreischen und kleben an den Scheiben, als sie ein Murmeltier zwischen den Steinen entdecken.

Ernüchternd schnell ist Jef unten.

Auf dem Heimweg spürt sie ihre Hände und Füße nicht mehr. Ihre Organe haben Armen und Beinen die Wärme weggenommen. Ihre Nase läuft und ist zugeschwollen. Sie muss dringend pinkeln, und als sie es im Haus auf das Klo im Erdgeschoss geschafft hat, kann sie mit den gefrorenen Fingern ihren Hosenknopf kaum öffnen. Als sie endlich auf dem Klo sitzt und die ganze Luft ausatmet, die sie angehalten hat, fragt sie sich, wie die alte Therese es schafft, in den unbeheizbaren Zimmern zu überwintern mit all den Gebrechen, die sie in ihrem Alter haben muss.

»Ich hab einfach mal die richtigen Aktien zur richtigen Zeit gekauft«, sagt Vin, als Jef in die Küche kommt. Sie hält ihre eisigen Hände unter den Wasserhahn. An den Fingern fühlt sich das Wasser warm an und an den Handgelenken kalt. Jemand hat Suppe gekocht, und Jef kann sich nicht erinnern, sich je so über eine warme Suppe gefreut zu haben.

»Dann bist du ja eine richtig gute Partie«, sagt Sunny, zeichnet eine Linien- und Punkte-Choreografie auf ein Blatt, während sie knirschend etwas kaut.

»Aaah, Sunny, das ist sooo schlimm!« Wolf hält sich die Ohren zu.

»Aber es knuspert so schön«, sagt Sunny. Sie hört in einem Ohr Musik und sagt viel zu laut: »Musst du überhaupt kein Geld mehr verdienen?«

Vin wiegt den Kopf: »Wenn ich keine großen Ansprüche habe, wahrscheinlich nicht.« Seine Ex-Freundin habe bei einem IT-Unternehmen gearbeitet und Vin als Jugendlichen jahrelang gezwungen, jeden Cent, den er beim Jobben in einer Computerbude verdiente, in Aktien zu stecken. »Man muss nur an die richtige Unterdrückerin geraten!«, sagt Vin, »wir konnten damals gar nicht wissen, was mit diesen Aktien passiert. Das konnte keiner wissen. Und der Plan, mit ihr ein Haus in Griechenland zu kaufen und ein Restaurant zu betreiben, war eher ihrer. Sie wollte das unbedingt, und ich war halt keine gute Partie damals. Das hat sie ziemlich rigoros geändert. Jetzt kann ich froh sein«, sagt Vin mit einem Gesicht, das gar nicht froh aussieht. »Werd sie vielleicht mal in Griechenland besuchen. Weiß nicht.«

Sunny legt den Kopf in ihre Hand. »Oh Mann. Das ist ja ein Traum! Ich würd ne Tanzschule gründen. In so nem großen alten Saal wie hier oben und dann Bälle veranstalten.«

Vin macht ein missmutiges Gesicht. »Das Geld reicht, um bescheiden davon zu leben. Nicht, um Bälle zu veranstalten.«

Ihre Handy-App habe heute siebenunddreißigtausend Schritte gezählt, sagt Jef. Aber niemand will wissen, wo sie war, alle reden nur davon, was sie mit viel Geld machen würden.

*

Jef hatte eine lieblose, aber intakte Kindheit. Schon das Wort »intakt« regte sie auf. Intakt. Schön im Takt. Stur und langweilig.

Rita hatte keine intakte Kindheit. Ihr Vater war während einer Mutprobe bei der Armee gestorben. Das hatte Rita ihr einmal erzählt, und Jef musste schwören, sie nie wieder darauf anzusprechen. Mit einer kaputten Kindheit hätte Jef wenigstens einen Grund für ihre armselige Lage vorzuweisen, sie hätte ihre

Eltern verfluchen und sich selbst bemitleiden können. So konnte sie nur sich selbst verfluchen und ihre Eltern bemitleiden, weil sie von ihr enttäuscht sein mussten.

Jef fürchtete, sich in dieselbe Daseinsform schleudern zu lassen, in der ihre Eltern steckten. Vorerst befand Jef sich aber an einem Punkt, an dem sie einsah, aus alldem, was ihr geschenkt worden war, nichts gemacht zu haben. Tag für Tag saß sie in ihrer Küche auf der Lehne des blauen Sofas und fühlte sich erdrückt von den endlosen Fähigkeiten, die man als gesunder Mensch in einem reichen Land so hat. Allein wenn sie ihren Körper ansah und sich vorstellte, wozu er alles fähig wäre, wurde ihr schwindlig. Sie könnte Ballett tanzen, dachte sie, oder sechzehn Kinder kriegen, oder so lange einem Büffel hinterherrennen, bis er erschöpft genug wäre, dass sie ihn mit einem Messer auseinandernehmen und essen könnte. Jefs Hände könnten so viel mehr tun als Grafikprogramme zu bedienen, und ihr Kopf auch. Sie könnte Werkzeuge herstellen, Erfindungen machen, Bilder malen, Romane schreiben. Sie tat nichts davon.

Ihre intakte Kindheit konnte daran nicht allein schuld sein, und Jef überlegte, seit wann sie sich so überflüssig vorkam. Seit sie ihre Miete nicht mehr zahlen konnte? Seit sie bei Laddu so abgestumpft war? Seit Rita sie verlassen hatte? Oder hatte das schon angefangen, als ihre Großmutter starb? War es der Moment, als sie die Klinke des Krankenzimmers losließ, nachdem die Großmutter Jef gebeten hatte, sie nach Hause zu bringen? Jef hätte die Großmutter einfach mitnehmen sollen. Sie hätte alles dafür tun sollen, ihr diesen Wunsch zu erfüllen. Sie hatte doch zu Hause sterben wollen. Aber Jef war erst sechzehn gewesen, hatte das Krankenhaus verlassen, die Großmutter verlassen und gewusst, sie würde sie nie wiedersehen.

Vielleicht war ihre Großmutter der letzte Mensch, dem sie wirklich wichtig gewesen ist.

*

Seit gestern ist Therese verschwunden. Jef versucht, in ihrem Atelier aus gesammelten Steinchen, die sie mit vertrockneten Pflanzenteilen verbindet, Schmuck zu machen. Aber alles sieht aus wie für den Schulbasar, und sie wischt ihr Bastelzeug vom Tisch in den Papierkorb, bevor es jemand sehen kann.

Am Abend will sie im Schrank nachsehen. Die Tür lässt sich nicht öffnen, und als sie das Licht in der Diele anschaltet, sieht sie, warum. Oben und unten ist je ein Balken in die Schrankrückwand genagelt worden.

Jef rüttelt daran, und eine Panik befällt sie, als hinge ihr eigenes Leben von Thereses ab. Sie rennt nach unten. »Wer hat den Schrank zugenagelt? Wo ist Therese?« Die anderen sehen einander ratlos an. Dann fragt Wolf Oleksii: »Hat dieser Typ, der gestern da war, irgendwas zugenagelt?«

»Tigerlein? Der ist gestern im Haus herumgelaufen mit einem Handwerker«, sagt Oleksii. Er dachte, die hätten etwas gebracht oder geholt oder repariert für irgendeine Veranstaltung. Wolf nimmt das schwere Brotmesser, geht mit nach oben und hebelt die Nägel aus den Querbalken. Thereses Zimmer ist unberührt. Die Bilder sind noch da, die Decke auf dem Bett zusammengelegt, und auf einer Staffelei aus zwei übereinandergestellten Stühlen lehnt ein düsteres Bild. Ein Stadtfuchs, der nachts durch eine leere Straße geht. Die Dunkelheit, auf die er zugeht, sieht aus wie ein Monster, das mit zottigen Schattenarmen nach den gelben Laternen greift. Jef setzt sich auf das Bett und findet dieses stinkende Zimmer jetzt, ohne Therese, deprimierend und hässlich.

Vin bleibt im Türrahmen stehen, während Wolf durch den Raum geht wie durch ein Moor. Mit den Fingerspitzen dreht Wolf die Bilder um. »Zeig mal. Dreh mal die anderen um!«, sagt Vin, ohne beim Sprechen durch die Nase zu atmen. Jef fällt der Ameisenbaum ein, der in der Ecke steht, und sie hofft, dass niemand ihn entdeckt.

»Was machen wir denn jetzt?«, sagt sie.

»Die Bilder sind ja ziemlich schrecklich«, findet Wolf. »Schade.«

Oleksii und Sunny kommen hinterher, ziehen angeekelte Grimassen.

»Ich ruf die Polizei«, sagt Jef und beginnt, Thereses Sachen zu durchsuchen.

»Willst du sagen, wir vermissen eine komische Alte, von der wir nichts wissen?«, fragt Oleksii.

»Warum nicht?«, sagt Jef.

Wolf findet, sie sollten ein paar Tage warten. »Die kommt sicher wieder.«

Oleksii und Sunny finden das auch.

»Ihr hofft doch nur, dass sie nicht wiederkommt!«, sagt Jef und wählt den Notruf.

Jef kommt kaum dazu, Therese zu beschreiben. Die müde Polizistin unterbricht sie und sagt, sie müsse die Krankenhäuser anrufen. »Wir haben keine alte Frau ohne festen Wohnsitz aufgegriffen.«

Zurück in der Küche sucht Wolf die Nummer des Krankenhauses. »Ich mach das«, sagt er, probiert verschiedene Nummern, hängt in Warteschleifen, und dann findet sich tatsächlich eine Frau ohne festen Wohnsitz.

Das Krankenhaus liegt auf der östlichen Seeseite. Jef muss um den See herum und durch die Stadt. Sie läuft los und hat keine Geduld, um an der Haltestelle zu frieren oder untätig im Bus zu sitzen. Sie muss sich bewegen.

Klar gab es Menschen in ihrem Leben, die ihr wichtig waren und deren Zustände sie beschäftigt haben, aber diesmal fühlt es sich an, als beträfe Thereses Zustand Jef selbst.

Als Jef um eine Ecke biegt, steht da der Fuchs im Laternenlichtkegel. Er sieht Jef so fragend an, als machte er sich Sorgen um seine Malerin, die sich eher den Tieren zugehörig fühlt als den Menschen und, wie er, in den Zwischenräumen der Stadt lebt. Dann senkt er den Kopf, dreht sich um und flüchtet geduckt unter ein Hoftor.

»Wie alt ist denn Ihre Mutter?«, fragt der Arzt, auf den sie lange warten muss. In akuter Lebensgefahr sei sie nicht, haben ihr die Schwestern verraten.

»Dreiundsiebzig«, sagt Jef viel zu schnell. Als sie behauptet, sie würde Therese Trossberg heißen, sieht er sie skeptisch an, widerspricht aber nicht. »Wir kennen die Frau hier schon.«

»Ja, klar«, sagt Jef.

Sie überlegt konzentriert, was sie sonst noch über ihre Mutter wissen müsste. Er fragt weiter nichts, sondern erklärt, Therese habe das Broken-Heart-Syndrom. Das sähe zwar erst mal aus wie ein Herzinfarkt, sei aber keiner. Das Syndrom sei sehr selten und würde fast nur bei älteren Frauen auftreten und fast immer nach einer außerordentlichen emotionalen Belastung. Ursache sei oft ein stark erhöhter Stresshormonspiegel. Ob sie wisse, was ihr passiert sein könnte.

»Nein, das weiß ich nicht, deshalb muss ich ja zu ihr«, sagt Jef. Der Arzt erklärt, die Herzfunktion würde sich nach ein paar Wochen normalisieren. Soweit er informiert sei, würde sie, da sie keinen Wohnsitz habe, wohl in eine Betreuung übergeben werden.

»Haben Sie denn hier einen festen Wohnsitz?«

»Jaja«, sagt Jef.

»Tragen Sie bitte die Adresse hier ein.« Er gibt ihr ein Formular, und Jef trägt das Haus Strand ein und weiß die Postleitzahl nicht.

»Das ist kein fester Wohnsitz«, sagt der Arzt, als Jef ihm das Klemmbrett zurückgibt.

»Doch! Ist es. Wer hat Sie denn hergebracht?«, fragt Jef, um sich auf keine Diskussion einzulassen. Der Arzt blättert in den

Unterlagen. Sie sei vor einem Restaurant von Passanten aufgegriffen worden.

»Ich muss wirklich mal mit ihr sprechen!«, sagt Jef nervös.

»Sie bleiben schön hier, wer auch immer Sie sind. Unsere Patientin braucht jetzt Ruhe und medizinische Versorgung. Sie können froh sein, dass ich Ihnen überhaupt diese Auskunft gegeben habe«, sagt er. »Ich denke nämlich nicht, dass sie Ihre Mutter ist. Sie ist hier in guten Händen. Machen Sie sich mal keine Sorgen. Wir kümmern uns. Sie gehen jetzt zurück in Ihr Künstlerhaus und morgen Nachmittag dürfen Sie zu ihr.«

Auf dem Heimweg ist Jef tatsächlich beruhigt. Dieser stinkreiche Ort lässt seine einzige Obdachlose doch nicht einfach an einem gebrochenen Herzen sterben.

Jef ist nur noch einsame Gehbewegung. Sie sieht keine Straßen und Häuser mehr, läuft wie in Trance durch die Nacht und ärgert sich nicht mehr über die ungerechte Lage des Krankenhauses, das zwar auf der armen Seite des Sees liegt, aber trotzdem so, dass man nur über die reiche Seite hinkommen kann.

Die Stadt spiegelt sich selbstzufrieden im See, als hätte sie keine Probleme.

Fünfundvierzigtausend Schritte zeigt ihre Handy-App, kurz bevor es null Uhr wird und der Schrittzähler zurückspringt.

Im Saal läuft noch Musik. Es ist dunkel. Auf dem Tisch sind Teelichter verteilt, von denen die meisten erloschen sind. Oleksii und Sunny liegen auf dem Sofa und hören auf, sich zu küssen, als Jef hereinkommt. Alles scheint sich in einen Traum zu verwandeln, und es klingt wie ein Märchen, als sie erzählt, Therese habe das Broken-Heart-Syndrom. Jef ist nicht sicher, ob ihr das überhaupt geglaubt wird oder ob sie schon im Schlaf redet, schlafend durchs Haus läuft und angezogen in ihr Bett eintaucht.

*

Jef sah in die alte Kastanie hinter den Garagen, die bestimmt hundert Jahre alt war, und fühlte sich klein beim Anblick der mächtigen Äste, in denen der Wind ging.

Sie stellte sich vor, an dieser Stelle der Erdoberfläche vor fünfhundert Jahren gelebt zu haben, als die Stadt noch ein Dorf war. Stellte sich vor, stinkende Kühe zu melken, mühsam auf den Feldern herumzukriechen und schwere Eimer zu schleppen. Vermutlich wäre sie in Ergebenheit vor der Natur oder vor Gott oder dem Gutsherrn oder wem auch immer irgendwie zufrieden gewesen. Vielleicht hätte es sie verletzt, wenn sie jemand beim Stallausmisten ins Stroh geworfen hätte, um seine dreckigen Hände unter ihre Röcke zu schieben und nach ihren Schenkeln zu greifen. Saubere Wäsche hätte sie vielleicht glücklich machen können oder ein Kälbchen oder ein Baby oder ihr eigener Fleiß, auf den sie stolz gewesen wäre, wegen der Gläubigkeit und so.

Es kam ihr fatal vor, hier oben im zweiten Stock leben zu müssen, in der Großstadt, umgeben von zu vielen Möglichkeiten. Wie war sie nur darauf gekommen, die vielen Möglichkeiten als Freiheit zu empfinden? Eine Zwangslage war das.

Warum konnte sie sich nicht einfach ergeben? Genügsam sein wie ein Tier. Nur im Augenblick leben, nicht nach Ursachen fragen und aufhören mit der ewigen Bewerterei. Manchmal wünschte sie sich selbst vom eigenen Willen befreit, vielleicht mit einem Mann, dem sie in die Arme fallen könnte, abends, wenn er von der Arbeit käme, dankbar, weil er ihre Miete verdiente, die als Hindernis jetzt unüberwindbar schien.

In der kleinen Kammer zu schlafen und das Durchgangszimmer zu vermieten, so was ginge nur mit einem Mann, oder lieber mit Rita. Aber stattdessen saß sie auf der Sofakante, kratzte die blauen Lackreste von ihren Fingernägeln und beobachtete den blöden Bahnhof.

*

Am nächsten Tag ist es warm geworden. Jef hat Kopfschmerzen. Sunny auch. Wolf nicht. Sunny presst Zitronen aus und kippt den Saft in den Kaffee und schaufelt löffelweise Zucker dazu.

»Igitt, Sunny, was soll denn das!«

»Davon gehen die Kopfschmerzen weg. Schmeckt nicht so ekelhaft wie dein Heilwasser.«

Jef hat kaum die Wasserflasche angesetzt, da spürt sie, wie der Kopfschmerz durch den Hals aus ihrem Schädel fließt. »Wie runtergespült!«

Wolf sieht Jef belustigt an und wackelt albern mit dem Kopf.

Jefs Wasser würde nach Urin riechen, sagt Sunny, aber für Jef schmeckt es wie Tauchen im Meer. Als würde ihr Kopf von innen gewaschen.

Diesmal nimmt Jef den Bus Richtung Krankenhaus. Die Straße liegt oben am Berg, sodass Jef aus dem Busfenster heruntersieht auf den See, den sie schon so oft im Uhrzeigersinn umrundet hat. Auf der anderen Straßenseite ist nur das Gestrüpp zu sehen, das am Berghang wächst, und dahinter das schwere Felsgrau, sich steil erhebend.

Jef erwartet, Therese elend vorzufinden, so wie ihre Großmutter, die sie damals im Krankenhaus besucht hat und die unfrisiert und unglücklich mit einem zu großen Kittel in einem zu großen Bett herumlag. Bei Therese ist es anders.

Jemand muss ihr das Haar gekämmt haben. Sie schneidet sich, als Jef kommt, aufrecht im Bett sitzend die Fingernägel. In der Ellenbeuge ein Schlauch, der eine Flüssigkeit unter den Verband in ihre Adern fließen lässt. Therese riecht nach alten Menschen und Desinfektionsmittel, nicht mehr nach Terpentin und Katzenpisse. Sie wundert sich über Jefs Besuch im Krankenhaus genauso wenig wie über ihren Besuch im Schrankzimmer.

»Das ist übrigens ihre Tochter«, sagt Therese zu der Frau im Nachbarbett und lacht. »Das hat ihr der Arzt gesagt. ›Die Jennifer Marie Brakel war hier. Das ist doch Ihre Tochter.‹ Ja, hat sie gesagt. Ja!«

Jef nimmt Thereses Hand.

»Wollen Sie nicht mal duschen?«, fragt Jef.

»Nein, will sie nicht. Im Bad ist eine fremde Frau.«

»Wo ist denn da eine fremde Frau?« Jef geht ins Bad.

»Die steht hinter dem Waschbecken und erschreckt sich vor ihr«, ruft Therese. An der Wand hängen zwei Handtücher. Über einem steht »Cramerl«, über dem anderen: »Strand«.

Jef überlegt, ob Therese nach dem Haus benannt wurde, weil man keinen anderen Anhaltspunkt hatte.

Sie setzt sich ans Bett. »Das ist der Spiegel, Therese. Der erschreckt sich, weil Sie nicht duschen wollen.«

Sie nimmt ihr die Schere aus der Hand. »Ich mach das.« Ihr fällt der alte Künstler ein, dessen Hände sie nicht mal hatte ansehen wollen, geschweige denn berühren. Thereses Haut fühlt sich zart und krank an. Ihre Nägel sind weich und leicht zu schneiden, an Daumen und Zeigefinger zerblättert und gebrochen.

»Kann ich meine Schere wiederhaben?«, fragt Frau Cramerl spitz und hat womöglich Thereses Ignoranz gegenüber Besitzverhältnissen schon kennengelernt, denkt Jef.

»Aber ja, Kind«, sagt Therese. Jef gibt die Nagelschere zurück und findet Thereses kaputte Hände schöner als die der dicken Frau Cramerl.

»Erzählen Sie mir, was passiert ist?« Jef nimmt eine kleine mitgebrachte Plastikflasche des abgefüllten Heilwassers aus ihrer Tasche und gibt sie Therese. Heute ist es besonders metallisch, schmeckt nach Blut und Eisen. Therese umschließt die Flasche mit beiden Händen und sagt: »Sie wollte doch nur wissen, ob es ihrem Jungen gut geht.«

»Ist er in Brönnen?«

Therese trinkt die Flasche leer, setzt nur einmal ab, um Luft zu holen, und nickt. »Erkannt hat er sie nicht«, sagt sie außer

Atem. »Wie soll er auch. Sie hat ihn doch erkannt. Hat ihm kaum in die Augen gesehen, da wusste sie's gleich.«

»Und dann?«

»Du wolltest ihn umbringen, du alte Hexe, hat die Gerburg geschrien, und ist auf sie zu. Mitten im Lokal. Aber wer wird auf die Straße gesetzt? Sie hat nicht geschrien. Sie war ganz still, stand nur da, wollte ihn nur mal sehen, mehr wollte sie gar nicht, und die Gerburg hat geschrien, aber wer wird auf die Straße gesetzt? Alle Kellner kamen und haben sie rausgeschmissen, als hätte sie wer weiß was angerichtet, dabei hat sie nur dagestanden, ganz still, und ihn mal sehen wollen. Aber wer wird auf die Straße gesetzt?«

Therese erzählt ruhig, ohne Empörung, als hatte es so kommen müssen. »Und dann hat sie den Atem verloren.« Therese zeigte auf die Flasche, mit der sie durch den Schlauch verbunden ist. »Aber die haben ihren Atem eingefangen und ihr zurückgegeben. Das sind freundliche Leute!« Therese lacht, und ihre Zahnlücken lachen mit.

Jef sagt, ihr Sohn könne doch selbst mit ihr Kontakt aufnehmen. Der dürfe sich doch von der Strand nicht daran hindern lassen.

Therese gibt ihr die Wasserflasche zurück. »So. Jetzt ist sie gesund.« Sie hebt die Beine aus dem Bett, setzt sich auf die Kante, reißt die Kanüle aus ihrem Arm und zieht im Nacken die Schnüre ihres zu großen Hemdes auf, das über ihre Schultern herabfällt und ihre faltigen Brüste bloßlegt. Sie wirken genauso zart und verletzlich wie ihre Hände. Jef will etwas tun für diese Haut und dieses gebrochene Herz.

»Haben Sie was gegessen?«, fragt Jef.

»Sicher doch. Herrliches Essen haben die hier!«

»Dann bleiben Sie doch ein paar Tage«, schlägt Jef vor, »ich bring Ihnen Ihr Wasser. So viel Sie wollen.«

Aber Therese will raus an die Luft. »Wenn du mit ihm redest, wird er schon kommen, Jeflein.« Nie hatte sie jemand Jeflein genannt.

Hat sie versprochen, mit ihrem Sohn zu reden?

»Wo soll ich den denn finden?« Jef sucht Therese ein löchriges T-Shirt aus ihrem Rucksack und zieht es ihr an. Frau Cramerl ist unter ihren Kopfhörern eingeschlafen. Als Therese angezogen ist, verlassen sie das Zimmer, als hätten sie gemeinsam eine andere Therese besucht. Erst im Fahrstuhl begegnen sie einer Schwester, die ein Patientenbett schiebt und sie nicht weiter beachtet. Sollen sie sich ihre Überwachungsvideos ansehen, wenn sie wissen wollen, wer Therese mitgenommen hat, denkt Jef.

An der Bushaltestelle sitzt Sunny allein auf der Bank, die zu hoch ist für ihren winzigen Körper. Ihre Beine baumeln über dem Gehweg. Sie sitzt da mit hängenden Schultern, schwarzer Augenklappe und sieht Jef und Therese mit einem Kummerlächeln an.

»Was machst du denn hier?«

Sunny zeigt Jef ihr Auge. »Ich hab mir den Schminkstift ins Auge gepiekt. Bin mit dem Ellenbogen abgerutscht. Dann war die Kontaktlinse an der Pupille festgesaugt.« Sie hebt die Augenklappe an und öffnet das nasse Auge, das trotz des roten Ringes um die Pupille ihr niedliches Igelgesicht nicht entstellt. Man hat ihr ein Beruhigungsmittel gegeben. Jetzt fühle sie sich ganz leer, sagt sie, und starrt mit einem Auge auf die Straße.

Busfahren dürfe sie nicht, sagt Therese an der Haltestelle und will weitergehen.

Jef muss sie zwingen zu warten, muss sie in den vollen Bus schieben. Während Jef Tickets kauft, muss Therese über etwas gestolpert sein. Die Fahrgäste weichen ihrem fallenden Körper aus, lassen Therese stürzen, anstatt sie zu halten. Niemand hilft ihr aufzustehen, niemand hilft Jef und Sunny, Therese hinzustellen, niemand bietet Therese einen Platz an.

Therese taumelt von einer Stange zur nächsten, Jef hält ihren Arm und bleibt mit ihr am Fenster stehen. »Ihr haben sie ja eine Karte gegeben«, sagt Therese. »Damit soll sie fahren, haben sie gesagt. Braucht sie nicht zahlen. Aber das macht sie nicht. Hat sie weggeworfen. Sonst finden die sie ja. Sonst wissen die ja, wo sie fährt. Das macht sie nicht.«

Jef überlegt, was man von ihnen denkt. Welche familiäre Konstellation könnte das sein? Therese sieht nicht aus wie eine Großmutter. Sie sieht aus wie eine vergessene Alte, die nicht in diese disziplinierte Stadt passt. Sunny sieht aus wie eine misshandelte Tänzerin aus einer Stripteasebar, und Jef sieht wahrscheinlich aus wie eine überforderte Betreuungspraktikantin aus dem Frauenhaus.

Sunny sagt, sie müsse ihre ganze Choreografie ändern. Mit einem Auge könne sie nicht richtig tanzen. Das sei unmöglich zu schaffen bis zum Festtag.

»Ich werd nie was Künstlerisches zustande bringen«, sagt Jef aus dem Fenster blickend, »weder zum Festtag noch sonst wann.«

»Ich denke, du machst Collagen«, sagt Sunny.

Jef winkt ab: »Ach, Collagen machen nur Leute, die nicht zeichnen können.«

»Wer sagt denn so was?«, fragt Therese.

»Eine Freundin.«

»Das ist keine Freundin«, sagt Therese. »Die musst du loswerden, diese Freundin. Solche Freundinnen stehlen dir die Ideen und sagen dir, du bist nichts wert.«

»Sie sind doch die Schwester von der Gerburg, oder?«, fragt Sunny. »Und bestimmt auch eine Tochter von dem alten Künstler, und sie haben nur verschiedene Mütter, richtig? Hat er Ihre Mutter geheiratet? Dann wäre es ja auch Ihr Haus. Dann müssten Sie doch nicht im Schrank wohnen!«

Therese schüttelt den Kopf: »Das sind Sachen, die sehen eben für jeden anders aus. So genau weiß sie das alles nicht mehr.«

Sunny sieht Jef beharrlich an. »Hast du doch gesagt.«

»Hab ich nicht gesagt!« Jef ist sauer auf Sunny. »Haben wir nur laut überlegt«, flüstert sie.

Therese greift nach Jefs Arm. »Der wird wohl in diese Bar da oben gehen, wo die reichen Leute sitzen.« Sie zeigt aus dem Busfenster auf das höchste Hotel der Stadt, das man von hier oben gut sehen konnte. »Da wird er welche kennen. Ihr werdet ihn schon finden. Die lassen sie gar nicht an der Rezeption vorbei. Die lassen sie nicht mal zum Fahrstuhl. Sie hat da gearbeitet, weißt du. Als Zimmermädchen.« Und leise fügt sie hinzu: »Sie hat hier überall gearbeitet. Aber nichts bringt dir das Arbeiten. Du wirst trotzdem vor die Tür gesetzt. Die Leute verstehen dich nicht.«

»Haben Sie wenigstens ein Foto?«, fragt Jef. Therese hat keins. Er würde Jef sicher gefallen, behauptet sie.

»Das ist doch Quatsch«, sagt Jef genervt. Sie sieht aus dem Fenster und kann in der Scheibe Thereses Gesicht sehen. Mit unruhigen Pupillen sucht sie die Straße und die Dächer der Stadt ab, als müsse sie ihn jeden Moment entdecken.

Im Haus sind nur die Saalfenster beleuchtet, und dann erst fällt Jef ein: Es ist Montag. Sunny schlägt vor, von hinten ins Haus zu gehen. »Gibt's denn keinen anderen Eingang als den Schrank?«

»Wenn du eine Katze bist, hast du viele Wege«, sagt Therese. »Bist du eine Katze? Nein? Na, siehst du, sie ist auch keine Katze.«

Therese soll in Vins Zelt warten. Jef will nachsehen, ob die Strand noch im Haus ist.

»Sie ist nur kurz vorbeigeschneit, hat sich im Haus umgesehen. Hatte keine Zeit. War fast zahm«, sagt Wolf.

Jef geht davon aus, dass Therese nicht im Zelt sitzen geblieben ist. Wie eine Katze, die man nie dort wiederfindet, wo man sie zuletzt gesehen hat. Aber Therese sitzt, wo sie von Jef hingesetzt wurde, und lässt sich von Jef Brote machen.

Im Bett versucht Jef mit dem müden Oleksii zu reden, der jetzt mit Mütze unter zwei Bettdecken schläft, um sich vor der kalten Nachtluft zu schützen. »Und was heißt, die Strand war zahm? Wollte sie nichts sehen? Was hat sie denn gesagt?«

»Ich glaube, zahm ist was anderes«, lallt Oleksii unter seiner Schlafmaske. »Zahm ist, wenn du nachts aus dem Urwald kommst.«

Jef merkt, Oleksii ist schon in seiner Traumwelt.

»Und dann ist der Pyjama total mit Schlamm beschmiert, und du kommst auf die Wache, und eine Frau in Uniform sagt zu dir: Willkommen, Commandante.« Oleksii kichert und befindet sich mit seinem Traum offenbar in einem Zustand, in dem er noch sprechen kann. Vielleicht ist Therese im Laufe ihrer Verrücktwerdung in diesem Zustand hängen geblieben, überlegt Jef.

Sie steht auf, geht in ihr Atelier und fängt eine Kugelschreiberzeichnung an. Therese hat recht. Jef muss endlich die verdammte Rita loswerden.

Sie zeichnet eine uniformierte Frau, die militärisch grüßt, und wird wütend auf Rita, die Jefs Ideen ignoriert hat.

Jef zeichnet Urwaldpflanzen und eine Baracke.

Warum hat sie sich von Rita einreden lassen, es wäre Betrug, etwas ernsthaft als Kunst zu bezeichnen?

Sie zeichnet eine weitere Frau im schmutzigen Pyjama, die im Regen tanzt.

Dann betrachtet sie das Bild und sieht Rita. Die Künstlerin. Sie sieht Jef, die Nichtkünstlerin, die sich verboten hat, Rita zu lieben, weil Rita von ihr nicht geliebt werden wollte. Die Kunst gehört aber Rita, und Jef hat sich auch die Kunst verboten.

Jef zerknüllt das Papier. Sie stützt den Kopf in die Hände und hat das Gefühl, die Mauer in ihrem Hirn, hinter der sie alles verstaut hat, was sie nicht ausdrücken kann, ist eingestürzt.

*

Wenn sie nach ihrem Beruf gefragt wurde, sagte Jef: »Ich bin Grafikerin, und manchmal illustriere ich was«, obwohl sie nie etwas illustrierte, sondern nur beim Telefonieren kleine Langeweile-Zeichnungen in ihr Skizzenbuch kritzelte. Aber sie hätte es andersrum sagen müssen, wenn sie es wirklich gewollte hätte. »Ich bin Illustratorin und jobbe als Grafikerin.« Man musste einfach behaupten, das zu sein, was man sein wollte. So wie der Fotograf aus der Bürogemeinschaft, der sagte, er würde nur aus Recherchegründen für eine Clubreportage nachts an der Bar arbeiten. Aber in Wahrheit war sein Büroplatz längst nur noch die Illusion einer Selbstständigkeit. Kostenlose Bewerbungsfotos für Freunde, das waren seine einzigen Aufträge.

Ritas Mutter, die Älteste der Etage, wurde wie eine Heilige behandelt. Sie lebte ärmlich von ihrer Rente und arbeitete an Filmreportagen, die ein paarmal in kleinen Kinos gezeigt wurden. Man brachte ihr von draußen Kaffee und Croissants mit und fühlte sich geehrt, wenn man technische Probleme für sie lösen durfte.

Ritas Mutter war der Ruhepunkt des Share-Office. Sie strahlte eine gütige Freundlichkeit aus, und es schien Jef, dass man so nur werden konnte, wenn man wertvolle Arbeit machte. Nicht aber wenn man wie Jef sinnlose Flyer gestaltete oder endlose Bedienungsanleitungstexte in allen Sprachen in Dokumente fließen lassen musste, die Papier fressen würden, das in Mülltonnen landete. Es war zum Verblöden, Werbeanzeigen in Magazine zu setzen, die nicht stören durften und trotzdem auffallen sollten. Es war wie bei Laddu: stupide und mechanisch.

Oft, wenn es dunkel wurde, wäre Jef gern allein im Büro geblieben. Aber es gab viele, die keinen Grund hatten, nach Hause zu gehen, oder Gründe hatten, nicht nach Hause zu gehen. Kaum jemand hatte Kinder, und selbst wer Kinder hatte, blieb oft bis spätabends.

Schwalben zerschlitzten die Luft mit fernen Schreien weit

oben. Dieses abendliche Hochsommergeräusch über der ausrollenden Stadt gab Jef das Gefühl, dass es noch ein anderes Recht gab, auf der Welt zu sein, und das unabhängig war von ihrer Arbeitsleistung und ihrer Kaufkraft. Ein Einverständnis mit dem Leben, an das sie mit Rita geglaubt hatte und das sie seither dauernd vermisste.

*

Am Morgen kommt Oleksii vom Joggen zurück, steht mit seinem Handtuch in Jefs Tür und wischt sich damit den Schweiß von der Stirn. »Darf ich bei dir duschen? Bei mir kommt heute kaum Wasser.«

Jef zeichnet Ornamente, Muster, Blumen, wie damals im Unterricht, als sie noch kein Handy hatte. Erstaunlich, wie endlos ihre Kreativität ist, wenn sie aufhört, Kunst machen zu wollen.

Oleksii vergisst sein Handtuch in ihrem Bad. Es riecht nach ihm. Jef zieht sich aus, steigt in die Dusche und riecht an ihrem Arm. Nichts. Ihr eigener Körpergeruch hat sie einfach verlassen. Warum kann sie alles riechen, nur nicht sich selbst? Jef lässt das weiche Wasser lange über ihre Haut laufen, ohne die Seife zu benutzen, und reibt sich beim Abtrocknen mit Oleksiis Joggingschweiß ein.

Sunny ist begeistert von Jefs Vorschlag, abends in die Hotelbar zu gehen. »Dann müssen wir Tante Therese herrichten. Ein paar elegante Sachen finden, ihr die Haare machen und sie ein bisschen schminken.« Sunny zieht ihre Pantoffeln aus und macht vor, wie sie Therese den Gang einer älteren Dame beibringen würde. »Wir haben sie aus dem Krankenhaus geklaut, Sunny! Wir können sie nicht mitnehmen«, sagt Jef.

»Wir? Du hast sie geklaut!«, sagt Sunny.

»Hast du denn nichts Besseres zu tun, als dich mit dieser kaputten Frau zu beschäftigen?«, sagt Wolf und steht auf. »Wir werden alle Ärger kriegen. Solltest du nicht lieber mal an deinem Projekt arbeiten? Hast du überhaupt ein Projekt? Ich werd dich nicht mehr in Schutz nehmen, wenn die Strand das nächste Mal kommt.«

Niemand verteidigt Jef.

Wolf stützt die Stirn in seine Hände. »Die hat mir ja nichts getan, aber die stinkt und isst unser Essen und macht komische Sachen und ... ach Mann, ich find sie einfach eklig. Geht euch das denn nicht so?«

Oleksii nickt vorsichtig. »Und die macht immer so ein betuliches Gesicht. So angestrengt. Das macht mich wahnsinnig. Auch dass sie den Kopf immer so schief hält.« Er macht es nach, und es sieht blöd aus.

Vin sagt: »Ja, wir mögen eben nur entspannte Gesichter. Wer entspannt guckt, den haben alle lieb. Wer den Hilf-mir-Blick macht, fliegt raus. So sind wir.«

Sunny zuckt mit den Schultern »Also, mich stört sie nicht.«

Wolf stöhnt, klappt den Laptop auf, und für eine Weile ist es still.

»Ihr Herz hat jetzt die Form einer japanischen Tintenfischfalle. Takotsubo«, sagt Wolf. »Das Herz ist balloniert. Normalerweise geht das in ein paar Wochen wieder zurück.« Wolf liest alles über das Broken-Heart-Syndrom, und Jef muss Wolf versprechen, Therese in der nächsten Woche zu Untersuchung ins Krankenhaus zu bringen.

»Okay«, sagt Jef und ist ihm dankbar.

»Wer soll heut Abend nachsehen, ob die noch lebt, und ihr was zu essen bringen, wenn ihr jetzt in diese Bar geht?«, fragt Wolf. Oleksii hebt beide Hände und sagt: »Ich glaube, wir sollten die in Ruhe lassen.«

Vin tritt gegen den Herd, und Oleksii zuckt zusammen. »Ich begreife nicht, warum ihr Wohlstandsfuzzis immerzu der Meinung seid, Menschen, denen es schlecht geht, muss man in

Ruhe lassen.« Er läuft in der Küche hin und her, greift sich in die Haare, als wollte er sie ausreißen. »Wer hat euch denn diesen Schwachsinn beigebracht? Hä? Wie kommt man denn nur auf so was Bescheuertes?« Er verlässt die Küche und tritt im Flur gegen irgendetwas.

Wolf sieht Jef vorwurfsvoll an, als wäre sie schuld an Vins Wutausbruch.

Jef bringt Therese Haferflocken mit Obst.

»Können Sie wenigstens beschreiben, was er anhatte? Sie haben ihn doch im Restaurant gesehen? Wie sind seine Haare? Wie groß ist er? Dick, dünn, wie alt?«

»Da hatte ich doch den Herzinfarkt, Kindchen.«

»Sie hatten keinen echten Herzinfarkt! Sie hatten nur ein Takotsubo«, sagt Jef.

Im Bett sitzend mit löchrigen Wolldecken umwickelt, ist Therese mit einer kleinen Kugelschreiberzeichnung beschäftigt, die nichts Erkennbares darstellt. »Er sieht klug aus, verständig, weißt du? Und geschickt. Wie ein Wissenschaftler oder Handwerker.«

Jef findet, Wissenschaftler und Handwerker müssten bestimmt komplett unterschiedlich aussehen. Therese findet das nicht.

Sie lächelt und zeichnet weiter, und Jef fragt sich, ob es ihr überhaupt noch wichtig ist, ihren Sohn zu sehen. In diesem Moment sieht Therese zu ihr hoch und hat wieder das traurige Gesicht, das Jef im Busfenster gesehen hat. »Du gehst doch hin, oder? Du machst das, ja?«

»Jaja, ich mach das«, sagt Jef und stöhnt. »Nur werd ich ihn sicher nicht finden.«

Jef zieht die schwarze Anzughose und die graublaue Seidenbluse an, die sie für die Abschlusspräsentation mitgenommen hat.

Dass Vin sich so elegant anziehen würde, hat Jef nicht erwartet. Er schreitet die Treppe hinunter ins Foyer, den Mantel über dem Arm, und trägt ein weißes Hemd, dazu eine dunkelgrüne Seidenhose mit chinesischem Muster. Sunny ist überschminkt, als wäre es ihr zum ersten Mal erlaubt worden. Als hätte sie ein Auge doppelt schminken wollen, für das andere, unter der Augenklappe. Vorsichtig kommt sie die Treppe hinunter, ein kleines Handtäschchen hochhaltend, um mit den hohen Schuhen die Balance zu wahren. Ihr schwarzer Paillettenminirock wirkt, als wollte sie mal ohne künstlerischen Anspruch tanzen.

Unterwegs redet Sunny mit quietschender Stimme von ihrer Bewerbung bei einer berühmten Tanzcompany, und wie unfassbar krass es wäre, dabei sein zu dürfen und diese Wahnsinnstänzer kennenzulernen. Dabei hält sie eine Hand auf ihr Herz, gestikuliert mit der anderen, wirbelt ihre Fingernägel herum, die jetzt leuchtgelb gestrichen sind wie Glühwürmchen.

»Kriegst du das bezahlt?«, fragt Vin trocken.

»Ach, da kann ich froh sein, wenn ich mit denen mal auf der Bühne stehen darf!«, sagt Sunny.

»Fahrkarte? Unterkunft?«, fragt Vin weiter, bis Sunny zugibt, sie muss fürs Mitmachen bezahlen. Es sei zwar eine Tour und sie würde nur im Hintergrund mittanzen, aber es wäre auch eine Art Workshop und sie könne sicher viel lernen, und schließlich hätten ja alle großen Tänzer mal so angefangen.

»Wie alt bist du, Sonja?«, fragt Vin. »Über fünfundzwanzig? Denkst du, das ist noch jung genug, um dich als Tänzerin ausbeuten zu lassen? Ganz sicher nicht, oder?«

Sunny sagt nichts mehr.

»Mach doch, was du willst. Aber mach's nicht für die Hoffnung auf Anerkennung.«

Jef will eigentlich sagen, es sei doch in allen Kunstsparten dieselbe Scheiße. Aber dann sagte sie: »Mach's entweder aus

Spaß oder fürs Geld. Es macht dir doch Spaß, oder?« Jef streicht über ihre Schulter. Sunny nickt geknickt.

Im Bus läuft Sunny nervös hin und her und beißt in ihre Fingernägel.

»Kannst du dich endlich mal hinsetzen, du Hummelhirn, und in dein verdammtes Handy gucken, wie alle anständigen Fahrgäste?«, sagt Vin. Die Fahrgäste blicken von ihren Handys auf. Sunny setzt sich und versucht aus dem Fenster zu sehen.

Jef lehnt den Kopf gegen die Scheibe und schreckt zurück. Ihr war, als wäre die Scheibe für einen Moment lebendig geworden. Als hätte ein Mensch sie berührt. So hat es sich kurz angefühlt. Angenehm als Illusion und zugleich quälend als Täuschung.

Vin beugt sich zur Scheibe, versucht auf der dunklen Straße eine Orientierung zu finden. »Na, los!«, sagt er, klapst seine Hand auf Jefs Schenkel und steht auf. Jef bleibt sitzen und sieht auf ihr Bein. Dass Vins Hand schon weg ist, passt nicht zu ihrem Gefühl. Sein Handabdruck ist liegen geblieben und geht nicht weg. Als hätte ein Nerv plötzlich empfindlich auf eine Berührung reagiert, um ein Problem zu melden.

Das Hotel ist nicht so nobel, wie Jef dachte. Auf dem Weg zum Fahrstuhl begegnen sie niemandem. Nicht mal die Rezeption ist besetzt. In der Bar passt Vin am besten zum Ambiente. Arroganz ist hier oben keine schlechte Eigenschaft. In einer Atmosphäre, in der man es cool findet, einander zu ignorieren.

Hinter der Bar jonglieren vier Barkeeper mit metallenen Bechern und beobachten miteinander flüsternd die drei, die sich auf der Glasterrasse einen Tisch suchen.

Der See wird hinter der Brücke zu einem weiteren See, wie eine riesige Acht, die sich in der Ferne um den Berg biegt. Das sieht Jef erst von hier oben. Die Laternen, die Strandbars, die beleuchteten Schriftzüge und das Hotel auf der anderen Seeseite legen bunte Leuchtstreifen auf das schwarze Wasser. Warum die schaukelnden Boote weiß sind, versteht Jef erst jetzt. »Ach, die Boote und die Segel sind immer weiß, damit man sie im Dunkeln sehen kann.«

»Blitzmerker!«, sagt Vin.

»Und warum sind die Flugzeuge weiß? Selber Blitzmerker«, sagt Jef. Sunny meint, damit sie nicht so schwer aussähen.

Vin tut, als säße er mit zwei Kindern am Tisch: »Genau! Die würden ja in Grün, Blau oder Rot sofort vom Himmel stürzen.«

Sie verfallen in diesen Clubzustand, in dem man endlos vor sich hin existieren kann. Die Musik drosselt den Puls, die weißen Ledersofas sind weich.

Sunny saugt an ihrem Rainbow-Cocktail.

»Bist du verliebt in Oleksii?«, fragt Jef.

Sunny überlegte einen Moment. »Nein«, sagt sie, das Kinn in die Hand gestützt, als wäre es abwegig, und sieht versonnen zu den Barkeepern.

»Ich mag die Barkeeperin. Die hat so einen wütenden Blick«, sagt Vin, an seinem gläsernen Trinkhalm saugend.

»Ich mag keinen«, sagt Jef. Sie beobachtet eine Männerrunde, und ihr wird klar, Thereses Sohn könnte fünfzig sein oder dreißig. Zwei andere Männer langweilen sich mit offenbar langjährigen Freundinnen. Jef versucht, Thereses Prophezeiung zu vertrauen, aber keiner gefällt ihr.

»Was ist dein Typ?«, fragt Vin.

Jef schüttelt ratlos den Kopf.

»Komm«, sagt Sunny und stößt Jef an. »Was hatten deine Männer bisher gemeinsam?«

Jef erzählt, sie habe sich idiotischerweise immer wieder in intellektuelle, soziophobe Asperger-Typen verliebt.

»Klingt doch ganz unterhaltsam«, sagt Vin.

»Und anstrengend!«, sagt Sunny und leckt den Zuckerrand ab.

»Probier's mal mit nem normalen Mann und häng dich nicht an Künstler. Die bringen so eine wie dich nicht weiter.«

»So eine wie mich?«, fragt Jef.

Vin wiegt den Kopf: »Na, so eine, die mit sich selber nicht klarkommt.«

»Ich komme prima mit mir selber klar. Am besten ohne Beziehung«, behauptet Jef.

Drei junge Männer kommen herein und setzen sich an die Bar. Einer von ihnen ist breit und klobig, sieht aus wie ein Riesenhamster mit listigem Blick. Ein anderer klein, sehnig, trägt einen schnurgeraden Anzug, in dem er sich groß macht, und der dritte hat einen Mittelscheitel, schulterlanges schwarzes Haar, darunter ein filigranes Gesicht mit schwarzem Bart.

Rita hätte Thereses Sohn erkannt. Die konnte so etwas. Die hatte einen siebenten Sinn, ein Gespür für verknotete Zustände. Der Mittelscheitel hätte Rita gefallen.

»Ob der hübsche da Thereses Sohn ist?«, sagt Jef. »Der sieht ihr doch ähnlich, oder?«

Der Mann sieht in Jefs Richtung, mit einem Blick, als wäre er nicht hier, sondern am anderen Ende der Welt.

»Also, wenn einer von den dreien Tante Thereses Sohn ist, dann auf jeden Fall nicht der aus dem Ei gepellte da!«, sagt Sunny lachend, als würde sie davon ausgehen, dass Thereses Sohn auch so verkommen aussehen müsse.

Vin geht an die Bar und kommt nicht zurück.

»Der hat angefangen, mit der Barfrau zu flirten«, sagt Sunny, geht hinterher und klettert auf den Hocker neben ihm. Jef hält irgendwann alle Männer für Thereses Söhne. Als der Hamster, der kleine Anzugmann und der Mittelscheitel aufstehen, spricht Vin die drei an. Jef kommt dazu. Er fragt, wo man tanzen gehen könne, und der Anzugmann deutet an, in einen Club umziehen zu wollen. Als der Hamster fragt, ob sie Touristinnen seien und Sunny übertrieben affektiert antwortet, sie würden im Haus Strand als Artists in Residence wohnen, fällt das Interesse ab. Der Anzugmann behauptet, früh aufstehen zu müssen.

»Ja, geht mal nach Hause. Bloß nicht die Luxuszone verlassen«, sagt Vin und schwankt, weil ihn seine wütende Armbewegung aus dem Gleichgewicht bringt.

Vin beugt sich über den Tresen. »Habt ihr auch Angst vor Künstlern?«, fragt er die Barleute, nimmt sich eine Flasche und füllt sein Glas auf. Sunny darf hinter die Bar, weil sie behauptet, 4 cl aus dem Handgelenk ins Glas kippen zu können. Sie kann es nicht. Zwei Barmänner lassen sie trotzdem ein paar Cocktails mixen, indem sie von links und rechts ihre Arme führen, wie die einer Marionette, und beiläufig um ihre Taille streichen. Die Barkeeperin ist genervt von den Kollegen, die nicht helfen, die Stühle hochzustellen. Vin hilft ihr, mühsam gegen seine Koordinationsschwierigkeiten ankämpfend, und will danach unbedingt aufs Dach.

»Es gibt keinen Weg aufs Dach«, sagt die Barkeeperin. Vin zieht Jef am Arm mit sich. »Wir finden schon einen.«

Sie lassen Sunny allein, finden keinen Weg nach oben, bis die Barkeeperin hinterherkommt. »Okay, ihr kriegt euren Ausblick. Bevor ihr Alarm auslöst.« Vor den Fahrstühlen begegnen sie Sunny wieder, die ausflippt vor Freude, als hätten sie einander jahrelang nicht gesehen. Mit einem Barmann, einem Securitymann und der Barfrau schleichen sie im Dunkeln durch den Wirtschaftsgang, der nur von grünen Notausgangsschildern beleuchtet ist. Plötzlich liegt, wie von Unterseealgen mit Phosphorleuchtkraft besiedelt, vor ihnen der Pool. Hinter einer Glasfront leuchtet die Stadt. Vin ist schon nackt im Wasser.

»Dürft ihr hier rein?«, fragt Sunny den Securitymann.

»Nein. Vor allem nicht nachts, und erst recht nicht mit fremden betrunkenen Gästen, und auf gar keinen Fall mit Künstlern!«

Das Whirlpoolbecken lässt sich nicht anschalten, sie liegen trotzdem darin, und als sie wieder zusammenhängende Sätze bilden können, wird Jef von dem Barmann gefragt: »Und was bist du für ne Künstlerin?«

Jef sagt, sie wäre gar keine Künstlerin und nur versehentlich zu diesem Stipendium gekommen.

»Wie geht das denn?«, fragt er.

Jef versucht eine ernsthafte Erklärung, aber es war gar keine ernsthafte Frage, und ihre Erklärung ist so konfus, dass sie sich selbst nicht versteht. Jef lässt sich unter Wasser anfassen, schließt die Augen, es ist angenehm, nur fallen ihr andauernd Therese und der Sohn ein, nach dem sie doch suchen sollte.

Soll sie behaupten, Thereses Sohn gefunden zu haben? Soll sie sich eine Geschichte ausdenken? Kein Gedanke will in ihrem Kopf bleiben. Ihr Gehirn ist so warm, dass die Gedanken wieder herausrutschen.

Jef wird sauer auf Therese. Was für eine blöde Idee das im Grunde alles war. Was für eine anmaßende Forderung. Nicht mal Rita hätte Jef auf so eine unmögliche Mission geschickt. Hat Therese wirklich erwartet, Jef würde ihren Sohn in den Schrank bringen, hat sie das von Jef verlangt, oder hat Jef sich das nur eingebildet?

»Das hast du doch von uns verlangt«, sagt Vin, der wissen will, worüber sie nachdenkt. »Ich hab dir gesagt, sie wird dich um etwas Unmögliches bitten. Ich hab's dir gesagt. Du lässt dich in ihren Sumpf ziehen.«

Die Barfrau fährt Vin durchs Haar. »Habt ihr was zu essen in eurem Künstlerhaus?«

Mit Bierflaschen in den Händen laufen sie zu fünft frierend durch die diesige Dunkelheit, hinunter zum Seeufer. Sunny und Jef haben Handtücher um den Kopf gewickelt und riechen nach Kräuterbad. Am Strandcafé überlegen sie, ein Boot zu klauen. Als ein Taxi zu sehen ist, rennen alle auf die Hauptstraße, hampeln wie verrückt gewordene Schiffbrüchige, die sich aus Verblödung verkleidet haben, auf der Fahrbahn herum.

Aus dem noblen, wohltemperierten Spa-Bereich des Hotels

in das kaputte, feuchtkalte Haus zu kommen, ist, als wären sie unterwegs durch ein Zeitloch gewirbelt worden. Nachdem sie am Herd im Stehen kalte Nudeln aus dem Topf gegessen haben, wird die Küche nach Getränken durchsucht.

Sunny schlägt vor, in Vins Zimmer Flaschendrehen zu spielen. Da Vins Matratze unten in seinem Zelt liegt und nicht in seinem Bett, sammeln sie Decken zusammen. Es ist kalt, und die Lampe funktioniert nicht. Es geht darum, wer Getränke besorgen muss, und als der Barmann eine ruckartige Jubelbewegung macht, weil die Flasche nicht auf ihn zeigt, stürzt das Bett ein. Alle bleiben lachend in einem Haufen liegen.

»Scheiße, wo ist die Flasche?«

»Steckt in meinem Hintern«, sagt einer. Der Barkeeper fängt an, nach Schenkeln und Brüsten zu greifen, und Vin lässt sich von der Barfrau das Hemd aufknöpfen.

»Wir sind Betrüger, oder?«, sagt er. »Ihr haltet uns für Betrüger. Ihr denkt, wir bluffen hier nur. Das denkt ihr doch! Dass wir nur Kunst machen, um nicht arbeiten zu müssen.« Er hält die Barfrau an den Schultern fest und zischt durch die Zähne: »Kunst ist auch Arbeit, kapiert?«

Die Barfrau ohrfeigt ihn.

Vin lässt sie los, legt stattdessen seine Hände auf ihren Hintern.

»Klar ist Kunst Arbeit. Würde nie was anderes behaupten«, sagt sie und drückt sein Gesicht zwischen ihre Brüste.

Dass es taghell ist, fällt Jef erst auf, als sie in ihr Zimmer stolpert.

Warum der Himmel rötlich ist, versteht sie nicht gleich, als sie aufwacht. Es ist Sonnenuntergang, nicht -aufgang. Jef setzt sich auf die Bettkante und betrachtet über den Häusern den Perlmutt-Himmel, der silbergrau und goldrot erscheint wie ein Schmuckstück. Mühsam versucht sie sich an die letzte Nacht zu erinnern, sucht nach Einzelheiten, die ihr fetzenweise einfallen, und ist nicht sicher, ob sie schon damit klarkommt, dass es diese Nacht in ihrem Leben gegeben hat. Aufstehen, um etwas gegen ihre Kopfschmerzen zu tun, geht jetzt nicht.

Die Nacht kommt Jef unendlich lang vor. Sie wacht immer wieder aus einem Traum auf, in dem die Stipendiaten die letzten Menschen auf der Welt sind.

Warum sind sie mit den Barleuten nicht zusammen in den Saal gegangen, wie sie es vorhatten, um dort weiterzutrinken? Warum sind sie die Treppe rauf, dann links durch das Erkerzimmer in den Gang, der zu den Zimmern führt? Die Barkeeper kannten sich aus. Das wird Jef erst jetzt klar. Die wussten, wo die bewohnbaren Zimmer liegen. Offenbar sind sie nicht zum ersten Mal von Kunststipendiaten ins Haus Strand mitgenommen worden.

*

Womöglich war es ein Fehler gewesen, das rote Kleid anzuziehen, das ihr im Kleiderschrank aus dem Meer ihrer schwarzen Klamotten entgegengewinkt hatte. Es war allerdings die einzige Farbe, zu der sie sich überwinden konnte. Von ihrem Spiegel wurde sie nur in Schwarz erkannt. In Schwarz war alles weniger schlimm. Es fiel weniger auf, dass sie zu groß, zu schlaksig, zu langweilig war. Die Augen zu rund, die Haare zu dünn. Seit sie fünfzehn war, funktionierte keine andere Farbe mehr. Man nahm sie ernst in Schwarz.

Als sie nachmittags losging, um in jedem Restaurant, das in der Umgebung geöffnet hatte, nach einem Job zu fragen, mied sie nur die Kneipe, in der sie damals während des Studiums gearbeitet hatte und hoffte, keinem Bekannten zu begegnen.

Man sah ihr auf der Straße hinterher. Jef fühlte sich von einem Scheinwerferspot verfolgt und nicht gemeint. Genauso gut hätte sie ein rotes Kleid auf einem Bügel durch die Straßen tragen können.

In manchen Cafés durfte sie ihre Nummer hinterlassen. Die meisten sagten, es würde niemand gebraucht. Hätte ich ein Ziel, würde ich einen Job finden, dachte Jef. Man sah ihr an, dass sie keins hatte, und verpasste ihr mitleidige Blicke, gleichgültige und abfällige. Sie schob es auf das dämliche Kleid.

Als sie um eine Ecke bog, erschrak sie so, dass ihr Herz in den Hals schlug. Vor ihr in der Sonne lag glänzend eine schwarze Schlange mit gelben Streifen und dickem Kopf. Jef war im Leben keiner Schlange begegnet. Verlorene Fahrradschlösser wie dieses hatte sie dagegen oft auf dem Asphalt gesehen. Sie hätte es erkennen müssen, zumal der Anblick viel wahrscheinlicher war als der einer Schlange. Aber ihr Gehirn hatte eine Abkürzung genommen und Alarm geschlagen, bevor es verstehen konnte. Die Urinstinkte irgendwelcher Vorfahren geerbt zu haben, um sich in Schwierigkeiten, die sie selbst nicht erlebt hatte, vor Bedrohungen zu schützen, die sie nicht kannte, fühlte sich entsetzlich traurig und falsch an.

In einer Bar, in der sie auch nicht gebraucht wurde, traf Jef zwei Freunde, die für sie auf einem Bierdeckel eine Liste vernünftiger Job-Ideen anlegten. Als Jef den Deckel am nächsten Tag in ihrer Jackentasche fand, sah er nicht mehr vernünftig aus.

Sie schrieb Mails an Freunde: »Falls jemand von einem Job weiß, ALLES AUSSER LADDU, bitte gebt mir Bescheid.«

Es musste ein Prinzip sein, dachte Jef, man bekommt nichts, wenn man es wirklich braucht. Man bekommt nur dann etwas, wenn man genug hat. Ihre Mail könnte für eine Falle gehalten worden sein. Ein gefälschter Hilferuf von einer gehackten Mailadresse. Jef bereute es, sie geschrieben zu haben.

Am nächsten Tag saß sie wieder an ihrem Platz im Share-Office, den sie sich nicht leisten konnte, und überlegte, wie dieses Prinzip wohl funktionierte. Vielleicht gab es kleine Teilchen, Photonen oder so, die ihren Mails hinterherflogen und Informationen über sie verbreiteten, die sie gar nicht verbreitet haben wollte. Gleichzeitig nach Hamburg und München konnten die fliegen und Jefs prekäre Lage per Bewerbungs-Mail übertragen wie ein Virus. Ein paar Freunde schrieben, sie würden die Augen offen halten. Jef wusste aber, die würden sich erst wieder melden, wenn sie allein klarkäme.

*

Hungrig geht Jef am Morgen in die Küche. Auf dem Küchentisch türmt sich ein Berg aus Gabeln, Messern und Löffeln. Oleksii hat die Besteckschublade herausgezogen. Sie soll sich keine Sorgen machen, er habe wirklich alles gründlich abgewaschen. Sie müsse es nur unbedingt für sich behalten. Es sei ihm wahnsinnig peinlich. Jef weiß, sie wird ab jetzt daran denken müssen, wenn sie die Schublade aufzieht.

Er habe versucht, in seinem eigenen Bett zu übernachten. Es sei ja niemand da gewesen, und er dachte, er würde sich nicht mehr so sehr gruseln, habe sich schließlich an das Haus gewöhnt, aber es ginge eben trotzdem nicht, wie man ja sehen würde, flüstert er und zeigt auf die Schublade. »Ich musste irgendwo hingehen, was aufmachen und es danach wieder zumachen. Das ist das Einzige, was ich im Schlaf offenbar weiß.«

»Hättest du nicht lieber in den Mülleimer pinkeln können oder aus dem Fenster?«, sagt Jef.

Oleksii räumt die Teller aus dem Küchenschrank und angelt von ganz hinten eine Haarbürste und ein Totenkopf-Buddelförmchen hervor. Er schüttelt den Kopf. »Hätte fast vergessen, dass wir mit einer Verrückten zusammenwohnen.«

Vin kommt über den Hof, schleppt Bettdecken und Wolldecken aus seinem Zelt in die Küche. »Kann mir nachher jemand mit der Matratze helfen? Ist scheiße kalt draußen.« Im Vorbeigehen nimmt er Oleksii das Buddelförmchen aus der Hand. »Danke«, sagt er und steigt die Treppe hinauf. Oleksii sieht ihm hinterher.

Als Wolf hereinkommt, wischt Oleksii gerade das Tellerfach unter der Besteckschublade aus. »Irgendjemand hat heut Nacht in die …«, sagt Wolf, zeigt auf die Schublade, sieht Oleksii knien und mit dem Kopf im Regal stecken. Er sieht Jef an, und sie nickt.

»Ich glaub, hier hinten hat noch nie jemand sauber gemacht«, ruft Oleksii dumpf aus der Tiefe des Regals und hat Wolf nicht reinkommen hören.

Wolf macht eine leidende Miene, als müsste er kurz einen starken Schmerz aushalten. Er atmet einmal aus, mit aufgeblähten Wangen, setzt sich und klappt seinen Laptop auf. »Willst du wissen, was ich rausgefunden habe?«

Jef will es eigentlich nicht wissen. Es ist wie mit der roten Fotokiste, die sie anfangs nicht öffnen konnte, um nichts über sich zu erfahren, was sie nicht wissen wollte.

»Gleich«, sagt Jef. »Ich bring Therese was zu essen.«

»Hab ich gerade gemacht«, sagt Wolf. »Geht ihr prima. Hier, das hat sie mir gegeben. Ist ihr Sohn, hat sie gesagt.« Wolf legt die Kugelschreiberzeichnung auf den Tisch, die Therese gemacht hat, bevor Jef in die Bar gegangen war. »Setz dich hin und hör zu.«

Er hat im Archiv der Lokalzeitung eine alte Zeitungsmeldung gefunden mit einem unscharfen Foto von Therese in jung. Die ehemalige Spitzensportlerin Therese S. sei wegen versuchten Mordes an ihrem Sohn verhaftet, aber nicht verurteilt, und wegen ihrer akuten Psychose in eine Klinik eingewiesen worden. Sie habe versucht, sich selbst und ihren Sohn mit den Früchten einer giftigen Pflanze zu töten, was glücklicherweise in beiden Fällen nicht gelungen sei.

Ihr junges Gesicht auf dem alten Foto wirkt unscheinbar und verwahrlost wie ein gejagtes Tier.

Vin kommt dazu, sieht sich das Bild an. »Heimkind!«, sagt er und streicht mit dem Zeigefinger sanft über ihr Gesicht auf dem Bildschirm. »Wir erkennen uns.«

»Ich dachte, sie hat nur den Kinderwagen beim Einkaufen stehen lassen«, sagt Jef.

Wolf liest weiter: »Ihr erstes Kind hatte Therese S. sechs Jahre zuvor bei einem Wohnungsbrand verloren, der von einem defekten Stromkasten ausgegangen war. Seitdem hat Therese S. eine schwere Psychose ausgebildet und war mehrere Monate in psychiatrischer Behandlung.«

Jef setzt sich hin. Die Information verwandelt sich in eine feste Kugel, die in ihrer Kehle stecken bleibt.

»Oh Mann«, sagt Oleksii beim Einräumen des Bestecks. »So was will ich gar nicht wissen.«

»So was passiert aber!«, sagt Vin. »Das Haus nicht zu verlassen, hilft dir nicht, siehst du. Das Leben kommt trotzdem rein. Das Leben ist überall und kriecht dir in die Ohren und unter die Haut.« Er lässt seine Finger wie Schlangen tanzen, kommt Oleksii näher, der seinen Oberkörper zurückbiegt, als würde Vin ihn mit etwas Stinkendem ärgern, und schließlich tippt Vin einen Zeigefinger auf Oleksiis Glatze. »Zack, schon ist es drin im Kopf! Was machst du hier eigentlich?« Vin zeigt auf die Schublade.

»Limonade reingekippt«, murmelt Oleksii.

Jef betrachtet die Kugelschreiberzeichnung und erkennt in dem Gekritzel schließlich das Gesicht eines kleinen Kindes.

»Was war denn das mit der Barfrau?«, fragt Jef, als sie am nächsten Morgen mit Vin allein in der Küche ist. »Ich dachte, für dich gibt's keine Affären mehr.«

Vin zieht die Brauen hoch und gießt Hafermilch in seinen Kaffee. »Hab ich ihr gesagt. Entweder für immer oder gar nicht. Dann für immer, hat sie gesagt.« Er stellt die Milch in den Kühlschrank. »Und morgens war sie weg.«

»Aha. So muss man das mit dir machen.«

Vin trinkt seinen Kaffee. »Ich bin ein Mann«, sagt er, als wäre das eine Begründung.

»Zeigst du mir deinen Schmuck?«, fragt Jef.

»Wirklich?« Vin hält inne, stellt die Tasse zurück, sieht Jef an und ist offenbar nicht sicher, ob sie es ernst meint. »Meine Objekte?«

Jef fällt ein, man darf nicht Schmuck sagen zu Vins mobilen Minimalobjekten.

Vin überlegt eine Weile, lässt Jef nicht aus den Augen, sieht durch sie hindurch, hält sie mit seinem Blick fest, bis er mit dem Gedankengang fertig ist. »Okay, weißt du was?« Vin steht auf, zieht seine Hose hoch und geht durch die Küche. »Ich will sicher sein, dass du total ehrlich bist. Könntest du so tun, als würdest du mich nicht kennen? Würdest du das für mich machen? Du stellst dir einfach vor, das ist das Zeug von einem, den überhaupt keiner kennt. Verstehst du, also niemand außer dir hat das je zuvor gesehen. Du bist die Erste.«Vin läuft aufgeregt in der Küche hin und her. »Du hast keine Ahnung, was es ist, also du findest die Sachen einfach, ohne sie in einen Kontext zu stellen. Du erfasst die ganze Dimension aus der Distanz der Unkenntnis. Die einzige Relation ist dein Blickfeld, und du lässt der Interaktion mit dem Werk den maximalen Spielraum, und dann merkst du dir genau, was du dabei fühlst und versuchst, so eine reziproke Projektion deiner Erfahrung zu fixieren. Alles klar? Kannst du das für mich machen?«

Jef wünscht sich, sie hätte nicht gefragt. Ihr war ja nur langweilig, und sie wollte ein längeres Gespräch mit Vin hinkriegen.

»Wie bei Therese?«, sagt Jef.

»Tante Therese?« Vin versteht nicht, was seine Minimalobjekte mit ihr zu tun haben sollten.

»Ihre Bilder kannte doch auch keiner«, sagt Jef.

Vin überlegt. »Ja, okay, von mir aus. Stell dir das so vor, wenn du willst. Und dann sag mir, was du denkst, ja?«

»Okay, ich versuch's«, sagt Jef und steht auf.

»Nein. Nicht jetzt. Ich bin noch nicht so weit. Geb dir Bescheid, wenn ich bereit bin«, sagt Vin vergnügt, greift sich seine Tasse, geht die Treppe hinauf, zwei Stufen auf einmal nehmend.

Jef bleibt allein in der Küche, sieht auf den Zuckerlöffel, den Sunny so oft in den Mund gesteckt hat. Vin will also ihren künstlerischen Blick nicht haben. Sie ist nur eine Art Notlösung. Er will ein echtes Publikum, und Jef soll eine beliebige Konsumentin spielen, damit er der Künstler sein kann.

Auf dieses Spiel sollte sie sich gar nicht einlassen. Sie wird Vin vermutlich sowieso nicht wiedersehen.

Jef überlegt, in wie vielen Mündern dieser Zuckerlöffel schon gesteckt hat. Wie viele Menschen auf dieser alten Küchenbank gesessen oder in ihrem Bett geschlafen haben. Es ist doch ein kompletter Irrtum, sich ein Recht auf Einzigartigkeit einzubilden.

Sie klappt den Laptop auf, sieht zwei Folgen einer alten Serie, die sie vor Jahren schon gesehen hat und isst eine Tafel Schokolade, bis ihr bewusst wird, dass sie schon lange nichts Normales mehr gegessen hat. Dabei fällt ihr ein, dass sie sich eigentlich um ihre Collagen kümmern müsste. Und gegen die materielle Not, die zu Hause immer noch auf sie wartet, sollte sie sich auch langsam irgendeinen Plan überlegen. Sie sieht ihre Zeit ablaufen wie Sand in einem Stundenglas. Sieht, dass sie in ihrem Vorhaben, eine Künstlerin zu werden in den zwei Monaten, die sie hier verbracht hat, nicht weitergekommen ist.

Jef sitzt mit ihrer Teetasse am Tisch und betrachtet ihre Hände. Ihre Haut sieht jung aus. Obwohl Jef sich an den Gedanken gewöhnt hat, dass ihre Hände bald so aussehen würden wie die ihrer Mutter, hat ihr Körper offenbar erst einmal anders entschieden.

Jede Ablenkung holt Jef raus aus ihrem unzufriedenen Kopf, und sie ist froh, als Sunny anfängt, etwas zu kochen. Jef hat sich fest in der Küche installiert, bleibt einfach sitzen, sieht zu, wer auftritt, etwas aus seinem Leben vorspielt und wieder abgeht.

Irgendwann kommt Wolf dazu und setzt sich mit seinem Laptop an den Küchentisch. Sunny lässt Schränke und Schubladen offen stehen, während sie mit dicken Pantoffeln und zusammengerafften rosa Wollstulpen über die Fliesen schlurft. Auf dem Herd und dem Fußboden liegen Reiskörner, neben dem Mülleimer verschüttetes Kaffeepulver, neben der Spüle hat niemand die Wasserlachen aufgewischt, und überall sind Reste von Sunnys Gemüsesmoothie, den sie gegen ihr Magengeschwür trinkt.

Sunny kann nichts anfassen, ohne dass es danach klebt. Anhand ihrer Spuren ist jede ihrer Bewegungen nachzuverfolgen. Die Milch ist vom Kühlschrank zum Küchentisch vertropft. Halbherzig wischt sie ein paar Tropfen weg.

Jef macht gegen Sunnys Schmatzen das Radio an. Es hilft nur wenig. Auf ihre kleine Portion Reis mit Sojasoße trinkt Sunny Kaffee.

»Damit ich nicht zu viel trinke«, sagt sie und hebt das winzige Tässchen in Puppenstubengröße.

»Sunny, du hast schon wieder den Herd angelassen.«

Auf einen Post-it-Zettel schreibt Sunny »Ricordati di spegnere fornello. Non incendiare la casa!« und klebt ihn über den Herd.

Oleksii kommt, um am Küchentisch ein Dampfbad zu machen, obwohl er nicht krank ist. »Vorsichtshalber«, sagt er und verlangt von Jef, ihm zu sagen, was in der Küche passiert. »Ist Wolf noch hier?«, fragt er aus dem Dampf.

»Nein, Wolf ist gerade rausgegangen. Sunny ist noch hier.«

»Man soll das nur sieben Minuten machen«, sagt Wolf.

»Warum sieben? Ich denke du bist rausgegangen?«

Jef verschiebt ihre Collagen für heute.

*

Eine Webdesignerin und eine Werbetexterin aus dem Share-Office wollten Jef mit einem Bekannten verkuppeln, der gerade verlassen worden war. Sie hätte doch seit Ewigkeiten keinen

Freund mehr gehabt, sagten die Frauen beim Rauchen auf der Feuertreppe. »Wie hältst du das aus?« Jef kam es vor wie acht Wochen, aber sie hatten recht, es waren acht Monate. Das sei wie in dem Märchen mit dem Salzfass, das niemals leer werden durfte, sagten sie. Solange ein Krümel drinblieb, rieselte das Salz endlos nach. So sei das bei Jef. Alles leer. Sie müsse nur wieder einmal ausgiebigen Sex haben, damit das Bedürfnis zurückkäme.

Ihr Sexualtrieb war gestorben. Sie ließ sich trotzdem überreden, abends in die Bar zu kommen.

Jef schminkte sich, wie sie sich sonst nie schminkte, mit Make-up und Eyeliner und tupfte sogar Parfum, das sie seit Jahren nicht benutzt hatte, in ihr Dekolleté. Die Frauen brachten zwei Männer mit, einer davon der Verlassene. Das Gespräch war so langweilig, dass Jef sich vorstellte, wie sie Mühe haben würde, beim Sex wach zu bleiben. Es wurde von den Vor- und Nachteilen verschiedener Großstädte geredet und wo es sich am besten leben ließ. Jef wusste, die beiden Frauen mussten, egal in welcher Stadt sie leben wollten, nur ein halbes Gehalt mit ihrer Selbstständigkeit verdienen und bekamen den Rest von ihren Eltern.

Die Cocktails interessierten Jef mehr als der Mann. Sie wusste, sie konnte nur bleiben, indem sie den Reflex, zu verschwinden wegtrank. Irgendwann ging es um Sternzeichen, und jemand sagte, Schütze-Frauen würden sich am wenigsten schminken und Jungfrauen am stärksten. Jef behauptete, sie wäre Schütze. Krebs zu sein gefiel ihr nicht, es klang nach Unentschlossenheit. Rita war Schütze. Rita war entschlossen.

»Meine Ex-Freundin hat sich immer zu stark geschminkt«, sagte der Verlassene. »Dabei habe ich ihr ständig gesagt, dass sie ungeschminkt viel schöner aussieht.«

Jef wollte von ihm nicht ungeschminkt schön gefunden werden. Ungeschminkt und unparfümiert wollte sie nur schön für jemanden sein, der sie liebte.

*

Jef lehnt an einem Absperrgeländer auf dem Parkplatz hinter dem Hotel, trinkt das frische Heilwasser, sieht hoch zu dem morgendlich vernebelten Berg und hat das Gefühl, ihr würde bald klar werden, wofür sie sich anstrengen will im Leben.

Heute schmeckt das Wasser nach einer staubigen Schlossbibliothek. Sie überlegt, woher der Berg diese Zutaten nimmt. Er will sie irreführen, indem er jede Geschmacksrichtung vortäuschen kann, die Jef zu assoziieren in der Lage ist. Er spiegelt ihr eine Fata Morgana vor, eine Quelle, die so schmeckt, wie Jef es haben will. Alles, was ihre Geschmacksnerven erkennen, kennt der Berg auch, und bietet ihr die Handlungen ihres eigenen kleinen Lebens zum Kosten an.

Die Luft ist dumpf und feucht, Jef hat das Gefühl, die Welt ist nur ein kleiner Kreis und würde an den Rändern des Parkplatzes verschwinden.

Sie beißt sich auf die Zunge, wie es als Schulkind während des Unterrichts ihre Angewohnheit gewesen ist. Sie konnte ihre Zungenspitze nicht spüren. Bis jetzt. Zum ersten Mal hat ihre Zunge eine Spitze, als wäre sie gerade neu gewachsen. Jef kann sich nicht daran erinnern, dass sie als Kind beim Stolpern auf ihr Kinn gefallen ist und sich das berührungsempfindlichste Körperteil abgebissen hat. Wie oft hat sie sich versehentlich zu kräftig auf die Zunge gebissen und das Blut im Mund geschmeckt, ohne Schmerz zu empfinden.

Jetzt tut es weh, sich selbst zu beißen. Offenbar sind ihr neue Nerven gewachsen. Eine Reparatur, auf die sie nicht gewartet hat. Jef spürt, was sie noch nie gespürt hat. Sie befühlt mit dem neuen Tastwerkzeug den riffeligen Deckel ihrer Trinkflasche, dann ihren Daumennagel und den fusseligen Stoff ihres Ärmels am Handgelenk. Zum Fühlen ermutigt, sieht sie sich um, und hat Lust, alles anzulecken.

Sie könnte sich einbilden, das Heilwasser habe ihr die Zungenspitze zurückgegeben.

Das Geräusch eines Rollkoffers hält Jef davon ab, am Metallgeländer zu lecken.

Verschwommen kommt ein Mann aus dem Nebel auf sie zu. Als seine Konturen klar werden, ist es der Langhaarige aus der Bar. Er hat einen überheblichen Gang und versucht, seine Attraktivität offenbar absichtlich zu zerstören, indem er den Mund schief hält und die Augenbrauen zusammenzieht, als wäre ihm etwas peinlich. Er trägt eine hässliche rechteckige Brille, und als er mit surrendem Koffer über den Parkplatz an Jef vorbeigeht, lächelt er sie kurz an. Ein Blick, mit dem man jemanden grüßt, den man schon mal gesehen hat, ohne zu wissen wo. Er geht in den Abfüllraum, kommt kurz darauf mit einer Wasserflasche heraus. Jef steht nur da und sieht den Mann um die Ecke biegen, von dem sie jetzt, da er Wasser geholt hat, sicher ist, dass es Thereses Sohn sein muss. Er verschwindet im Nebel Richtung Bahnhof. Jef ist wie gelähmt. Ihre Körperhülle versucht ein stabiles Gegengewicht zu bilden, um von ihrem rasenden Herzen nicht umgeworfen zu werden.

Während Jef zurück ins Haus rennt, denkt sie, dass sie das Laufen in den letzten Wochen möglicherweise nur für diesen Moment trainiert hat. Für diesen Sprint von der Quelle zum Haus.

»Ich hab Ihren Sohn gesehen!«

Therese sitzt in der Küche neben Wolf, der irritierenderweise seine Hand auf ihren Rücken gelegt hat.

»Er ist mit einem Koffer Richtung Bahnhof gegangen«, sagt Jef außer Atem. »Komm, wir fahren schnell hin!«

»Er war ja gerade hier, Herzchen. Das hast du gut gemacht«, sagt Therese.

»Hier? Im Haus? Eben gerade?«

Wolf nickt wie hypnotisiert, und Jef versteht selbst nicht, warum sie so wütend auf ihn ist.

Er grinst blöd. Er soll sofort seine Hand von Thereses Rücken nehmen. »Ich ruf uns ein Taxi. Los, ziehen Sie sich an!«

Sie hört nicht mehr zu, als Wolf sagt, sie hätten sich verabschiedet, und Therese müsse ihm nicht hinterherfahren. Jef will nichts wissen von der Begegnung, die ohne sie passiert ist, will nur unbedingt auf der Stelle zum Bahnhof. Wolf weigert sich, die örtliche Taxinummer herauszufinden, und Jef hat das Gefühl, alles läuft gegen sie.

Es dauert ewig, ein Taxi zu rufen. Jef zerrt Therese zur Haustür. »Sie kann in so einem kleinen Raum nicht sitzen, da kann sie nicht atmen, da bekommt sie ja gar keine Luft«, sagt Therese, als das Taxi auf der Straße steht.

Wolf sagt, Thereses Herz würde die Aufregung nicht aushalten. »Jef! Sie kann im Auto nicht atmen!«

»Bist du jetzt ihr Beschützer, oder was?«, ruft Jef.

Therese steht in der Haustür wie ein Kind, trägt eine alberne bunte Mütze, hat die Schultern hochgezogen und hält sich mit beiden Händen den Mund zu. Jef muss weg von ihrer Eifersucht und der ganzen Verzweiflung über diese falsche Lage. »Bahnhof«, sagt sie zum Fahrer, und Wolf schlägt die Autotür zu.

Während der Fahrt hat Jef Wolfs verständnislosen Satz im Kopf. »Was ist denn plötzlich mit dir los?« Sie fühlt sich, als hätte sie selbst jahrelang auf diesen Sohn gewartet wie auf einen heiligen Erlöser.

Im Taxi vor der roten Ampel zu stehen, hält sie nicht aus, wirft dem Fahrer ihren letzten Zehner hin und rennt zum Bahnhof, rennt durch die Vorhalle, rennt auf dem Bahnsteig hin und her.

Jef weiß, sie ist jetzt selbst die Verrückte geworden, setzt sich schließlich auf eine Bank, versucht langsamer zu atmen, stützt den Kopf in die Hände und gibt es auf, sich umzusehen. Sie verflucht das Haus, in dem sich doch alle nur gegenseitig noch verrückter gemacht haben, als sie sowieso schon sind, dann sieht sie seinen Koffer direkt vor ihren Füßen vorbeirollen.

Der Mann hört ihr freundlich zu, während Jef versucht zu erklären, dass Therese krank sei und er nicht abfahren dürfe. Die Worte und Sätze stolpern übereinander. »Therese kann doch nicht ewig in dem Schrank wohnen, die Strand sperrt sie ja aus wie eine Ratte, der man den Eingang zunagelt. Und die nächsten Stipendiaten kümmern sich bestimmt nicht richtig um sie.«

Jef spürt, dass alles, was sie sagt, absurd klingt. »Außerdem braucht sie doch den Brunnen und will nicht in die Psychiatrie. Und dieser Frankie aus Amerika ist gar nicht dein Vater, nein, ich meine der Bankdirektor ist es nicht. Hat sie dir das gesagt?«

Jef bringt alles durcheinander. Der Mann schüttelt den Kopf, sagt, er kenne keine Therese. Es tue ihm leid, er sei nicht der Richtige. Dann steigt er in den Zug und sieht sich nicht mehr um.

Jef sieht dem abfahrenden Zug nach und will sich selbst anbrüllen: Verdammte Scheiße!

Auf dem Rückweg kommt sie langsam zu sich, und im Haus ist sie froh, niemandem zu begegnen und nicht reden zu müssen. Als Oleksii an ihre Tür klopft, schickt sie ihn weg.

Erst als alle schlafen, geht sie hinunter, isst ein paar kalte Nudeln aus der Pfanne, die auf dem Herd steht. Irgendwo schlägt der Wind ein Fenster zu.

Als sie einen Post-it-Zettel beschriften will, drückt der Kugelschreiber nur ein leeres *T* ins Papier. Jef schüttelt den Stift *Ther* kratzt Jef weiter. Die Mine gibt keinen Strich mehr her.

Jef klebt den Zettel mit dem unsichtbaren Namen an die Nudelpfanne, und als sie die Treppe hinaufgeht, wird sie den Gedanken nicht los, damit ein unglückliches Zeichen gesetzt zu haben.

*

Die erste Begegnung mit Rita, beim Eierlegen, hatte sich ebenso in Jefs Gedächtnis eingebrannt wie die letzte.

Jef stand in der Schlange am Bäcker und bemerkte Rita erst,

als sie sich zufällig umdrehte. Sie lächelten sich an wie einstudiert, und dann drehte Rita sich weg. Jef wusste: Rita würde es nicht lange aushalten, mit Jef im Rücken stehen zu bleiben. Und richtig, Rita trat aus der Schlange, winkte Jef mit ein paar Fingern zu wie eine Vierjährige, die genervt ihr Alter anzeigt, und ging. In Jefs Hals quoll ein brennender Klumpen auf. Sie bewunderte Ritas Konsequenz, mit der sie kein falsches Gespräch zuließ. Man konnte es kaum eine Begegnung nennen. Es war nur ein verriegelter Blick.

Jef wäre gerne mit Rita vorm Bäcker stehen geblieben, hätte gerne erfahren, ob Rita von ihrer Mutter wusste, dass Jef nicht mehr bei Laddu arbeitete, sondern sich einen Arbeitsplatz mietete und sich als Gebrauchsgrafikerin selbstständig gemacht hatte, wie sie es damals schon vorhatte. »Und, wie läuft's?«, hätte Rita fragen können, und Jef hätte mit den Schultern gezuckt: »Geht so. Aber ich hab endlich mal was Eigenes gebacken gekriegt. Das ist die Hauptsache.«

Jef hätte gerne gewusst, wie es Rita ging, mit wem sie lebte, ob sie einen Job hatte und Kunst machte. Aber übrig geblieben war von der Begegnung nur das ausgelassene Gespräch, wie ein angehaltener Film mit Ritas Blick als letztem Bild.

*

»Du bist schuld, wenn ihr was passiert ist!«

»Ich wollte ihr was zum Geburtstag schenken«, sagt Wolf.

»Was denn für ein Geburtstag? Sie weiß doch nicht mal, wie alt sie ist! Du kannst doch einer Geistesgestörten keine Seilbahntickets schenken!«

Wolf schüttelt den Kopf: »Du hast selber gesagt, sie ist gar nicht gestört, sie spielt das nur.«

Jef kann nachts nicht mehr schlafen, stellt sich vor, wie Therese erfroren in ihrer Höhle liegt. Tagsüber steht Jef im Saal am großen Fenster und sieht über den See zum Berg.

Vin steht hinter ihr. »Ich kann dir jetzt meine Arbeiten zeigen, wenn du willst.«

Sie kommt mit in sein Atelier und setzt sich aufs Bett, während Vin weiße geschirrähnliche Stücke in die Hand nimmt und erklärt, was Jef gar nicht erst zu verstehen versucht.

»Kann ich die haben?«, fragt Jef und zeigt auf eine lange Traube aus ovalen milchigen Glaskugeln.

Vin klammert sie an ihrem Ärmel fest, sodass sie von ihrem Oberarm herabbaumelt. »Fühlt sich an wie so ein Gewicht von einer Tischdecke.«

»Und?«, fragt Vin, »meinst du, das hilft dir, um nicht weggeweht zu werden?«

Jef nickt.

»Okay, dann darfst du es behalten.«

»Hat es auch wieder so einen komplizierten Namen? Vipatie oder so?«

»Viviparie? Nein«, sagt Vin. »Es heißt nur ›Abhebesicherung für Jef‹.«

Die Perlen bündeln das Licht und werfen winzige rosa Lichtreflexe auf ihren Arm. »Guck mal«, sagt sie und zeigt darauf, »die Kerne sind rausgefallen.«

Vin kniet sich vor Jef, betrachtet ihren Arm, streicht andächtig darüber. »Ja. Das ist schön.« Er sieht zu ihr hoch. »Ich muss was ganz Neues anfangen. Ich muss Schmuck erfinden, der nicht selbst der Schmuck ist, sondern nur seine Projektion, der Lichteinfall oder der Schatten.« Er küsst ihren Unterarm. »Danke!«

Im Bett liegen und am Fenster stehen, mehr kann sie nicht. Sie hat das Gefühl, seit Ewigkeiten in diesem Haus zu leben. Es ist nicht so, dass sie über etwas Bestimmtes nachdenkt. Sie sieht in den Abendhimmel und ist vollkommen leer. Wie ausgeschaltet. Würde jemand fragen, wie es ihr geht, könnte sie darauf nicht antworten. Sie weiß es nicht.

Sunny tanzt tagsüber im Saal, Wolf schreibt im Sessel, Oleksii komponiert im Zimmer, und Vin taucht auf, wo man ihn nicht erwartet.

Jef geht wie ferngesteuert durchs Haus, bleibt an einem der Fenster hängen und hat vergessen, dass sie einen Joghurt holen, einen Kaffee machen, oder ihren Pullover suchen wollte. Schließlich steht sie im Saal am Panoramafenster und blickt nach draußen, ohne etwas zu sehen.

Wolf liest Zeitung, Sunny sitzt im Spagat, die Arme überm Kopf wie ein symmetrisches Tulpenornament. »Warum rufst du nicht einfach wieder die Krankenhäuser an?«, sagt Sunny gepresst, »da war sie doch letztes Mal auch.«

Jef schüttelt den Kopf. »Diesmal ist sie aber vom Felsen gesprungen«, sagt sie leise, wie nebenbei.

»Quatsch!«, ruft Wolf. »Die ist von keinem Felsen gesprungen!«

Jef dreht sich zu Wolf um und verabscheut plötzlich seine ignorante Art, mit der er so überlegen aussieht.

»Natürlich glaubst du das nicht. Du kanntest sie ja nicht! Wenn du sie gekannt hättest, hättest du sie nicht allein hochfahren lassen«, sagt Jef.

»Entschuldige mal, sie war doch kein Kind!«, sagt Wolf.

»Siehst du!«, schluchzt Jef, »du glaubst ja doch, dass sie runtergesprungen ist!«

»Niemals glaub ich das.«

»Du hast WAR gesagt!«

»Das hab ich nicht gemeint!«

Wolf und Jef starren einander an, als träfe die Schuld den, der zuerst blinzelt.

Wolf zieht sein Handy aus der Hosentasche. »Okay, ich ruf die Krankenhäuser an.«

Wolf ruft auch die Psychiatrie an, in der man Therese kennt. Schließlich kommt er in Jefs Zimmer.

»Die Bergwacht will wissen, ob du ihnen die Stelle zeigen kannst.«

*

Baby, do you understand me now ... Der IT-Administrator aus dem Share-Office, den sie den Itman nannten, fragte: »Warst du mit diesem alten Künstler hier irgendwie befreundet? Professor Strand. Maler oder so was.«

Weil der Itman »*war*« sagte, und weil Strand damals schon unfassbar alt gewesen war, wusste sie: Er war tot. Nein, besonders gut hatte sie den nicht gekannt.

»Ist gestorben«, sagte der Itman, als dürfe man für so eine Nachricht nur ganz wenige Worte benutzen.

Jef sah über die Garagendächer auf den Bahnhof. Dass sie den alten Strand gekannt hatte, davon konnte der Itman eigentlich nichts wissen.

Neunundneunzig Jahre sei er alt geworden, sagte der Itman und Jef machte ein erstauntes Geräusch, obwohl sie nicht beeindruckt war, wenn jemand sehr alt wurde. Sie verstand nicht wie die Alten es aushielten, so alt zu sein. Falls sie je alt würde, müsste sie bis dahin unbedingt genügend Geld für die richtigen Drogen haben.

Umständlich, irgendwie demütig kam der Itman zur Sache, sodass Jef fürchtete, es könnte ein weiteres Problem geben als nur den Tod des Kunstprofessors. Die Witwe sei aus Strands Atelier zu ihm rübergekommen und habe gefragt, ob ihr jemand aus dem Office bei der Nachlassverwaltung helfen könnte. Dabei habe er diese Fotokiste gefunden. »Mit Fotos von dir«, sagte er, als müsste Jef jetzt wirklich wissen, worum es ging. »Fotos, die er von dir gemacht hat.«

Jef fand eine dunkle Erinnerung an diesen Nachmittag in Strands Atelier. »Ach so, die er gemacht hat.« Sie hatte vergessen, dass es irgendwo Aktfotos von ihr gab, die sie nicht kannte.

Wann sie die abholen könne, fragte der Itman, und Jef war enttäuscht, weil sie aus Strands Nachlass alles lieber hätte haben wollen als diese blöden Fotos. Der Itman wollte sie auch nicht. »Nein, in meinem Büro will ich die nicht haben«, sagte er, als würden die Fotos stinken, als hätte Jef vorgeschlagen, den toten Strand bei ihm einzulagern.

»Dann schmeiß sie weg«, sagte sie und erfuhr später, dass der Itmann einen Zettel mit Jefs Adresse angeheftet und die Kiste stehen gelassen hatte, wo sie war: *Zusenden oder wegwerfen.*

Als ein paar Wochen später in der Wäscherei gegenüber ein Paket für sie abgegeben wurde, hatte sie den toten Strand vergessen, den Nachlass, die Fotos. Das Paket war riesig. Hatte sie versprochen, einen Haufen Plakate für eine Veranstaltung im Share-Office zu verteilen?

Eine mit rotem Leinen bezogene Kiste war in Knallfolie gewickelt. Jef legte sie auf den Küchentisch, und jetzt erst fiel ihr der Professor wieder ein. Sie überlegte, wofür sie die herrliche Kiste verwenden könnte, wenn sie die Fotos weggeworfen hätte.

Kaffee kochend ignorierte sie ihren blöden Widerwillen, die Kiste zu öffnen. Der Frau, die sie zehn Jahre zuvor gewesen war, wollte sie nicht in die Augen sehen.

Jef wollte nicht, dass die Fotos gut waren. Als wäre sie auf sich selbst eifersüchtig, wollte sie von der Frau in der Kiste nichts mehr wissen. Mit der zehn Jahre jüngeren Jef war Rita noch befreundet gewesen. Sie hatte Ritas blaues Wildseidentuch noch nicht verloren. Die Jef in der Kiste hatte nachts Sex auf Parkbänken und in Hausfluren, hatte Affären gehabt und gedacht, das müsste letztendlich alles ein herrliches Leben ergeben. Diese Frau gab es aber nicht mehr.

Jef hatte das Gefühl, zwischen ihrer aufregenden Vergangenheit und ihrer schrecklichen Zukunft zu stehen, in der sie einsehen muss, dass sie in allem gescheitert war: in ihren Beziehungen, ihrer Selbstständigkeit und ihrer Freundschaft mit Rita.

*

Jef raucht im Atelier. Hier hält sie es am besten aus. Das Haus ist tot, als wäre sein Herz stehen geblieben.

Eine Woche hat es gedauert, bis sie gefunden wurde, obwohl Jef die Stelle genau zeigen konnte. Jef drückt ihre Zigarette auf einem Unterteller aus. Therese kann bei einem Sturz aus dieser Höhe vom Aufprall nichts gemerkt haben, wurde ihr gesagt.

Wahrscheinlich sagt man das immer. Sie betrachtet die nackte Glühbirne. Wer kann schon wissen, was man nicht spürt.

Alle wollen Therese plötzlich gemocht haben. Oleksii hat sogar geweint, als die Polizei anrief. Wo er übernachtet, weiß Jef nicht.

Für die Seilbahn hat Jef kein Geld mehr. Nicht mal für Knäckebrot und Frischkäse, und sie hat das Gefühl, selbst ihre Atemluft nicht mehr bezahlen zu können.

Aber der Weg auf den Berg ist kaum noch beschwerlich. Ihre Beine wehren sich nicht gegen die lange Anstrengung. Dass sie ganz unnötig ein Vermögen für die Seilbahn ausgegeben hat, ist ein Ärgernis, das sich erst auf dem Gipfel auflöst. Oben wird alles Schwere leicht und das Tragische banal.

Hier findet Jef Thereses Tod weniger schlimm. Alles hat eine andere Bedeutung. Wer kann denn wissen, ob man nicht wirklich eins wird mit dem Ort, an dem alle Sinne aus dem Körper entlassen werden. Jef überlegt: Es muss schließlich einen Grund haben, dass man ins Meer geschüttet, im Wind verstreut, von der Erde zersetzt oder vom Feuer gefressen werden will. Jeder will verbunden bleiben mit den Elementen. Dazugehören. Sie denkt an Thereses Erdenaugen.

Unten ist Jef froh, dass Therese oben geblieben ist, wo sie

besser hinpasst als zu diesen Menschen, die ja doch gegen sie waren.

Dass die Strand für den Festtag den Saal streichen lassen will, ergibt einen Streit mit Tigerlein. Er würde keinen Cent mehr in diese Ruine stecken, brüllt er und schmeißt die Haustür zu.

Eine Wand würde gestrichen, erklärt die Strand bei der letzten Besprechung. Nicht für die Arbeiten der Stipendiaten, sondern für die Skizzen und Zeichnungen aus dem Archiv des alten Strand. Die Stipendiaten dürften ihre Arbeiten in ihren Ateliers zeigen. »So was lieben die Leute doch, wenn sie die Kunst da sehen, wo sie entstanden ist«, behauptet sie. Vin hat seine weißen Teile auf dem abgedeckten Regal in seinem Zimmer drapiert. Wahrscheinlich wird er sich einen Spaß daraus machen, die Erklärungen zu seinen Arbeiten so kryptisch zu halten, dass die Besucher dem Gerede nicht entnehmen können, worum es sich eigentlich handelt.

Sunny probiert etwas aus Vins Kollektion an; es sieht aus, als würden ihr zwei kleine schiefe Suppenkellen von den Schultern über die Brüste baumeln.

»Das fällt ab, wenn ich damit tanze«, sagt Sunny gestresst und lässt sich von Vin wie von einem Garderobier an ihrem Oberteil herumgrabbeln.

Mit ernster Miene tanzt sie ein paar Schritte durch den Raum, springt, dreht sich, ohne Musik, legt sich auf den Bauch. »Nein, das tut weh, mach das wieder ab«, sagt sie und stellt sich vor Vin wie ein bockiges Kind, das sich nicht allein ausziehen kann.

Am Nachmittag verwüstet Sunny misslaunig die Küche, matscht Tiramisu zusammen, das sie sofort mit Wolf gemeinsam auslöffelt.

»Muss das nicht in den Kühlschrank?«, fragt Jef, als sie Kaffee macht. Beide schütteln den Kopf, und Wolf fängt sogar an zu schmatzen. Jef muss lachen.

Sunny lacht auch. »Wo machst du deine Präsentation?«, fragt sie, und Jef ist froh, als sie merkt, dass Wolf gemeint ist.

Wolf will sich eine Sackkarre besorgen, um seinen Lieblingssessel aus dem Saal in sein Zimmer zu holen und den Besuchern dort Gedichte vorlesen. »Ist mir eigentlich egal, ob jemand zuhört.«

Jef trägt ihren Kaffee in Vins Zimmer, der weiße Laken vor die Fenster hängt. »Den Sessel? Den kriegt der doch mit den Rückenschmerzen keinen Millimeter bewegt.«

Vin steigt von der Leiter. »Na los.«

Im Saal binden zwei fremde Leute rot-weiße Bänder und Schilder an die Treppen zur Empore: *Baupolizeilich gesperrt.*

»Bestimmt hat er dieselben Gedichte auch als Bewerbung eingereicht«, sagt Vin durch die Zähne gepresst, während er mit Jef den Sessel in Wolfs Zimmer trägt. Jef rutscht das Polster aus den Fingern, dabei navigiert sie nur die Lehne, während Vin den größten Teil schleppt.

»Kitsch-Lyrik! Überhöhte Kacke«, flüstert Vin erdrückt. »Kunst muss auch mal wehtun, muss hässlich und zerstörerisch sein können. Die Harmonien durchbrechen wollen! Scheiße, ist der schwer!«

Am Abend verabschiedet sich Jef, sagt, sie habe ihr Atelier noch nicht vorbereitet und lässt die anderen mit Weinflaschen, Weißbroten und Spielkarten sitzen. Als sie den Saal verlässt, hat sie das Gefühl, es wird über sie geredet, wie vorher über Therese geredet wurde.

Im Zimmer packt Jef ihren Koffer. Sie zieht die Wäsche von ihrem Bett, fegt das Atelier, legt die zerschnittenen Flyer in die Schrankschublade, die sie seit Wochen nicht mehr angerührt hat, und lässt den Zimmerschlüssel von außen stecken.

Der Flur ist leer. Jef hört die Stimmen aus dem Saal und wäre gerne dabei, wünscht sich, auf der Flucht ertappt zu werden. Aber dann denkt sie an die Präsentation morgen.

Aus der Küche holt Jef ein Paket Knäckebrot, Frischkäse und Tomaten. Dann trägt sie den Koffer durch den Schrank. Sie weiß, dass es einen Riegel gibt, der mit Lackfarbe übermalt ist und die Tür von innen verschließen könnte. Dass der Schieber sich nicht bewegen lässt, hat sie geahnt. Schließlich legt sie sich auf den Fußboden und tritt gegen das Schloss. Die Tür zum Schrank ist zu.

Jef schaltet ihr Handy aus.

Obwohl die Strand das Müllzimmer nach Thereses Tod durchwühlt hat, wirkt es unverändert. Die Dinge konnten einfach durch weitere Verwüstungen unmöglich noch mehr durcheinandergeraten. Nur ein paar verirrte Ameisen laufen am Boden umher und verschwinden unter den herumliegenden Sachen und zwischen den Ritzen der kaputten Dielen. Das hohe Glasgefäß steht leer unter dem Fensterbrett. Jef sieht den Ameisenbaum im Garten liegen, es ist nur noch ein lebloser Stamm, den man ins Feuer stecken kann.

Aus einem Kellerregal, das in der Ecke steht, quellen Textilien. Etwas Kobaltblaues hängt vom obersten Regalbrett, ein Stoff, der nicht zu den anderen passt, leuchtet wie ein Schatz und wirft elegante Falten. Jef zieht daran. Es ist das, woran sie gleich gedacht hat: ein blaues Wildseidentuch. So ähnlich wie Ritas, das Jef damals verloren hat, nur etwas zerrissen und ausgefranst. Jef knüllt es in ihre Hosentasche und beginnt, sich in einem der vorderen Zimmer einzurichten. Sie zieht die Matratze mit den wenigsten Flecken hinter sich her, sammelt Decken zusammen, die nicht so viele Löcher haben, und fühlt sich wie damals als Kind, wenn sie sich bei der Großmutter eine Höhle in der Scheune gebaut hat.

Ein Brett legt sie über ein Loch im Boden, nimmt sich einen Nachttisch, einen Stuhl, ein Radio, eine kleine Lampe. Als sie in ihr neues Zimmer zurückkommt, riecht eine Katze an der Frischkäsepackung auf dem Fensterbrett.

Nachts sind es drei Katzen, die eine Weile im Zimmer herumschleichen. Mit der Finsternis hat Jef nicht gerechnet. Auf dieser Seite scheint keine Laterne ins Fenster, und der klare Nachthimmel wirft kein Stadtlicht zurück.

Jef stellt sich vor, durch ein Zeitloch in eine Parallelwelt gestiegen zu sein. Sie ist abgereist und trotzdem da. Es ist ein Kinderspiel, denkt sie. Sie hält sich die Augen zu, und wenn alle mitspielen, ist sie unsichtbar. So muss es mit Therese passiert sein. Sie wurde einfach nicht mehr gesehen.

Am Morgen rüttelt jemand an der Tür. »Bist du dadrin, Jef?« Oleksii brüllt und rüttelt, hört dann auf und wird jetzt wohl unschlüssig im Schrank stehen. Jef liegt regungslos unter den Decken.

Es gibt nichts, was sie ihm sagen kann, wenn Oleksii die Tür aufbekommt. Er darf die Tür nicht aufbekommen.

»Jef, du kannst doch nicht da drinbleiben!«

Im Laufe des Vormittags klopft, rüttelt und brüllt er noch ein paarmal. »Ich hoffe nicht, dass du dadrin bist!«, ruft er schließlich.

Jef hört die anderen vor dem Schrank reden. »Die ist da nicht drin. Die Strand und ihr Mann haben das zugemacht«, sagt Vin. »Die lassen da ganz sicher keinen mehr rein.«

»Aber sie würde doch nicht abhauen, ohne sich zu verabschieden!« Oleksii klingt ehrlich verzweifelt und Vin abgeklärt wie immer. »Sie hatte doch gar nichts zu präsentieren. War ihr halt peinlich. Ist sie lieber gestern Abend in den Zug gestiegen.«

»Warum geht sie nicht wenigstens ans Handy?«, sagt Oleksii. »Du hast selbst gesagt, man soll Menschen, denen es schlecht geht, nicht in Ruhe lassen.«

»Der geht's aber nicht schlecht! Glaub mir das einfach mal.

Ich kenn mich aus mit Leuten, denen es schlecht geht. Die hatte die ganze verlogene Scheiße total satt hier, und seit der Geschichte mit Tante Therese war sie doch eh völlig fertig. Die wollte jetzt nicht noch groß was erklären müssen.«

Jef hört, wie Vin und Oleksii die Treppe hinuntergehen, ohne das ratternde Geräusch, das Oleksiis Schritte immer gemacht haben.

Jef verbringt den halben Tag damit, das Buch zu lesen, das sie im Saal gefunden hat und seit Wochen mit sich herumträgt. Am Nachmittag stellt sie fest, sie kann durchs Katzenfenster aufs flache Vordach aussteigen und über das niedrige Dachbodenfenster ins Haus einsteigen.

Mit einem Stuhl vor dem Fenster wäre der Weg sogar Therese zuzutrauen gewesen, und womöglich ist die Fensterverriegelung absichtlich verbogen worden, damit das Dachfenster von innen nicht mehr verschlossen werden kann. Es gibt also doch einen anderen Weg als durch den Schrank.

Auf der abgesperrten Empore hockend, sieht Jef durch die schmalen Schlitze zwischen den breiten Streben hinunter in den Saal. Kunstausstellung mit Preisliste und Sekt. Menschen, die zu teuer gekleidet sind. Musik, die Oleksii ganz sicher nicht erträgt, und Kunst, die nicht von den Stipendiaten stammt.

Eine junge Frau im dunklen Kostüm steht auf einem beleuchteten Podest, sagt, sie sei von der Stadtverwaltung und würde ihren Chef vertreten, der leider so viel zu tun habe, dass ihm für die schönen Dinge die Zeit fehle. Es wird höflich gelacht und applaudiert. Unbeholfen spricht sie von der Relevanz der Kulturförderung, der Verantwortlichkeit für die historische Bedeutung, und muss die langen Worte langsam ablesen. »Und, ähm, natürlich verzeichnen wir, äh, eine steigende, ähm, Erwartung an das kulturelle Leben und müssen auch, äh, einen Nachholbedarf hinsichtlich Sanierung und, äh, Erhaltung, äh, einräumen.« Sie wirft einen betretenen Blick Richtung Decke und scheint sich eher von dem heruntergekommenen Saal blamiert zu fühlen als von ihrer unsinnigen Rede. Dann spricht sie, bis auf Kevin Müller, alle Namen falsch aus. Wolf heißt Dabergotz statt Badergotz, Alexander Below spricht sie englisch aus nicht russisch, bei Albarella lässt sie ein paar ls weg. Jef heißt Jennifer Brackl. »Und jetzt übergebe ich das Wort an Gertrud Strand.«

Gerburg hebt das Kinn und braucht einen Moment, um ihren blockierten Unterkiefer zu entsperren. Jef würde jetzt gerne mit Sunny darüber lachen.

Die Strand legt dramatisch ihre dürre Hand an ihr dürres Dekolleté, als wollte sie einen Eid leisten. »Wie schön, dass so viele gekommen sind, um zu sehen, was in diesem geheimnisvollen alten Haus eigentlich die ganze Zeit vor sich geht. Aber zuerst wollen wir heute nicht nur auf unsere wunderbaren Stipendiaten die Gläser erheben, sondern auch auf den hundertsten Geburtstag von Professor Thor Strand-Trossberg, meinen Vater, der diesen Geburtstag ja sogar beinahe erlebt hätte.«

Sie redet von ihrer Stiftung zur Erforschung des Lebenswerkes ihres Vaters.

»Und zu meinem untröstlichen Bedauern müssen wir auch meiner lieben Schwester, äh, Halbschwester, Therese gedenken, deren tragischer Unfalltod seit Jahren das erste Lebenszeichen, äh, war ...«

Erst in diesem Moment scheint ihr aufzufallen, dass an ihrem Satz etwas nicht stimmt. Sie tut, als wäre sie von Emotionen überwältigt. Darin ist sie nicht geübt. Schnell bedankt sie sich für das Erscheinen der Galeristen und Kuratoren.

Jef würde gern wissen, wie diese Leute aussehen, die nicht auf ihre Mails mit Fotos von Thereses Bildern geantwortet haben.

Die Strand redet, grinst, zeigt breit ihre bläulichen Zähne und wirkt glücklich in der erhobenen Position. »Unsere Stipendiaten haben alle einen ganz eigentümlichen und informellen

Zugang zur Welt. Wir haben sie eingeladen, sich mit intrinsischem Begehren durch unser uriges Haus zu nivellieren, damit sie heute für uns ihre Arbeiten exponieren können«, liest sie von ihrem Papier ab. »Das reicht von insolenter Subkultur bis hin zu fulminanter Hochkultur. Wie sich hier in den letzten Monaten inhärenten Themen gewidmet wurde, durfte ich ganz intensiv mitbegleiten. Eigenwillig und extravagant und in jedem Falle interdisziplinär und performativ. Die Künstlerinnen und Künstler sind liebenswürdigerweise bereit, die Besucherinnen und Besucher ganz zwanglos durch ihre Ateliers zu führen. Und wenn sie dieses offene Haus morgen verlassen müssen, werden sie sich sicher mit sehr viel Wehmut verabschieden.«

Jef wird schlecht. Sie stolpert zurück in die Dunkelheit des Dachbodens, findet im Gerümpel einen alten Kochtopf und kotzt hinein. Dass die Verlogenheit einer Veranstaltung solche Übelkeit in ihr auslöst, ist ihr noch nie passiert. Sie ist beinahe stolz auf ihren Körper, der sich mit ihrem Verstand so einig ist.

In einem der abgestellten Spiegel sieht sie sich auf dem Boden sitzen, an die Holzkisten gelehnt, ein Gesicht machend, das nicht zu ihr passt. Verwundert und staubig.

Im Saal wird es still. Jeff kriecht zur Empore. Oleksii sitzt am Klavier. Sein Stück hat Jef sich atonaler vorgestellt, sie bildet sich ein, die melodischen Stellen würde er für sie spielen. Oleskii zuckt beim Spielen, als würden Stromschläge in ihn fahren. Ein Kind auf einem Männerschoß reißt ängstlich die Augen auf, als Oleksii, wie vom Hocker gestoßen hochschießt. Wolf steht abseits an der Wand, als müsste er die Veranstaltung für die Lokalzeitung verarbeiten.

Jef lehnt den Kopf gegen die Streben, die Ellenbogen auf die Knie und sieht zu, wie die Strand Verkaufspunkte an die Wand klebt und durch die Menge tanzt wie ein übergeschnapptes Kleinkind. Lachend streichelt sie einem alten Mann den Brustkorb und betatscht auch alle anderen Leute.

»Jef! Mach bitte auf, wenn du dadrin bist«, ruft Oleksii in der Nacht. Jef stellt sich vor, wie er im Schrank steht und an der Tür horcht. Seine Musikerohren würden sie sicher atmen hören. Jef wagt es kaum.

»Jetzt hör auf, mit dem Schrank zu reden!«, ruft Wolf und klingt betrunken. »Jef ist abgefahren. Die war sauer, weil sie die Sache mit Thereses Sohn verpasst hat.«

»Was war denn mit dem?«, fragt Oleksii.

»Nichts. Der hat nur seiner Mutter so eine bunte Häkelmütze geschenkt. Aus Peru. Hat er ihr mitgebracht. Und sie hat ihm ein kleines Bild gegeben, dann ist er gegangen. Und dann kam Jef und ist voll ausgerastet.«

Am nächsten Morgen klopft Oleksii wieder. »Tschüss, Jef! Ich hoffe zwar nicht, dass du mich hörst, aber ...«, er macht eine Pause, »ach, Mann! Ist doch scheiße!«, und geht. »Tschüss, Oleksii«, flüstert Jef.

Mittags ist kein Treppengelaufe und Türengeklappe mehr zu hören.

*

Die Fotos waren überhaupt nicht gut. Jef blätterte die Aufnahmen in A-eins-Plakatgröße durch, und im Hintergrund war der Heizkörper zu sehen, Schlagschatten waren an der Wand, und auf manchen hatte sie die Augen geschlossen. Die Körnung war grob. Jeder Laborlehrling hätte dem alten Strand sagen müssen, dass die Qualität seiner Kleinbildkamera nicht ausreichte, um die Bilder so aufzublasen. Jemand hätte ihm empfehlen müssen, eine Auswahl zu treffen aus sechsunddreißig Negativen, anstatt den ganzen Film vergrößern zu lassen. Wozu hatte er seine Assistenten? Was das gekostet haben muss.

Strand hatte Körperdetails fotografiert: ihren Bauch, ein bisschen gedreht, mit Beckenknochen und weicher Hüftlinie.

Dann kam eine Reihe, in der sie aussah, wie frisch aus dem Wald eingefangen. Nackt, zerzaust und unfreundlich sah sie in die Kamera. Du hättest aus dir etwas machen können, rief Jef sich selbst aus einer anderen Zeit entgegen, als wollte sie sich angreifen, aus dem Bild springen und zuschnappen.

Auf einem Sockel liegend, auf einem Stein stehend, an einer Stellwand lehnend, sah sie mit dem gleichen giftigen Blick aus dem Nichts ins Nichts.

Die Fotos waren nicht schlecht genug, um interessant zu wirken, und nicht gut genug, um besonders zu sein. Nur diese bescheuerte Größe irritierte Jef.

Auf dem letzten Bild lag sie am Boden wie hingeschmissen. Es war sogar relativ scharf.

Beim Betrachten des Bildes fragte sich Jef, warum sie sich damals darauf eingelassen hatte. Sie war ein Seil, lag auf dem Boden, als wüsste sie nicht, dass sie auf dem Boden liegt, oder als wäre es ihr egal. Ihr Haar, das damals lang war, lag um ihren Kopf herum, wie Schnüre eines Seils, das sich am Ende aufgedreht hatte.

Es war das einzig gute Foto von allen, als hätte Strand den teuren Aufwand nur für diese sechsunddreißigste Aufnahme betrieben.

Außerdem beschrieb es ziemlich genau den Zustand, in dem sie sich damals befand. Jef lag faul in ihrem Leben herum. Ihre Eltern hatten sie so hingeworfen, und sie wartete darauf, dass es losging.

Vielleicht wäre es losgegangen, hätte sie ihr Leben nicht an Laddu verkauft, um sich vor den Schlitten binden zu lassen. Immer im Kreis von neun bis achtzehn Uhr.

*

Jef hat Kopfschmerzen, sie friert und die Augen fallen ihr zu. Im Einschlafen sieht sie Farbanordnungen und Musterverläufe wie

Feuerwerk. Wenn sie das nur wach umsetzen könnte. Mit ihren Träumen könnte sie Kunstpreise gewinnen.

In der Nacht wird es unerträglich heiß im Zimmer. Jef bildet sich ein, Oleksii hätte die Heizung hochgedreht, bis ihr einfällt, dass sie allein ist. Sie deckt sich auf und zu und fängt an zu zittern. Am nächsten Morgen ist ihr Körper Watte. Jef kann sich kaum bewegen, fühlt sich stumpf und elend.

Im Halbschlaf dämmert sie vor sich hin und kann nichts tun, außer zu atmen. Ihr Körper ist beschäftigt damit, am Leben zu bleiben, hat keine Zeit zum Denken, keine Kraft zum Handeln.

Als sie aufwacht, sieht sie draußen die gelben Blätter und den schwarz gewordenen Unterleib einer eingeklemmten Wespe. Er klebt direkt unter der Angel des Fensterrahmens. Vom Oberkörper kann nichts übrig geblieben sein. Ein unbemerkter Unfall, weil jemand das Fenster einen Moment zu früh geschlossen hat. So kann es gehen. Zeit, Raum und Materie sind ungünstig aufeinandergetroffen. Ungünstig zumindest für die Wespe. Ihr hohler Körper will Jef mahnen, wie unkontrollierbar das Leben ist.

Sie ist darauf zurückgeworfen, weiter nichts zu tun, als Flüssigkeit durch ihren Körper fließen zu lassen. Jedes Mal, wenn sie kurz aufwacht, drängt sich eine andere Emotion an die Oberfläche ihres Bewusstseins, die aus der letzten Wahnvorstellung übrig geblieben ist. Jefs Körper hat nur noch Kraft für Verwunderung: War ich schon jemals so hilflos und einsam? Aber sie hat keine Kraft mehr für Verzweiflung. Mit herrlichen Bildern von Wasserlandschaften und Pflanzen in allen Farben lenkt ihre Fantasie Jef von der Einsamkeit ab, damit sie durchhält, solange sie repariert wird. Schlafen, um die Antikörper nicht bei der Arbeit zu stören, und aufwachen, um herauszufinden: Sie lebt noch.

Da sein und nicht da sein, ein Schwebezustand, der ihr sicher Angst machen würde, wäre sie bei klarem Verstand.

Jef träumt von Apfelmus und einer kühlen Dusche. Sie ist gefangen, ausgeliefert und verletzt, aber die Sonne tut, als wäre nichts, und schießt beiläufig durch die Wolken.

Jef ist erstaunt, wie egal ihr alles ist. Es würde sie nicht stören, zu sterben. Nur kurz. Nur mal eben sterben. Wie herrlich wäre das.

Das Gebrüll eines Motorrades weckt sie wieder, und sie ist erleichtert, doch nicht gestorben zu sein. Jef betrachtet ihre Hände. Sie fühlt sich transparent, wie in der Pfanne glasig gedünstet. Der Abdruck ihres Fingernagels, den sie in ihren Unterarm piekt, bleibt zu lange in ihrer Haut. Sie braucht mehr Wasser. Zitternd schleppt sie sich zur Toilette. Das Waschbecken ist zu klein, um ihre Flasche zu füllen. Gebückt tappt sie langsam in die verwahrloste Küche, wo keine Spüle unter dem Wasserhahn steht. Mit schwachen Händen dreht sie daran, hält die Flasche drunter und wird angespuckt von dunkelbrauner Suppe. Jef lässt die Flasche fallen, hält sich am Wasserrohr fest und weint.

Der nächste Morgen ist hell, und das Zimmer sieht in der Beleuchtung nicht mehr so unfreundlich und ruinös aus. Jef hat es völlig falsch eingeschätzt. Es kommt mit der Gegenwart klar, als könnte es noch jahrhundertelang so weiterexistieren. Der abgewetzte Teppich wirkt stolz, und selbst der Staub scheint frisch wie Neuschnee. Jetzt ist es Jef, die aus einer anderen Zeit kommt, oder von sehr weit, aus einem Traum, in dem sie vollkommen auf sich allein gestellt war, sich durch tiefen Sand geschleppt hat, auf der Suche nach Menschen, die ihr eine rettende Medizin geben könnten.

Warum hat sie es nur die ganze Zeit als Beleidigung empfunden, dass dieses Haus so kaputt und seit Jahrzehnten nicht renoviert worden ist? Jetzt ist sie froh über das unerschöpfliche Muster an der Zimmerdecke. Die gelben Wasserflecken sind ihre Wolken. Die abgerissenen Tapetenfetzen ihre Vögel und

Flugzeuge. Dann wieder sieht sie hinunter ins Meer, sieht untergegangene Städte und hat das Gefühl, sie könnte alles malen, beschreiben, bauen. An der Decke tauchen Pflanzen und Tiere auf, die sie noch nie gesehen hat, und verschwinden wieder. Alles wird ständig nur zu etwas anderem.

Die Kunst ist immer da. Man kann sie nicht machen. Von Zeit zu Zeit aktiviert sie ein menschliches Medium, das dann anfangen muss zu arbeiten.

Jef ist davon ausgegangen, Künstler würden in ihren Werken nach dem Sinn des Lebens suchen, aber der Sinn des Lebens erschließt sich aus der Kunst genauso wenig wie aus jedem anderen Beruf.

Jef schließt die Augen, steht ganz oben auf der Bergspitze und sieht Wolf, Vin, Sunny und Oleksii weit entfernt ihrer Wege gehen. Vin stampft, wütend und verbissen. Oleksii geht hüpfend mit kindischer Begeisterung. Wolf, der Forscher, untersucht den Wegrand, und Sunny rennt Schleifen, um überschüssige Energie loszuwerden. Jef braucht auch einen Weg. Das glaubt sie im Fieber zu verstehen. Einen Weg, der nicht in die Schlucht führt.

Als sie abends wie nach einem Partyrausch aus einem schweren Schlaf aufwacht, mit hämmernden Kopfschmerzen, sieht sie ihre Wasserflasche auf dem Fensterbrett stehen. Hat Therese sie dorthin gestellt? Durch beuliges Plastik und leicht roséfarbenes Wasser leuchtet die Abendsonne wie ein geschickt platzierter Scheinwerferspot.

Jef setzt sich hin, öffnet den Verschluss und trinkt mit dem betreuungsbedürftigen Vertrauen einer Kranken. Das Wasser enthält sanfte Kohlensäure, zart wie Champagner, riecht nach Eisen und wird ihr die Kraft von Metall geben.

Welche Mineralien auch immer darin sind, sie müssen ihr entsetzlich gefehlt haben, denkt Jef und fällt zurück ins Kissen.

Auf dem Weg zur Toilette sieht sie den nassen Küchenboden, und ihr fällt ein, dass sie das Wasser einfach hat laufen lassen.

Es ist gegen ihre Beine gespritzt, und Jef hat zugesehen, wie die Brühe über die zerbrochenen Fliesen geschwommen und eilig zwischen die Ritzen geflüchtet ist, als hätte sie es befreit. Als es klarer wurde, hat sie ihre Flasche gefüllt und ist mit nassen Strümpfen zurückgetorkelt, hat die Strümpfe in die Ecke geknüllt und die Flasche aufs Fensterbrett gestellt.

Die ganze Welt mitsamt aller Vergangenheiten und Zukunftsvisionen hat sich in ihrem fiebrigen Kopf vorübergehend aufgetan. Jef ist froh, dass sich das Tor wieder geschlossen hat. In Thereses Kopf ist es vielleicht irgendwann offen geblieben.

In dieser Nacht schläft Jef kaum. Sie öffnet das Fenster, um an der Nachtluft zu riechen und um es nicht zu verpassen, wenn die Sonne endlich aufgeht. Den ersten gesunden Tag erwartet sie mit einfältiger Freude, ohne zu überlegen, was genau sie damit anfangen will. Als in der Straße ein paar Lichter angehen, schläft sie wieder ein, mit dem Gefühl, am neuen Tag als Künstlerin zu erwachen.

*

Die Bilder waren wie Flaschengeister aus der roten Kiste befreit und verfolgten Jef mit dieser einfältigen Haltung, diesem stumpfen Blick, diesem ruppigen Wesen. Lag es an der Nacktheit oder an der grobkörnigen Bildqualität, dass etwas, das sie bisher an sich nicht kannte, die Gelegenheit hatte, herauszutreten? Oder lag es an dem jenseitigen Greis, dass sie weder Scham noch Selbstzweifel kannte? Wären die Abzüge postkartengroß gewesen, hätte Jef sie weggeworfen. Allein die Größe und die teure Kiste hinderten sie daran.

Jefs Spiegelbild sagte nur jeden Morgen: Geh arbeiten, um weiterleben zu dürfen. Als würde die Existenzgründungsberaterin daraus sprechen. Zeig mir dein Alleinstellungsmerkmal. Verteidige deine Daseinsberechtigung und verdränge den Sinn deiner Arbeit. Frage nicht nach dem Sinn. Tu das bloß nicht. Das tut niemand. Denn wer das tut, hat keine Freunde mehr, und Freunde brauchst du, darum tu, als hättest du Spaß. Tu es so überzeugend, bis du es selbst glaubst.

Aber die Bilder sagten etwas anderes: Dieses Leben ist nicht das Richtige für dich!

*

Um den Riegel zu bewegen, muss Jef wieder den Fuß dagegenstemmen. Sie öffnet die Schranktür und wartet. Das Haus klingt leer. Jef geht in die Küche und sieht sich die Vorräte an. Konserven, Linsen, Nudelpackungen, Reis, Tomatendosen, Tütensuppen, Dosenfisch wurde von Stipendiaten aus den letzten Durchgängen zurückgelassen.

Im mittleren Kühlschrankfach steht einsam und zusammendrapiert Vins Müsli, ein paar gefrorene Waldbeeren, ein Becher Joghurt, Ahornsirup und das teure Erdmandelmehl. Jef versteht: Es ist für sie.

Sie trägt das Bettzeug aus ihrem Stipendiaten-Zimmer durch den Schrank, holt sich einen Bettvorleger und einen kleinen hübschen Stuhl.

Am Abend wird es kalt im Haus. Die Heizungen sind ausgeschaltet. Jef fragt sich, wie Therese es hier im Winter aushalten konnte.

Auf dem Dachboden findet sie einen elektrischen Heizkörper, wuchtet ihn durch den Schrank, schleppt ihn in ihr Zimmer, legt sich ins Bett und schläft vor Erschöpfung sofort ein.

Morgens geht sie zum Abfüllraum und spaziert um den See. Als sie durch die Stadt läuft, vermeidet sie es nicht mehr, Sträucher und Bäume zu berühren, sondern streift alles absichtlich, wie eine Wildkatze, die sich von Rinden und Zweigen ihr Fell kämmen lässt. Jef kennt niemanden, und niemand kennt sie.

Der Zustand ist derselbe wie damals mit Rita, nur kann Jef nicht allein Mülltonnen hinter Supermärkten durchsuchen, sich etwas zu Essen klauen oder schwarzfahren oder im Biergarten alle zehn Minuten die Toilettenteller leer räumen. Jef schafft es ja nicht mal, Freunde um Geld zu bitten.

Manchmal beschimpft sie die Leute, wie sie es von Vin gelernt hat oder überquert die Straße ohne Eile, lässt Autos hupen und zeigt beide Mittelfinger. Manchmal sieht sie in die Mülltonnen hinter den Geschäften, wagt es aber nicht, etwas herauszuholen. Jemand bringt ihr eine Tüte Obst aus dem Laden. Sie ist also noch nicht unsichtbar.

Vor einem Kiosk sieht Jef ein Foto von Gerburg Strand auf der ersten Seite der Lokalzeitung. Im Frühjahr stünde die dringende Sanierung des Künstlerhauses an, liest Jef. Für die Wintersportvermietung sei es in dem Zustand ja nicht mehr tauglich, sagt die Strand im Interview.

Einmal hört sie jemanden im Haus, danach ist die Eingangstür abgeschlossen. Bis sie feststellt, dass der eiserne Schlüssel noch immer im Foyer hängt, nimmt sie für ein paar Tage den Weg über die Terrasse durch die Küchentür, die man nicht abschließen kann.

Jef lebt mit dem Haus zusammen, nicht mehr mit Oleksii, Vin, Wolf und Sunny. Das Haus hat die Stipendiaten vergessen. Nur Therese ist nicht ganz verschwunden. Sie ist die Zugluft, die mit den alten Gardinen spielt, oder die Motte, die sich hinter einem Plakat im Foyer verirrt hat und ein geisterhaftes Zitterklappern verursacht, als wäre jemand in der Wand aufgewacht und wollte raus. Oder sie ist das tropfende braune Wasser, das in der Küche eines Tages auf die Fliesen herunterplätschert und in Tropfen aufspringt, vor Freude, den Weg durch die Decke gefunden zu haben.

Jefs Handy geht nicht mehr. Ihr Bankkonto, das Jef wie ein Zahnrad mit der Telefongesellschaft verbindet, ist eingefroren. Jetzt ist sie nur noch mit sich selbst verbunden.

Sie irrt durch die Fußgängerzone. Als sie an der Ampel steht, sitzt neben ihr auf der Lenkstange eines E-Scooters eine furchtlose Krähe. Erst bei genauem Hinsehen wird Jef klar, was sie da aufpickt. Jemand hat auf den Lenker gekotzt. Das ist die Seite der Stadt, auf der sie jetzt lebt, denkt Jef. Sie bemerkt so etwas und weiß: Es hat mit ihrem Leben zu tun. Zwei Mädchen quietschen vor Aufregung und Ekel. Sie wissen, es hat mit ihrem Leben nichts zu tun. Sie gehören nicht zu denen, die sich unscheinbar durch die Abgase bewegen und von dem leben, was andere hinterlassen.

Jef wird angestoßen, als würde sie für die Passanten erst bei Berührung sichtbar, und dann steht Tigerlein vor ihr. Jef bleibt stehen, als hätte jemand »Steh!« gesagt. Wie bei einem Kindergeburtstag fühlt sie sich herumgewirbelt, immer im Kreis, immer durch die Menge. Tigerlein sieht Jef für einen Moment zerstreut an, wie im stillen Mittelpunkt der Windhose. Jef wird wieder angeschubst, das Spiel geht weiter, und da ist das rettende Schild am Eingang eines Bürogebäudes: *Laddu, Branch Office Brönnen.*

Jef geht einer Gruppe hinterher, steigt mit in den Fahrstuhl und wird in irgendeine Etage gespült. Ein Mann vor Jef scannt seine Mitarbeiterkarte und hält ihr die Tür auf. Niemand bemerkt, dass sie nicht dazugehört. Sie landet in einer Kantine, nimmt sich eine Salatbowl, schlängelt sich hinter den Anstehenden unbeachtet am Kassenscanner vorbei und setzt sich an einen Fenstertisch. Der Salat schmeckt herrlich, als wäre er extra für sie gemacht worden. Alles ist unangenehm vertraut. Gescheitert, geläutert, gebrochen stellt sie sich vor, beim Jobinterview zu sitzen, eine verlogene Motivation zu formulieren und dabei zu lächeln. Hier kennt sie die Spielregeln. Der Gedanke, sich einzufügen, drängt sich ihr auf. Ein verführerischer Irrtum:

Geld zu verdienen, um zu tun, was ihr Spaß macht, und keine Zeit zu haben, um herauszufinden, was ihr Spaß macht.

Seit dreizehn Wochen hat Jef Zeit herauszufinden, was ihr Spaß macht. Dass es etwas sein muss, was kein Geld kostet, hat Rita ihr eingeredet. Sonst müsste man ja auch welches verdienen. Aber vielleicht ist der Plan unsinnig. Ohne Geld macht einfach nichts Spaß.

Angespannt und unbeschäftigt bleibt sie sitzen und sieht aus dem Fenster, obwohl jemand ihre leere Schüssel abgeräumt und den Tisch abgewischt hat. Sie fühlt sich wie ein böser Geist aus einer anderen Welt.

Als die Kantine leer ist, verlässt sie das Gebäude, spaziert die Fußgängerzone entlang, geht um den See, vermisst die anderen, kriecht durch den Schrank und vermisst Therese.

Wieder holt Jef die unsäglichen Fotos hervor, breitet die riesigen Abzüge auf dem Boden im großen Saal aus. Die Bilder haben sich verändert.

Die Ecken sind verknickt, und Jef sieht darauf ein unbeholfenes Kind, das alles erklärt bekommen muss und trotzdem nichts versteht. So bin ich nicht mehr. Das hätte ich viel eher erkennen können.

Wie eine Urne trägt sie die Kiste durchs Haus und überlegt, wo sie die Bilder am besten beerdigen kann.

Oleksiis Zimmer wartet nicht darauf, bewohnt zu werden. Es ist kalt und ungemütlich wie eine leere Galerie.

Kleister findet sie keinen. Stattdessen weiße Farbe, mit der vor der Jubiläumsveranstaltung im Saal die Wand für Strands Bilder gestrichen wurde. Die Bilder kleben gut auf der frischen Farbe, und Jef übermalt die Ränder, sodass es aussieht, als kämen die Bilder unter der Farbe hervor. Einige übermalt sie ganz. Es bleibt nur ein Fuß, eine Hand, eine Brust frei, und einige bedeckt sie dünn und streifig mit Farbe. Von einem Bild lässt sie nur ein Auge frei, manchmal überstreicht sie den Hintergrund und manchmal die Figur, als wolle sie den Betrachter auffordern, sich Raum und Figur selbst zusammenzusetzen aus den Einzelteilen, die sie übrig lässt.

»Versatzstücke«, so könnte sie die Arbeit nennen. Es klingt, als hätte sie darüber nachgedacht. Es macht ihr Spaß, von jedem neuen Bild, das sie an die Wand klebt, gesagt zu bekommen, wo es übermalt werden will. Das letzte Bild, auf dem Jef seilartig am Boden liegt, will nicht übermalt werden. Nicht mal den hässlichen Heizkörper im Hintergrund lässt Jef verschwinden. Sie umrandet das Foto unregelmäßig mit dünnem Pinsel und schreibt mit einem schwarzen Filzstift *Selá* an die Wand. Das Foto klebt zwischen den Fenstern gegenüber der Tür, wie eine mögliche Antwort auf die Frage, warum alles andere übermalt werden musste.

Wie befreiend es sein kann, Kunst zu machen!

Als sie am nächsten Morgen ihre Baustelle betritt, überlegt sie, was Rita dazu sagen würde, und ärgert sich gleich über diese idiotische Angewohnheit.

Wer ist dein Adressat, wen liebst du, wen hasst du?, hat Vin gefragt, und Jef weiß jetzt, an wen sich ihr Kunstwerk richtet. Dabei wollte sie doch aufhören, Ritas Wertmaßstäbe an alles zu legen. Vielleicht würde sie es schlecht finden, und es würde doch nichts daran ändern, dass Jef nie etwas schlecht finden wird, was Rita macht.

Jef räumt auf, fegt und wischt, und muss an die Ameisen denken, von denen Therese ihre Befehle empfangen hat.

Eine Freundin wie Rita wird es wohl nicht mehr geben, überlegt Jef, weil Rita keine Freundin war. Eine Liebe, die eine Freundschaft sein sollte, bleibt ein Problem, und vielleicht wird Jef das Problem Rita behalten. Probleme in Kunst umzuwandeln, fühlt sich an wie eine Lösung.

Der Raum ist klein und lebendig geworden. Umzingelt von Jefs Körperteilen, die aus den Wänden wachsen, hätte Oleksii sicher darin übernachten können, ohne zu schlafwandeln. Beobachtet von ihrem garstigen Blick hätte er es sicher nicht gewagt, irgendwohin zu pinkeln.

»Projiziere das mal richtig«, hat Vin gesagt, und genauso sieht es jetzt aus: an die Wände geworfene Körperteile. Weggeschleudert und kleben geblieben. Das ist ihr Werk, und es ist gar nicht schlecht.

Den Auftrag, die Bilder loszuwerden, ohne sie wegzuwerfen, hat sie erfüllt. *Zusenden oder wegschmeißen,* hat der Itman an die Kiste geschrieben. Jetzt sind sie endlich zugestellt.

Diesmal hat die Strand nicht mit den Armreifen geklingelt. Nicht mal eine alte Diele hat geknarrt, als die Frau in ihrem geisterhaften grauen Flatterkleid im Raum steht. Jef erschrickt. Sogar der Raum hat sich erschreckt, der Jefs lautes Einatmen wiedergibt und dahinter die Stille noch stiller werden lässt, in der die Strand jetzt dasteht.

Sie verschränkt die Arme und betrachtet die Wände. »Wir verstecken uns also in meinem Haus und treiben uns tagsüber in der Fußgängerzone herum.« Sie schreitet den Raum ab wie eine Galerie, sieht sich Jefs Fotogesicht an, das zur Hälfte überstrichen ist, und tritt ein paar Schritte zurück. Am letzten Foto bleibt ihr Blick hängen.

»Interessant, deine Eroberung des Raums. Ich nehme an, es ging dir um die Kritik am Kampf um die Sichtbarkeit.« Wie immer ist ihr Fragesatz nicht mal dann eine Frage, wenn sie ein fragendes Gesicht dazu macht. »Ich wusste von Anfang an, dass du die Einzige bist, die sich hier wirklich was traut.« Sie lächelt spöttisch und fängt an, in ihrer Handtasche zu kramen.

»Immerhin hast du dich getraut, dich hier mit einer sehr dreisten Bewerbung einzuschleusen. Die Strand lacht. »Das war doch ein guter Start. Der überheblichen Kunstwelt mal einen Spiegel vorzuhalten. Ehrlich gesagt habe ich mir mehr von dir erhofft.« Jef muss sich hinsetzen.

»Diesen Stipendiatendurchgang hätten wir uns wirklich sparen können«, sagt die Strand, »und deine Arbeit hier hilft uns jetzt leider auch nicht mehr. Die Stadt wartet nämlich seit Jahren auf den Tag, an dem sie das Haus wegen Baufälligkeit sperren und abreißen darf. Aber das interessiert euch natürlich nicht.« Sie zündet sich eine Zigarette an und lehnt sich an den Bettpfosten.

»Ich denke, es wird saniert«, sagt Jef. »Haben Sie doch im Zeitungsinterview gesagt.«

Die Strand betrachtet immer noch die Wände, geht auf die Widmung zu, die Jef in die Ecke geschrieben hat:

– Für Therese –
Sie wurde geliebt.
Sie wurde verrückt.
Sie wurde vergessen.

Die Strand lehnt sich ans Fenster. »Na ja, davon, dass ich es der Zeitung gesagt habe, wird es nicht saniert«, sagt sie wie zu einem Kleinkind.

»Stimmt also nicht?«, fragt Jef.

»Tja, was stimmt, was stimmt nicht? Sagen wir, es war keine Lüge, sondern eine sachzwanggebundene Wahrheit. Sie wollen die Kultur eben lieber da haben, wo der Baugrund nicht so teuer ist, und alte Freundschaften stehen hier nun mal über den Gesetzen. Die Stiftung macht nicht mehr mit, und mein Mann auch nicht. Künstlerhaus? Pah! Abreißen, Hotel bauen! Na ja. Über die Berge hinaus denkt man lieber nicht. Wer das doch macht, wird verrückt und springt runter. Da war meine liebe Schwester ja nicht die Erste.« Die Strand klaubt einen Tabakfaden von ihrer Zungenspitze, und Jef spürt, wie ihr wieder übel wird.

Die Strand sieht Jef zum ersten Mal an. Es ist ein Blick, als wäre Jef ihr zum Geburtstag geschenkt worden. Sie scheint zu überlegen, wozu sie ihr Geschenk gebrauchen könnte.

»Was willst du jetzt machen?«, fragt die Strand. »Willst du hierbleiben? In meinem Haus?« Mit dem kleinen Finger der Hand, in der sie die Zigarette hält, kratzt sie sich an einem Nasenflügel. »Da wirst du jemanden brauchen, der dich finanziert. Einen Gönner, Mäzen, Förderer, wie auch immer. Hast du so was?« Sie bläst langsam den Rauch aus, sieht Jef von der Seite an, macht eine Pause und bekommt wieder ihr maskenhaftes Holzgesicht. »Ließe sich möglicherweise einrichten, wenn du etwas mehr Ehrgeiz und Charakterstärke zeigen würdest. Ich kann da einiges tun für dich. Du willst ja sicher keinen Ärger.« Sie geht zur Tür und lässt den Blick noch einmal über die Wände wandern wie eine Sachverständige für Versicherungsschäden. »Du kannst ja ganz unterhaltsam sein, wenn du dir ein bisschen Mühe gibst«, sagt sie mehr zu sich selbst. »Ein so unkritisches Publikum wie hier findest du nirgends. Die Bilder von meinem Vater kann sowieso keiner mehr sehen. Ist doch schon mal ganz ordentlich, was du hier gemacht hast. Nur verheiraten und in Sicherheit bringen, dürfen wir dich nicht. Sonst fällt dir nichts mehr ein.« Sie lacht. »Zieh dir was Interessantes an und komm übermorgen zu unserer kleinen Abendgesellschaft. Wir überlegen uns was für dich. Jennifer Marie Brakel«, sagt sie, als wollte sie sich vorstellen, wie der Name auf einem Titelblatt aussähe. »Weißt du«, sie nimmt ihre Tasche, geht zur Tür, »aus dir kann was werden! Muss aber nicht«, sagt sie und verschwindet lauter, als sie gekommen ist.

*

Um nicht an ihrem bösartigen Briefkasten vorbeizukommen, hatte Jef ihren Hauseingang nicht mehr benutzt, sondern war stattdessen über den Hof ins Treppenhaus gegangen. Jetzt hatte sie den Poststapel zwar mitgenommen, wäre aber imstande gewesen, die Briefe ungeöffnet noch weitere Wochen auf dem Küchentisch liegen zu lassen. Schließlich kannte sie die Information, die dieser Papierberg ihr mitteilen wollte. Man konnte ihr jederzeit den Boden unter den Füßen wegreißen, ihr die Luft abdrehen, sie zerquetschen wie einen Wurm, wenn sie nicht schnell genug wieder funktionieren würde. Jede Minute, in der sie diese Post nicht öffnete, war eine gestohlene Minute, die sie dem Finanzamt irgendwann bezahlen musste.

Ihren Eltern gegenüber hatte sie behauptet, prima als freie Grafikerin leben zu können. Was sie aber in ihrer Zeit bei Laddu dafür gespart hatte, war schneller aufgebraucht, als sie für ihren Businessplan vorgesehen hatte. Das Laddu-Gehalt war nicht dazu gedacht gewesen, sich ein Polster anzulegen.

Jetzt stand sie vor der Aussicht, sich wieder bei Laddu einweisen zu müssen. Tag für Tag würde sie wieder ihr Sonnenlicht verschwenden, um sich in einen menschlichen Algorithmus zu verwandeln, der mit überflüssigen Aufgaben beschäftigt war. Sie würde von oben dem dreckigen Fluss zusehen, der ihr Leben davontrug.

Seit diese Kiste in ihrer Wohnung war, spürte Jef sich älter werden. Jeder Schritt, den sie auf dem Weg ins Share-Office machte, kniff ihr eine neue Falte ins Gesicht, und wenn sie nach Hause kam, wohnte sie gefühlt eine Etage höher. Die Treppe wurde einfach täglich länger, wuchs hämisch in die Höhe und ließ Jef hinter sich. Die Dusche wollte Jef auch nicht mehr haben. Nackt stand Jef davor und fühlte sich nicht eingeladen. Sie wollte ihren Hautgeruch behalten, fühlte sich damit sicherer, schlang die Arme um die Schultern, als müsste sie sich selbst festhalten.

Der Sommer fühlte sich an wie ein Warten auf den Herbst, und der Herbst würde sich anfühlen wie ein Warten auf den Winter und immer so fort.

Vom Küchentisch blinkte ihr die rote Fotokiste entgegen.

Das war der Reset-Button, dachte sie. Geh zurück auf Anfang und mach es diesmal besser, war der vorwurfsvolle Auftrag, der in der Kiste lag. Das Geschenk eines Toten, um das sie nicht gebeten hatte, wie ein Tritt, den sie sich selbst nicht geben konnte.

*

Selbst ohne die Berge beim Aufstehen zu beobachten, wenn sie die Wolkendecke beiseiteschieben und sich in den Himmel erheben, kann Jef die Berge längst riechen. Sie fühlt sich von ihnen beobachtet.

Die Tür zum Abfüllraum ist am Morgen abgeschlossen. Es gibt kein Schild, keine Öffnungszeiten. Jef geht zum weißen Pavillon, um die mürrische Frau zu fragen. Die Tür ist zu. *Besichtigung der Ausgrabungsstätte nur nach Vereinbarung.*

Ein alter Mann steht auf dem Parkplatz, die Hände auf dem Rücken, und beobachtet Jef.

»Nur nach Vereinbarung«, ruft er, zeigt zu dem Schild, das Jef gerade gelesen hat, und nickt.

Jef bleibt stehen. »Ja, hab ich gesehen.«

Er kommt auf sie zu, offenbar erfreut über die Gelegenheit, sich mit jemandem zu unterhalten.

»Lief ja schon lange nicht mehr«, sagt er von Weitem und macht eine wegwerfende Handbewegung.

»Und da drüben jetzt auch nicht mehr, oder was?« Jef zeigt zum Abfüllraum.

Der Blick des Alten folgt ihrem Finger, dann sieht er sie irritiert an. »Da waren Sie Quark im Schaufenster, Kindchen, als da das Quellwasser ausgegeben wurde.« Er lacht. »Das ist über dreißig Jahre her. Dann kam die Kanalisation. Alles bloß Stadtwasser. Gutes Stadtwasser, ja, das muss man schon sagen. Erstklassig. Sehr eisenhaltig. Bisschen bitter. Manche mögen's ja nicht. Aber das Heilwasser hat sich auf und davon gemacht.« Er lacht wieder.

»Ich hab das Heilwasser doch von da geholt, das war ganz rosa und hatte Kohlensäure. Mal mehr, mal weniger«, sagt Jef.

»Jaja, das haben sie hier überall. Mal mehr, mal weniger. Das ist normal.« Er holt einen Schlüsselbund aus der Tasche. »Na, kommen Sie. Ich mach auf. Aber dann stell ich's ab. Winterpause. Frieren die Rohre ein.«

Jef geht mit ihrer letzten Flasche Heilwasser zurück zum Haus. Eine Katze läuft ihr über den Weg, sieht Jef an, mit einem Blick, der von ihr verlangt stehen zu bleiben, um sie vorbeizulassen. Jef wartet, beobachtet das Tier beim Überqueren der Straße und hat langsam das Gefühl, dass diese Stadt sie aufgenommen hat.

Am nächsten Tag wirbelt garstiger Schnee vor dem Fenster, der ihr draußen ins Gesicht stechen wird. Eine Beklommenheit ist aus ihrem Traum hängen geblieben. Jef fällt ein, dass sie in der Nacht von Lärm im Haus geweckt wurde, dem sie lange nachgelauscht hat. Ihr Herz ist eine Weile durch ihren Brustkorb gerast, hat sich dann in einer Ecke versteckt und aus Müdigkeit beruhigt. In der Dunkelheit war die Stadt kaum noch zu hören, und gegen Morgen war es mit dem herabfallenden Schnee noch stiller geworden.

Ihr Versteck fühlt sich nicht mehr wie ein Versteck an, sondern wie ein Käfig, in den jeder hineinkann.

Das Zimmer ist eine Zwischenwelt, es liegt weder auf der hellen noch auf der dunkeln Seite des Hauses. Das Fenster zeigt den Osthimmel, es ist kein See und kein Berg zu sehen, nur ein verwilderter Hof und eine Mauer.

Auf dem Fensterbrett steht ihre letzte Flasche Heilwasser. Es schmeckt nach Schwefel. Jef kann es nicht trinken. So muss es für die anderen geschmeckt haben, denkt sie, und stellt es weg.

Diesmal hat Jef Angst, als sie durch den Schrank ins Haus steigt, und tut es wie eine Diebin. Es ist still, aber die Luft ist nicht rein. Etwas ist anders. Das Haus will nicht mehr ihr Freund sein. Sie geht nicht wie sonst zuerst in die Küche, dann durch den Saal und über die Küchentreppe, sondern die Haupttreppe hinunter ins Foyer. Da liegen blaue Scherben, zersplittertes Porzellan ist über die dunklen Fliesen verstreut. Leise geht sie die Stufen hinab und vor Schreck wieder rückwärts hinauf. Zwischen den Scherben liegt ein Hund, der schläft oder tot ist. Jefs Blutkreislauf rauscht in ihren Ohren. Sie starrt auf das große blonde kurzhaarige Tier, setzt sich auf die untere Stufe und versucht hinter dem Ohrenrauschen auf Geräusche zu achten. Draußen fährt ein Auto vorbei, und Jef sieht, dass die Eingangstür nicht richtig geschlossen ist.

Als das Rauschen nachlässt, hört sie den Hund leise röcheln. Sein Brustkorb bewegt sich, und Jef fällt ein, sie hat ihn gegenüber bei den Leuten mit dem Pool gesehen.

Sie schleicht an ihm vorbei, und als er ein Auge öffnet und versucht, den Kopf zu heben, zuckt Jefs Wade vor Schreck, als würde sie schon seinen Biss spüren. Jef springt schnell auf die Straße. Zwei Polizisten stehen in der offenen Tür des Hauses gegenüber. Jef zieht ihre Strickjacke am Hals zusammen und läuft hinüber.

Niemand fragt, was sie hier macht und warum sie allein im Haus wohnt. Zwei Polizisten kommen mit, und Jef zeigt ihren Ausweis.

»Na, hier werden die nicht mal gesucht haben. Viel zu unübersichtlich. Da hatten sie es im Haus gegenüber leicht«, sagt einer der Polizisten, als sie im Saal stehen, und wirft Jef trotzdem einen fragenden Blick zu: »Irgendwelche Wertgegenstände verschwunden?« Sie schüttelt den Kopf. »Kleingeld haben sie auch nicht mitgenommen«, sagt der jüngere Polizist und bringt eine Holzkiste, die auf einem der Schränke im kleinen Saal gestanden hat und bis obenhin voll ist mit Münzen. *Handbestand* ist in den Deckel graviert. Der Ältere lacht. »Damit geben sich keine Profis ab, die Hunde betäuben und sich Schmuck und Technik holen.« Er rührt das Geld um. »Wie viel? Na, schreiben wir mal Hundert.« Der jüngere bringt die Kiste zurück.

»Kann ich die Scherben jetzt wegfegen?«, fragt Jef, zurück im Foyer, wo der Hund von den Nachbarn kopfüber an allen vier Pfoten zurücktragen wird.

»Jaja, wir sind hier fertig«, sagt der Polizist und lässt trotzdem die Haustür offen.

Jef holt aus der Kammer Handfeger und Schippe, fegt die Vase zusammen, die ihr vorher nicht aufgefallen ist. Sie muss auf der Kommode gestanden haben, bevor die Einbrecher in der Nacht dagegengestoßen sind, um den Hund hier abzulegen. Hinter der Kommode hängt ein Spiegel an der Wand, der ist ihr auch nicht aufgefallen. Jetzt sieht sie darin den wilden, missmutigen Blick eines Mädchens, das frisch aus dem Wald eingefangen wurde. Wie auf dem Foto. Nur markanter ist ihr Gesicht geworden. Da ist auch noch ihr Kindergesicht, in das sie damals überrascht geblickt hat, als sie sich zum ersten Mal im Garderobenspiegel der Großmutter begegnet ist. Das Mädchen, das Katzen liebte und Grießbrei mit Kirschen und staubige Sandwege mit wilder Kamille.

Die Frau mit dem Handfeger und der Schippe voller Scherben tut ihr leid. Es tut ihr leid, sie so lange nicht gemocht zu haben.

*

Ungeduscht ging Jef ins Share-Office. Von Weitem sah sie die Tür des Ateliers offen stehen, in dem Professor Strand sie damals fotografiert hatte. Warum sie dorthin abbog, statt in ihr Büro zu gehen, war ihr selbst nicht klar. Fremde Leute bauten Regale auf, verlegten Kabel, trugen Tische hinein und den Geist des alten

Strand trugen sie hinaus, ohne von ihm zu wissen. Er tat Jef leid, weil diese Leute ihn noch toter machten.

Sie setzte sich im Share-Office an endlose Gebrauchsanweisungen, in denen Abstände eingerückt werden mussten.

»Du wirst noch ersticken!«, sagte der Itman, als er an ihrem Tisch vorbeiging. Er hatte recht, wenn Jef sich konzentrierte, hielt sie die Luft an, machte den Rücken rund und den Nacken kurz.

Das Kinn in die Hände gestützt betrachtete sie den Bildschirm, bis er schwarz wurde. Ihre Haut spiegelte sich grünlich, ihre Stirn war gemustert vom Schatten ihrer Haare.

Jef googelte den Professor, fand ein paar Nachrufe und seine bekanntesten Bilder: Schwarz-Weiß-Fotos und verzerrte Kopien von Mädchen in Bikinis, bunt übermalt und beklebt mit darübergelegtem Bienenwabenraster oder Punktemuster. Im Alter habe er nur noch unterrichtet und fotografiert, stand in seiner Biografie. Das konnte er sogar noch mit neunzig.

Dann fand sie die Stiftung. Man lud ein, sich für ein Residenzprogramm in seinem Geburtshaus zu bewerben. Eine Arche wolle man sein, stand auf der Webseite, und suche Künstler jeder Sparte. Musiker, Maler, Bildhauer, Illustratoren, Tänzer. Geld gab es auch. Eine Arche voller Künstler. Was für eine blöde Idee, dachte Jef. Künstler retten sich vor der Sintflut und lassen ihr Publikum ertrinken?

Die Leiterin, Gerburg Strand, bietet Künstlern eine Möglichkeit zum interdisziplinären Diskurs stand unter ihrem Porträt, auf dem die Frau offenbar versucht hatte, sich mit überheblichem Lächeln und Holzpuppenunterkiefer gegen das Fotografiertwerden zu wehren.

Jef dachte an die vielen Bewerbungen für Jobs, Projekte, Förderungen und Stipendien, die unbeantwortet geblieben waren, als hätte sie leere Seiten verschickt, und an die vielen Ablehnungen, die sie im Hausflur gleich mit der Werbung in den Müll geworfen hatte, um die Niederlagen nicht erst mit in die Wohnung zu nehmen. Die vielen verdrängten Enttäuschungen hatten sich trotzdem in Jefs Hinterkopf versammelt.

Wie viele unbeantwortete Bewerbungen kann ein Mensch eigentlich ertragen? Vielleicht hatte der verrückte Mann, der manchmal stundenlang auf dem Bahnsteig hin und her lief wie ein eingesperrter Panther, einfach zu viele Ablehnungen bekommen.

Jef wollte ihre sauberen Werbeanzeigen-PDFs, die nach Leben aussehen sollten, obwohl nur tote Materie verkauft wurde, nicht mehr sehen und öffnete das Formular für den Residenzaufenthalt im Haus Strand in der Stadt Brönnen.

Name, Vorname, Geburtsdatum, Adresse, Nationalität. Es gefiel ihr, dass jemand etwas über sie wissen wollte, selbst wenn es nur ein Dokument war. Alles ließ sich leicht beantworten, bis auf die Frage nach der Kunstsparte. Tänzerin hätte sie gerne angegeben. Aktionskünstlerin stand auch zur Auswahl. Unter »Sonstiges« erschien ein leeres Kästchen, in das sie lange hineinsah, als würde irgendwann von selbst ein Wort heraustreten. Jef trug etwas ein, ohne zu wissen, ob es das überhaupt gab. Im Studium hatte sie ein paar Collagen gemacht, und das hatte sich vorrübergehend halbwegs künstlerisch angefühlt. *Collagistin* – das Wort hatte sie selbst nie gehört.

Wenn Jef schon keine Künstlerin sein konnte wie Rita, konnte sie vielleicht wenigstens eine Hochstaplerin sein, wie der Fotograf aus dem Share-Office, der sich erfolgreich vorkam, obwohl seine Bilder nur gedruckt wurden, weil er kein Geld dafür verlangte.

»Meine langjährige und intensive künstlerische Zusammenarbeit mit Professor Strand war bis zum Schluss von tiefer Vertrautheit geprägt«, begann Jef ihr Anschreiben und musste lachen. Statt den Satz zu löschen, schrieb sie weiter und behauptete, Professor Strand habe sie als »eine unentbehrliche Inspirationsquelle« bezeichnet. Je länger der Text wurde, desto lebendiger wurde die Vorstellung. Schließlich hatte sie ihn tatsächlich gekannt und schließlich war er berühmt. Da zählte jeder abgebrochene Bleistift, den er fallen gelassen hatte, sofort war jemand gesprungen, ihn aufzuheben wie eine Reliquie.

Jef stellte sich so dar, wie sie sich nicht leiden könnte. Es war nicht schwer, sie mochte sich momentan sowieso nicht. Ihre Vita war immerhin gut gestaltet. Was soll's, dachte Jef und erfand eine Pop-up-Galerie, in der sie ihre Collagen ausgestellt haben wollte. So funktionierte doch Kunst: Man denkt sich etwas aus, das es nicht gibt. Und schließlich kam es vor, dass so eine Galerie wieder verschwand, ohne Spuren zu hinterlassen. Es würde doch niemand ernsthaft nachprüfen, was in dieser kunstübersättigten Großstadt wirklich stattgefunden hat oder nicht. Viele wollen Künstler sein, dachte Jef, es hat überhaupt nichts zu bedeuten. Wie erniedrigend das im Grunde alles war, wenn man sich im Kampf um Aufträge, Fördergelder und Stipendien an jeden Kontakt klammern muss, der im Großstadtstrom vorbeischwamm und etwas wert sein konnte. Was auch immer.

Die Fotos, die Strand ihr hinterlassen hatte, waren jedenfalls nichts wert. Es war nur Material, aus dem er keine Kunst gemacht hatte. Jef hatte von Strands Nachlass einen Krümel bekommen und buk nun einen Kuchen daraus.

»Lüge absenden« hätte es heißen müssen, dachte Jef. Falls man ihr Anschreiben im Haus Strand lesen sollte, würde man sie über ihre Webseite schnell als Gebrauchsgrafikerin enttarnen. Sollen die ganzen negativen Photonen doch gleich mitfliegen, dachte sie. Soll die Bewerbung doch verschimmelt in diesem Brönnen ankommen, von dem sie nicht einmal wissen wollte, wo es lag.

Ihr Klick war nicht nur die Rache an soziophoben Künstlern,

denen ihr Werk wichtiger war als der Umgang mit den Menschen, an die sie sich banden, es war auch eine Rache an denen, die Jefs Rechnungen nicht bezahlten, Rache an Laddu und Rache an Rita, die so ein Stipendium leicht hätte bekommen können, es aber aus Prinzip nicht beantragte. Niemand konnte Ritas Prinzipien begreifen. Das war auch ein Prinzip.

*

Nachmittags packt Jef die Geldkiste ein und geht mit schwerem Rucksack Richtung Innenstadt.

Auf der Uferpromenade zieht sie sich das blaue Wildseidentuch vom Hals, stellt ihren Rucksack auf die Bank, auf der sie mit Therese gesessen und Rum getrunken hat, und bindet das Tuch in einer Schleife um die obere Strebe. Mit schwarzem Filzstift schreibt sie daneben: *Plastische Darstellung einer komplexen inhaltlichen Dimension zum Abbau struktureller Verblüffungsresistenz.* Der Gedanke, etwas zu hinterlassen, das nur für wenige einen Sinn ergibt, gefällt ihr.

Es ist Samstag. Die Hauptstraße ist noch leer. Krähen laufen zu dritt auf der Fahrbahn herum wie Halbstarke, suchen nach etwas, das sie kaputt machen können, springen von Autodächern auf Motorhauben, wetzen die Schnäbel, zerkratzen den Lack, sehen den Leuten hinterher, als wollten sie ihnen die Haare zerraufen.

In einer Nebenstraße findet Jef den einzigen Secondhandladen der Stadt.

Hier gibt es die asymmetrischen Flatterkleider der Strand. Dass jemand nicht genug Geld für neue Kleidung hat, ist offenbar ein Gedanke, der in Brönnen nicht vorkommt. Hier gibt es nur Designersachen. Extravaganter Kram, der mal ein Vermögen gekostet hat, ist hier abgehängt. Verwelkt wie verarmte Adlige sehen die Sachen von den Stangen auf Jef herab. Der Ladenbesitzer lächelt ihr ermutigend zu, als wollte er sagen: An dir werden die Kleider besser aussehen als an den faltigen reichen Damen, die sie hergebracht haben.

Aus Gewohnheit durchsucht Jef alles Schwarze. Darin sieht sie aber nur die Strand, theatralisch mit den Armen fuchtelnd.

Ein hellblaues Kleid mit Silbergürtel hätte ihr als Jugendliche gefallen. Darin hätte sie zum Abiball gehen können, hätte sie es gewagt und wäre es nicht die Zeit gewesen, als sie anfing, sich nur in Schwarz ernst genommen zu fühlen.

In der Kabine steht ihr in diesem Kleid eine andere Frau gegenüber. Sie sieht aus wie die Sängerin einer Club-Band, die tagsüber kaum Wert auf ihre Garderobe legt, abends schnell ein Kleid überwirft, auf dem Weg zur Bühne Lippenstift aufträgt und keine lange Vorbereitung braucht, um bühnenreif auszusehen. Jef tritt näher an den Spiegel. Was sie als schlaksig verurteilt hat, kommt ihr jetzt elegant vor. Was sie langweilig fand, wirkt rätselhaft. Ihre Haare sind gewachsen, sind voller geworden, sehen nicht mehr gestutzt aus, hängen aber auch nicht wie früher in Strippen herunter. Dicke Wellen wollen in verschiedene Richtungen, wie um ein wütendes Winterfell zu bilden.

Ihre Augen haben sich verändert. Warum ist ihr das nicht aufgefallen? Sie sind nicht klein und rund wie bei einem Kind, sondern ruhig und klug und sprechen eine eigene Sprache. Die Frau im Spiegel hat etwas zu sagen.

Es sei ihr Hochzeitskleid, was man ja traditionell mit Kleingeld bezahlen müsse, behauptet Jef, bevor der Verkäufer protestieren kann. Vorauseilende Notwehr hat Rita die Methode genannt, und Jef hat bisher nie gewagt, sie mit Entschlossenheit anzuwenden. Der Verkäufer seufzt. Während Jef beim Zählen Münztürme baut, stellt sie fest, es ist viel mehr Geld, als der Polizist geschätzt hat.

Auf dem Rückweg ist das blaue Seidentuch verschwunden. Stattdessen hat jemand geringelte Socken, offenbar mit Kies gefüllt, zusammengeknotet und um die obere Strebe gebunden.

Welcher Passant opfert seine Socken für ein Kunstwerk? Tatsächlich passt der komplizierte Satz zu den Kiesstrümpfen besser. Jemand hat das Kunstwerk für Jef zu Ende gebracht. So viel künstlerischen Humor hätte Jef der Stadt nicht zugetraut.

An der Haustür flattert ein frisch ausgedruckter Zettel: *Residenzprogramm Haus Strand.*

Leise öffnet Jef die Tür und sieht im Foyer Koffer und Taschen stehen. Als sie die Treppe hinaufschleicht, hört sie Gespräche im großen Saal und ist sicher, sie würde, wenn sie in den Saal ginge, Wolf, Sunny, Oleksii, Vin und sich selbst auf der rotsamtenen Sitzgruppe versammelt sehen. Sie würden einander noch nicht kennen, und Jef wäre eine andere, als sie jetzt ist.

Das Haus ist jetzt wärmer als am Morgen, und beinahe spürt sie den Reflex, ihren Freunden in die Arme zu laufen.

Sie bleibt nah an der Wand, damit die Treppe weniger knarrt, öffnete den Schrank und steigt ein.

Sie hat sich Paprika, Brötchen, Käse und einen Apfel gekauft, aber jetzt ist sie angespannt und kann nichts essen, obwohl sie seit einer Woche nichts Frisches mehr hatte. Nur Knäckebrot, Dosenfisch, Nudeln, Reis, Linsen und Dosentomaten.

Sie geht in Thereses Zimmer, räumt das hintere Fenster frei, das Richtung Terrasse an der Wand zum Künstlerhaus liegt. Wenn Jef sich hinauslehnt, kann sie einen Teil der Raucherterrasse vor der Küche sehen.

Die neuen Stipendiaten haben sicher schon begonnen, die Küche in Besitz zu nehmen. Von Strands Vortrag verschreckt, fragen sie sich vielleicht, wo sie hier hingeraten sind. Sehen kann Jef niemanden, und was sie hört, ist nicht zu verstehen.

Am Abend zieht Jef ihr hellblaues Kleid an und schleicht aus dem Haus. Die Koffer sind aus dem Foyer verschwunden, und Jef hört die Stipendiaten aus der Küche murmeln. Es ist kein Lachen dazwischen.

Auf dem Weg durch die Stadt überlegt Jef, wie sie diesmal bei der Strand auftreten soll. Es gibt nichts zu verlieren, nichts zu gewinnen, und Jef entscheidet, es mit derselben Haltung zu versuchen, mit der sie damals mit Rita zu Künstlerpartys gegangen ist: Neugier und die Hoffnung darauf, etwas zu erleben.

Als sie die steinerne Treppe vor der Fußgängerzone hinaufgeht, läuft ein kleines Rinnsal aus dem Muschelgehäusebrunnen, der auf dem Treppenabsatz liegt. Jef hält die Handteller unter den verzierten Bronzeschnabel und kostet das Wasser. Es schmeckt sauber und klar nach Metall, Kalk und Winter.

Auf dem Balkon des Eckhauses steht die Strand, so wie bei Jefs erstem Besuch. Diesmal in Violett mit Cocktailglas, Zigarette und Partygästen. Musik und laute Gespräche wehen aus den langen, gelb beleuchteten Fenstern über die blaue Straße.

Die Strand winkt Jef zu, zeigt auf sie und redet mit den umstehenden Gästen, die zu ihr hinuntersehen.

Jef bekommt ein orange fluoreszierendes Getränk in die Hand, wird von interessierten Blicken begrüßt wie eine Bekannte. Der Hund drängt sich durch die stehenden Beine, als hätte er auf Jef gewartet, als wäre er ihr Kindheitshund. Sie kniet sich auf den Boden und spürt beim Streicheln seiner kurzen Locken, wie lange sie nichts Lebendiges mehr berührt hat. Jef umarmt den Hund, legt ihren Kopf an seinen Hals. Die Strand packt Jef am Arm: »Komm hoch, Jennifer, benimm dich mal«, und zieht sie zur Bar. »Das ist die Jennifer Marie Brakel aus unserem Residenzprogramm, sagt die Strand, und zieht das E ihres Nachnamens lang. »Sie war eine Schülerin meines Vaters und hat sich so verliebt in unser schönes Städtchen, dass wir sie überreden konnten, länger zu bleiben. Eine so hochbegabte Künstlerin können wir ja wohl nicht wieder abfahren lassen.« Sie legt ihren harten Arm um Jefs Schulter und presst ihr die kalten Reifen in den Oberarm. »Und so eine hübsche dazu. Kein Wunder, dass mein Vater dich nackt fotografieren musste«, sie reibt Jefs Schulter, »ach, früher war ich auch mal jung und knusprig. Jetzt bin ich nur noch knusprig.«

Nachdem alle gelacht haben, redet die Strand von Jefs Abschlusswerk, das sie im Haus hinterlassen hat: »Bewundernswert, diese Bereitschaft, den eigenen Körper zur Verfügung zu stellen, um die Dringlichkeit der künstlerischen Aussage zu intensivieren. Kritik am Kampf um die Sichtbarkeit ist Jennifers Thema.«

»Hochaktuell!«, sagt eine Frau mit wichtigem Blick und nickt. »Ganz wichtig!«

»Eigentlich ging es mir darum, den Betrachter zu entblößen und Missbrauchsgedanken zu provozieren«, sagt Jef. Es entsteht eine Pause.

»Aha? Interessant«, sagt die Strand bedeutungsvoll.

Jef überlegt, ob sie sagen sollte, wie die Bilder wirklich entstanden sind: Sie brauchte Geld. Oder warum sie die Bilder an die Wände geklebt hat: Sie wollte die nicht wieder hinterhergeschickt bekommen.

»Ich hab das wohl noch nicht richtig projiziert«, sagt Jef. »Es war eher eine Zerstörungsaktion.«

»Sehr gut«, sagt die Strand und reibt Jefs Schulter. »Zerstörung ist immer ein guter Ansatz. Jetzt musst du nur noch weltberühmt werden, dann können wir das Haus endlich unter Denkmalschutz stellen.« Wieder lachen alle, und Jef lacht mit.

»Geh und misch dich unter die jungen Leute«, sagt die Strand, nachdem Jef genug höflich herumgestanden hat. Im Umdrehen glaubt Jef zu spüren, wie schwer die Strand einen Klaps auf Jefs Po zurückhalten muss.

Jef kann keine jungen Leute finden und hält sich am Büfett auf, bis sie doch junge Leute sieht, die sie in ihrer bürgerlichen Kleidung nicht erkannt hat. Das Publikum ähnelt dem in der Bar. Jef wird gefragt, was sie trinken will, findet Anschluss und langweilt sich bald unter den Bankern, mit denen sich schwer reden lässt.

»Pass auf, dass die Alte nichts mitbekommt«, sagt jemand, als Pillen herumgehen. Die Gesichter öffnen sich langsam, als hätten sie erst durch die Pillen begriffen, dass es sich um eine Party handelt. Jef lässt sich auch eine geben, sucht sich ein anderes Grüppchen.

Von Rita hat sie gelernt, sich auf Partys zu benehmen. Ungezwungen müsse sie aussehen, das sei das Wichtigste, hat Rita immer gesagt. »Wenn du niemanden kennst, such dir Leute, die dir gefallen, und stell dir einfach vor, du kennst die.«

Zwei Pärchen fallen Jef auf. Sie haben den Beobachtungsposten auf der Wendeltreppe zu Tigerleins Stockwerk besetzt, wo immerzu jemand über ihre Köpfe steigt. Neben der Treppe sitzt der Hund. »Na, Detektor? Passt du gut auf deine Partyherde auf?«, sagt Jef.

»Detektor? So heißt der Hund?«, fragt ein junger Mann. Jef setzt sich auf eine Stufe, streichelt dem Hund den Hals. »Keine Ahnung. Ich habe ihn so genannt.« Die vier sind keine Banker und haben auch Probleme mit dieser Stadt, aus der sie nicht kommen und in der sie nicht bleiben wollen. Sie haben Jobs von der Art, wie Jef sie gut kennt. Marktforschung, Suchmaschinenoptimierung, Softwareentwicklung, Öffentlichkeitsarbeit. Jef ist keine von ihnen. Sie wird jetzt für eine Künstlerin gehalten.

Vor ein paar Wochen hat sie in dieser Wohnung ein Trugbild von sich gebaut und hier liegen lassen. Seit sie allein im Künstlerhaus lebt, hat sie es nicht mehr benutzt, und der belastende Schwindel, Strands Lieblingsschülerin gewesen zu sein, lässt sich für ein entspanntes Gespräch nicht mehr wiederbeleben. Detektor legt sich auf Jefs Füße, und sie versteht: Die Verhältnisse wollen endlich mit Richtigkeit erzählt werden.

Sie habe das Stipendium durch einen Zufall bekommen. »Na ja und durch eine krasse Übertreibung«, sagt sie verlegen. Erst sei es nur ein Experiment gewesen, eine Hochstapelei, die zu ihrem Erstaunen funktioniert habe.

Am Anfang habe sie deshalb eine Blockade gehabt. Sie konnte nichts zustande bringen, erzählt Jef und sagt leise: »Aber ich war ja nicht die Einzige, die Probleme hatte. Unbedingt ein Künstlerhaus leiten zu wollen, wie eine Strafanstalt für schwer erziehbare Jugendliche ist echt keine gute Idee.« Sie erzählt von Zucker-Sunny, von Genießer-Wolf , Diktator-Vin und dem kindischen Oleksii.

Es ist seltsam, zum ersten Mal über die anderen zu sprechen.

Von Therese hat man in der Zeitung gelesen. Die Partygäste haben ihre Aufmerksamkeit an Jef befestigt wie ausgeworfene Angeln. Jef sitzt in der Mitte, und während Therese zu einer armen Heiligen wird, wird Jef zu einer Partyattraktion, wie es Rita immer gewesen ist.

Es ist nicht wie damals in der Schulaula, als sie unbeabsichtigt den Landeszeichenwettbewerb gewonnen hat, was sie immer für einen Irrtum hielt. Jetzt fühlt sich die Aufmerksamkeit richtig an. Jef hat etwas zu erzählen, muss etwas richtigstellen. »Manche haben das eben und manche nicht. Eigentlich kannst du froh sein, wenn du es nicht hast. Bei Therese war es schon eine richtige Krankheit, bei den anderen Veranlagung. Aber bei allen echt die totale Besessenheit. Mir war ja nicht klar, dass Künstler so diszipliniert sind. Spaß macht so was ja nur am Anfang. Das kann jeder. Das kriegst du geschenkt, wenn du ein bisschen was kannst. Malen, Musik machen, Schreiben oder was weiß ich. Aber wenn du wirklich was zu Ende bringen musst, wird's anstrengend. Kannst du besser mit Hochleistungssport vergleichen als mit einem normalen Job, in den du mit der Zeit so reinwächst. Ich dachte immer, alle Künstler sind soziophobe Egoisten. Ist natürlich Quatsch. So sind halt alle, die sich hochkämpfen. In jedem Job. Egal wo.«

Jef sieht die Strand im Türrahmen stehen, und da ist wieder die Gekränktheit in ihrem harten Gesicht, wie am Abend, als sie vom Internat erzählt hat.

Gerburg Strand nippt an ihrem Glas und wendet sich ab. Jef ist sicher, nüchtern würde sie nicht so gnädig sein und hört sie schon von Vertrauensmissbrauch sprechen.

Auf dem Heimweg ist die Luft eisig. Aber Jef ist heiß, und erst, als sie unten am See ist, zieht sie den Reißverschluss ihrer Jacke zu. Eine Visitenkarte steckt in ihrer Tasche. Jemand hat sie ernsthaft gefragt, ob sie sich als Kreativitätsbeauftragte für die Laddu-Mitarbeiter bewerben wolle, und ein paar andere hatten versprochen, Jef im Haus zu besuchen.

Alle Fenster sind dunkel. Jef geht in die Küche und schaltet die grellen Neonröhren an. Keine halb leeren Gläser, keine leeren Weinflaschen, keine Chipsreste und Spielkarten. Nichts ist auf dem großen Tisch stehen gelassen worden. Nur die Lokalzeitung hat jemand abgelegt, und Jef denkt an Wolf. Sie sieht nach, was die Neuen eingekauft haben. In jedem Fach liegen einzelne Äpfel, verschiedene Joghurtsorten, Salate und vegane Brotaufstriche. In einem Fach gibt es einen Stapel Desserts, die in die Ecke geräumt sind, als wollten sie sich verstecken; Jef muss an Sunny denken. Jemand hat drei Schachteln Heringssalat mit roter Beete gekauft. Das hat Rita auch immer gemacht. Drei Schachteln. Obwohl der Supermarkt gegenüber war.

Jef nimmt sich zwei Eier, Milch und Butter. Mehl gibt es genug in der Vorratskammer, aber ohne frische Zutaten konnte Jef bisher damit nichts anfangen.

Der Geruch von Kakaokeksen aus dem Ofen hat offenbar eine der Katzen angelockt, die neugierig in die Küche kommt, mit dem Kopf Jefs Wade streift und sich umsieht, als suche sie Therese. Einmal hört Jef oben eine Tür klappen und hält inne. Danach bleibt es still. Fast hätte sie die Kekse beim Lesen der Lokalzeitung verbrennen lassen.

Sie lässt einen großen Keksteller auf dem Tisch stehen.

Trotz der Kälte hat Jef, als sie am Vormittag aufsteht, das Bedürfnis, um den See zu laufen. Es ist zu einer Gewohnheit geworden, nach der ihr Körper inzwischen verlangt.

Heute fühlt sie sich beim Joggen wie eine Einwohnerin. Die Stadt ist ihr doch vertraut geworden.

Eine Krähe hat einen Finger gefunden, trägt ihn quer im Schnabel und legt ihn in eine Pfütze auf dem Gehweg. Von Nahem sieht Jef: Es ist ein Pizzarand. Sie läuft an dem zeternden Vogel vorbei, der seine Beute bewacht und, bis der Teig aufgeweicht ist, vorsorglich alle Vorübergehenden beschimpft. Jef muss lachen und wird zum ersten Mal von einem entgegenkommenden Jogger angelächelt.

Genießen sie unser tägliches Kuchenangebot steht zusammengeklappt am Strandcafé, und alles bereitet sich langsam auf den Winter vor, der gemütlich werden könnte. Jef weiß, es wird sich nicht mehr länger vermeiden lassen, darüber nachzudenken, wo sie es sich diesen Winter gemütlich machen wird.

Auf dem Rückweg sieht Jef jemanden das Haus Strand verlassen. Ein jugendlicher Stipendiat schlendert an ihr vorbei, sorglos, frei und fremd. Als er um die Ecke gebogen ist, horcht Jef an der Haustür, öffnet sie leise und sieht durch den Spalt. Rita kommt die Treppe herunter. Es ist zu spät, sie stehen einander gegenüber. Diesmal ist es keine, die nur so aussieht wie Rita. Sie ist noch dünner geworden, die Augenringe noch tiefer, die Klamotten noch provokanter. Sie trägt eine enge schwarze Lacklederhose, ihr Telefon in der Hand und das blaue Seidentuch um den Hals, elegant und stolz. Es ist, als wäre Rita von diesem Tuch hergezaubert worden. Jef hat es wiedergefunden, und Rita hat es angenommen. Ihr Herz beginnt zu rasen, als wollte es Jef schnell ein paar Jahre älter werden lassen, die Schläge vorspulen, um die Situation, die sie nicht erwartet hat, aus der Entfernung zu betrachten. In ihren Ohren rauscht es dumpf wie unter Wasser. Die Tür wird zu schwer, und die Stufe hat Jef auch vergessen. Mit einem Schreck stolpert sie auf die Fliesen und bleibt im Foyer hocken. Hilflos fragt Rita, ob sie ihr helfen könne. »Glas Wasser vielleicht«, sagt Jef, setzt sich beschämt auf die Treppenstufe und reibt ihr Knie.

Alles klingt metallisch. Die draußen vorbeifahrenden Autos, die Geräusche aus der Küche und Ritas Schritte auf den Fliesen.

Rita kommt mit dem Wasserglas zurück, und nachdem sie es Jef gegeben hat, macht sie einen kleinen Schritt rückwärts. Sie hat das Wasser nicht ablaufen lassen, es schmeckt muffig und tot.

»Ich wusste nicht, dass du noch hier bist«, sagt Rita, setzt sich in die Ecke auf einen der samtgepolsterten Stühle, schlägt die Beine übereinander und sieht schon wieder aus wie eine Königin, obwohl sie sich in ihren Daumennagel beißt. »Geht's?«, fragt sie skeptisch.

»Geht«, sagt Jef.

Rita steht auf. »Ich wollte jetzt mal die Stadt erobern. Zeigst du mir, wie man hier ohne Geld überlebt?«

»Können wir so was noch?«, fragt Jef. Rita lacht.

Es wird ein Tag ohne Regen. Rita und Jef laufen durch die Straßen, die Jef mit ihrer inneren Rita so oft durchwandert hat.

»Du bist seit drei Monaten hier und weißt nicht, wo man ein paar kultivierte Drogen herkriegt? Diese Stadt platzt doch vor geilen Partys! Was hast du denn nur die ganze Zeit gemacht? Mit diesen Businesskünstlern will ich echt nicht die ganze Zeit abhängen müssen. Aber diese Gerburg Strand ist ja großartig. Die liebe ich jetzt schon. Und ihr hattet doch diese Obdachlose im Haus. Wo ist die Schlampe jetzt?«, fragt sie wie eine angriffslustige Detektivin.

Jef zeigt auf den Berg. »Da oben.«

Rita zieht an Jefs Arm. »Komm, wir rennen!« Die Ampel ist rot.

Rita redet ohne Pause nervös und überdreht von Männern, die sie schlecht behandelt haben, und von Leuten, die Jef nicht kennt, so als würde Jef sie kennen.

»Und mit dem Mann von der Strand werde ich wohl was anfangen, ich seh's schon kommen, verdammt, das war sofort klar, als ich den gesehen habe.«

»Nein!«, sagt Rita, »neinnein, ich will hier keine Affären, ich muss damit aufhören! Ich bin ja hergefahren, um möglichst wenig zu erleben, weißt du, ich darf nicht so viel erleben, weil ich ja ständig alles verarbeiten muss. Sonst werde ich verrückt. Mein Ex hat mich eine Naturkatastrophe genannt. Gefällt mir irgendwie. Aber ich muss es trotzdem schaffen, mich mehr von normalen Nahrungsmitteln zu ernähren. So wie andere Menschen auch.«

Jef könnte Rita, die einmal ihre Droge war, noch lange beim Reden zuhören, sie begleiten beim Beachten jeder Kleinigkeit, beim Nachdenken über absolut alles, beim ständigen Verarbeiten der vielen Gedanken, die auf sie einstürzen. Jef mag ihre Droge immer noch, nur die Abhängigkeit nicht mehr.

»Blöd, dass wir uns so verkracht haben«, sagt Rita und wedelt mit ihren langen Fingern. »Dieses Ladduding, was du da durchgezogen hast, hat mich voll runtergezogen. Dein ganzer Ehrgeiz plötzlich. Und dass du dann Geld hattest, ging irgendwie nicht. Ich kam mir vor wie so'n gefüttertes Haustier. Na ja, egal jetzt.«

Jef geht am Abend in ihr kaltes Schrankzimmer und weiß, ihr wahres Wesen, das sie finden wollte, wird sie wieder mitnehmen. Sie hat es ja selbst hergebracht, und es war doch die ganze Zeit in ihr.

Von Rita hat sie nur noch den Namen.

In der Nacht geht Jef hungrig in die Küche. Von der Decke ploppen Tropfen im Herzschlagrhythmus auf die gelben Fliesen, der Nachthimmel ist von draußen hereingekommen und macht graues Licht. Bis auf Wolfs letzte Tageszeitung ist der Tisch leer. Jef öffnet den Kühlschrank, in dem Vins Erdmandelmehl steht. Sie kippt Joghurt in die Dose und löffelt alles aus.

Wie ihre ordentliche Mutter es tun würde, räumt Jef ihr Zimmer auf, packt ihren Koffer, verlässt den leeren Schrank, verlässt das Haus und zieht in der frühen Dunkelheit die erste Spur in den Schnee auf der Uferpromenade. Die Berge ragen über das Tal, tragen den schweren Himmel wie die Kuppel einer Schneekugel, in der sie die letzten drei Monate gesteckt hat, um das Fürchten zu verlernen. Diese kleine beengte Welt lässt die Flocken der Weisheit großzügig herabfallen. Jef bleibt stehen, und alle Flocken scheinen anzuhalten, als hätte die Welt aufgehört, sich zu drehen. Sie muss an Thereses Schneeschnipsel denken, die sie aus den alten Landkarten herausgeschnitten hat. Als sie anfangen will zu überlegen, ob mit der Welt etwas nicht stimmt oder nur mit ihrer Wahrnehmung, tanzen die Flocken weiter, als sollte es nur ein Abschiedsscherz sein.

Auf der anderen Seeseite sieht sie sich nach dem Haus um. Aber es wendet sich von ihr ab.

Mit dem Tod des Kunstprofessors ist sie gekommen, und mit Thereses Tod geht sie. Den Zwischenraum nimmt sie mit nach Hause. Die *Ja*-Warze ist auch verschwunden, so wie es immer am Ende der Sommerferien gewesen ist, wenn sie mit den Markstücken nach Hause fuhr.

Diesmal bleibt sie wach im gläsernen Panoramazug auf der Fahrt, die sie mit Kleingeld bezahlt hat. Sie verfolgt den Eisbach, staunt kindisch über die steile Schlucht mit dem Kreisviadukt und sitzt diesmal auf der richtigen Seite.

Für die finanzielle Unterstützung bei der Arbeit an diesem Roman bedanke ich mich sehr bei dem mare-Künstlerhaus, dem Deutschen Literaturfonds und der VG Wort.

Für die beratende und ideengebende Unterstützung bedanke ich mich bei Ricarda Bethke, Ruth Herzberg, Ulrike Mohr, Ulrike Ostermeier, Dominique Pleimling, Anabelle Assaf, Wera Herzberg, Anna Juszkiewicz und Gerda Martin.

Ein großes Dankeschön an Maria-Christina Piwowarski, Corinna Harfouch, Peter Wawerzinek.

Für meinen Schreibplatz in der Teestube »Make Tea Not War« bedanke ich mich bei Oliver Seifert.